O espelho vazio

O espelho vazio

J. Sydney Jones

Tradução de
Ricardo Gomes Quintana

EDITORA RECORD
RIO DE JANEIRO • SÃO PAULO

2013

CIP-BRASIL. CATALOGAÇÃO-NA-FONTE
SINDICATO NACIONAL DOS EDITORES DE LIVROS, RJ

J67e Jones, J. Sydney
O espelho vazio / J. Sydney Jones; tradução de Ricardo Quintana. – Rio de Janeiro: Record, 2013.

Tradução de: The empty mirror
ISBN 978-85-01-08990-8

1. Ficção americana. I. Quintana, Ricardo. II. Título.

12-0868. CDD: 813
CDU: 821.111(73)-3

TÍTULO ORIGINAL EM INGLÊS:
The empty mirror

Texto revisado segundo o novo Acordo Ortográfico da Língua Portuguesa.

Editoração eletrônica: Ilustrarte Design e Produção Editorial

Direitos exclusivos de publicação em língua portuguesa somente para o Brasil adquiridos pela
EDITORA RECORD LTDA.
Rua Argentina, 171 – Rio de Janeiro, RJ - 20921-380 – Tel.: 2585-2000, que se reserva a propriedade literária desta tradução.

Impresso no Brasil

ISBN 978-85-01-08990-8

À minha maravilhosa esposa, Kelly Mei Mei Yuen, alma gêmea e amor da minha vida, que faz tudo valer a pena, e a nosso filho de 4 anos, Evan, que generosamente me concedeu intervalos nas brincadeiras para escrever este livro

AGRADECIMENTOS

Em primeiro lugar, agradeço a Alexandra Machinist, uma agente com humor, inteligência, coragem, intuição e lealdade. Você é a realização do sonho de qualquer escritor. Também, uma salva de palmas a Peter Joseph, o editor cujo entusiasmo por este projeto foi palpável em cada dúvida e edição; e a sua hábil assistente, Lorrie McCann, que merece os cumprimentos do autor pela eficiência e o bom humor. A revisão final exímia e perfeita de Steve Boldt, sob a direção muito competente do editor de produção, Bob Berkel, demonstra mais uma vez a importância do velho adágio de que "o diabo se encontra nos detalhes". Minha filha, Tess Jones, conhecedora de livros, também me estimulou nos primeiros estágios deste projeto, assim como meu grande colega escritor, Allen Appel. Por fim, obrigado, Thomas Dunne, editor e cavalheiro, por ver esperança e potencial neste trabalho.

PARTE UM

O verdadeiro ódio possui apenas três fontes:
sofrimento, inveja ou amor.

— Dr. Hanns Gross, *psicólogo criminal*

PRÓLOGO

Ela movia-se apressada, ao longo das ruas de paralelepípedos escuras, cheia de raiva e recriminando-se. Se não tivesse perdido o último bonde; se Girardi a tivesse convidado para sua *garçonnière* em vez de ir ensaiar mais cedo; se houvesse seguido o conselho de sua amiga Mitzi, largando aquele ator pomposo e molenga para ir dormir com Klimt. Tantos "se"...

Um homem tirou o chapéu para ela na esquina da Kärntnerstrasse com Graben.

— Quanto é? — perguntou ele.

Não podia sequer culpá-lo; àquela hora, não se viam muitas moças respeitáveis na rua, e metade das prostitutas de Viena exercia seu trabalho naquele cruzamento. No entanto, ser confundida com uma prostituta a abalou e ela enveredou por uma série de ruazinhas escuras e desconhecidas atrás da Stephansdom, sem sequer perceber, ansiosa por chegar em casa, no Terceiro Distrito.

Não havia ninguém por perto; Viena se encontrava tão tranquila às 22h30 quanto sua cidadezinha, em Vorarlberg. Ela sentiu um arrepio súbito de medo. Os jornais andavam cheios de matérias sobre um assassino louco à solta em Viena e sobre corpos deixados no parque de diversões Prater. Outro arrepio sacudiu seu corpo.

Ela apressou o passo e procurou afastar aqueles pensamentos da cabeça, lembrando-se do que já havia conquistado até então em sua vida tão jovem. As ruas enlameadas de seu vilarejo em Vorarlberg pareciam pertencer a outro mundo. Tinham sido necessários três anos, roubando centavos do envelope de pagamento do pai, para poder finalmente comprar uma passagem de terceira classe até a capital, escapando dele e de seus humores coléricos. Ela não hesitou, agarrou a oportunidade como uma tábua de salvação e teve sucesso. Era amante do ator mais conhecido de Viena e modelo do pintor mais famoso também. Entretanto, se o pai visse um de seus retratos... Mas não havia muito perigo de isso acontecer; ele nunca tirava a cara da caneca de cerveja.

Ela pensou em Klimt enquanto andava apressada. Ele possuía olhos penetrantes. Aquele homem conseguia olhar uma mulher e fazê-la sentir-se nua, mesmo que assim já estivesse. Era como se visse o que havia no interior. O estúdio era frio, deixava-a arrepiada, mas, quando reclamava, ele dizia que a queria daquele jeito, com os bicos de seus seios empertigados, exatamente como desejava que estivessem em suas pinturas. Aquele Klimt era um homem esperto. *Me chame de Gustl*, dizia ele. E nada de gracinhas, embora ela soubesse que ele a desejava.

De repente, percebeu que havia se perdido. Não estava mais certa sobre o caminho, naquelas ruelas estreitas e escuras. Viu uma luz que pulsava à esquerda e entrou por essa rua. A luminosidade vinha de uma tenda de lona armada sobre a tampa de um bueiro; homens trabalhando. Parecia seguro. Seguiu a claridade da luz, mas, quando passou pelo local, não viu ninguém. Deviam estar lá em baixo. Estremeceu àquele pensamento. Trabalhar no esgoto devia ser uma vida terrível.

— *Fräulein.*

Ela deu meia-volta ao som da voz de homem. Depois, vendo quem era, sorriu com alívio.

— Ah, olá!

Aquelas foram suas últimas palavras.

UM

Quarta-feira, 17 de agosto de 1898 — Viena

Dane-se Gross, pensou ele enquanto se sentava inquieto em frente ao café da manhã intocado, uma folha em branco olhando-o da escrivaninha de modo acusador.

Advokat Karl Werthen estava sem o que fazer naquela manhã. O advogado reservava, em geral, a hora do café para escrever. Até então, já havia publicado cinco contos. Histórias de "vidas interrompidas", como gostava de descrevê-las.

Nesse dia, no entanto, não sentia apetite nem para o café excelente de *Frau* Blatschky nem para as bobagens de seu afetado protagonista, Maxim, e a mulher misteriosa de máscara quadriculada que ele encontrara no Baile da Lavadeira. Tudo era culpa de seu antigo colega em Graz, o respeitado criminologista *Doktor* Hanns Gross, com quem Werthen havia jantado e depois tido uma conversa na noite anterior. A presença do amigo apenas fizera o advogado constatar que aqueles escritos eram um pobre substituto para ação e aventura de verdade. Werthen viu de repente o que significavam realmente suas ambições literárias: uma tentativa frustrada de acrescentar algum tempero ao tédio que era sua vida. Afinal de contas, suas criações estavam longe de ser arte; meros contos engenhosos sobre boêmios sedutores que o jovem otorrino, Dr. Arthur Schnitzler, escrevia muito melhor.

Dane-se Gross.

Contudo, ele não devia criticar tanto o criminologista, porque, verdade seja dita, aquela não era a primeira vez, nos últimos seis anos — desde que desistira do direito criminal, em Graz, e viera se estabelecer em Viena como um dos maiores especialistas em testamento e tutela —, que Karl Werthen havia se perguntado se tomara a decisão certa. Fora muito afoito em sua resolução, muito abnegado?

Ele foi afastado desses pensamentos sombrios por um tumulto na sala adjacente à que se encontrava, seguido de uma batida urgente na porta de folha dupla branca.

Ele olhou automaticamente por sobre o ombro para o relógio de Sèvres, na prateleira de mármore sobre a lareira. Ainda era cedo para a primeira entrega de correspondência.

— Sim?

A porta se abriu devagar. *Frau* Blatschky, com o rosto vermelho, olhou em volta e entrou timidamente no aposento, as mãos ásperas enfiadas no bolso do avental recém-engomado.

— Tem um homem aqui querendo falar com o senhor, *Herr Doktor* — começou ela.

Ele ia lembrá-la sobre a hora sagrada do café da manhã, quando a porta atrás dela se abriu mais e um homem forte e troncudo adentrou a sala. O cabelo curto estava despenteado; a barba, precisando ser aparada; e ele vestia um cafetã de um magenta ofuscante que ia até seus pés calçados com sandálias.

— Werthen — bradou o homem, seu sotaque da classe operária vienense soando claro mesmo em duas sílabas apenas. — Eu tenho que falar com você, homem.

— Acho que você já está falando, Klimt — respondeu Werthen calmamente, sorrindo para *Frau* Blatschky, em uma indicação de que ela podia se retirar.

— Eu disse a ele que o senhor estava tomando café — murmurou ela, comprimindo os lábios.

Werthen balançou a cabeça e sorriu mais, a fim de mostrar que não era culpa dela.

— Está tudo certo, *Frau* Blatschky. Pode ir.

Ao sair, ela lançou ao intruso, o conhecido e notório artista Gustav Klimt, o olhar que uma mãe exasperada dirigiria ao filho delinquente.

— Maldita polícia — urrou Klimt, quando a porta se fechou. — Estão fazendo a maior baderna no meu estúdio. Você tem que vir comigo.

— Calma, Klimt. Por que a polícia estaria no seu estúdio? Alguma acusação de atentado ao pudor, talvez? — Werthen decidiu que iria descontar sua irritação no artista, visivelmente perturbado. — Será o excesso de moças da sociedade que adornam suas telas?

— Idiotas — espumou Klimt. — Eles estão dizendo que assassinei uma garota. Imbecis. Era minha querida Liesel, a melhor modelo que já tive. Por que eu faria mal a ela?

Isso fez com que o humor de Werthen passasse de irritação para curiosidade.

— Assassinato?

— Você não está ouvindo, homem? Liesel Landtauer. A querida Liesel.

— Comece do início — disse Werthen, agora de pé e conduzindo o pintor até um par de poltronas Biedermeier, perto da lareira. Klimt olhou desconfiado para a delicada cadeira, mas acabou jogando seu peso sobre as almofadas cor de damasco. Werthen sentou-se na outra. — Então, o que a polícia diz que aconteceu?

Klimt passou os dedos grossos pelo cabelo espetado e se recostou na cadeira.

— Eles encontraram um corpo hoje de manhã. No Prater.

— Outro?

Klimt fez que sim com a cabeça.

— Tem algum maluco à solta, matando pessoas e jogando os corpos no Prater, e agora eles querem pôr a culpa disso tudo em mim.

Werthen sabia que toda Viena estava obcecada por uma série de quatro assassinatos — agora cinco, ao que parecia — nos últimos dois meses. Na verdade, ele e o amigo Gross haviam discutido esses crimes na noite anterior. Jornais respeitáveis, como o *Neue Freie Presse* e o *Wiener Zeitung*, tinham noticiado as mortes, mas sem se envolver em detalhes ou especulações sórdidas. A imprensa mais sensacionalista, contudo, não perdeu tempo em mencionar "certas mutilações" nos cadáveres, dando rédea solta às imaginações. Esses mesmos jornais chamavam o criminoso de "Jack, o Estripador de Viena". Todos os corpos haviam sido encontrados na área do parque de diversões Prater, no Segundo Distrito de Viena, à sombra da imensa roda gigante, a *Riesenrad*, construída para comemorar o quinto jubileu de Francisco José como imperador.

Gustav, o Estripador? Werthen duvidava. Klimt seria capaz de um crime passional, talvez, conhecendo a história do homem, mas não da carnificina fria e calculada de cinco inocentes. Entretanto, a polícia não conhecia o pintor como Werthen; tinha que seguir os procedimentos de praxe. E estes significavam investigar primeiro as pessoas mais próximas da vítima.

Enquanto pensava nessas coisas, Werthen percebeu que estava experimentando um estado latejante de euforia ao se ver preso na teia do direito criminal mais uma vez.

— É óbvio que eles não te acusaram, se não você estaria sob custódia.

— Bem, eles estão fuçando meu estúdio. Fazendo todo tipo de pergunta absurda sobre Liesel, se ela posava completamente nua ou não. Claro que sim, cretinos! De que outro modo se pinta um nu? Queriam que eu pincelasse dois seios duvidosos a partir de um modelo masculino, como aquele maricas do Michelangelo fazia?

— Calma, Klimt. Do que eles estão te acusando?

— Um deles achou os estudos do meu *Nuda Veritas*, o esboço para a primeira tiragem da revista *Ver Sacrum*, na primavera passada. Eles disseram que se parece com Liesel. Bravo, que bela dedução! Tem que parecer com Liesel. Foi ela que posou para mim.

Werthen lembrou-se de que a coisinha núbil, doce e jovem que Klimt retratara na capa da revista da Secessão* escandalizara o conservadorismo vienense. A garota/mulher aparecia completamente nua e aparentava não estar nem um pouco preocupada com isso. Tranças longas cobriam parcialmente os seios, e ela segurava um espelho com a mão direita. Werthen apreciara em especial o simbolismo daquele espelho vazio. O que o homem moderno veria nele, a luz incandescente da verdade ou um mero reflexo de sua vaidade tola?

Por enquanto, ele deixaria essas considerações estéticas de lado.

— Klimt, me responda: eles estão te acusando de ter assassinado ela?

O tom de voz de Werthen rompeu por fim o pânico de Klimt. O pintor se inclinou para a frente na cadeira e juntou as mãos, encostando as pontas dos dedos grossos de uma na outra, e brincou com eles como se tocasse uma concertina.

— Bem, não exatamente. Mas eles estão fazendo uma tremenda confusão. Werthen, eu nem conhecia as outras quatro vítimas.

— Quem é essa jovem, então?

— Eu já disse. Uma modelo.

— Mas por que a polícia iria atrás de você? Ela era sua amante?

Klimt abandonou a concertina, juntando seus dedos como se rezasse.

— Ela ia pousar para mim na noite passada, mas na última hora pediu que a liberasse.

O artista não respondeu à pergunta sobre a extensão de seu relacionamento amoroso com ela, observou Werthen, e mais uma vez o advogado sentiu um arrepio de prazer. Embora fizesse anos que não interrogava uma testemunha não muito

---

* Secessão de Viena (1897-1920): movimento de protesto dos artistas da época contra as normas tradicionais. (*N. do T.*)

confiável ou suspeita, ele ficou feliz por notar que sua destreza e intuição continuavam intactas.

— Liesel mandou uma mensagem dizendo que a colega de quarto estava doente e que precisava cuidar dela — continuou Klimt. — Só Deus sabe por que ela resolveu mentir para mim. Algum pretendente jovem, eu imagino.

— E por que você acha que ela mentiu? — perguntou Werthen.

Klimt deu de ombros.

— Muito simples. Eu saí para comprar pão e, na volta, vi a colega de quarto dela deixando meu prédio. Ela tinha ido entregar o bilhete. Então, não estava tão doente assim, a ponto de precisar dos cuidados de Liesel.

Relaxando, por fim, Klimt olhou por sobre o ombro para as duas metades de um tenro pão de leite *Kipferl*, que jaziam intocadas sobre a bandeja do café da manhã.

— Você não vai comer isso?

Como é que aquele homem conseguia se preocupar com comida em um momento daqueles?, perguntou-se Werthen, perdendo a paciência e a reserva.

— Pegue um.

Ele se levantou, colocou um *Kipferl* em um guardanapo de linho e entregou-o a Klimt, que abocanhou o pão, deixando cair migalhas sobre a barba e o cafetã.

— Por que tanta fome? Não tomou seu café habitual no Tivoli?

Werthen voltou a sentar-se perto de Klimt na poltrona.

Ele conhecia a rotina do pintor: levantar-se todas as manhãs às 6 horas para dar uma caminhada de 10 quilômetros, de seu apartamento (que dividia com as irmãs solteiras e a mãe viúva), na Westbahnstrasse, até o palácio de verão dos Habsburgo, Schönbrunn, e fazer uma parada no caminho, em um café tradicional, onde se banqueteava com bules de café forte misturado com chocolate quente coberto por montanhas brancas de *Schlag obers* acompanhados de pãezinhos frescos com manteiga e geleia. Depois, voltar ao trabalho no estúdio da Josefstädterstrasse, distante apenas algumas portas do prédio de Werthen.

Klimt pareceu constrangido com a pergunta do amigo.

— Bem, você *não* tomou o café da manhã? — pressionou Werthen.

Notando a reticência do pintor, ele continuou:

— Você não estava em casa ontem à noite, não é? É esse o problema, então? Está sem álibi?

Klimt se levantou de repente e as dobras do cafetã ficaram presas no braço da cadeira, quase a derrubando. Foi até a janela e olhou para a rua iluminada de sol, quatro andares abaixo, tamborilando com os dedos na vidraça.

— Tenho álibis demais — murmurou ele em direção à janela, então voltando-se e encarando Werthen. — Mas não vou usar nenhum deles. Eles seriam o fim para minha pobre mãe. E eu tenho que pensar em Emilie.

Ele se referia a Emilie Flöge, o advogado sabia. Ela era a irmã mais nova da cunhada de Klimt, mulher dez anos mais jovem que ele, com quem vinha mantendo um romance havia alguns anos. Após a morte prematura de seu irmão pintor, Klimt colocara as duas mulheres sob sua asa protetora. Havia boatos de que ele sequer beijava a jovem, mantendo-a em um altar como ideal feminino puro e virginal.

— Você tem que se explicar, Klimt. Afinal de contas, sou seu advogado. Essas informações ficam comigo.

O pintor suspirou, olhando para o segundo *Kipferl*.

— Por favor, fique à vontade — disse Werthen, mas o sarcasmo passou despercebido pelo outro, que engoliu a última metade do pão tão rapidamente quanto a primeira — Não seria melhor você tomar um pouco de café para acompanhar?

— Você é um bom amigo, Werthen — disse Klimt, mais uma vez sem perceber o tom irônico do advogado.

Ele pegou o bule de porcelana branca Augarten e encheu uma xícara.

— Não tem um pouco de creme batido por aí?

Werthen não respondeu, perguntando-se mais uma vez por que tinha uma queda por aquele bárbaro. Sabia, no entanto, a resposta: porque o homem desenhava como um anjo.

— É o seguinte — disse Klimt, sentando-se de novo, com um dedo mínimo estapafúrdio, delicadamente esticado enquanto tomava o café. — Eu tenho uma amiga especial. Ela mora em Ottakring.

Werthen se manteve em silêncio. Ele não ia facilitar as coisas para Klimt adivinhando o óbvio: uma amante no subúrbio, da classe operária, com quem passara a noite.

— Ela *e* meu filho pequeno, na verdade.

Werthen não conseguiu impedir um arquear de sobrancelhas surpreso.

— É, eu estava com ela ontem à noite. Com ela e com o garoto. Agora você sabe por que não posso usá-los como álibi. O choque ia matar minha pobre *Mutti*. Eu disse a ela que ia trabalhar até tarde numa encomenda e dormir no estúdio ontem. E Emilie... Bem, ela também ia ficar devastada, humilhada.

— E se a polícia te acusar da morte dessa moça? Até que ponto você está disposto a arriscar o pescoço em nome dos bons costumes?

Klimt pôs a xícara no tapete de seda e afundou na cadeira.

— Você acha que as coisas podem chegar a esse ponto?

— Não sei. Mas devemos estar preparados para todas as eventualidades. Esses assassinatos do parque Prater estão pedindo uma solução.

Klimt balançou a cabeça.

— Eu não posso fazer isso. Não com minha mãe... Mas você acredita em mim, não é, Werthen? Eu não sou do tipo que mata.

Werthen concordou, mas sem entusiasmo, lembrando-se de como ele e Klimt haviam iniciado sua associação: o pintor fora preso e acusado de ataque e agressão.

— Qual é o nome da sua amiga, Klimt? Talvez eu tenha que falar com ela.

— Meu Deus, você também? Será que está todo mundo se virando contra mim?

O pintor se levantou de novo da cadeira, quase derrubando a xícara de café, e começou a andar de lá para cá pela sala.

— Relaxe, Klimt. É uma formalidade. Eu sou advogado, um cético treinado.

— Plötzl. É isso aí. Anna Plötzl, Ottakringerstrasse, número 231, apartamento 29A.

— Bom — disse Werthen, levantando-se da cadeira e indo até a escrivaninha de cerejeira, que também servia de mesa para o café da manhã. Ele tirou uma caneta e um bloco de anotações da gaveta superior, a fim de escrever a informação.

— Eu imagino que você tenha álibis melhores para as outras noites em questão?

Klimt olhou para ele pasmo.

— Que outras noites?

— Dos outros assassinatos no Prater, Klimt. Se o homicídio de *Fräulein* Landtauer for semelhante a eles, ou você é culpado de todos ou de nenhum, certo?

Uma luz pareceu se acender por detrás dos olhos de Klimt.

— Certo — disse ele, ansioso.

— Então...? — pressionou-o Werthen.

— Estou pensando. Quais são as datas?

Como muitos em toda Viena, o advogado tinha essas datas fixadas na memória.

— A noite e a madrugada de 15 e 30 de junho, de 15 de julho e de 2 de agosto.

Klimt entortou a boca, pensando.

— Você espera realmente que eu me lembre do que estava fazendo meses atrás? Isso é mesmo necessário?

— Você tem um diário ou agenda?

O pintor fez que não com a cabeça, subitamente desanimado.

— Não faz mal, Klimt. Vamos tratar disso depois. Por enquanto, aconselho que você fique longe do estúdio até a polícia ir embora. Isso só iria te chatear, e a gente não precisa de uma altercação com a polícia. Eu imagino que eles tenham te mostrado um mandato?

— Eles balançaram um documento com aspecto legal em frente a minha cara, se é disso que você está falando.

— Vá para casa, Klimt. Tire uma soneca. Diga para sua mãe que você está pegando uma gripe.

— Eu tenho trabalho para fazer lá na Secessão. A gente vai montar a primeira exposição mês que vem, e os operários ainda estão trabalhando.

— Está bem. Vá para a galeria, então. Mas fique longe do estúdio até eu descobrir o que está acontecendo.

Klimt pareceu aliviado.

— Eu sabia que você ia dar um jeito, Werthen. Você é um *gentleman*. E ainda dizem que os advogados não têm alma.

Meia hora depois, Werthen, alto, esbelto e em forma, usando terno de linho e chapéu marrom, saiu para a luz do sol brilhante da Josefstädterstrasse. Ele começou a assoviar uma canção da *Die Fledermaus*, de Strauss. Não era comum que assoviasse, ainda mais uma opereta àquela altura, mas não conseguiu se controlar.

Sentia-se alegre e vivo. Aquela novidade de Klimt havia conseguido isso. Tudo se esclarecera para ele, então. Durante os últimos seis anos, sofrera uma espécie de mal-estar contínuo, ao abrir mão da empolgação e adrenalina do direito criminal.

A conversa da noite anterior, com Gross, dera início a esta percepção: fizera-lhe ver — na comparação com o amigo — como sua vida se tornara tediosa e sufocante.

A publicação de Gross, em 1893, de *Investigações criminais*, estabelecera seu nome na Europa e América; e agora haveria o lançamento de um segundo volume, *Psicologia criminal*. Ele acabara de fundar um periódico mensal, *Arquivos de criminalística*. Requisitado em todas as partes, Gross estava visitando Viena por alguns dias, a caminho do novo posto de professor catedrático de Criminologia em todos os reinos dominados pelos Habsburgo, na Universidade de Czernowitz, em Bukovina.

Homem grande, corado, de 50 e poucos anos, com bigode fino e cabelos grisalhos em torno do espaço calvo no alto da cabeça, Gross parecera animado na noite anterior, durante o jantar, enquanto regalava Werthen com seus últimos casos. Depois, surpreendera o amigo com a notícia de que vira o cadáver da quarta vítima do parque Prater, favor concedido por um ex-assistente seu, de Graz, *Inspektor* Meindl, que ocupava agora uma posição importante na Chefatura de Polícia de Viena.

Gross não pôde contar a Werthen sobre os ferimentos horríveis infligidos ao corpo, pois o inspetor Meindl pedira-lhe segredo. "Mórbidas" foi o único comentário que o criminologista se permitiu fazer em relação às mutilações.

Werthen sabia da importância desse sigilo: quando o assassino fosse por fim trazido à justiça, apenas ele poderia confessar a natureza e metodologia exatas de seus crimes. Mesmo assim, Werthen se espantara com o próprio desapontamento ao lhe negarem aquela informação sigilosa; ficara perplexo ao perceber que estava se interessando novamente por aqueles assuntos.

Agora, a visita de Klimt confirmara que ele havia perdido tempo naqueles últimos seis anos. Ele *precisava* da aventura do direito criminal em sua vida. E para o inferno com o que os Werthen — sua mãe e seu pai — esperavam de seu primogênito!

Uma travessura, disse para si mesmo. Iria tirar umas férias de sua monótona prática legal.

Na verdade, já fizera isso ao fechar o escritório, na semana anterior, para as férias de agosto. Estava sendo esperado na propriedade da família, na Alta Áustria, dentro de alguns dias, mas, até lá, por que não um pouco de aventura?

Ao chegar ao prédio de Klimt, ele passou pela enorme porta da rua e foi até o pátio, um oásis verdejante no meio da cidade. O estúdio do pintor ficava no jardim que havia atrás do edifício principal, e Werthen viu logo que a polícia havia terminado as buscas, mas que um oficial robusto ainda estava parado do lado de fora da porta. O advogado tirou o chapéu diante do policial, suas mechas de cabelo castanho-avermelhadas realçadas pelo sol. O homem acenou com a cabeça dura de maneira breve, suando dentro do uniforme pesado de sarja azul.

— Algum problema por aqui, oficial?

— O tal do pintor. — O policial esticou a cabeça para trás, na direção do estúdio. — Nunca se sabe do que eles são capazes.

— É verdade — concordou o advogado. — É uma raça de gente estranha e rara, todos eles.

Porém, Werthen não conseguiu arrancar nada mais do policial taciturno. Então, voltou para a rua e se dirigiu ao centro da cidade, assoviando enquanto caminhava faceiro, tirando o chapéu para os transeuntes do sexo feminino, abrindo caminho para uma carruagem passar, na esquina da Landtauergasse, e comprando um único cravo vermelho para a lapela, na florista do cruzamento com a Landesgerichtstrasse.

Sim, ele estava começando a se sentir vivo de novo. E que coincidência feliz que o velho colega Gross estivesse na cidade para dar início a seu despertar. Mas será que se tratava mesmo de uma coincidência? Não seria o destino? Ele sorriu à ideia. O destino era algo que ele não contemplara durante muitos anos.

Então, ainda assoviando, Werthen se dirigiu até o hotel de Gross, pois o criminologista ficaria com certeza tão interessado nesse novo desdobramento quanto ele mesmo.

Gustav Klimt, um renegado da pintura vienense, possível suspeito dos assassinatos do Prater!

DOIS

Gross não estava no hotel — o Bristol, na elegante Ringstrasse. O porteiro disse a Werthen que o grande *Herr Doktor*, naquela manhã, perguntara como se chegava ao Museu Kunsthistorisches antes de sair e só era esperado à hora do almoço, ao meio-dia e meia.

Embora o dia estivesse esquentando, Werthen decidiu caminhar. As árvores plantadas ao longo da nova Ringstrasse haviam finalmente atingido uma altura que fornecia sombra aos transeuntes, sobre a ampla calçada. Ele soube para aonde ir assim que chegou ao museu. A sala Brueghel ficava à direita, no alto da grande escadaria de mármore. Acima, partes do teto do vestíbulo haviam sido pintadas por Klimt, antes de ele abandonar o estilo clássico.

Gross mantinha-se à parte dos grupos de visitantes, que ouviam atentamente os guias do museu desfiando as anedotas habituais sobre o pintor flamengo. O criminologista, Werthen sabia, poderia acrescentar uma história ou duas a seu repertório, pois era um estudante ardoroso da obra de Brueghel. Sob o pseudônimo de Marcellus Weintraub, Gross publicara uma monografia muito citada sobre as irregularidades estilísticas nas primeiras pinturas do mestre flamengo, mas mantinha aquela paixão artística oculta do grande público. Não combinava com um magistrado examinador estar tão intimamente associado com as artes subjetivas, dissera ele a Werthen certa ocasião, quando o tópico de seu passatempo fora levantado.

Agora, ali estava Gross, com seu 1,85m, examinando de perto a comédia humana como vista por Brueghel em *Brincadeiras de crianças*.

Werthen se aproximou do velho amigo por trás e já ia bater em seu ombro largo quando Gross, sem se virar, disse:

— Não precisa ser tão delicado, Werthen. Foi coincidência ou você estava me procurando?

Gross fechou um bloco de notas, forrado de couro marroquino, em que estivera escrevendo e deixou-o cair no bolso do casaco.

— A segunda opção — replicou Werthen, enquanto o amigo se virava do quadro com relutância para encará-lo.

— Adele insiste em que eu cultive as artes — disse Gross.

Werthen sorriu interiormente: "É mesmo, *Herr* Weintraub?". Era óbvio que o magistrado se esquecera, auxiliado por um segundo conhaque após o jantar, de haver confidenciado a Werthen seu amor por Brueghel.

Gross teve a gentileza de parecer encabulado sendo pego na mentira, mas foi um embaraço momentâneo.

— Vá direto ao assunto, homem. O que é tão importante para você vir me descobrir aqui? Não que me desagrade te encontrar de novo — disse, com um ar de desprazer visível.

Werthen puxou-o até um canto da galeria, para que ninguém os escutasse, e contou-lhe sobre a falta de sorte de Klimt e seu compromisso de inocentar o nome do pintor.

Gross bateu as grandes mãos uma contra a outra com estrondo, como um homem faminto sentando-se para o jantar. O barulho resultante da palmada atraiu a atenção crítica de algumas matronas que estavam entre os visitantes da galeria.

— Excelente — pronunciou ele, em uma voz alta o bastante para provocar pedidos de silêncio.

Ele continuou, ignorando o público:

— Eu imagino que você esteja solicitando minha assistência?

— Se você tiver tempo.

— Tempo! — trovejou Gross, acarretando mais indignação ainda entre os visitantes. — Mas é claro que tenho tempo para uma investigação de verdade. Só me esperam em Bukovina daqui a alguns dias.

Gross saiu apressadamente da galeria e se dirigiu até a escadaria principal, com Werthen seguindo-o. Quando chegou ao ponto mais alto, ele parou de repente.

— Como proceder, hein? Essa é a questão agora, não é, Werthen?

— Certamente — concordou o advogado.

— Percebo algumas linhas de investigação. Primeiro, é claro, seria ter certeza de que nosso pintor tem álibis para os outros quatro assassinatos.

— Estamos trabalhando nisso, mas Klimt não tem agenda.

Gross precipitou-se escada abaixo.

— Não tem importância. Temos muito tempo para isso. Mas, no entanto, ainda tem a questão de se *Herr* Klimt é culpado do último crime. Um *crime passionnel*, como diriam nossos amigos franceses. Ele mata a modelo e amante numa crise de ciúme e depois sai desse estupor de violência se dando conta do que fez. Fica aterrorizado, então. O instinto de autopreservação assume o controle. Para ocultar o crime, ele joga o corpo no Prater, com a intenção de que pareça com os outros assassinatos.

Werthen se viu concordando com a cabeça; afinal de contas, era uma possibilidade.

Gross estalou a língua e apontou o indicador para o rosto do amigo.

— Mas existe um jeito muito fácil de verificar isso. Leve-me até um telefone, por favor, Werthen. Preciso fazer uma ligação.

Eles pegaram um dos novos *Stadtbahn*, um trem parte subterrâneo e parte de superfície, atrás do museu e saltaram no ponto da Alserstrasse. De lá, caminharam alguns quarteirões na direção do Hospital Geral. Gross não deu qualquer explicação e Werthen estava determinado a não perguntar para onde iam. As ruas se encontravam abarrotadas de tráfico e transeuntes, e o nariz do advogado ardia com o mau cheiro penetrante do esterco dos cavalos. Viena, observou Werthen, não pela primeira vez, era verdadeiramente uma cidade encapsulada em outro tempo. Um punhado de automóveis podia ser visto — e ouvido. A maioria do tráfego era ainda do tipo puxado por cavalos; muitos dos ônibus e bondes eram movidos à tração animal.

Esse conservadorismo era modelado pelo próprio imperador. Nem um pouco fã do progresso tecnológico, Francisco José nunca havia andado de automóvel; os telefones eram poucos no palácio dos Habsburgo, o Hofburg; e as secretárias imperiais não tinham permissão de usar as modernas máquinas de escrever. Por insistência do monarca, toda correspondência — inclusive a sua — era esmeradamente manuscrita.

Logo eles alcançaram a alameda principal do hospital, que assomava diante deles. Nenhuma construção tão grande e cinzenta jamais engolira as esperanças do homem, pensava Werthen. Nos fundos, ficava a *Narrenturm*, Torre dos Idiotas, prédio achatado de arenito, utilizado até apenas três décadas antes para alojar os loucos, em condições medievais, deploráveis.

Gross seguiu até uma entrada lateral, no edifício principal do hospital, e passou por um guarda de uniforme e rosto acinzentados, que combinavam perfeitamente com o cenário em volta, e que parecia já conhecer o criminologista.

— De volta, *Herr Doktor*? — perguntou o homem.

Gross confirmou e falou:

— Espero que você tenha recebido uma mensagem do inspetor Meindl, da Chefatura de Polícia?

— Recebi, senhor. Um belo dia para fazer uma visita. É fresquinho lá em baixo, parece uma catedral.

Werthen seguiu Gross, passando pelo guarda e percebendo, por fim, para onde iam. A ligação telefônica que o criminologista precisara fazer tinha sido obviamente para o ex-colega, Meindl, que permitira a visita ao necrotério. Lá dentro, Werthen ficou impressionado com o cheiro de limpeza, que chegava a ser obsceno.

Eles desceram a escada, e a temperatura diminuía a cada degrau do subterrâneo; uma forma natural de refrigeração, como o guarda dissera. A primeira porta para a qual se dirigiram dizia ABTEILUNG I, à esquerda.

— É aqui — disse Gross, batendo de leve antes de entrar.

Lá dentro, havia duas fileiras de mesas com tampo de mármore, todas com pequenas canaletas ao redor e um orifício de escoamento em uma das extremidades. Algumas delas estavam vazias; o mármore bege se encontrava arranhado e baço devido à constante escovação. Outras, tinham corpos em cima, cobertos com uma musselina grossa, esbranquiçada. O piso era de lajotas amarelo-pálido. Uma janela ao alto, em uma das paredes, lançava uma luz sombria, esverdeada, naquele semiporão. Distantes da janela, luzes a gás pendiam do teto em determinadas interseções.

Inclinado sobre uma das mesas, um patologista estava coberto de sangue até os cotovelos, examinando a cavidade estomacal de um cadáver. Werthen prendeu a respiração. O mau cheiro que pairava na sala era uma mistura de conservantes químicos e decomposição humana. A bílis subiu até sua garganta, e ele desviou rapidamente o olhar da necropsia em curso.

— O inspetor Meindl telefonou, creio eu — disse Gross ao patologista, que não se dera ao trabalho de levantar os olhos do trabalho que estava fazendo quando eles entraram.

— Mesa sete — disse o médico, sem tirar os olhos do cadáver.

Era a mesa mais distante da janela, e o corpo sob o lençol era menor que os outros. Gross, velho conhecido dos necrotérios, puxou a cobertura sem cerimônia. Uma jovem jazia diante deles. O corpo, que fora tão saudável, fresco e rosado, encontrava-se agora com um branco absoluto e espantoso, observou Werthen. Não havia sinais claros de violência, embora parecesse existir uma cicatriz sobre o nariz. Os lábios, que rapazes poderiam ter beijado, estavam tão brancos que não se diferenciavam do restante da face; os mamilos, destinados a amamentar crianças, haviam perdido a coloração também e se encontravam agora acinzentados e frouxos. A única cor de fato era uma mecha de cabelo arruivado espalhada sobre a cabeça e outra, formando um triângulo na virilha.

Werthen sentiu-se como um *voyeur*, olhando para a jovem infeliz. Então veio uma avalanche de lembranças.

— Mary — murmurou ele.

Werthen não estava certo se havia de fato pronunciado o nome, mas aquela pobre moça o fez lembrar-se, de uma forma incrível, de seu primeiro amor, que morrera. Ela tinha mais ou menos a idade de Mary quando estavam noivos, calculou o advogado. Então, a velha tristeza de sempre tomou conta dele; a perda, a dor e a culpa de não ter estado ao seu lado quando ela precisara. Trabalhando o dia todo e grande parte da noite para estabelecer seu nome, em Graz, como advogado criminal, ele não percebera o quanto a noiva estava doente até seus últimos dias de confinamento no sanatório para tuberculosos em Semmering, nos Alpes. Marie Elisabeth Volker, a mulher que adorava a forma anglicizada do nome, que ria da seriedade de Werthen, que lhe despenteava o cabelo e fazia-o sentir-se tão jovem e vivo, que o censurava gentilmente por passar mais tempo na companhia de ladrões e arrombadores de cofre do que com a própria noiva.

Verdade seja dita, não fora a expectativa dos pais nem sua própria necessidade de uma forma mais fácil e segura de ganhar a vida a causa de ter abandonado o direito criminal. Não. Foram as últimas palavras de Mary para ele no sanatório de Semmering.

— Pobre Karl — murmurara ela, as faces ruborizadas de modo anormal, o cabelo castanho-avermelhado espalhado sobre o travesseiro — A ambição é uma coisa boa, mas você vai sentir falta de mim. Um dia vai entender a oportunidade que perdemos.

E assim, após a morte dela, ele abandonara o direito criminal, a única coisa que podia culpar por tê-los separado, e enveredara pela área mais refinada e higiênica do direito civil, como uma espécie de punição. Agora, olhando para essa pobre moça diante dele, sobre a mesa, sentiu um aperto no coração. Mary estava certa: ele sentia falta dela.

Gross, enquanto isso, tirara chapéu e casaco e começara a examinar o corpo com suas mãos grandes e peludas. Puxou a boca, abrindo os lábios, mas não conseguiu destravar as mandíbulas.

— Relativamente fresco — disse o criminologista casualmente. — O *rigor mortis* ainda não se foi.

Enquanto dizia isso, o nariz da jovem caiu de repente, revelando a cartilagem rosada e dois buracos abertos. Werthen ofegou, mas Gross apenas suspirou e colocou de volta o pedaço de carne, como se fosse argila sobre uma estátua modelada. Depois, examinou, com a mesma indiferença, as orelhas, as mãos e os pés da mulher. Quanto mais abaixo o criminologista avançava sobre o corpo, mais Werthen sentia que precisava de ar.

Felizmente, Gross não parecia interessado em saber se houvera violência sexual no crime. Em vez disso, voltou para a cabeça, levantando as pálpebras finas para examinar as pupilas sem vida. Depois, voltou a atenção para o pescoço do cadáver.

— Exatamente — Gross murmurou para si. — Talvez você queira dar uma olhada nisso, Werthen. A assinatura do assassino.

Gross virou a cabeça da mulher — tendo o cuidado de remover primeiro o nariz arrancado —, expondo a artéria carótida no pescoço. Ali, bem no meio, havia um corte pequeno e preciso que atravessava a carne, a gordura amarela e os nervos.

Werthen engoliu em seco, concordando.

— Imagino que essa incisão foi feita — disse Gross — depois de ela estar morta. — Ele ajeitou de volta a cabeça, mas ela pendeu para a esquerda. — Isto é, depois que ele quebrou o pescoço — continuou o criminologista. — Igual às outras quatro vítimas. A segunda vértebra cervical foi partida como uma noz. A causa da morte. — Gross recolocou o nariz e disse: — E isso aqui também. Narizes cortados com um único golpe preciso e depois deixados em algum lugar sobre os corpos.

Werthen engoliu em seco novamente. Aquilo não era exatamente a aventura que parecia há duas horas, mas, ao mesmo tempo, a semelhança daquela vítima com sua noiva tornava o caso ainda mais urgente. Ele descobriria o assassino dessa pobre moça, como prova de seu amor por Mary.

— Se ela já estava morta, por que a incisão? — perguntou Gross, mas de maneira retórica.

Ele apontou com a mão para a brancura do cadáver.

— Para escoar o sangue — respondeu Gross à própria pergunta. — Todas as cinco ficaram secas, como uma camisa torcida após a lavagem.

Werthen não fez comentários. Ele só queria um pouco de ar fresco.

Gross recolocou o lençol. Sem nenhuma pressa, vestiu de novo o casaco, colocou o chapéu e depois fitou o amigo com um olhar frio e preciso, dizendo:

— Obra de um louco, você supôs ontem à noite. Ainda acredita nisso?

Werthen conseguiu encontrar voz para retrucar:

— Quem mais faria uma coisa dessas?

Mais uma vez, Gross envolveu-o com seu olhar penetrante.

— Pode haver outras explicações, meu caro Werthen.

Quando eles saíram da sala de necropsia, o patologista já estava trabalhando em outro corpo.

Gross cortou contente a salsicha em seu prato, depois pôs em cima uma pequena pilha suculenta de chucrute, antes de enfiar o garfo transbordante na boca. Werthen deu um gole no copo de água mineral e tentou ficar com apetite, observando a multidão à sua volta, na hora do almoço, na *Gasthaus*, mas não estava funcionando. Um *schnitzel* jazia no prato à sua frente, tão sem vida quanto o cadáver na mesa de mármore.

A ida ao necrotério fizera com que Gross se atrasasse para o almoço no Bristol, e o criminologista insistira em fazer uma lauta refeição. Assim, Werthen levara-o ao Schöner Beisl, um restaurante pequeno e elegante, escondido em uma rua transversal, não muito longe da universidade; o tipo de lugar que ele normalmente adorava, com bastante movimento e um cheiro bom de comida vindo da cozinha. No entanto, não conseguia tirar a garota morta da cabeça, nem a forma como ela se fundira com Mary, como se sua noiva estivesse tentando alcançá-lo da sepultura, para falar com ele usando a morte de outra pessoa.

— Está sem fome, Werthen?

— É preciso um certo treinamento para o estômago suportar esse tipo de espetáculo — respondeu ele.

Gross, cujo amplo abdômen forçara-o a desabotoar o casaco antes de se sentar, não entendeu a indireta, atacando simplesmente seu *Burenwurst* com ânimo redobrado.

Depois do almoço, eles caminharam pelo recém-terminado Parque Rathuas, fumando charutos para fazer a digestão e admirando o jorro das fontes. Eles mal haviam conseguido discutir o assunto no recinto abarrotado da *Gasthaus*, mas entupido de salsichas e de *schnapps* digestivos, Gross era pura volubilidade.

— Então, você viu — disse ele. — Essa última vítima se encaixa exatamente no padrão das outras mortes. O que significa que seu amigo pintor ou é culpado de todas ou de nenhuma.

— Ele não é *meu* amigo pintor — disse Werthen. — É um cliente. E eu o ajudo. É muito improvável que ele seja o assassino.

— Nós ainda temos uma linha de investigação com relação a isso. A amante em Ottakring, acho que era isso.

Werthen confirmou.

— Uma caminhada para fazer a digestão viria a calhar, eu acho — disse Gross. — E, enquanto o estômago faz seu trabalho, talvez nossos cérebros consigam também ser de alguma ajuda. Agora que já viu, você tem alguma teoria além daquela do louco em ação?

— A drenagem do sangue — disse Werthen de súbito. — Tem uma coincidência estranha nisso.

Gross lançou um olhar ao companheiro.

— Tem?

— Acho que me lembro de um de seus casos. Foi em Pölnau?

— Ah — exclamou o criminologista de forma apreciativa. — Você me surpreende, Werthen. Vem acompanhando minha carreira.

— Sim, venho. Acho que essa é uma forma de encarar a coisa. Mas, segundo me lembro, esses assassinatos estavam em todos os jornais na época. Impossível ignorar o caso.

— Você se lembra dos detalhes? — perguntou Gross.

— Duas, ou foram três vítimas? Num pequeno distrito da Boêmia, perto da cidadezinha de Pölnau. Todas estranguladas e deixadas sem sangue. Teve gente que rotulou logo os crimes de "assassinatos rituais". Você, inclusive. Se me lembro bem.

— Diante de certos fatos, não é possível descartar determinadas hipóteses só porque são desconfortáveis.

— Assassinatos rituais judaicos, na verdade — continuou o advogado.

— Eu não sou antissemita, Werthen. Nossa amizade é prova disso.

— Ah, mas eu sou aculturado. Lembro-me de você dizer que meu sobrenome soa totalmente ariano, e que minha pele clara e altura também induziam à confusão.

— E induzem, de fato — replicou Gross.

— Como foi que você me chamou uma vez? "O Garoto Dourado", acho. Como se os judeus tivessem que ser uma caricatura física grotesca do agiota corcunda e ganancioso. Bem, nós, os Werthen, tentamos nos misturar — disse ele com irreverência.

Ele se lembrou, com a mesma veemência, da insistência do pai para que aprendesse os modos de um cavalheiro, o que significava horas sem fim sobre um cavalo nas montanhas da Alta Áustria; aulas torturantes com um professor de esgrima; e semanas inteiras de estudo, no outono e na primavera, perdidas, vasculhando morros e vales atrás de corças e javalis. Contra sua vontade, o jovem Werthen fora transformado em um belo espécime físico e atirador de primeira, embora sempre tivesse desejado uma vida intelectual.

— Foi a escolha de sobrenome do meu avô — acrescentou Werthen. — O do seu ex-patrão, na verdade. Não existem judeus religiosos no clã Werthen há décadas. Apenas bons protestantes.

Gross, católico, não fez comentários, e eles continuaram a caminhar em silêncio por um tempo, observando as brincadeiras de um *dachshund* de pelo longo, que escapara da coleira e corria em círculos em volta da dona, que segurava uma sombrinha.

Werthen e Gross haviam desenvolvido aquele modo brincalhão a partir de uma longa associação em Graz. Depois de perder um de seus primeiros casos para o então promotor e criminologista, Werthen tornara-se seu discípulo. Ele fora falar com Gross em particular após o julgamento e lhe dissera que fizera um excelente trabalho e que gostaria de aprender com sua vasta experiência. O criminologista, por sua vez, ficara lisonjeado e pusera Werthen sob sua proteção. O jovem advogado tornara-se um visitante assíduo do belo apartamento que *Frau* Adele Gross cuidava com tanto esmero no centro histórico de Graz.

No hiato de gerações da família, Werthen se tornara, por assim dizer, confidente do jovem e problemático filho, Otto, 13 anos mais novo que ele; Hanns Gross era 17 anos mais velho que o advogado. Werthen funcionava como seu mediador naquela idade difícil e ajudava a orientar o jovem rapaz intelectualmente, até que atingisse a maioridade.

Gross era grato pela intervenção de Werthen, pois Otto e o pai, Hanns, não tinham um relacionamento muito confortável. Tão informado sobre a psicologia do criminoso, Gross era aparentemente ignorante no que dizia respeito à condução apropriada de assuntos do dia a dia. Ele se encontrava imbuído demais do rigor militar de seus ancestrais para apreciar a extrema sensibilidade, e talvez a neurastenia, do jovem Otto. Werthen, por outro lado, estava bastante familiarizado com esse tipo de existência, vivida com os nervos à flor da pele, pois seu irmão mais novo, Max, fora consumido por esse tipo de hipersensibilidade. E terminara a vida de forma bem austríaca, dando-se um tiro na sepultura de seu adorado inspirador, o dramaturgo Grillparzer. Werthen estava determinado a que esse não fosse o destino de Otto, e ficou feliz quando soube que o jovem Gross estava então em seu último ano da faculdade de medicina.

Essa história serviu para unir Gross e Werthen. Enquanto outros viam o tempestuoso criminologista como meramente pomposo, Werthen conhecia suas fraquezas.

O latido do impetuoso *dachshund* de pelos longos trouxe a atenção do advogado de volta à realidade.

— Eu espero sinceramente, Gross, que você não esteja criando uma hipótese semelhante sobre essas mortes — disse Werthen por fim, desviando os olhos do divertimento canino. — O caso Pölnau não foi seu momento mais brilhante. Na verdade, se bem me lembro, descobriu-se que os assassinatos resultaram de ciúmes locais, e o sangue foi drenado para afastar as suspeitas do chefe do correio, o verdadeiro criminoso.

— Mas eu ainda acredito que nosso dever, como profissionais de investigação, é examinar qualquer lugar a que as evidências e pistas nos levem.

— Mesmo que elas levem ao antissemitismo?

— *Conta-se* que os judeus usam sangue humano para fazer um pão sem fermento, o *matzo*, na páscoa judaica — respondeu Gross com sua voz socrática, como se estivesse tentando incitar o debate.

Werthen parou de repente.

— Isso não é sério! Rituais de assassinatos? A gente já está quase no século XX. É pura bobagem.

— Os corpos foram encontrados no Prater — disse Gross. — O bairro judeu.

— Você não pode acreditar nisso de verdade. Eu posso ser aculturado, mas ainda sou judeu e acho esse tipo de teoria uma grande ofensa.

— Eu ainda estou examinando o caso — disse Gross, de forma imparcial. — Não é nada certo. Meu guia é a ciência, e não a superstição. O que eu sei é que houve cinco vítimas até agora: dois homens e três mulheres. As idades são disparatadas, de 18 a 53, da mesma forma que a posição social, da classe média típica, passando pela classe média baixa, até a classe mais alta. Até agora, o único elo comum que temos, em todos esses assassinatos, é o método de matar, a drenagem do sangue após a morte, os narizes decepados e o local onde os corpos foram encontrados. Eu deduzo, portanto, que estamos procurando por alguém, mais provavelmente um homem, que tem força suficiente para quebrar o pescoço das pessoas e bastante habilidade com uma faca, ou outro instrumento cortante, para fazer incisões semelhantes nas carótidas. É tudo que eu sei até agora, Werthen.

— Mas por que a mutilação do nariz? Como é que isso pode ser ligado a um ritual de sacrifício?

Gross apenas sorriu para ele.

— Entendi — concordou Werthen. — Uma espécie de assinatura ao contrário, é essa a sua teoria?

— Excelente, Werthen. Você tem mesmo uma mente dedutiva de primeira, nunca devia ter abandonado o direito criminal. Minha linha de pensamento é exatamente essa. Como é aquela expressão? "Tão visível quanto um nariz no rosto."

Gross ficou esperando que Werthen lhe desse um sorriso de apreciação pelo jogo de palavras, mas não obteve nenhum.

— Afinal de contas, qual a caricatura que a gente mais associa a um judeu? O nariz curvo. Então, cortar o nariz de arianos seria um tipo de vingança sádica. Na verdade, uma assinatura judaica.

— Espero que você esteja brincando de advogado do diabo.

O imponente criminologista deu de ombros mais uma vez.

— Só estou mostrando uma linha de investigação possível.

— Eu garanto a você, Gross, que Klimt não é judeu nem antissemita.

— Nem o autor dos assassinatos de Pölnau, como se revelou no final — disse Gross, com um sorriso irônico nos lábios. — Como você mesmo me lembrou, com tanta ênfase. Mas isso foi de fato um desvio da verdade, durante um tempo.

Como Werthen não fez qualquer comentário, Gross continuou:

— Eu vejo uma série de dificuldades neste caso, meu amigo. A rapidez é primordial. A França pode ser famosa por seu *caso Dreyfus*, mas eu lhe garanto que a Áustria também tem seus fanáticos domésticos nessa área, muitos que vêm da minha própria região, a Estíria — disse Gross. — Tem o Scönerer e os nacionalistas germânicos dele; até o seu recém-empossado e querido prefeito, Karl Lueger, e a sua famosa frase: "Eu decido quem é judeu." Se os detalhes dessas mortes fossem noticiados nos jornais, muito em breve esses antissemitas iriam transformá-las em crimes rituais. Assassinatos judeus. Com um prefeito que espalha ódio aos judeus do palanque político, não dá nem para dizer o que iria acontecer. *Pogroms*. Quem sabe?

Werthen mais uma vez não retrucou, mas fez objeção, entretanto, à descrição de Lueger como "querido", feita por Gross. O homem que a classe média baixa adorava chamar de "o Belo Karl" era, na verdade, um charlatão, sempre pronto a pregar para as massas suas variedades de antissemitismo. Que esse prefeito, a quem o imperador negara por três vezes confirmação em virtude dessas crenças, tivesse iniciado uma forma peremptória de socialismo municipal era algo que não compensava sua demagogia.

— Então, você está vendo, Werthen — prosseguiu Gross. — A gente pode estar trabalhando sob a mira de um revólver aqui. Eu preciso resolver esses assassinatos antes de o público farejá-los. Antes de algum jornalista empreendedor desencavar a informação e publicar uma história na imprensa estrangeira.

— Na verdade, o que você *precisa* fazer, Gross, e que eu espero convencê-lo a fazer, é provar a inocência do meu cliente neste último crime — disse Werthen.

— Bem, é a mesma coisa, não é? — disse Gross, fazendo uma pausa dramática. — Ou ele é inocente do quinto assassinato, ou seu bom cliente é, na verdade, culpado de todos eles. Essa é a única forma pela qual ele poderia conhecer o método de assinatura do assassino.

Werthen sentiu um estremecimento. Não estava mais tão certo de que recorrer a Gross fora uma boa ideia. Talvez seu próprio envolvimento em um caso daqueles também fosse de mau alvitre. Os Werthen precisaram de duas gerações para ocultar suas raízes judaicas. Será que aquela investigação iria ligá-lo para sempre aos judeus? Contudo, a garota inocente naquela mesa de mármore o emocionara. Ele não se preparara para se sentir dessa maneira; aquilo o impressionara demais.

TRÊS

Durante a longa viagem no *Strassenbahn* até Ottakring, Gross regalou o amigo com suas habilidades de observação.

— Werthen, você notou, é claro, a característica marcante do patologista no necrotério, imagino eu.

O advogado ficara afetado demais pelo cheiro de morte para reparar qualquer coisa no homem, a não ser que estava coberto de sangue até os cotovelos.

— Não posso dizer que sim, Gross.

O bonde passou pelo Gürtel, o segundo anel viário que delineava os bairros da periferia da cidade. De repente, os conjuntos residenciais se tornaram maiores, mais cinzentos e esquálidos; habitações para operários erguidas havia algumas décadas, sem nenhum dos embelezamentos e inovações das construções nos bairros entre a Ringstrasse e o Gürtel.

— Tem certeza? — Gross pareceu sinceramente surpreso. — Tente reconstruir a sala do necrotério, Werthen. Visualize o mobiliário, a iluminação e depois se concentre no patologista tão absorvido no trabalho que sequer se preocupou em nos vetar. Você não vê aí uma característica muito marcante? Uma dica: era vermelha.

— Eu aposto que o homem não tem sangue nos braços o tempo todo, Gross. — Werthen estava ficando exasperado com aquele jogo.

Um aposentado usando chapéu tirolês, sentado bem na frente deles, virou-se para trás e fitou os dois com olhos remelentos.

O criminalista tirou o chapéu para o velho curioso, retornando ao assunto em questão:

— Não, não, Werthen. Um sinal de nascença, e não o sangue. Em forma de lua crescente e localizado na têmpora esquerda, bem à vista quando entramos.

O velho continuou a fitá-los, pasmo, enquanto Werthen fechava os olhos por um momento, recriando a sala de necropsias na imaginação. Ele viu as mãos do patologista em ação, nas vísceras de um cadáver; depois, deixou a mente subir pelo corpo do homem. De súbito, a intrigante marca de nascença apareceu.

— É mesmo, Gross, você está certo! O homem tinha de fato uma marca de nascença em forma de lua nova.

O velho ainda se encontrava com o pescoço torcido para trás.

— O senhor gostaria de se juntar a nós?

O homem olhou para a frente de novo, bufando sua desaprovação.

— Não há necessidade de ser grosso — disse o criminalista.

Werthen levantou as sobrancelhas com essa observação, pois Gross era muito distraído em relação aos sentimentos dos outros, a ponto de sequer notar quando estava sendo rude.

— Voltando ao assunto — continuou o criminalista —, você devia aprender a notar esse tipo de coisa, Werthen. Olhe meu exemplo. Eu me adestrei assiduamente na mais bela das artes visuais: a de ser uma testemunha confiável.

Gross gesticulou, mostrando a palma das mãos para Werthen.

— As palavras podem parecer contraditórias, eu sei. Mais vezes do que eu me lembro, tive casos que foram por água abaixo por causa de testemunhas que eram influenciadas com muita facilidade por reflexões posteriores; que queriam notoriedade e estavam dispostas a dizer o que fosse preciso para conseguir isso; que eram cegas para as cores. Você sabia que cinco por cento dos adultos do sexo masculino não conseguem diferenciar vermelho de azul?

— Mais uma vez, Gross, você impressiona qualquer um com a vastidão de seu conhecimento.

O criminologista percebeu o sarcasmo na voz de Werthen.

— Desculpe-me se estou te aborrecendo, meu velho. — Ele se endireitou no assento ao lado do advogado. — Por falar nisso, o patologista não tinha nenhum sinal de nascença. Foi só para lhe mostrar como somos suscetíveis a sugestões.

O velho da frente bufou; dessa vez, de escárnio.

Eles fizeram o resto do percurso até o apartamento de Anna Plötzl em silêncio.

Ela morava no fim da alameda "J", próximo ao cemitério de Ottakring. A construção do número 231, na Ottakringstrasse, era igual às cinco outras do quarteirão, em ambos os lados da rua estreita: com cinco andares e precisando urgentemente de um jato de areia. A porta da frente estava aberta, e nenhuma *Portier* curiosa estava de serviço para verificar o vaivém dos moradores.

Do lado de dentro, o prédio era escuro e cavernoso: três escadarias diferentes levavam aos andares superiores. À esquerda, ficava a "A". No segundo pavimento, Werthen percebeu que a numeração dos apartamentos nada tinha a ver com o andar em que ficavam. O de Anna Plötzl estava localizado no fim do corredor do quinto andar. Enquanto batiam na porta, o advogado fez uma prece silenciosa para que ela estivesse em casa. Ele não tinha a menor vontade de encarar uma segunda ida a Ottakring para checar o álibi de Klimt.

A porta foi aberta após a terceira batida por uma mulher pequena que estava, obviamente, esperando outra pessoa. Seu sorriso se transformou em um olhar carrancudo quando os viu.

— O que vocês querem?

— Minha boa senhorita — Gross tirou o chapéu da cabeça e cutucou Werthen para que fizesse o mesmo —, nós viemos numa missão por parte de seu bom amigo, *Herr* Klimt.

— Gustl mandou vocês?

Seu rosto se franziu em suspeita. Ela era tão diferente das mulheres etéreas que Klimt pintava em suas telas que Werthen se perguntou o que o artista teria visto nela. Era ligeiramente corcunda e sem busto, pelo que podia ver, e exibia o sombreado de um buço escuro sobre o lábio superior.

— Mandou, sim, senhorita — replicou Gross.

Ela comprimiu o rosto mais ainda. Os olhos tornaram-se duas pequenas frestas desconfiadas.

Werthen tirou um cartão.

— Eu sou o advogado de *Herr* Klimt, *Fräulein* Plötzl.

Ela pegou o cartão com uma mão avermelhada e áspera de lavadeira, muito provavelmente sua ex-profissão, supôs Werthen.

— Pra que ele precisa de advogado?

— Talvez a gente pudesse entrar e discutir o assunto melhor — sugeriu Werthen.

Uma porta se abriu ao longo do corredor mal-iluminado e um rosto assomou, fitando-os por um instante; depois, se fechou de novo rapidamente.

— Que assunto seria esse? — perguntou ela.

Atrás dela, um garoto pequeno puxou-lhe a saia. Ela empurrou-o com o pé.

— Agora, não, Gustl. Vai brincar. *Mutti* tem coisa pra fazer. — Ela olhou de novo para o cartão e, depois, para os dois lados do corredor. — É melhor vocês entrarem.

Eles assim o fizeram, mas não passaram do vestíbulo, que dava diretamente para um espaço que servia obviamente de sala de estar, quarto e sala de jantar ao mesmo tempo. Um crucifixo estava pendurado sobre a cama de casal, que estava desarrumada, com os lençóis e o cobertor descendo até o chão. Blocos de brinquedo encontravam-se espalhados em cima dela e havia mais pelo piso. No meio do aposento, via-se uma mesa oval de uma madeira indeterminada, cuja superfície arranhada encontrava-se coberta de pratos sujos, tiras de papel com rabiscos de criança e uma camisola manchada.

Aquela falta de asseio doméstico fez Werthen se sentir mal. Ele não queria se inteirar sobre essa parte da vida de Klimt.

— O que é que ele fez pra precisar de um advogado? — perguntou ela de novo. Depois, avaliando Gross, acrescentou: — Dois advogados.

— Viemos para ajudar — começou o criminologista, mas isso só fez aumentar o receio natural da mulher.

— Ele *tá* encrencado, então. Eu não quero saber de problema.

A criança, de aspecto mais doentio que robusto, estava escondida atrás de um sofá-cama no canto mais distante do aposento. Era a antítese de Klimt, com membros de aparência frágil, cor amarelada e olheiras escuras sob os olhos.

Werthen entrou em ação.

— Não tem problema nenhum, eu garanto à senhorita. Nós só viemos para verificar... Quer dizer, para ter certeza...

— Eu sei o que quer dizer "verificar". Não precisa ficar explicando nada pra mim. Eu leio livros.

Ela apontou para uma estante no canto, perto do garoto.

— Eu sinto muito. Não queria ser grosseiro — continuou Werthen.

Gross, enquanto isso, foi até a estante em questão e pegou um livro.

— Interessante.

— Eu gosto dos meus livros — disse Anna.

— Mas, voltando ao assunto — continuou Werthen, enquanto o criminologista folheava as páginas —, talvez a senhorita pudesse nos garantir que, de fato, *Herr* Klimt lhe fez uma visita aqui ontem à noite.

— Eu não garanto nada. O que o senhor tá pensando que eu sou?

— Eu creio que a senhorita é amiga de *Herr* Klimt?

— Amiga é uma coisa. Ele vem aqui às vezes pra me desenhar. Só meu rosto, veja bem. Nada impróprio.

— É claro que não. E ontem à noite?

Ela fez um bico com os lábios.

— Acho que eu não gosto dessa sua malícia, *Herr* "Todo-Poderoso".

— Isso não é hora para falsa modéstia — disse Werthen, perdendo por fim a paciência com a mulher. — Klimt precisa de sua ajuda.

— Então ele está mesmo numa encrenca. Por que o senhor mentiu pra mim? Não. Eu não quero saber de nada disso. Os dois, podem sair agora. — Ela pegou o livro da mão de Gross e empurrou-o em direção à porta.

— Por favor, *Fräulein* Plötzel...

— É *Frau* Plötzel. Não sabe usar os olhos que Deus lhe deu? Aquele é meu filho.

— E o pai? — perguntou Gross.

— Isso não é da sua conta. Agora podem sair, se não vou gritar pedindo socorro. Imagine se bacanas como vocês vão querer uma confusão dessas!

— *Mutti* — disse o garotinho, de seu canto. — Quando é que o tio Gustl vem?

— Pra fora — gritou ela. — Já!

Eles fizeram isso. Uma vez na rua, só conseguiram olhar um para o outro e suspirar.

— O que nos sobra agora? — perguntou Werthen.

— Eu acho que ela se apresentaria se o próprio Klimt pedisse, mas isso iria contaminar seu depoimento. A moralidade da classe baixa. Faz qualquer um se lamentar pela raça humana. Vemos aí uma mulher comprometida de todos os lados: tem um filho ilegítimo com um amante que mal pronunciaria seu nome à luz do dia e, no entanto, está preocupada que sua reputação seja maculada se o tal amante estiver metido em algum tipo de "encrenca". Eu vou lhe dizer, Werthen, às vezes tenho vontade de desistir dos seres humanos para sempre e ir criar macacos.

— Eu imagino que Klimt falava a verdade quando disse que estava com ela ontem à noite — disse Werthen. — Ele parecia muito sem jeito com esse álibi, e agora eu entendo por quê.

— Mas também não saímos daqui de mãos vazias.

Gross tirou uma tira de papel do bolso do casaco, desdobrou e mostrou para Werthen, que viu um esboço a lápis, muito tosco, de um homem barbado com aspecto de gnomo, muito parecido com Klimt, com chifres na cabeça e rabo bifurcado. A assinatura, em maiúsculas, embaixo do desenho era, sem a menor dúvida: KLIMT.

— Onde você conseguiu isso? — perguntou Werthen, devolvendo o papel.

— No livro que eu estava olhando na casa de *Frau* Plötzl. Era uma escolha de leitura interessante, mas duvido muito que seja da boa senhora. Esse esboço indica que o livro pertence mais a Gustav Klimt.

— Então, o homem lê. Ele não é, afinal de contas, um bárbaro com inclinações artísticas.

— Eu acho que não. Ou então, de novo...

— Por favor, Gross, sem reservas. Que livro era?

— *L'uomo di genio.*

— De Cesare Lombroso?

— Esse mesmo — disse Gross. — Um dos meus predecessores na área da criminologia, embora eu não aprove ou concorde exatamente com sua teoria de que a criminalidade é herdada. Em alguns casos, sim. Mas esse italiano se fiou demais nos defeitos físicos que, segundo ele, revelavam o tipo criminoso. Por exemplo, você, Werthen, com suas maçãs do rosto altas e nariz muito aquilino, se encaixa em duas das categorias fisionômicas da criminalidade, mas eu nunca encontrei alguém com uma natureza tão pouco criminosa em toda minha carreira.

— Eu lhe agradeço por isso, Gross.

— Mas é uma leitura interessante para seu amigo artista, você não acha?

Werthen não tinha lido o livro, mas conhecia o tema, que argumentava ser o gênio artístico uma forma de insanidade hereditária, e Lombroso se propusera a identificar uma quantidade de tipos de arte que ele caracterizara como "arte dos insanos".

— Eu me pergunto se *Herr* Klimt encontrou sua própria arte categorizada no livro — disse Gross, com um sorriso. — Isso nos dá algo em que pensar.

Quando chegaram de volta ao centro de Viena, já era fim de tarde. Eles tomaram um segundo bonde, que os levou até a Karlsplatz. Naquele dia, como durante quase todo o verão de 1898, havia uma multidão de pessoas se posicionando em volta de um canteiro de construções, na extremidade mais à direita da praça, na Friedrichstrasse. Buracos haviam sido feitos em vários níveis no tapume de madeira, a fim de se adaptar à altura variável dos espectadores. No entanto, agora que o prédio subira em direção ao céu, aqueles buracos não eram mais necessários. Todos os olhares estavam concentrados no alto da construção em forma de cubo, em uma bola gigante de folhas de louro fundidas em bronze. A distância, contudo, essa bola assumia mais a aparência de um gigantesco e dourado repolho, ou couve-flor. Os pedestres paravam de andar e balançavam a cabeça, maravilhados, cutucando-se uns aos outros jocosamente:

— São aqueles artistas loucos em ação outra vez — diziam.

— Parece um túmulo — comentava uma matrona de seios fartos, levando o *lorgnette* até os olhos, quando Werthen e Gross passaram rápido, em direção à entrada do prédio novo.

— Werthen — falou por fim o criminologista. — Por que tanto mistério? Em nome de Jesus, aonde você está me levando?

— Você vai ver — respondeu o outro, sem diminuir o passo. Era sua vez de bancar o *magister ludi*, como Gross fizera no necrotério, e, para dizer a verdade, ele estava adorando fazê-lo.

Ele mostrou seu cartão para o guarda de nariz vermelho na porta principal, que fez sinal para que seguisse em direção ao grande saguão de entrada do prédio, ainda em construção. O ar estava cheio de poeira; a conversa dos operários e a batida dos martelos entravam pelos ouvidos, fazendo com que Gross cobrisse os seus com a mão.

Levou apenas um instante para que Werthen achasse seu homem. Ele ainda estava vestindo o cafetã largo, com bordados sobre desenhos elaborados de flores. Parecia em casa, dirigindo carpinteiros e pintores, enquanto se sentava atrás do cavalete, como se fosse o arquiteto, e não um dos artistas que iriam exibir suas obras naquela nova galeria.

Werthen se dirigiu até Klimt, que se encontrava ocupado, mostrando a um operário como obter a textura desejada nas paredes brancas.

O pintor viu-o com o canto do olho, antes de o advogado vir cumprimentá-lo.

— Werthen. Finalmente. Por que demorou tanto?

Klimt tomou a mão delicada do amigo entre suas patas carnudas e apertou-a com força.

— A gente teve que... — Werthen começou, mas foi interrompido por um robusto empreiteiro, que suava sob um chapéu-coco. Ele apontava para uma folha com desenhos que estava segurando, falando apressadamente algo incompreensível com Klimt, que o levou para um canto por um instante.

Gross aproveitou a oportunidade para dar um puxão na manga de Werthen.

— Esse sujeito é o quê? — O criminologista inclinou a cabeça ironicamente para o lado de Klimt, vestido com seu cafetã. — Algum muçulmano?

— Na verdade, é o nosso cliente.

Gross comprimiu os lábios com tanta força que eles se transformaram em duas linhas brancas sob o bigode.

— Você podia ter me dito antes.

— É, podia, mas fica mais divertido assim.

Klimt conseguiu finalmente se desvencilhar do empreiteiro e deu de ombros para os dois amigos, em sinal de desculpas.

— Klimt, deixe eu lhe apresentar um colega que está aqui para ajudar. Esse é o Dr. Hanns Gross.

O pintor se virou para encarar o criminologista, muito mais alto, mas que não tinha nem metade de seu vigor.

— *O* Hanns Gross criminologista?

Gross ficou subitamente radiante, Werthen observou.

— O próprio — disse Gross.

— Que maravilha — retrucou Klimt, abraçando o criminologista.

Gross permaneceu imóvel, as mãos para baixo, permitindo o abraço, mas piscando os olhos, indignado, para Werthen, por sobre o ombro do pintor.

— A gente teve um pouco de dificuldade com sua amiga de Ottakring — disse Werthen, olhando em volta para ver se havia alguém escutando.

Klimt, entretanto, não parecia ansioso para encontrar um lugar mais discreto para conversar. De qualquer modo, o ruído constante feito pelos operários da construção abafava a conversa. Além disso, o pintor se encontrava na companhia de seus iguais; não havia nenhuma atitude pública de conveniência para ser mantida.

— Ela disse que eu não estive lá ontem à noite?

— Ela se recusa a dizer qualquer coisa. Quando descobriu que eu era o seu advogado, chegou à conclusão de que não seria muito prudente ficar conhecida como sua amiga.

Klimt pôs a mão no ombro de Werthen.

— Ela vai mudar de ideia. A vida não tem sido fácil para Anna. Ela precisa aprender a confiar nas pessoas.

— Disso eu estou certo, *Herr* Klimt — falou Gross, entrando na conversa. — Mas, enquanto isso, talvez a gente pudesse ir simplesmente verificando seus álibis para as outras noites em questão.

Klimt olhou para Werthen, buscando ajuda.

— Eu lhe disse que lidaríamos com esse assunto mais tarde. Agora é a hora. Nós precisamos que você se concentre nas datas que lhe dei. Quinze e 30 de junho, 15 de julho e 2 de agosto.

Os três primeiros assassinatos tinham posto Viena em polvorosa e transformado vários de seus cidadãos em detetives amadores. As mortes haviam, a princípio, ocorrido em intervalos regulares. Maria Müller, lavadeira, havia sido encontrada na manhã de 15 de junho. Então, cerca de duas semanas depois, em 30 de junho, o corpo de Felix Brunner, encanador, aparecera. Quando uma terceira morte acontecera, a 15 de julho, toda Viena achara que podia discernir o padrão dos crimes, pois não só esse assassinato ocorrera com um intervalo de 15 dias do último, como também a pessoa pertencia à classe operária. Essa terceira vítima, Hilde Diener, costureira e mãe de quatro filhos, tinha ido levar o cachorro para passear à noite e jamais retornara. O corpo havia sido encontrado no Prater, como os outros (o cão nunca fora achado). Assim, todas as mortes haviam acontecido com um intervalo de 15 dias, as vítimas eram da classe trabalhadora e seguiam um outro padrão também: primeiro uma mulher, depois um homem e, então, outra mulher.

A imprensa popular estimulara o populacho a bancar o detetive, observando que o próximo crime ocorreria provavelmente em 30 de julho, e que agora era vez de os homens ficarem em guarda.

Todavia, a noite de 30 de julho transcorrera sem incidentes, exceto por três casos independentes de agressão e espancamento. Homens solitários, que se autonomeavam agentes, postaram-se próximo ao Prater como isca. Cada um carregava uma arma: um porrete pesado, um soco-inglês ou uma bengala com estilete oculto na ponta. Abordados por estranhos, os três partiram para o ataque. O resultado fora a concussão de um professor de escola, de St. Pölten, que estava em Viena de férias e, tendo-se perdido, procurava orientações para chegar à sua pensão; o braço esquerdo quebrado de um gatuno, batedor de carteiras conhecido, que trabalhava nas ruas perto do parque de diversões; e uma perfuração em um policial que estava vestido à paisana, em uma tentativa de prender o criminoso.

Na manhã seguinte, a cidade toda respirara aliviada, achando que talvez os crimes tivessem terminado. Três dias depois, no entanto, o assassino atacara de novo. Dessa vez, a vítima havia sido de fato um homem, mas não da classe operária. Alexander Von Fliegel era um industrial que se tornara membro da aristocracia mais pela riqueza que pela família. Werthen não o conhecia pessoalmente, mas era amigo de um advogado que tinha contato com o homem. Von Fliegel produzia um creme facial para mulheres muito popular, "Pele Suave", e possuía fábricas em Viena, Linz e Graz. Ele saíra à noite pela cidade com alguns colegas. Da última vez que eles o tinham visto, Fliegel estava um pouco bêbado, trocando as pernas pela Weihburggasse e acendendo um charuto. Ele ia dar uma caminhada para curar a bebedeira, assim havia lhes dito. O corpo fora encontrado na manhã seguinte, 2 de agosto, no Prater.

Klimt franzia o cenho, tentando lembrar seu paradeiro naquelas datas. Por fim, balançou a cabeça.

— Vou ter que perguntar a Emilie. Talvez eu tenha escrito um cartão-postal para ela em alguma dessas datas.

Gross e Werthen trocaram olhares.

— É nosso jeito de manter contato, quando não tenho tempo de vê-la. São cartões lindos, do nosso Wiener Werkstätte.

— Tenho certeza de que são, *Herr* Klimt — disse Gross. — E tenho certeza também de que o senhor entende a importância dessa verificação.

— Claro. *Herr* Werthen já me explicou que, se a gente conseguir mostrar que eu não matei os outros, é porque não matei Liesel. Nessas mutilações que a imprensa menciona, deve haver uma consistência nos ferimentos, na técnica do assassino.

— No que diz respeito a isso, sim — afirmou Gross.

— Eu ia me sentir melhor com uma defesa positiva.

— O senhor parece ter algum conhecimento da lei, *Herr* Klimt. Eu quero dizer, o senhor já me conhecia de nome. E não sou egocêntrico a ponto de pensar que o nome "Gross" seja tão familiar assim.

— Eu leio bastante — disse Klimt, com um sorriso grosseiro.

— Inclusive Lombroso, parece.

O sorriso do pintor desapareceu.

— Como é que o senhor sabe disso?

Gross entregou a caricatura para ele.

— Encontrei dentro de um exemplar do *L'uomo di genio*, na casa da sua... amiga.

Klimt abriu o papel dobrado, olhou para o esboço, riu baixinho e depois o amassou, jogando-o sobre uma pilha de lixo no meio do chão.

— O senhor se considera um homem brilhante, *Herr* Klimt? — perguntou Gross.

— Às vezes, sim, eu confesso, mas têm vezes que me sinto uma fraude. O senhor já se sentiu assim, *Doktor* Gross?

Mas o criminologista apenas sorriu à pergunta.

Enquanto estavam saindo do canteiro de obras, Gross balançava a cabeça.

— O que pensar desse homem? Saracoteia naquele camisolão, se considera um gênio além dos limites da sociedade e ainda defende a honra da amante miserável.

— Um indivíduo complexo, sem dúvida — disse o advogado.

— Você nunca mencionou, Werthen, mas como é que esse homem veio a se tornar seu cliente?

— Um ato de caridade profissional da minha parte, eu tenho que confessar.

A conversa foi interrompida por moleques de rua puxando a bainha do casaco matinal de Gross. Ele os fez sair em disparada com um movimento brusco da mão. Os dois homens deixaram a atmosfera carnavalesca do canteiro de obras, e Werthen continuou sua explicação:

— Quando mais jovem, Klimt era um pouco irresponsável. Mas, Deus meu, ele já sabia pintar, desde aquela época. Foi se meter num lugar problemático, "indo para Trieste".

— Para fazer o quê? E por que a Itália?

— É só uma expressão dele. Não era a cidade, mas a rua, a Triestestrasse, aqui em Viena. Uma via de tráfego importante para carroceiros que levam mercadorias para dentro e para fora da cidade. Toda vez que a inspiração artística lhe abandonava, ele ia para a Triestestrasse procurar briga com o primeiro condutor que visse maltratando os animais de carga. Ele diz que isso liberava os seus fluidos vitais para se tornar um pouco violento.

— E ele chegou a ser acusado de alguma coisa? — perguntou Gross.

Werthen deu de ombros.

— Lesão corporal grave, eu acho. Quebrou o braço de um homem só com a mão.

— Como se estivesse quebrando uma noz — murmurou Gross.

— Eu provei que foi legítima defesa. O homem estava com uma faca.

Werthen, no entanto, só conseguia agora pensar na força do pintor, sua habilidade para quebrar ossos.

QUATRO

Werthen estava sentado diante de sua escrivaninha mais cedo que o habitual, ansioso para escrever suas anotações sobre os acontecimentos da véspera. Nessa manhã, não houve nenhuma interrupção na sua rotina de café com *Kipferl* e, depois de 40 minutos, ele reparou que estava gostando muito mais daquele tipo de escrita que dos contos.

Quando estava terminando a segunda xícara de café, ouviu uma batida na porta dupla da sala de estar-escritório, e a cabeça de *Frau* Blatschky assomou timidamente antes de ela entrar.

— Uma visita, Dr. Werthen.

Ele olhou automaticamente para o relógio. Cedo demais até para Gross, pensou ele.

— Uma mulher.

Ela disse isso com ligeira recriminação. Se tivesse aprovado, a visitante teria sido chamada de "senhora".

Ele não conseguia imaginar quem poderia ser. Balançando a cabeça, disse:

— Mande-a entrar, *Frau* Blatschky.

Uma mulher entrou no aposento com um movimento gracioso, toda juventude e beleza, pele de alabastro, quase translúcida. No cabelo, ostentava o permanente da moda, encoberto por um xale lavanda.

— *Herr* Werthen. Finalmente.

Sua voz era suave, quase um sussurro.

— Em que posso ajudar, *Fräulein*?

De repente, ele a reconheceu das pinturas de Klimt.

— *Fräulein* Flöge.

Ela fez que sim com a cabeça, ao ser reconhecida.

— Isso é tudo, *Frau* Blatschky.

A criada lançou um último olhar de desaprovação e fechou a porta atrás de si com mais força que o necessário.

— Gustl foi preso — despejou a mulher, nitidamente aflita. — Eles foram buscá-lo no apartamento e o levaram como um criminoso comum, na frente da mãe e das irmãs. O senhor tem que ajudar, *Advokat* Werthen.

Ele ficou estupefato e, por um instante, completamente sem fala. Depois, recuperou suas faculdades e os modos atenciosos de advogado.

— Nós vamos tirá-lo de lá — tranquilizou-a Werthen. — Afinal de contas, a polícia não pode ter nenhuma acusação contra ele.

— O senhor quer dizer o álibi dele, *Fräulein* Plötzel.

Werthen tentou esconder sua nova surpresa.

— Por favor, conselheiro. Os casos de Gustl são um segredo revelado para toda Viena.

— Ele estava tentando protegê-la — disse Werthen, aliviado por não ter de combater o descabido senso de conveniência de Klimt.

— Mas ele não pode saber que eu sei. — A voz dela podia não ser mais que um murmúrio, mas emanava determinação.

— Eu acho que a senhorita não está entendendo, *Fräulein* Flöge. *Herr* Klimt foi preso por assassinato. A vida dele pode depender de um álibi.

— E eu acho que é o senhor que não entende, *Herr* Werthen. Um homem é um homem. A palavra dele tem que significar alguma coisa, se não ele não é nada. Nós todos sabemos que Gustl está longe de ser perfeito. Só que ele não percebe. Eu não tiro isso dele. É claro que a polícia não pode acreditar que ele seja um assassino louco. Nós vamos correr esse risco, muito obrigada.

— Nós?

Ela simplesmente olhou para ele, a pele de alabastro exibindo um ligeiro brilho sobre os lábios. A mulher era dura como aço, mas também fazia um jogo arriscado, de jogador profissional.

— É a decisão de Gustl. Eu estou aqui para lhe pedir que não tente e nem o convença a fazer outra coisa.

— A mãe dele sabe sobre...

— As infidelidades dele? — completou ela. — É claro. Mas não sobre o filho bastardo.

Ela pronunciou a palavra com uma aspereza que dizia tudo sobre seus verdadeiros sentimentos.

— Ela é uma mulher fraca. Coração. Uma notícia como essa poderia... Não poderia, não; com certeza iria lhe causar problemas. É a decisão de Gustl, *Advokat* Werthen. Temos, os dois, que honrá-la.

— Idiotas — disse Gross, sentado em uma cadeira de espaldar reto na sala do inspetor Meindl, na Chefatura de Polícia, olhando para os plátanos de Schottenring. — Eles estão representando para a imprensa. Que prova podem ter contra ele?

— É a minha posição, exatamente — disse Meindl, homem pequenino, menor ainda do que Werthen se lembrava.

Ele estava sentado atrás de uma mesa enorme de cerejeira, aninhado em uma poltrona imensa, que parecia ter pertencido a algum potentado medieval, o que o fazia parecer ainda mais diminuto. Na parede atrás dele, via-se a fotografia habitual do imperador, de costeletas e carrancudo; ao lado, havia um retrato menor a óleo, que mostrava uma cabeça de aspecto nobre, encimada por uma mecha de cabelos brancos. Na parte inferior da moldura, o artista insinuava uma vasta coleção de medalhas que o homem ostentava no peito. Werthen soube, imediatamente, quem era, pois ele era quase tão reconhecível quanto o próprio imperador: o príncipe Grunenthal, a eminência parda por detrás de Francisco José. O fato de o retrato ser a óleo sugeria a Werthen que ele podia ser o padrinho de Meindl, o que explicaria a ascensão meteórica do homem em Viena.

— Que haja a possibilidade de algum erro é o porquê de eu agradecer essa visita — sorriu Meindl para Gross, ignorando Werthen.

Hoje ele está do nosso lado, pensou o advogado. Quem sabe o que trará o amanhã?

Meindl estava de barba feita, trazia as maçãs do rosto coradas e usava um *pince-nez* de tartaruga, com uma mola sobre o nariz, recém-inventado.

— Eu fui radicalmente contra essa prisão tão precipitada. Mas a polícia criminal está, como o senhor pode observar, *Doktor* Gross, sob grande pressão, além da falta de pessoal. Os cidadãos querem resultados, exigem resultados. E *Herr* Klimt *aparentemente* é um alvo fácil. Um estranho, alguém que ostenta uma conduta boêmia, que insiste em abandonar a liga de arte oficial para criar uma galeria própria. Mas todos os artistas são um pouco instáveis, não é?

— Quer dizer que ele vai ser julgado por ser artista? — perguntou Werthen. — É um absurdo. Eu não vejo nenhuma prova concreta.

— Tem a questão do pedaço de pano ensanguentado, que foi encontrado no estúdio dele — replicou Meindl, ainda olhando apenas para Gross.

— Um pedaço de pano ensanguentado não chega a criar uma cena de crime — observou o criminologista. — Nós estamos ainda a quilômetros de distância de determinar se esse sangue é sequer de origem humana.

— Klimt diz que é do gato dele — acrescentou Werthen. — Esse gato entrou numa briga recentemente e perdeu.

Meindl comprimiu os lábios.

— Então, por que o pano estava escondido?

— Não exatamente escondido — protestou Werthen, conseguindo por fim obter toda a atenção de Meindl. — Ele estava no meio de uma sacola de retalhos que Klimt usa para limpar os pincéis. E, se fosse de fato o sangue da pobre *Fräulein* Landtauer, o senhor não acha que ele o teria destruído?

— Perfeitamente — concordou Gross. — É preciso pensar que a presença do retalho ensanguentado prova a inocência do homem. Ele não tem nada a esconder.

— Talvez seja uma forma bizarra de recordação da vítima — sorriu Meindl, com seus lábios finos de sáurio.

— Eu imagino que você esteja familiarizado com meus textos sobre sangue, Meindl? — disse Gross. — A diferença entre os respingos de sangue venoso e arterial? Se Klimt tivesse aberto a artéria de uma vítima no estúdio, mesmo que a vítima já estivesse morta, haveria um padrão claro de respingo. O corpo humano contém cinco litros de sangue mais ou menos, e grande parte disso teria ido em direção às paredes e ao chão do estúdio. Um trabalho de limpeza e tanto! Mas seus homens não encontraram nenhum vestígio de sangue além desse pedaço de pano.

Meindl balançou a cabeça.

— Eu não estava dizendo que concordo com a polícia criminal, mas simplesmente que existem perguntas que precisam de resposta.

— Nós podemos apresentar o corpo do animal — disse Werthen, adiantando o ataque.

Ele tivera uma consulta rápida com o pintor em sua cela na prisão de Landesgericht, antes de ir para aquela reunião com Meindl. Klimt se encontrava obviamente muito perturbado, mas ainda contundente o bastante para refutar as acusações contra ele.

— Klimt disse que o enterrou sob o abricoteiro do jardim do estúdio — acrescentou Werthen.

— Isso não prova nada — retrucou Meindl categoricamente. — *Herr* Klimt consegue ser mais esperto do que se imagina. Talvez isso não passe de um subterfúgio, um ardil.

— Eu pensei que o senhor tivesse sido contra a prisão dele — disse Werthen.

— Àquela altura, sim. Mas podemos encontrar novas provas. Para falar a verdade, esse assassinato é o único não esclarecido no que diz respeito às pessoas que conheciam a vítima. Nos outros casos, as esposas e os maridos deram conta de seu paradeiro na hora do crime. No caso de *Fräulein* Landtauer, porém, o homem mais próximo dela, *Herr* Klimt, não consegue fornecer informações sobre seu paradeiro.

— Ou prefere não fornecer — acrescentou Werthen.

— Ou prefere não fornecer — concedeu Meindl. — O que dá no mesmo.

— Você acha que *Herr* Klimt era o único "amigo" da moça? — perguntou Gross de repente. — Você falou com a colega de quarto dela?

— Esses assassinatos presumem, com certeza, alguém com mais força do que um fiapo de moça — replicou Meindl.

Gross fez uma careta e balançou a cabeça como se estivesse decepcionado com o ex-aprendiz. Werthen, entretanto, entendeu o que ele pretendia.

— Ele quer dizer que Klimt nos contou que *Fräulein* Landtauer mandou uma mensagem cancelando a sessão em que posaria para ele, na noite em que foi assassinada. Ela disse que ia ficar cuidando da colega de quarto, que estava doente. Mas Klimt soube que isso era mentira, porque viu essa mesma colega de quarto saindo do prédio dele depois de deixar lá o bilhete. Se *Fräulein* Landtauer achou necessário inventar uma mentira para cancelar a sessão com Klimt, isso indica que estava com a consciência pesada. Talvez ela fosse encontrar outro homem naquela noite...?

— Essa é obviamente outra questão que precisa ser investigada — disse Meindl, suspirando. — Pelo que eu soube, os investigadores foram até a residência da moça, mas não viram nada suspeito.

O inspetor suspirou, soltando o *pince-nez* e esfregando o alto do nariz.

— Entendam minha situação. Eu não sou o responsável por esse caso, mas eu realmente me importo com a reputação da polícia vienense. Eu entrei em contato com o senhor hoje de manhã, *Professor Doktor* Gross, quando soube do seu interesse pelo caso. — E, apontando de má vontade com a cabeça para Werthen: — E do seu, advogado. Eu estou disposto a compartilhar com o senhor tudo o que descobrimos até agora, se isso ajudar a prevenir qualquer embaraço futuro. Essa ajuda deve, é claro, permanecer no mais estrito sigilo.

— É claro, Meindl — disse Gross.

Um carreirista nato, pensou Werthen. O inspetor estava agindo em nome da autopreservação. Embora Klimt fosse pintor, ele tinha alguns amigos poderosos. Dizia-se que metade das mulheres da sociedade de Viena já pousara para ele, e inteiramente nua. E elas tinham um grande poder de persuasão sobre os maridos, pois Klimt também vencera concorrências para executar encomendas públicas, criando uma série de pinturas controversas para a nova entrada da universidade, entre outras. A polícia criminal com certeza não sabia quem estavam mantendo sob custódia; estavam investigando loucamente, procurando um bode expiatório, algum sucesso, mesmo que temporário.

Meindl, contudo, *tinha* consciência da estatura do homem que eles haviam prendido, Werthen sabia. Cabeças poderiam rolar por causa daquela detenção, e a dele não estaria entre elas, se o inspetor pudesse evitar. Se Gross, utilizando informações fornecidas por Meindl, conseguisse resolver o caso, provando a inocência de Klimt, o inspetor, então, ficaria certamente com o crédito. E, se ficasse provada a culpa do pintor, as maquinações de Meindl passariam sem ser notadas, já que pedira segredo a Gross e Werthen. Das duas formas, ele ganharia. Não era de admirar que o homem tivesse subido tanto dentro da Chefatura, pensou Werthen. Ele sabia exatamente como manipular o sistema. Um talento desses não passaria despercebido por um homem como o príncipe Grunenthal, quando em busca de protegidos.

— Tem uma coisa que nenhum de nós está mencionando — disse Gross.

— E o que seria? — perguntou Meindl.

— O sangue escoado, os narizes decepados — arriscou Gross.

O inspetor recolocou seu *pince-nez*.

— Tem razão. Um dos nossos agentes estava examinando esse pormenor também. Explorar esse viés significaria desembocar em grupos judeus extremistas.

Werthen se mexeu inquieto na cadeira, sentindo o sangue subir.

— Mas acho que não tem muita coisa para encontrarmos, nessa linha de pensamento — acrescentou Meindl rapidamente.

Gross teve a temeridade de se mostrar desapontado, e Werthen notou.

— Mas tem uma coisa que apareceu nesse contexto, de fato — disse o inspetor, consultando a pasta sobre a mesa, em frente a ele. — Uma das poucas conexões que conseguimos fazer entre as vítimas. Duas delas tinham contratado os serviços de um médico neurologista local de origem judia.

Ele passou uma folha de papel para Gross, que a entregou a Werthen. Ele leu o nome e o endereço: *Doktor* Sigmund Freud, Berggasse, 19.

Mas, primeiro, eles tinham uma visita mais urgente a fazer. Liesel Landtauer alugava um quarto de uma certa *Frau* Iloshnya, no Terceiro Distrito de Viena. A rua Uchatiusgasse era comprida e sem atrativos, não muito longe da estação Landstrasse do *Stadtbahn*. Recebera o nome de um daqueles autodidatas curiosos do século XIX, o barão Freiherr Franz Von Uchatius, inventor e militar, que dirigira o Arsenal de Viena. Entre suas invenções, constava um projetor primitivo para movimentar ilustrações, que antecedera o do americano Edison em 50 anos. Ele conquistara renome militar e o posto de general pela invenção do bronze fosforoso, que se mostrara eficiente na fundição de armas. Todavia, quando um dos canhões moldados a partir desse metal explodira, enquanto estava sendo mostrado para o imperador, Uchatius saíra da cena vienense e acabara por se matar.

Werthen, estudioso da sua cidade de adoção, ficou tentado a regalar Gross com seu cabedal de conhecimentos, mas ficou em dúvida se o criminologista se interessaria. Em vez disso, seguiu Gross até o número 13, onde a porteira do prédio se encontrava ocupada passando um pano no chão da entrada. Após pedirem orientação a ela, foram até o terceiro andar, para o apartamento 39. Gross, que era claustrofóbico, ignorou o elevador em atividade e subiu pela escada, xingando Deus e o mundo quando alcançou o terceiro andar.

Gross levava uma carta oficial da Chefatura de Polícia, entregue a ele por Meindl, o que convenceu a senhoria, *Frau* Iloshnya, a deixá-los entrar no quarto de Liesel.

— A colega, Helga, ficou tão abalada que foi para a casa dos pais na Baixa Áustria — explicou a senhora. — Levou todas as suas coisas. Tirando isso, o quarto está o mesmo que a pobre Liesel deixou antes de...

— É, eu imagino — consolou-a Gross, com uma batidinha tímida na parte superior do braço.

— Ela era uma boa moça, não importa o que os jornais estejam dizendo.

Os tabloides já haviam noticiado a história da prisão de Klimt. As edições da tarde chegaram às ruas cedo, com manchetes alardeando: BRIGA DE AMANTES TERMINA MAL e A BELA E A FERA. Esse último jornal contrapusera uma fotografia de Klimt, parecendo um urso com aparência demoníaca, ao esboço de Liesel, feito por ele, para seu quadro *Nuda Veritas*. Um artista do jornal cobrira as partes do corpo que poderiam ofender os bons burgueses vienenses.

— Eu tenho certeza de que era — disse-lhe Werthen.

— Qualquer coisa que eu possa fazer para ajudar a condenar esse homem — falou ela. — Qualquer coisa.

Frau Iloshnya achava que Gross e Werthen estavam a serviço da polícia e não tentando provar a inocência de Klimt.

Ela levou-os até um quarto pequeno nos fundos do apartamento, que dava para uma área interna. O cômodo já se encontrava escuro no meio da tarde. Olhando-se pela janela, só dava para ver um galho verde da castanheira que havia no pátio do prédio. O quarto continha duas camas de solteiro com estrados de ferro; sobre elas, dois crucifixos pendiam na parede. Havia um guarda-roupa em frente, ao pé das camas; a porta mais próxima à entrada estava ligeiramente entreaberta. Gross abriu-a e viu que o interior estava vazio.

— Era a de Helga — disse *Frau* Iloshnya. — Eu não acho que ela vá voltar. Ficou muito aflita.

Enquanto Gross se distraía com um exame minucioso do conteúdo da segunda porta — a polícia já havia feito uma inspeção superficial e não encontrara nada —, Werthen tentava manter a atenção da senhoria.

— Nós apreciaríamos qualquer informação que a senhora tiver sobre Liesel. Sabe se ela tinha muitos amigos?

A mulher negou com a cabeça com tanta veemência que uma mecha de cabelos brancos se desprendeu do coque preso atrás da cabeça e caiu sobre a testa.

— Ela e Helga ficavam juntas — disse a senhoria. — As duas trabalhavam na mesma fábrica de tapetes.

Gross, ao ouvir isso, lançou a Werthen um olhar cético. Eles sabiam que Liesel havia saído daquele emprego pouco tempo depois de chegar a Viena. Nos últimos seis meses, ela ganhara a vida como modelo, trabalhando basicamente para Klimt. O olhar de Gross alertou Werthen para que aceitasse tudo o que a senhoria tinha a oferecer com um grão de suspeita. Ela claramente não conhecia sua inquilina.

— Nenhum homem na vida dela? Ela era uma moça muito bonita.

— Ela era uma moça decente — *Frau* Iloshnya quase gritou.

Gross subira na única cadeira do quarto e estava atarefado examinando a parte de cima do guarda-roupa, observou Werthen.

— Eu não quis dizer nada em contrário, *gnädige Frau*. Mas não tem nada de mal, em si, cara senhora, em se receber visitas de um cavalheiro.

— Não debaixo do meu teto, pode ter certeza — retrucou ela, bufando.

Dane-se, Werthen disse para si. Com aquela coruja velha, ele só iria conseguir confusão.

O advogado tomou o braço de *Frau* Iloshnya e, gentilmente, mas com firmeza, empurrou-a para a porta.

— Muitíssimo obrigado por sua ajuda — disse ele, levando-a para fora do quarto. — Vamos deixar tudo como encontramos.

Ela pareceu surpresa, depois contrariada, e já ia protestar.

— Nós encontraremos a saída sozinhos — acrescentou Werthen rapidamente, antes de fechar a porta do quarto na cara dela.

— Acho que talvez a gente ache alguma coisa aqui, Werthen — disse Gross, com o braço esticado no alto do guarda-roupa. Ele fez que sim com a cabeça quando sua mão tocou em algo. Depois, mostrou o que parecia ser um maço de cartas amarrado com fita vermelha. Ele soprou, sem que nenhuma poeira levantasse. Então, desceu da cadeira e se sentou na cama. — Talvez nossa Liesel tenha nos deixado uma pista.

Ele desatou o maço e abriu uma carta após a outra, examinando o conteúdo rapidamente, até chegar à última.

— Ah, agora as coisas começaram a ficar mais interessantes.

Ele estendeu a carta para Werthen, que a leu velozmente, balançando a cabeça para Gross.

— Isso põe mais lenha na fogueira, pode ter certeza.

— Talvez seja hora de fazer uma visita ao teatro — disse Gross, piscando o olho.

O *Strassenbahn* deixou-os, vinte minutos depois, no Burgtheater.

Werthen era um estudioso das hipocrisias da Viena de fins do século XIX. O desenho dos prédios da Ringstrasse informavam, em particular, suas pequenas histórias, fornecendo uma introdução que falava de impostura e artifício. Essas novas edificações, falsas, tinham todas uma aparência que simbolizava sua função: uma ópera neorrenascentista como o centro das artes; um parlamento neoclássico que era uma tirada de chapéu para a arquitetura grega e a casa da democracia; o Rathaus neogótico, símbolo da riqueza da burguesia. Ali, à sua frente, estava o Burgtheater, com o auditório em forma de lira, que pretendia evocar as origens gregas da dramaturgia. Os vienenses eram ótimos com símbolos.

O Burgtheater era uma das monstruosidades mais clamorosas do Ring, pensava Werthen. Instalado havia 16 anos no prédio, com uma expansão de custos contínua, que ultrapassara em muito a estimativa inicial, o Burgtheater ou Teatro da Corte — com pinturas decorativas no teto, feitas por Klimt, entre outros — fora inaugurado em 1888, com grande fanfarra e quatro mil lâmpadas elétricas iluminando a fachada. Mesmo hoje, dez anos depois, a rede elétrica da cidade ainda tinha um longo caminho a percorrer. A noite continuava a ser iluminada a gás, ao contrário de outras capitais europeias, onde a eletricidade estava se tornando o padrão rapidamente. A forma de lira do teatro criava um espaço, de acordo com um ator e crítico do *Neue Freie Presse*, que era um "mausoléu sufocado por ornamentos, tornando a arte da representação uma infelicidade para mim e meus colegas". As falas não conseguiam ser ouvidas, nem a ação vista naquele teatro das artes performáticas. Para completar, os projetistas haviam escolhido o símbolo errado: não era a lira, mas a flauta de junco, ou *aulos*, que representava as origens do teatro grego. A acústica e a linha de visão só tinham sido melhoradas havia dois anos.

Werthen pôs esses pensamentos de lado enquanto seguia Gross, sem dizer uma palavra, até a entrada lateral do palco. Ali, o criminologista apresentou sua carta da Chefatura de Polícia para um porteiro cético, que já vira todos os truques possíveis para se chegar à porta do palco e garantir autógrafos de um dos astros.

— *Herr* Girardi, por favor — disse Gross ao homem. — Assunto oficial.

Não ajudou muito o fato de que o assunto fosse com o astro do momento. O porteiro, de costeletas e pomposo, contrariado porque seu intervalo da tarde, para comer uma salsicha, fora interrompido, perscrutou a carta.

— Seja rápido, homem — disse Gross, impaciente, empregando seu tom intimidante de promotor. — Se não acredita em mim, pode ligar para a Chefatura de Polícia. Eu imagino que tenha um telefone aqui...?

O porteiro resmungou algo ininteligível a eles e depois balançou a mão na direção do corredor, indicando a esquerda, onde ficava o camarim de Girardi.

Os jornais, Werthen sabia, afirmavam que o ator era, ao lado do próprio imperador, talvez a pessoa mais famosa em toda Viena naquele momento. Entretanto, se fosse perguntado a um homem ou mulher na rua qual autógrafo eles prefeririam, seria notado que a realeza ficava em um distante segundo lugar em relação à dramaturgia. Mestre do dialeto, bom comediante e ator, tanto no drama como na opereta, Girardi era uma espécie de fenômeno. Seu modo de se vestir tomara conta da cidade e até o salvara de ser encarcerado em um hospício. Corriam rumores de que ele e a ex-esposa, uma atriz inconstante, tinham um casamento espantoso, selado pelo ódio mútuo. Ela tentara se livrar dele por meio de um médico, coisa jamais vista, que diagnosticara insanidade no marido. Quando os enfermeiros foram levá-lo para o hospício, eles confundiram um fã, à espreita em frente à casa do ator, com o próprio Girardi, pois o homem estava vestido exatamente como ele, usando inclusive o inconfundível chapéu de palha dura. Conhecido como ator popular, de dramas e comédias folclóricas, Girardi estava fazendo seu *debut* no bolorento Burg, em uma peça de Raimund. Aquela era uma apresentação especial para a realeza, na qual eram esperados o imperador e a família, amigos da nobreza e o príncipe de Gales, da Inglaterra, em visita à Áustria, quando o Burgtheater, outros teatros e salas de espetáculo da cidade se encontravam normalmente fechados, de julho a setembro.

Girardi possuía, como um astro no firmamento, seu próprio campo de gravidade. Até mesmo Gross, em Graz, havia aparentemente ouvido falar de "Der Girardi".

O criminologista bateu na porta do astro.

Uma voz vinda de dentro gritou em francês, "*Entrée*".

Gross abriu completamente a porta, revelando o que parecia ser, à primeira vista, o interior de uma estufa. Havia flores por todo o lugar, rosas em jarros, violetas e lírios entrelaçados em coroas ornamentais, buquês de cravos de todas as cores e plantas em vasos também — begônias, samambaias e palmas, em tinas de metal. O perfume das várias flores atingiu-os como um martelo olfativo e paralisou-os na entrada momentaneamente.

— Sim? O que é? — A voz sonora vinha de um homem mínimo, menor até que Meindl, oculto por crisântemos púrpura em um vaso Ming falso, colocado sobre uma penteadeira. O homem olhou para eles pelo reflexo do espelho. Seu rosto parecia baço como o do cadáver no necrotério. Todavia, no caso de Girardi, a palidez era obtida por meios artificiais.

Werthen entendeu então a razão de parte da fama de Girardi: não eram nem 14 horas e o homem já estava se maquiando. Parecia que toda a sua vida tinha que girar em torno do teatro.

Gross apresentou-se rapidamente, referindo-se a Werthen apenas como "meu colega".

Girardi ficou repetindo "*Enchanté*" e parecia incrivelmente patético em suas sapatilhas de ópera. Ele fitou-os com uma espécie de desconfiança perspicaz; um ator assumindo o papel de discernir especulações.

— Como posso ajudá-los, senhores?

Lamento incomodá-lo, *Herr* Girardi. É sobre o caso Landtauer. *Fräulein* Elisabeth Landtauer — disse Gross.

Girardi trocou de papel — agora ele era o *bon vivant* esperto.

— Liesel? Uma boa moça; eu a conheço bem. Vocês podem dizer que eu a *conhecia* bem, na verdade.

Seu alemão impecável de Burgtheater tornou-se de repente contaminado pelo som nasal do dialeto vienense. O *timing* de Girardi era perfeito: um sorriso vulgar surgiu no momento exato.

— Vocês a conhecem, senhores?

Werthen e Gross trocaram um olhar breve.

— Então o senhor não sabe — começou Gross. — Não tem lido os jornais?

Girardi começou vagarosamente a perder seus modos de palco; uma expressão humana transpareceu por um breve instante através das máscaras.

— Eu não acompanho as notícias antes de uma apresentação. Pode me desestabilizar. Do que se trata?

— É meu triste dever informá-lo de que *Fräulein* Landtauer morreu. Assassinada — acrescentou Gross.

Por um instante, Girardi achou que era uma piada de mau gosto. Ele já ia protestar com a falta de delicadeza, quando viu o ar sofrido no olhar de Werthen.

A mão do ator procurou cegamente atrás dele a cadeira do camarim e, ao encontrá-la, despencou sobre ela.

— Como? — balbuciou ele, sem que mal se pudesse ouvi-lo.

— Alguém quebrou o pescoço dela — disse Gross, pondo uma mão consoladora sobre o ombro de Girardi. — Foi instantâneo. Ela não sentiu nenhuma dor.

Como o silêncio reinasse no camarim, os sons do lado de fora se tornaram mais altos que nunca: gritos de comando, marteladas de última hora nos cenários, um contralto cantando em algum lugar do auditório, sabe-se Deus com que propósito.

— Não pode ser — disse, por fim, Girardi. — Deve haver algum engano.

Gross balançou a cabeça.

— Eu receio que não, *Herr* Girardi. Ela foi identificada.

O ator olhou para a frente.

— Quando? — Depois fitou Gross. — A que horas isso aconteceu?

— Em algum momento entre meia-noite e três horas da manhã, na madrugada de anteontem. O médico que a examinou não pôde precisar bem.

Girardi segurava a cabeça entre as mãos e tapava os olhos. Ele estremeceu de repente, como se tivesse puxado uma corda de marionete no próprio corpo, endireitando-se na cadeira e pressionando as mandíbulas.

— Por que vocês vieram me ver a respeito disso? Como puderam saber que éramos... amigos?

Gross mostrou o maço de cartas.

— A moça guardava suas cartas, como o senhor pode ver. A mais recente indica que vocês estavam juntos na noite em questão.

— Uma correção — disse Girardi, levantando-se de novo, como um pequeno galo de briga, de peito inchado, ao entrar na rinha. Ele estendeu a mão para receber as cartas e Gross satisfez sua vontade, entregando-as. — Ela queria que ficássemos juntos na noite de terça — continuou Girardi, deixando o pacote escorregar para dentro de uma gaveta de sua penteadeira. — Mas eu a dispensei depois de um breve jantar no Sacher's. Talvez vocês não saibam, mas eu tenho uma estreia esta noite. Liesel achava que isso não tinha a menor importância, é claro. Mas um homem na minha idade precisa de sono mais do que de namoricos, durante alguns dias, antes de uma apresentação dessas.

— Que horas seriam, senhor? — perguntou Gross.

Girardi balançou a cabeça para o criminologista, sem entender.

— Que o senhor a mandou embora?

O ator esticou os lábios para a frente, em contemplação.

— Não eram mais que 11. Talvez 11h15. Perguntem aos garçons do Sacher's. Eles viram a gente ir embora. Ela, a pé, receio. Um pouco aborrecida comigo; recusou o *Fiaker* que chamei para ela. E desapareceu na noite como uma...

— Sim, senhor? Como uma? — perguntou Gross.

— É uma coisa inconsiderada para se dizer nessas circunstâncias, mas como uma prostituta, exatamente. Uma mulher da noite. Tem sempre um punhado delas vagando pelas ruas à noite.

— E o senhor então foi para casa? — inquiriu Gross, procurando o bloco de notas em seu bolso.

— Fui. Meu valete pode confirmar isso, se houve alguma dúvida. Embora eu deva admitir que não gosto muito de ser interrogado dessa forma antes de uma apresentação.

Werthen pôde ver que o choque estava passando. Girardi olhava para os dois com desconfiança.

— E quem são vocês, amigos, afinal de contas? Não são da polícia, obviamente. São repórteres? Vou mandar botar os dois para fora. — Sua mão se moveu em direção a uma corda de puxar ao lado da penteadeira.

— Nós estamos tentando reconstituir os movimentos da pobre vítima duas noites atrás — disse Gross, paralisando o ator com seu tom estentóreo. — Não somos repórteres. Eu sou o Dr. Hanns Gross, de Graz.

Isso não causou o menor sinal de reconhecimento em Girardi.

— A coisa mais insignificante pode ajudar nesses casos — acrescentou Werthen rapidamente, tentando acalmar de novo as coisas.

Girardi suspirou.

— Bem, falem com aquele pintor amigo dela, então. Ela estava sendo esperada no estúdio dele naquela noite, mas veio cear comigo em vez disso. Procurem-no e descubram o que ele estava fazendo na terça à noite. Pescoço quebrado, vocês disseram. Aquele homem é enorme e muito forte.

— Isso não vai dar certo — repetia Gross, enquanto caminhavam ao longo do Ring, o sol brilhando no alto. — É intolerável — exclamou ele de novo.

Havia impaciência em sua voz: desejando um pouco de comiseração sem obtê-la.

— O que é agora? — perguntou Werthen por fim.

— Aquele ferreiro oportunista, me confundindo com algum repórter abominável com colarinho de celuloide. Ele é de Graz também e sequer sabe que eu sou um dos nomes mais conhecidos da criminalística. Que já escrevi livros, fundei um jornal, dei conselhos tanto a monarcas quanto a policiais.

— Nervosismo — disse Werthen. — A estreia dele é hoje.

Esse comentário, no entanto, em nada amoleceu Gross.

— Tentando ensinar meu trabalho. "Falem com aquele pintor amigo dela", ele disse. Bancando o todo-poderoso.

— Ele pareceu mesmo surpreso quando soube que a moça tinha morrido.

— Hum.

— Mas por que você entregou as cartas de volta para ele?

— Não sei se eu seria tão bonzinho de novo — disse Gross, e depois deu de ombros. — O que é que elas provam afinal de contas, a não ser que Girardi é um plagiador? Versos carinhosos de amor, todos roubados dos sonetos de Shakespeare ou da poesia romântica de Lessing. Mas *Fräulein* Landtauer não sabia disso com certeza; no máximo, lia os tabloides ou algum romance barato.

— Elas são provas de que eles tinham um relacionamento — argumentou Werthen. — Talvez ela estivesse trocando Girardi por Klimt, e não o contrário.

— Nós não precisamos das cartas para provar que eles tinham um caso. Eu tenho certeza de que *Herr* Girardi ficaria muito feliz se todo mundo soubesse disso. Esse tipo de conquista alimenta o ego de um homem. E certamente o Sacher's é um ponto de encontro bastante público. A gente pode checar o álibi dele no devido tempo, mas eu tenho certeza de que a história de Girardi é verdadeira. Ele simplesmente a mandou passear.

— Para encontrar a morte — acrescentou Werthen.

Gross não fez comentários, mas apertou o passo na direção de Schottenring.

— Então, a quantas estamos? — perguntou Werthen, seguindo-o.

Gross respondeu por sobre o ombro:

— Com tempo suficiente apenas para ver um certo neurologista antes de nos sentarmos diante de um suculento jantar, acho eu.

Doktor Sigmund Freud não estava em casa. Seu consultório se encontrava fechado durante o mês de agosto, anunciava um cartaz. Em caso de emergência, ele poderia ser encontrado na Pensão "zum See", em Altaussee, Salzkammergut. O cartaz estava datado de 10 de agosto; Sigmund Freud não estivera, portanto, em Viena, na noite da morte de Liesel Landtauer.

— Bem, acho que a gente merece um drinque antes do jantar, depois desse dia tão cansativo — disse Gross, enquanto examinavam o cartaz, do lado de fora do número 19 da Berggasse. — Que pena! Eu estava querendo discutir meu trabalho com o homem. Ouvi dizer que ele está desenvolvendo um tipo novo de terapia para tratar pacientes com problemas nervosos. Uma cura à base de conversa, como ele chama.

— É mesmo? — Werthen, que já havia deitado no divã de Freud, não disse nada. Se Gross podia ter seus segredos, então ele também podia.

CINCO

Eles foram encontrá-lo no Café Landtmann, próximo ao Burgtheater; a escolha do lugar fora do convidado. Werthen ainda apresentava objeções quando ele e Gross sentaram-se diante da pequena mesa de tampo de mármore, a fim de esperar a chegada de Theodor Herzl, dândi, folhetinista e autor teatral a um só tempo e, mais recentemente, fundador do sionismo e autor de *O estado judeu*.

— O próprio *Inspektor* Meindl disse que o viés judaico não valia a pena ser investigado — Werthen lembrou ao criminologista.

— Desde quando você aceita ordens de Meindl? Eu acho que uma vez você o acusou de ter uma mente de segunda.

A memória de elefante de Gross podia às vezes ser irritante, pensou Werthen. Especialmente quando trazia à tona verdades desconfortáveis.

Quanto mais o criminologista ficava obcecado pela possibilidade de um crime ritual judaico, mais o judaísmo latente de Werthen aflorava. Ele achava que estava bem enterrado pela sua educação, pelo seu dinheiro e pela conversão ao cristianismo, mas, de repente, tudo reapareceu nele como um dragão não convidado. Seus pelos se eriçavam à sugestão de uma sangria judaica; na verdade, foram os judeus que sofreram e perderam seu sangue nas mãos dos cristãos europeus durante séculos.

Gross pedira um favor a outro ex-aluno, agora editor do *Neue Freie Presse*, onde Herzl havia, até recentemente, sido editor e articulista. Esse ex-aluno conseguira convencer Herzl a ir àquele breve encontro, em meio à sua atribulada rotina de trabalho. Programar uma entrevista com Herzl para discutir rituais de assassinatos ou buscar pistas que levassem a judeus radicais, capazes de uma ação daquelas, parecia um ato de demagogia muito barato da parte de Gross. Werthen nunca imaginara que ele pudesse ter esse comportamento.

No entanto, o advogado iria participar do encontro, pois sua curiosidade levara a melhor sobre ele. Herzl era um daqueles nomes que atraíam a atenção do público em Viena, nos últimos tempos. Faltava apenas alguns dias para o Segundo Congresso Sionista, a ser realizado em Basileia, e o jornalista reunira notáveis judeus do mundo todo, a fim de ajudar a planejar um novo estado judeu, na Palestina ou na Argentina. Werthen queria saber o que movia aquele homem. Como ele pudera passar de austríaco assimilado para porta-voz de um estado judeu, quase da noite para o dia?

Ele reconheceu Herzl imediatamente, assim que passou pela porta dupla do café. Não era um homem grande, mas sua barba longa e espessa era imponente, dando-lhe o ar de um patriota bíblico. Herzl conversou um instante com o chefe dos garçons, *Herr* Otto, e foi levado até a mesa deles. Gross e Werthen levantaram-se para cumprimentar o homem.

— Que bom o senhor ter aceitado um convite com tão pouca antecedência — disse Gross, estendendo a mão para Herzl. — Sei que é muito ocupado, ainda mais com o Congresso Sionista e os seus escritos também.

Ele indicou ao jornalista a cadeira Thonet, de madeira curva, reservada para ele. As apresentações foram feitas e, quando Herzl deu a resposta educada, "*Es freut mich*", Werthen ficou quase escandalizado pela dessemelhança entre sua voz e aparência. O patriarca imponente, vestido impecavelmente com um terno cinza, que parecia ter sido confeccionado pela tradicional firma Knieze, na rua Graben, ficou diminuído de repente por uma voz apenas um registro abaixo da de um *castrati*.

Gross não pareceu reparar, mas começou uma discussão rápida sobre os assassinatos que estavam investigando. Herzl admitiu que havia lido sobre alguns deles nos jornais.

— Mas não acompanhei o assunto muito de perto, porque tenho andado muito sem tempo ultimamente.

Aguda ou não, a voz possuía ressonância e força. Ele falava devagar, como se cada palavra tivesse uma importância especial, ou como se já tivesse sido gago e precisasse ter muito cuidado a cada enunciação. O efeito geral era hipnótico para Werthen; fazia com que a pessoa se agarrasse a cada palavra.

— Na verdade, eu não sei como posso ajudar os senhores nessa investigação — disse Herzl.

Werthen fitou Gross, cujos olhos estavam fixos no jornalista.

— O caso teria uma possível conexão com o judaísmo — começou Gross.

A seguir, ele descreveu com mais exatidão os ferimentos infligidos às vítimas e a drenagem do sangue.

— Entendi — disse Herzl. — Assassinatos rituais judaicos, não é isso?

— Exatamente.

Gross sempre gostara de estar na companhia de homens ou mulheres que demonstrassem habilidades intuitivas e intelectuais, para quem não precisava pronunciar todas as palavras.

— Ou a impressão disso — acrescentou Werthen rapidamente.

— Meu estimado colega fez uma observação muito importante. Ou a impressão disso. Diga-me, *Herr* Herzl, o senhor sabe especificamente de alguém...

"É agora", pensou Werthen. Ele já ia interromper, quando Gross o surpreendeu:

— Que tenha algo contra o senhor? Qualquer pessoa ou grupo que possa querer desacreditar o sionismo ou o povo judeu, por meio dessa charada de crimes bestiais? Alguém que tenha feito uma ameaça, verbal ou escrita, ao senhor ou à sua organização recentemente?

Werthen sentiu sua careta ser substituída por um olhar de admiração por Gross. O criminologista sorria benevolamente, aguardando uma resposta de Herzl.

O jornalista riu para si.

— Por onde eu devo começar, *Doktor* Gross? O senhor quer uma lista de que tamanho?

— Um homem na sua posição acaba desenvolvendo um sexto sentido em relação a essas coisas. Eu imagino que o senhor saiba diferenciar o simples ignorante do verdadeiramente mal-intencionado.

Herzl concordou com a cabeça.

— Infelizmente, foi uma capacidade que eu tive de aprender a desenvolver. Vou mandar meu secretário preparar uma lista daqueles que nós já notamos que oferecem risco sério. Para onde eu devo mandá-la?

Gross deu a ele o número de seu quarto no Bristol.

Quando já estava se preparando para ir embora, Herzl disse:

— Algum dos senhores leu meu *Estado judeu*?

— Ainda não tive oportunidade — respondeu Werthen. — Mas vou ler, vou ler... Diga-me uma coisa, *Herr* Herzl, como foi que o senhor retornou ao judaísmo?

— O senhor é de origem judaica, *Advokat* Werthen?

— Sim, sou. — Werthen descobriu um orgulho súbito naquela admissão.

— Então o senhor conhece tão bem quanto eu os subterfúgios que a gente cria com relação à própria origem. As tentativas desesperadas de se encaixar na alta sociedade, de negar qualquer influência que a hereditariedade possa ter sobre nós. O senhor talvez tenha conhecimento sobre o início de minha carreira como autor teatral e jovem diletante ambicioso. Mas, quando fui cobrir o julgamento de Dreyfus em Paris, para o *Neue Freie Presse*, percebi que, não importa o quanto tentemos, nós vamos ser sempre estranhos na sociedade europeia. Agora eu vejo minha vida pregressa como um desperdício. Eu era parte da escória querendo me transformar em alguma coisa útil.

Herzl ficou sentado em silêncio por algum tempo, como se tivesse falado demais.

— Jamais um desperdício, *Herr* Herzl — disse Gross. — Na minha provinciana cidade de Graz, eu entrei em contato com um mundo mais amplo através dos seus escritos. A série *Palácio Bourbon, retratos da vida parlamentar na França* foi, em especial, inspiradora para mim.

Herzl balançou a cabeça solenemente diante do cumprimento. Werthen também ficou surpreso de que o criminologista tivesse encontrado tempo para ler algo que não fossem relatórios forenses.

— Ainda assim, eu vejo pessoalmente aqueles anos como um desperdício — retrucou Herzl, dirigindo-se aos dois. — De certa forma, os judeus da Europa são a escória da sociedade humana, da mesma forma que eu via minha própria vida. Então, eu vejo minha transformação pessoal como um modelo para a transformação coletiva dos judeus. Leiam, se tiverem tempo, meu conto "A hospedaria de anilina". Está tudo escrito ali. Agora eu só desejo uma vida plena de realizações de valor, que expurguem e eliminem tudo de baixo, irresponsável e confuso que tenha estado em mim.

Após Herzl ter ido embora, Werthen e Gross permaneceram na mesa por um tempo, planejando o próximo movimento.

— Eu preciso conversar com Klimt de novo — confessou Werthen. — Talvez ele tenha conseguido apurar seu paradeiro nas noites dos outros assassinatos.

— Excelente ideia — disse Gross. — Quanto a mim, vou fazer uma visita ao Departamento de Polícia Forense, a convite do nosso estimado *Inspektor* Meindl. Eles conseguiram uma autorização para que eu veja as fotografias da necropsia.

Ele disse aquilo com o prazer que a maioria das pessoas reservaria para uma noite no teatro ou em um restaurante.

— Pesquisa para um artigo no meu *Arquivos de criminalística* — disse Gross, cheio de ironia.

Invenção de Meindl, imaginou Werthen. O homem não iria esticar tanto o pescoço para fora, por medo de lhe cortarem a cabeça.

Eles combinaram de se encontrar no laboratório forense depois da conversa de Werthen com Klimt.

O advogado pagou a conta e, depois, antes de pôr o chapéu, disse:

— Eu vi que você deu seu endereço no Bristol para Herzl. Isso quer dizer que você não vai para Czernowitz, como estava programado?

Gross fitou-o com olhos entreabertos:

— Nem eu vejo você entrando no trem para a propriedade dos seus pais no campo, meu caro Werthen. Não enquanto houver trabalho a ser feito.

O advogado hesitou, perguntando-se se devia levantar o assunto, mas resolveu ir adiante.

— Você me pegou desprevenido com a linha de perguntas que fez para Herzl. Eu acho que lhe devo desculpas.

— Não seja estúpido, homem. Então, você me confundiu com um antissemita. Já me confundiram com coisa pior. Não foi para proteger os seus sentimentos delicados que fiz isso. Não mesmo. Esses crimes são uma provocação óbvia, como você sugeriu, cometidos por algum antissemita fanático ou por algum indivíduo muito esperto, que quer turvar a água para desviar a atenção e gerar pistas falsas.

— Eu fico contente que você pense assim.

— Mas não exclua a possibilidade. Assassinatos rituais existem. Veja o próximo número do meu *Arquivos de criminalística*. Procure um artigo longo sobre sincretismo religioso afro-caribenho, coisas como santeria, vodu e *palo mayombe*. O ritual da morte desempenha um papel dominante nessas crenças. Como eu sempre digo, porque um fato é abominável não quer dizer que a gente deva ignorá-lo ou negá-lo.

Werthen foi levado até a cela de Klimt na prisão de Landesgericht, um espaço apertado e sem ar, que ele dividia com dois personagens de aparência desagradável, os quais, o advogado sabia, eram também acusados de assassinato. No caso deles, porém, ele imaginava que as acusações tivessem alguma semelhança com a realidade. Eles exibiam uma palidez doentia, um olhar de aparência suspeita e o aspecto arrogante do criminoso de carreira.

Os guardas levaram os dois para fora, a fim de que Werthen pudesse conferenciar com seu cliente. No entanto, ao saírem, o mais alto e de pior aspecto fitou o advogado com um olhar fixo.

— Cuide bem dele, escutou? Eu já disse pra ele que ele precisa de um advogado criminal de verdade, mas Gustl é do tipo fiel. Não o deixe na mão.

— Ande — disse um dos guardas, espetando o homem com seu cassetete.

— Está tudo bem, Hugo — disse Klimt ao homem. — Não tem com que se preocupar.

Werthen esperou a porta da cela se fechar com uma batida atrás dos guardas.

— Gustl?

— Parece que fiz alguns amigos. Na verdade, são uns camaradas agradáveis, à maneira deles. Mas nunca tiveram uma chance na vida. Hugo, por exemplo. O pai dele morreu trabalhando numa fábrica de tecidos. Não houve indenização para a família e, na ausência do pai, a mãe foi forçada a vender o corpo quando Hugo era garoto. Ele escutava e via tudo. Com 7 anos, já trabalhava na rua batendo carteira.

— É, eu tenho certeza de que esses homens têm muita história para contar. O suficiente para inspirar um Stifter ou um Grillparzer.

— Isso me deu uma nova visão da vida — disse Klimt, com os olhos brilhando. — E eu achava que tinha sido difícil quando meu pai morreu e eu tive que tomar conta da família.

Ele sorria enquanto falava. Na verdade, pensava Werthen, o homem nunca parecera tão saudável, como se estivesse na verdade apreciando a prisão.

— Mas, agora, vamos ao que importa — disse o advogado. — Você conseguiu rastrear seus movimentos nas datas em questão?

Klimt se sentou no beliche de metal e bateu no colchão ao seu lado, para que Werthen fizesse o mesmo.

— Acho que eu não estou sendo de grande ajuda para você, velho. Emilie olhou as datas no diário dela, e parece que todas as ocasiões eu estava trabalhando até tarde no estúdio. Sozinho. Mas fiquei lá a maioria das noites dos últimos meses, terminando o retrato de Sonja Knips e também dando os toques finais na minha *Pallas Athene*. Prazos, prazos, como se eu fosse contador e não um artista.

Werthen esfregou a testa.

— Isso é ruim? Você e Gross já estão perto de encontrar o verdadeiro assassino?

O advogado atualizou Klimt sobre as investigações.

— Mas, se esse tal de Meindl acredita que eu sou inocente...

— Eu não disse isso — acrescentou Werthen rapidamente. — Ele só está de olho na carreira dele. Jogando dos dois lados por enquanto.

— Então — disse o pintor, animado. — Talvez a lista que Herzl vai mandar seja de alguma ajuda. Eu sou inocente, lembra? E eles não podem condenar um homem inocente.

Uma porta bateu bem naquele momento e logo em seguida um som de marteladas se fez ouvir pelo longo corredor do pavilhão da prisão.

Werthen não prestou atenção ao som, mas, pelo olhar de desespero no rosto de Klimt, ele percebeu que o pintor sabia o que aquele ruído significava: os guardas estavam testando a forca para uma execução que ocorreria mais tarde, naquele dia.

Gross ainda estava examinando uma seleção de fotografias, espalhada sobre uma mesa longa, em uma sala afastada do laboratório forense, quando Werthen chegou. O sol da tarde entrava por janelas que davam para o norte, um feixe de luz dourada, repleto de partículas nervosas de poeira. O criminologista estava usando uma lente de aumento poderosa para olhar as fotos, tão absorvido em seu trabalho que não ouviu Werthen entrar na sala. Passaram-se uns dez minutos até que Gross soltou a lente e percebeu o colega.

— Quais são as boas notícias de Klimt?

Werthen balançou a cabeça.

— Sem álibi para nenhuma das datas. Mas ele parece estar gostando das férias forçadas. E você, descobriu alguma coisa?

— Nada além de confirmar o que eu já suspeitava.

— O quê?

— Dê uma olhada nessas. — Gross alinhou cinco fotos, todas exibindo a mesma região do pescoço e apresentando um único corte.

— Esses são os ferimentos na carótida de cada uma das cinco vítimas. Graças a alguém, os legistas de Viena leram meu trabalho e tiraram vantagem do poder da fotografia. Tem uma série excelente de fotos da necropsia de cada vítima. Quatro delas já foram enterradas. Então, sem essas imagens, eu nunca conseguiria fazer esse tipo de comparação.

— Os cortes parecem bastante semelhantes — disse Werthen, usando apenas o olho nu.

— Sem dúvida, muito semelhantes — falou Gross, passando a lente de aumento para ele.

O advogado examinou cada corte por vez.

— Na verdade — disse o criminologista —, quase idênticos, você não acha?

— É — disse Werthen, soltando a lente. — Mas eu não sou especialista.

— Eu sou e digo que eles são tão parecidos que só podem ter sido feitos pela mesma mão. E muito bem treinada. Ou esse assassino recebeu treinamento de cirurgião ou é matador profissional com longa experiência.

— Dá para dizer isso pelos cortes?

— Incisões — corrigiu Gross. — Sim, dá. Elas não têm nada de hesitação, nenhum franzido na carne ou rasura em que o assassino tenha feito tentativas. Eu imagino também que nosso matador seja destro, porque as incisões são mais profundas do lado direito. Portanto, o corte começou ali e passou pela artéria num golpe certo e preciso. Além disso, eu suponho que o instrumento usado foi um bisturi ou, talvez, uma navalha, porque nenhuma lâmina de faca pode ser tão afiada a ponto de obter a precisão que esses cortes mostram. O que também contribui para a tese de que tem um dedo de médico ou cirurgião nessas mortes.

— Ou um barbeiro — brincou Werthen, ficando sério depois, assimilando o último comentário de Gross. — Um dedo, você disse?

— As vítimas foram mortas primeiro, depois os pescoços foram quebrados e, então, o sangue foi escoado. O assassino não drenou, necessariamente, ele mesmo o sangue. Pode haver mais de uma pessoa envolvida.

— Isso está ficando cada vez mais confuso, Gross. Posso aumentar um pouco a confusão?

— Por favor — retrucou o criminologista.

— Ocorreu-me, enquanto vinha para cá, que pode haver uma explicação alternativa para esses crimes. E se *Herr* Klimt for a verdadeira vítima?

Gross apertou os olhos, balançando a cabeça:

— Então todos esses crimes foram para fazer crer que Klimt é o culpado.

— Esse pensamento me surgiu — disse Werthen. — Seria alguém próximo do pintor, que conhecesse sua rotina e o fato de que ele não tinha álibi para nenhum dos assassinatos. O que significa qualquer um entre dezenas de colegas artistas.

— A inveja — falou Gross — pode mostrar sua cara feia em todas as áreas de atividade humana. Eu imagino que, deixando a liga de arte oficial e fundando a Secessão, o nosso *Herr* Klimt possa ter incomodado alguns dos pintores mais acadêmicos.

— O suficiente para matar cinco pessoas inocentes como vingança? — perguntou Werthen, testando a própria hipótese.

Gross deu de ombros.

— Eu já descobri criminosos cruéis com ainda menos motivações.

— Com a lista de Herzl e os confrades de Klimt, a gente estará investigando meia Viena.

— Se chegarmos a isso. Talvez fosse mais fácil rastrear a arma.

— Quantos bisturis e navalhas pode haver em Viena? Isso não é mais uma agulha no palheiro, Gross?

— Não mesmo, meu caro amigo.

O criminologista levou a lente de aumento novamente até o olho e apontou para a incisão na fotografia com a marca M5. Usando a ponta fina de uma lapiseira, ele indicou uma seção do ferimento que ficava mais ou menos no meio.

— Examine essa parte de perto, por favor. Diga-me o que você vê nas bordas do ferimento.

O advogado olhou para incisão através da lente, focando-se várias vezes na seção marcada. Por fim, ele viu o que o olho treinado de Gross percebera.

— Parece que a carne ficou esfiapada.

— Excelente, Werthen. É exatamente isso. Mas não aparece nas outras quatro vítimas.

— Eu imagino que você atribui isso não a uma mudança de criminoso, mas de instrumento.

— Isso mesmo, Werthen, mais uma vez. Você segue minha metodologia exatamente. O comprimento, a profundidade e, digamos, a ousadia do golpe não mudam nas cinco vítimas. Só a aparição desse ligeiro efeito esfiapado.

— Deve ser *Fräulein* Landtauer, a mais recente?

Gross confirmou de novo.

— Talvez a lâmina precisasse ser afiada?

— Não, meu amigo. Eu sou um estudioso de assuntos como lâminas e armas. Acredito que nosso homem adquiriu um desses novos bisturis serrilhados que a fábrica inglesa *Harwood and Meier* vem experimentando. As lâminas serrilhadas deixam esse tipo de efeito esfiapado e, por causa disso, a tecnologia ainda não foi aplicada nos bisturis feitos para cortes precisos e de cicatrização fácil. Mas o modelo da *Harwood* apregoa uma proteção séptica como compensação por esse ligeiro inconveniente. Nosso homem estava usando um bisturi ou navalha tradicional de aço antes, mas mudou recentemente para o bisturi serrilhado. E isso, eu te garanto, Werthen, não é uma agulha num palheiro. Pelo que eu saiba, têm apenas um punhado de distribuidores das lâminas da *Harwood and Meier* nesse país. A gente vai começar, então, por eles e tentar chegar aos compradores. Mesmo que tenha sido roubada, a lâmina em questão tem origem em algum lugar.

Ele seguira o advogado alto, da prisão até o prédio que alojava o laboratório forense de Viena. O advogado almofadinha não fazia a menor ideia de que estava sendo seguido; um amador, com certeza, que estava adentrando águas que iriam em breve engolfá-lo, juntamente com o amigo professor. Por enquanto, os dois estavam simplesmente remando, testando a água. Ele sorriu ao pensar na metáfora. Essa era boa, só remando, mas às vezes até os amadores tinham sorte e pegavam a corrente certa.

Por enquanto, eles não eram uma ameaça para ele ou sua *operação*.

Outro sorriso atravessou seu rosto chupado. Estava realmente inteligente naquele dia. *Operação*, era isso. Ela começava a se aproximar do fim, no entanto, e ele sentia uma espécie de tristeza por causa dessa ideia. Aqueles assassinatos haviam sido um desafio digno dele.

Olhou novamente para as janelas do laboratório forense, no alto, e balançou a cabeça.

Não, eles não eram uma ameaça. Por enquanto.

SEIS

Os ventos *foehn* começaram a soprar da noite para o dia, vindos do sul dos Alpes, ressecando a cidade com sua lufada árida, deixando nervos à flor da pele e fazendo os chapéus voarem.

Werthen estava em casa dormindo e, na hora do almoço, ainda estava curando uma ressaca. Ele e Gross haviam ido a um *Heurige*, uma adega, em Sievering, um entre os vários vilarejos nos arredores da cidade. Lá, eles haviam tomado vários copos de vinho Neuburger e jantado fatias de carne de porco fria, terrinas de molho de queijo e salada de *pickles*. Werthen tinha se esquecido da velha receita vienense para se evitar a ressaca do *Heurige*: um pedaço de pão de centeio com um pouco de gordura de galinha por cima, a fim de forrar o estômago. Estivera quente demais para esse tipo de profilaxia, e agora sofria por causa disso.

Ele tinha que se encontrar com Gross à tarde, para continuarem a busca pelo vendedor de instrumentos médicos. Mas, antes, precisava pôr o físico em ordem. O criminologista, é claro, tomara bem o seu vinho na noite anterior, sem querer cantar nenhuma vez, como Werthen se sentira compelido a fazer, quando um grupo de ciganos tocara uma cançoneta popular diante da mesa deles. Que soubesse a letra de uma canção daquelas havia sido uma surpresa para ele mesmo, mas era difícil evitar essas coisas. Os cocheiros de *Fiaker* estavam sempre assoviando canções populares ou cantando a letra enquanto conduziam seus veículos; os balconistas de padarias e quitandas, no bairro do advogado, eram também devotos ávidos da cultura popular mais baixa. Embora raramente ele fizesse compras, Werthen entrava em contato com todo tipo de pessoas.

Osmose, disse a si mesmo, enquanto deixava seu prédio e se dirigia ao café local, para um almoço revigorante. A cultura popular se infiltra pelos poros das pessoas sem ser convidada.

Fora do prédio, ouviu um *Grüss Gott* de *Frau* Korneck, a *portier*. Werthen tirou o chapéu para ela. Como se para provar sua teoria da osmose, ela estava cantarolando uma canção de uma opereta de Strauss, enquanto varria a calçada em frente.

O advogado atravessou a rua, recordando-se da cena da noite anterior, com o grupo *Zigeuner* na adega. Não. Ele não tinha dançado, com toda certeza. O que era uma bênção, sem dúvida. Tinha apenas cantado, embora dolorosamente fora do tom. Depois, ele se lembrou de ver Gross observando-o, exibindo um de seus sorrisos enigmáticos que podiam significar qualquer coisa, desde um simples prazer até o desprezo.

Sentiu-se irritado quando, ao chegar ao Café Eiles, descobriu que ele já fechara no dia anterior para a pausa anual de duas semanas no verão. Werthen não estava muito a par dessas coisas, pois fora sempre seu hábito passar a maior parte do mês de agosto com a família. Então, lembrou-se de mais um dever: teria que telegrafar aos pais e informá-los de que sua chegada seria adiada um pouco mais. Entretanto, verdade seja dita, ele não antecipava avidamente aquela visita por uma série de razões, em especial por causa das tentativas diabólicas de seus pais para casá-lo.

— *Advokat* Werthen?

Ele estivera tão absorvido pelos próprios pensamentos e cuidados que não notara um homem se aproximando. Era um camarada alto, ossudo, vestindo um traje pesado, completamente inapropriado para o clima, e que não usava chapéu. Seu rosto era queimado de sol e ele parecia não muito acostumado às suas roupas formais. Pelo jeito e pelo corte do terno, era óbvio para o advogado que o homem era do campo.

— Sim — respondeu Werthen. — Posso ajudar em alguma coisa?

— Eu sinto muito incomodar o senhor assim, mas, veja bem, me disseram que eu devia procurá-lo.

O sotaque forte do homem confirmou para o advogado que ele vinha, de fato, do campo e, com toda a probabilidade, do extremo oeste: do Tirol ou de Salzburg.

— O senhor está em vantagem sobre mim — disse Werthen.

O homem olhou surpreso para ele, sem entender.

— O senhor sabe meu nome, mas ignoro o seu.

O homem limpou rapidamente a mão direita na calça e estendeu-a para o advogado.

— Landtauer. Josef Landtauer.

Foi a vez de Werthen olhar surpreso. Uma lufada súbita de vento quente quase arrancou o chapéu-coco de sua cabeça, mas ele segurou-o com a mão.

— Eu vim para a cidade para pegar minha filha. Liesel.

Eles descobriram um *Gasthaus* que tinha um jardim com sombra, perto de Rathaus, e pediram cerveja mais o prato do dia, presunto defumado com repolho. Sentaram-se em uma mesa sob um castanheiro frondoso que parecia despejar ar fresco sobre eles.

Quando a garçonete — usando um vestido azul-claro, de corpete justo e saia ampla ao estilo da Baixa Áustria — colocou os pedidos na frente deles, a conversa foi retomada.

— Talvez o senhor devesse explicar primeiro por que quer visitar *Herr* Klimt — disse Werthen.

Landtauer, enquanto eles estavam procurando um local para comer, explicara que, no dia anterior, ao chegar à cidade, vindo da sua cidade natal de Vorarlberg (Werthen chegara perto ao situar o sotaque), ele fora à prisão visitar Klimt, mas havia sido informado pelos carcereiros de que apenas a família ou o advogado constituído tinham acesso ao prisioneiro. Nessa ocasião, eles haviam lhe dado o nome de Werthen. Uma olhada rápida no novo catálogo telefônico em um posto de correio e telefones fornecera-lhe o endereço do escritório do advogado, apesar de ele ainda não ter, até então, um telefone instalado em seu apartamento. Tímido demais para ir visitar Werthen sem ter sido apresentado, Landtauer estava andando para cima e para baixo na calçada, pensando em que atitude tomar, quando o advogado saiu do apartamento e ele ouviu a *portier* tratá-lo pelo nome. O homem simplesmente o seguira, ainda inseguro sobre como abordá-lo, explicou ele.

— É um pedido muito estranho, o senhor tem que admitir, *Herr* Landtauer.

— Não é o que o senhor está pensando — disse o homem grande e desajeitado, enquanto atacava o prato. — Minha Liesel me escreveu e contou como *Herr* Klimt era bom para ela. Um cavalheiro de verdade, ela falou. Pela forma como o descrevia nas cartas, eu imagino que o camarada não possa ser um assassino.

Os olhos de Landtauer começaram a se encher de lágrimas ao dizer essa última palavra. Ele tomou um gole da cerveja espumante, como se para afastar a tristeza.

— Eu não consigo dizer como sinto a sua perda, *Herr* Landtauer. Por tudo que já ouvi, sua filha era uma moça maravilhosa.

Werthen sempre ficava perdido nessas situações; ele esperava que suas mentiras inofensivas fornecessem consolo, mas as palavras lhe soavam vazias.

— Ela era, *Advokat* Werthen. Um anjo de moça, de verdade. — Landtauer passou a manga grossa sobre os olhos molhados. — A mãe dela morreu quando ela era muito pequena, e eu a criei sozinho. Criei-a para ser honesta e temente a Deus. Vou ser sincero com o senhor, eu nunca quis que ela viesse para a capital. Eu sabia que ia ficar exposta a más companhias e maus hábitos.

Por um momento, outra emoção, diferente de sofrimento, surgiu no olhar do homem. Depois, ele tomou rápido outro gole de cerveja. Werthen o imitou.

— Eles já liberaram o corpo de sua filha? — perguntou o advogado.

O grandalhão confirmou solenemente.

— Então, deixe as coisas como estão, *Herr* Landtauer. Leve sua filha para casa e a enterre. Ver *Herr* Klimt não vai aliviar sua dor. Eu só posso lhe assegurar que eu acredito na inocência dele. Eu e meu amigo, *Professor Doktor* Hanns Gross, estamos trabalhando para encontrar o verdadeiro culpado. Essa pessoa, ou pessoas, vai ser levada à justiça, eu prometo.

Outra mentira inofensiva?, perguntou-se Werthen. Afinal de contas, sua obrigação básica e fundamental nessa história era garantir a liberdade de Klimt. O que mais vinha depois disso, bem...

— Eu queria poder deixar as coisas como estão — disse Landtauer. — Mas eu me sinto na obrigação moral de ir visitar o homem que minha filha elogiava tanto. É como uma dívida não paga. Eu não ia conseguir ficar em paz sabendo que não a paguei.

Ele fitou Werthen com um olhar suplicante.

— O senhor vai me ajudar. Eu sei que vai. O senhor, também, parece ser uma pessoa boa.

Eles continuaram a comer em silêncio. Ao terminar, Werthen levou o guardanapo de linho aos lábios, dobrou-o novamente e colocou-o na lateral do prato, garfo e faca repousando lado a lado na diagonal, a fim de sinalizar que havia terminado. Enquanto isso, Landtauer mergulhava uma fatia grossa de pão de centeio no restante do molho da carne.

— É a primeira vez que faço uma refeição de verdade em muitos dias — disse ele, mirando os restos que ainda tinham ficado no prato de Werthen. — Desde que recebi a notícia.

A polícia local bateu em minha porta bem quando eu estava me sentando para o almoço. Tem sido um pesadelo desde então, eu vou lhe dizer.

O advogado fez um sinal com a cabeça à garçonete para que trouxesse a conta, e o grandalhão tirou com esforço um porta-níqueis do bolso do casaco.

— Não, por favor. Permita-me, *Herr* Landtauer.

Werthen colocou a quantia certa e mais uma gorjeta generosa sobre a conta. A garçonete rechonchuda deu-lhe um sorriso quando ele e Landtauer deixaram o restaurante e saíram para o sol quente da Reichsratsstrasse. Era uma tarde de sábado no meio de agosto, a rua estava virtualmente deserta. Metade de Viena estava fora, aproveitando as águas de algum spa ou caminhando pelos Alpes, enquanto Werthen ficava suando na capital e encarando os olhos suplicantes de um homem que acabara de perder a filha única. Palavras apenas não serviriam de consolo, ele sabia.

— Tem que ser uma visita curta, *Herr* Landtauer.

O homem agarrou a mão do advogado e apertou-a com força.

A prisão de Landesgericht ficava atrás de Rathaus, a alguns quarteirões de distância. Werthen levou Landtauer até o registro, onde ele assinou o nome e acrescentou: "visitante extra."

— Eles acabaram de almoçar — disse o sargento de nariz vermelho para o advogado. — Estão voltando para as celas. Esperem uns minutos.

Os dois aguardaram no próprio registro, Landtauer andando para cima e para baixo, as mãos de dedos grossos entrelaçadas nas costas. Pobre homem, pensava Werthen. A perda da filha deveria ter sido um golpe terrível.

Por fim, um carcereiro veio para levá-los até a cela de Klimt. O pintor, acomodado no beliche, apontou o indicador para o advogado e olhou intrigado em direção ao acompanhante.

— Espere aqui enquanto eu explico as coisas para *Herr* Klimt — disse Werthen a Landtauer.

— Eu só quero apertar a mão dele — falou o homem. — Diga isso a ele. Por ter sido tão bom para minha Liesel.

O advogado bateu em seu ombro.

— Eu vou dizer.

No interior da cela, Werthen explicou rapidamente a presença do homem.

— Faça ele entrar, Werthen, por favor — disse o pintor distraído.

O advogado virou-se na direção de Klimt, de forma a ficar de costas para Landtauer, que aguardava fora da cela; o homem não podia ver-lhe o rosto nem escutá-lo.

— Talvez seja melhor só dizer "oi" pela grade. Eu não conheço o homem pessoalmente. Ele parece sinceramente devastado com a morte da filha, mas...

— Bobagem — disse Klimt enfático. — Eu vou ver o homem cara a cara e sem grade entre nós. Assim ele vai saber que nunca teria matado sua filha.

O pintor gritou para o guarda, do outro lado da porta:

— O que o senhor está esperando, oficial? Faça o homem entrar, por favor.

Os dois companheiros de cela de Klimt, que tinham ouvido a conversa, puseram as pernas para fora do beliche. Hugo, o mais alto, falou:

— Você acha que isso é uma boa ideia, Gustl?

— O homem perdeu a filha — disse o pintor, por sobre o ombro. — É o mínimo que eu posso fazer.

— Isso está me cheirando a golpe — disse Hugo, olhando fixamente para Werthen.

A porta da cela se abriu e Josef Landtauer entrou, um sorriso de gratidão pairando-lhe nos lábios.

— *Herr* Klimt — disse ele, aproximando-se do pintor, que estendeu a mão para o homem. — Isso é da minha filha.

Landtauer fechou a porta da cela atrás dele e, ao mesmo tempo, tirou a mão do bolso exibindo uma faca e avançando para Klimt.

Werthen, sentado na cama entre os dois homens, agiu por instinto. Pôs um pé para a frente e Landtauer tropeçou, caindo de cara no chão da cela. Hugo pulou de seu beliche superior e pisou sobre a mão que segurava a faca. Landtauer gemeu de dor, mas isso só pareceu deixá-lo mais enfurecido ainda. Ele tirou o preso de cima da mão como se fosse um graveto e ficou de pé novamente, antes que o guarda conseguisse abrir a porta da cela e fosse ajudá-los.

— Solte a faca — gritou outro guarda, do lado de fora.

— Seu canalha — Landtauer vociferou para Klimt. — Você matou minha Liesel e vai pagar por isso.

O pintor se abaixou como se fosse brigar com o homem.

— Guarda! — gritou Werthen. — Faça alguma coisa.

O primeiro guarda ainda estava tentando enfiar a chave na fechadura, enquanto o outro, atrás dele, estava mirando a arma em Landtauer, mas Klimt estava no meio.

O pai de Liesel apontou a faca para o pintor, que conseguiu evitar o golpe e puxou o cobertor da cama, envolvendo rapidamente o braço esquerdo com ele.

— Eu não a matei, eu juro — disse ele a Landtauer, com uma voz surpreendentemente calma. — Solte essa faca, homem, antes que alguém saia ferido.

— Seu demônio, besta, animal — rosnou Landtauer. — Você seduziu meu anjinho.

O homem fez uma nova tentativa, que Klimt aparou com o braço enrolado, mas a faca conseguiu penetrar o cobertor fino, deixando um rastro vermelho para trás.

Exatamente quando o guarda entrava pela porta, Hugo pulou sobre as costas de Landtauer, atacando seus olhos com seus dedos longos e ossudos. O homem gritou de dor, torcendo o corpo e atacando com os braços. Ele conseguiu, por fim, esfaquear Hugo na coxa esquerda, mas o guarda, então, já havia sacado sua arma e encostado o metal frio do cano próximo à têmpora de Landtauer.

— Chega — disse o guarda. — Eu vou atirar. Solte a faca agora.

O homem olhou em volta como um animal enjaulado, os olhos muito abertos, a respiração rápida e entrecortada. De repente, caiu no chão, e ouviu-se o estrépito da faca tombando a seu lado.

Werthen chutou-a rapidamente para longe, e o guarda algemou Landtauer, que balbuciava então algo incoerente. Quando o guarda pôs o homem de pé, o advogado viu um pedaço familiar de papel de jornal no bolso de dentro de seu casaco. Werthen enfiou a mão e pegou o recorte, desdobrando-o e descobrindo que se tratava da primeira página de um dos tabloides populares de Viena, que havia estampado uma foto de Klimt ao lado do esboço de Liesel como *Nuda Veritas*.

Landtauer pareceu voltar a si por um instante, vendo a página de jornal.

— Eu preferia ter matado a vagabunda eu mesmo do que deixar esse porco abusar dela.

Ele virou a cabeça para olhar Klimt, enquanto os guardas arrastavam-no para fora da cela.

— Que você apodreça no inferno, seu pedaço de imundície!

— Parece que foi uma tarde movimentada.

Esse foi o primeiro comentário de Gross, quando, mais tarde, abrigado na suíte do criminologista, no Bristol, e examinando as evidências colhidas até então, Werthen contou-lhe sobre suas desventuras.

— Foi tudo culpa minha.

— Bobagem — disse Gross, vasculhando a lista de inimigos que o secretário de Herzl havia entregue em mãos àquela tarde. — Você avisou Klimt. O que pôs ele em perigo foi esse sentimento, fora de hora, de dever e honra.

— Eu não devia nunca ter levado Landtauer até a prisão, mas ele me pareceu sincero. É isso o que dá não ter habilidade para ler a mente do semelhante.

— Não precisa ser tão duro com você, Werthen. Eu tenho certeza de que o sofrimento do homem *era* verdadeiro, não importa a origem. E até o aldeão mais rude sabe ter uma esperteza instintiva em horas de crise.

— Eu vou lhe dizer, Gross, nosso Josef Landtauer podia dar aula para Girardi.

— Falando nele — disse o criminologista —, eu tive oportunidade de checar sua história hoje à tarde. O *maître* do Sacher's se lembra dele na companhia de uma moça, na noite em questão, e disse que eles não saíram juntos.

— Pelo menos, um de nós fez alguma coisa produtiva hoje — suspirou Werthen, de maneira audível.

— E como estão Klimt e seu protetor criminoso?

— Foi um ferimento superficial, o de Klimt, mas ele ficou abalado com o incidente. A prisão já não é mais aquele divertimento para ele, isso é certo. E o amigo novo, Hugo, conseguiu um lugar confortável na enfermaria, por enquanto. Talvez isso até seja de ajuda para ele quando for responder pela acusação de assassinato, que impediu um homicídio em Landesgericht.

— Landtauer, imagino eu, deve ter se tornado um hóspede do Estado? — disse Gross, pondo a lista de lado e voltando a examinar o catálogo telefônico de Viena.

Werthen confirmou:

— Klimt se recusou a fazer uma acusação, e a polícia resolveu pôr a culpa simplesmente nos efeitos do *foehn*.

O *sirocco* de Viena, um vento quente que soprava dos Alpes, enervava o mais estável dos homens. Não se faziam cirurgias nesse clima; a presença do *foehn* era uma defesa legal em alguns casos, para desconsolo de Werthen.

— Mas eu pedi a eles que entrassem em contato com a polícia de Vorarlberg primeiro e averiguassem se Landtauer tinha algum histórico de conduta violenta. Rapidamente eles descobriram que o homem batia na família de modo infame. A polícia de lá suspeitava mesmo que ele tivesse batido na mulher até matá-la, mas não conseguiram provar. A filha, Liesel, parece, fugiu para se livrar dos maus-tratos na primeira oportunidade que encontrou. A polícia de Vorarlberg diz que Landtauer se tornou alvo de chacota desde que os jornais sensacionalistas colocaram o retrato de Liesel nua, feito por Klimt, em todas as primeiras páginas. Ele não pode nem mostrar a cara no *Gasthaus* local.

— Então Landtauer estava mais vingando ele mesmo do que a filha, quando atacou Klimt — concluiu Gross.

— Parece que sim.

O criminologista balançou a cabeça.

— Um homem encantador, esse *Herr* Landtauer, mas vamos esquecer isso tudo, Werthen, está bem? Não houve nenhum dano real.

— Quando os jornais descobrirem isso, vão se divertir um bocado — suspirou o advogado, recostando-se na cadeira rococó e dando um gole no copo do excelente conhaque. Pelo menos, aquela confusão toda fizera uma coisa: tinha curado sua ressaca. — A imprensa sensacionalista vai julgar Klimt em seus jornais agora, transformando provavelmente aquele pai de família terrível, Landtauer, em herói nacional, e Klimt, em corruptor de moças virgens.

Entretanto, Gross não estava mais ouvindo; sua atenção, brevemente tomada pela história de Werthen, estava mais uma vez concentrada por completo na longa mesa de refeitório que ele mandara instalar em seus aposentos. Espalhadas sobre ela, estavam as fotos das vítimas, que o criminologista pedira emprestadas ao laboratório forense, e listas com os possíveis suspeitos, fornecidas por Herzl e reunidas pelo advogado, contendo rivais e inimigos de Klimt.

Havia também outra lista, enviada por um mensageiro especial, do inspetor Meindl, que continha nomes de dissidentes políticos e anarquistas que estavam sendo vigiados; de acordo com o *Inspektor*, aquelas pessoas podiam ter interesse em criar problemas de qualquer tipo, que pudessem levar a uma revolução. Gross encarou isso como conversa fiada, mas Werthen decidiu examinar com mais atenção a lista dos vigiados, em busca de possíveis suspeitos, ora espantando-se, ora divertindo-se com os que constavam nela: todo mundo, desde anarquistas italianos empedernidos a críticos domésticos do governo, como Herzl e o socialista Viktor Adler.

Ao lado disso, havia pilhas de anotações na caligrafia precisa e minúscula de Gross, um programa do Burgtheater anunciando o espetáculo de Girardi, e o catálogo telefônico de Viena, de 1898, com dezenas de marcadores de livros colocados em certas páginas.

Naquela noite, mais tarde, eles se encontraram com outro ex-colega de Gross, dos tempos de Graz. Richard Freiherr von Krafft-Ebing, catedrático do departamento de psiquiatria da Universidade de Viena. Werthen também conhecia o homem, pois ele fora diretor do Hospício Feldhof, próximo a Graz, até 1889, quando havia sido chamado a Viena para assumir a diretoria do hospital estadual para lunáticos. Depois, em 1892, fora empossado na cadeira de psiquiatria da Universidade de Viena, vaga com a morte de Theodor Hermann Meynert. Werthen conhecia Krafft-Ebing em sua função de psiquiatra forense, que ajudara a criar perfis de suspeitos de crimes a partir da especificidade de seus delitos, e também como defensor da causa do que estava se tornando conhecido como "capacidade restrita". Para Krafft-Ebing, os que cometiam crimes por causa de doenças mentais não deviam ser responsabilizados por eles. Em vez disso, propunha um conceito novo de tratamento no lugar da punição, procedimento esse que, achava Werthen, jamais encontraria embasamento legal.

Além disso, Krafft-Ebing se encontrava entre os pesquisadores mais importantes da sífilis e de seus efeitos colaterais, era entusiasta da hipnose como um possível tratamento para problemas mentais e pioneiro no estudo dos desvios sexuais. Seu livro de 1886, *Psychopathia sexualis*, documentava centenas de casos do que ele chamava de masoquismo, sadismo e outros desvios, inclusive a homossexualidade, o incesto e a pederastia. Apesar de Krafft-Ebing ter escrito a história dos casos em latim, para evitar sensacionalismo, o livro tornara-se ainda assim um *best-seller* internacional, o que nunca cessava de embaraçar aquele homem pudico. Dizia-se que a venda de dicionários de latim aumentara horrores na Alemanha e na Áustria, à época da primeira edição de *Psychopathia sexualis*.

Krafft-Ebing nada tinha a ver com um revolucionário social. Era de estatura mediana e se vestia de modo conservador. Seu cabelo, que começava a se tornar grisalho e a rarear, era cortado curto. A barba tinha o formato de um "V" pronunciado sob o queixo. Os olhos eram a característica mais notável do homem, achava Werthen. Eram verde-acinzentados e cheios de uma luminosidade que parecia emanar do interior.

Ele teve a gentileza de agir como se se lembrasse de Werthen, mas o advogado tinha suas dúvidas. Krafft-Ebing e Gross eram, porém, muito amigos, além de colegas.

Eles se encontraram no Griechenbeisl, um dos favoritos de Werthen no Primeiro Distrito, e, após alguns minutos de conversa trivial e exame do cardápio, Gross foi direto ao assunto. Eles estavam sentados em um compartimento privado, a fim de que pudessem falar mais livremente. Gross explicou ao psicólogo os crimes que estavam investigando, detalhando minuciosamente os ferimentos no corpo de cada vítima.

O primeiro prato chegou, e Krafft-Ebing, obviamente nem um pouco desestimulado por aqueles detalhes gráficos, atacou com satisfação as bolinhas de fígado que flutuavam em sua *consommé*.

— Nenhum sinal de abuso sexual, segundo eu entendi? — perguntou ele.

— Não, nenhum, mas...

Krafft-Ebing, parecendo compreender a reserva silenciosa de Gross, disse:

— Eu concordo plenamente. Esses ferimentos poderiam ser um sinal de inversão por parte do assassino. Ocasionada por certas neuroses profundas, de natureza sexual, que são liberadas de forma assexuada. O que significa que o criminoso mantém seu desvio bem sob controle. Ele... Eu imagino que você suspeite de um assassino homem?

Gross confirmou, levando à boca uma garfada de salada de pepino.

— *Ele* — prosseguiu Krafft-Ebing — seria uma pessoa que ninguém suspeita que tem um desvio. Exteriormente, projeta a imagem de decoro e equilíbrio. Interiormente, ferve. Isso torna o trabalho de vocês muito mais difícil.

— O senhor está descrevendo metade de Viena — brincou Werthen.

— Não me entenda mal — disse Krafft-Ebing, fuzilando o advogado com os olhos. — O instinto sexual é a raiz de toda a ética, mas, se mal orientado, pode se tornar também o impulso mais prejudicial que a sociedade conhece. Não é uma coisa para ser tratada de modo leviano.

— É por isso que você está aqui — disse Gross, cujos modos também haviam tomado um aspecto novo de gravidade.

Como se satisfeito por essa confirmação, Krafft-Ebing continuou:

— A questão do nariz é intrigante. A conclusão óbvia, realçada ainda mais pela drenagem do sangue, seria de um ritual judeu de assassinatos.

— Nós *tínhamos* pensado nisso — falou Gross, levantando as sobrancelhas para Werthen.

— Como eu disse, essa é a conclusão mais óbvia, mas minha pesquisa com a sífilis sugere uma outra possibilidade. — Krafft-Ebing calou-se por um momento, enquanto limpava os lábios com o guardanapo de linho.

Os três ficaram em silêncio enquanto uma moça, sob a direção do *maître* de *smoking*, trazia a especialidade da casa, *Pariser Schnitzel*, feita com cortes muito finos de vitela fresca.

Quando ela se afastou, Krafft-Ebing prosseguiu:

— Os sistemas modernos de tratamento com mercúrio estão levando a um progresso, mas se estima que quinze por cento da população masculina ainda esteja infectada com a doença. Nós todos sabemos de exemplos famosos de gente que sofreu e morreu. Aqui em Viena, o mais conhecido foi o pintor Hans Makart.

Krafft-Ebing fez uma pausa por um instante, a fim de cortar um pedaço de *schnitzel* e levá-lo até a boca. Werthen estava ficando impaciente com o relato do homem, perguntando-se o que aquilo poderia ter a ver com o caso deles. O advogado observou que Gross, todavia, balançava a cabeça para o psicólogo em sinal de apreciação.

— A doença se desenvolve num padrão progressivo — começou Krafft-Ebing novamente. — O primeiro estágio é caracterizado por uma ulceração dolorosa que aparece mais ou menos três semanas depois do contato com uma pessoa infectada. Então surgem erupções na pele, dores de cabeça, febre e aumento dos nódulos linfáticos, em geral dois meses depois. É o segundo estágio. Nesses estágios iniciais, a doença é muito mais fácil de tratar, mas muitas pessoas ignoram os sintomas, que desaparecem com o tempo. A pessoa infectada pode ter uma vida saudável, normal, por mais um ano, ou até dez, antes de o estágio terciário começar. Aí começa a degeneração do sistema nervoso, a infecção do sistema cardiovascular, desordens na espinha dorsal e paralisia geral. — Ele balançou a cabeça. — É uma doença horrível, com certeza. Senhores, eu ainda mantenho que o impulso sexual é antes a raiz de toda ética que de todo mal. Quando ele se manifesta no seu propósito verdadeiro, a procriação, o sexo é um dom de Deus, mas, quando é usado para o prazer sórdido ou com a finalidade de perversão, aí... — Ele abriu os braços.

Àquela altura, até Gross já havia ficado impaciente para que o psicólogo fizesse a ligação entre aquela longa digressão e o caso em pauta.

— E você acredita que a sífilis tenha um papel nesses crimes? — arriscou Gross.

— Vocês devem saber sobre o "Clube dos Cem", talvez?

Werthen e Gross tiveram que negar com a cabeça.

— É uma associação de cínicos, pode-se dizer — continuou Krafft-Ebing, com ódio na voz. — Uma sociedade de homens da classe alta, eu me recuso a chamá-los de cavalheiros, que exibem o que eles chamam de insígnia da honra sexual. Devassos e membros libertinos da elite da sociedade que foram infectados com sífilis e ostentam com orgulho as devastações que sofrem. Vários dos membros são forçados a usar narizes de couro, porque, nos últimos estágios da doença, a bactéria começa a comer as áreas de cartilagem, inclusive as juntas e o nariz. Dizem que o arquiduque Otto, irmão mais novo do herdeiro presuntivo, Francisco Ferdinando, é um membro proeminente do "Clube dos Cem". Virgens jovens são trazidas para as celebrações desse grupo de pervertidos e então infectadas.

— Isso é um escândalo — bradou Werthen.

— Inspirador! — exclamou Gross, exibindo a emoção oposta, mas não por causa das atividades daqueles devassos, e sim pela intuição de Krafft-Ebing. — Eles estão torcendo o nariz para a sociedade, não é isso, Freiherr?

— Eu acho que sim — respondeu Krafft-Ebing. — O "sem nariz" se tornou, na verdade, uma espécie de gíria de rua para falar dos que têm sífilis. Se eu fosse arriscar um palpite, diria que vocês deviam procurar alguém que sofresse de sífilis, ainda que num estágio inicial, que tivesse capacidade para desempenhar todas as funções. A doença já afetou a mente, mas não a musculatura, ainda. Longe de ser um judeu querendo se vingar de quem não é, o assassino de vocês pode muito bem ser uma vítima do *Treponema pallidum*, com um sentimento distorcido de perseguição, buscando uma vingança terrível sobre os que não estão infectados.

SETE

Nem Gross nem Werthen podiam fazer muito no sagrado domingo de Viena. Lojas e firmas se encontravam fechadas; se não restava muito o que fazer para muitos vienenses, então pelo menos eles tiveram um dia livre das preocupações do trabalho. Para Werthen, fora um dia de descanso, para copiar as anotações do desenrolar do caso até então. Gross, enquanto isso, mantivera-se ocupado com um exame minucioso das listas de possíveis suspeitos, e familiarizando-se com cada uma das empresas que comercializavam o bisturi serrilhado da *Harwood and Meier*.

Na segunda-feira, eles visitaram as três firmas que distribuíam os produtos cirúrgicos e de corte daquele fabricante, na Áustria, pois cada uma delas possuía escritórios em Viena. A Breitstein und Söhne estava localizada no Terceiro Distrito, a apenas alguns quarteirões de onde Liesel Landtauer havia residido. Essa coincidência não passara despercebida a Gross, e ele escolhera-a, portanto, como primeira visita.

O diretor, único dos filhos Breitstein, apesar do "Filhos" no nome da firma, recebeu-os em seu escritório no terceiro andar. Homem grande e efusivo, ele suava muito naquele dia quente e úmido, pois o *foehn* fora substituído por uma onda de calor sufocante, sem uma brisa sequer. O som dos cascos dos cavalos e os ruídos das rodas sobre os paralelepípedos entravam pelas janelas abertas do amplo escritório. Breitstein estava sentado diante de sua grande mesa e fez sinal a Gross e Werthen para que se sentassem em umas poltronas diante dele. Uma pequena coleção de fotografias em preto e branco estava pendurada na parede imediatamente às costas do diretor.

Gross usou, mais uma vez, a carta da Chefatura de Polícia como apresentação e explicou que a ajuda de Breitstein era necessária em um inquérito oficial.

— Não consigo imaginar como eu possa ser de ajuda para a polícia — disse ele, com uma risada nervosa.

Werthen já observara muitas vezes o jeito culpado na aparência de pessoas que eram completamente inocentes, quando confrontadas com uma visita da polícia.

Gross tentou deixar o homem à vontade, observou Werthen, pois o criminologista lhe ensinara que era melhor ter testemunhas relaxadas do que nervosas. As pessoas não eram confiáveis; com os nervos à flor da pele, era impossível prever o que diriam só para agradar o interrogador.

— Eu tenho certeza de que o senhor possui uma riqueza de informações que gostaria de partilhar conosco, *Herr* Breitstein — começou Gross. — Um homem na sua posição, dirigindo uma empresa como essa... É impossível imaginar a quantidade de informações que o senhor acumula. É claro que grande parte delas parece corriqueira. O senhor não vai se importar, espero eu, se eu dirigir sua atenção para certos pontos específicos.

A tagarelice do criminologista pareceu ter um efeito sedativo sobre Breitstein, que se recostou na cadeira e começou a relaxar os músculos em torno da boca.

— É verdade que a gente vê um bocado da vida no nosso negócio — disse o diretor. — O mundo das vendas requer a habilidade de ler a mente do freguês, de entender a natureza humana.

— Exatamente — sorriu Gross para ele. — O senhor tem uma equipe de vendas grande?

— Sete trabalhando na rua e três secretárias aqui no escritório. Quando assumi, tinha apenas quatro vendedores.

— E, trabalhando na linha dos instrumentos médicos, — perguntou o criminologista —, quantas pessoas haveria?

— Só duas — afirmou Bretstein. — Binder. Gerhard Binder. Já está na firma há seis anos. Garoto inteligente. E Maxim Schmidt, um funcionário antigo, do tempo do meu pai. Com as facas e a cutelaria, nós temos três, e mais dois com as navalhas e artigos para barbearia. O senhor quer o nome deles também?

Gross fez que sim com a cabeça.

— Talvez eu comece com seus vendedores de equipamento cirúrgico. A sua firma representa os produtos da *Hardwood and Meier*, não é isso?

— Perfeitamente. Seria com o Binder, então. Ele é nosso único representante da *Hardwood and Meier*. O melhor que Sheffield tem para oferecer. Sheffield ainda mantém a lâmina vinte e cinco por cento maior que as alemãs, o senhor sabia disso, *Doktor* Gross?

— Uma informação muito útil de se ter — respondeu Gross, e o homem balançou a cabeça, com um sorriso aberto no rosto.

Werthen começou então a examinar com mais atenção as fotografias na parede, atrás do diretor: o rosto de Breitstein sorria em mais de uma dezena de instantâneos de caça. Uma delas mostrava uma pequena pilha de aves mortas, amontoadas umas sobre as outras; um urso negro jazia morto em uma segunda, com o diretor colocando um pé triunfal sobre seu dorso; uma cabra aparecia morta em outra. E ainda havia uma em que Werthen pensou que existia um rosto familiar ao fundo, mas ela se encontrava muito distante para que ele distinguisse os detalhes. Foi um daqueles vislumbres angustiantes que só viria a lhe importunar a mente mais tarde, pois ele voltou rapidamente a atenção e o foco para a conversa que se desenrolava.

— E o senhor representa também o novo bisturi serrilhado da *Hardwood and Meier*, se não estou enganado? — continuou Gross.

— Bisturi *serrulate*, sim.

— Ah. — O criminologista fez uma anotação mental do nome técnico para o bisturi.

— A lâmina é dentada — explicou Breitstein —, mas não tem forma de serrote.

— De fato. — Gross levantou as sobrancelhas para Werthen. — *Herr* Binder estaria aí, por um acaso?

Breitstein consultou um grande calendário, aberto como um mata-borrão sobre a mesa.

— Na verdade, ele está de férias nessa semana, mas tenho certeza de que os senhores vão encontrá-lo no chalé de seu pequeno jardim de fim de semana. O homem é um jardineiro ávido; suas rosas já ganharam alguns prêmios locais, pelo que ouvi dizer.

Breitstein sorriu diante de uma bobagem daquelas; caçar veados nos Alpes se encaixava provavelmente mais em sua linha de atividades de lazer, pensou Werthen.

— Fale com *Fräulein* Matthias na recepção. Ela pode lhe fornecer os nomes e os endereços de todos os nossos representantes de vendas. Agora, os senhores podem me dizer por que tudo isso? Eu não me importo de ajudar as autoridades, mas também sinto curiosidade e preciso satisfazê-la.

Gross ficou de pé e ofereceu a mão ao diretor.

— É muito complicado. É uma questão de artigos de aço defeituosos. Imitações baratas sendo vendidas como originais.

Breitstein manifestou uma preocupação imediata.

— Eu garanto aos senhores que a minha firma importa diretamente da matriz.

— É claro. Na verdade, nós gostaríamos de usar sua firma como referência para comparar com os artigos fraudulentos — explicou Gross.

Werthen sabia que o criminologista queria garantir que suas investigações sobre o bisturi *Hardwood and Meier*, em conexão com os assassinatos do parque Prater, não se tornassem de conhecimento público. Até então, aquela era a primeira peça de evidência concreta que eles haviam descoberto; não fazia sentido arriscar essas informações que poderiam, de alguma forma, levá-los até o criminoso.

Eles visitaram os outros dois fornecedores de equipamento médico e cirúrgico antes do almoço. Nenhum dos dois levou a nada. Embora ambos representassem os produtos *Hardwood and Meier*, nem a Müller GmBh nem a Leikowitz Importações trabalhavam com o bisturi dentado ou serrilhado. De acordo com eles, Breitstein fizera um negócio grande com a *Hardwood and Meier* para garantir a representação exclusiva do novo produto em toda a Áustria.

— Isso torna nosso trabalho um pouco mais fácil — disse Gross, após eles terem feito um almoço rápido em um pequeno *Beisl* e se dirigido ao distrito dos jardins em Penzing, onde estava localizado o pequeno lote de Binder.

Werthen mantinha-se calado, como fizera a maior parte da manhã. O efeito do ataque a Klimt, no último sábado, ainda não havia se dissipado; ele sentia-se em uma espécie de humor contemplativo, desde então.

Chegando a Penzing, eles tiveram que pedir informações duas vezes para encontrar o distrito dos jardins, construído sobre solo improdutivo, próximo à linha de trem. A área ocupava uma pequena elevação que dava para os trilhos e estava repleta de pequenos chalés, erguidos no meio dos lotes de 10 por 40 metros. Um grau surpreendente de fecundidade fora obtido naqueles retalhos de terra, em forma de selos postais; alguns favoreciam as árvores frutíferas, enquanto outros ostentavam hortas verdejantes, e outros ainda se concentravam em flores de todos os tipos. Toda a área era, portanto, um amálgama de cores e fragrâncias. Os chalés, sem divisão interna, construídos em cada lote, eram tão amorosamente cuidados quanto os jardins e pomares: a maioria tinha a aparência de chalés de caça, só que como versões em miniatura. Exterior marrom com janelas verdes; chifres de veado ou alce decorando a parte superior da porta de entrada; vasos com gerânios vermelhos em tabuleiros sob as diminutas janelas.

O de Binder era o de número 55, e, exatamente como Breitstein havia previsto, o homem estava lá cuidando de suas rosas. Gross segurou Werthen, a fim de observá-lo trabalhando com as flores antes de se anunciarem. O advogado pôde ver que Binder, se é que aquele era realmente ele, pela maneira como lidava com as flores, era metódico. O homem estava tirando as folhas secas das plantas, cortando as flores mortas dos arbustos e árvores, podados de forma decorativa. Ele levava um cesto especial para a tarefa e ficava atento para não deixar cair pétalas no solo cuidadosamente varrido sob as plantas. Usava luvas longas e emborrachadas para proteger as mãos e os braços contra os espinhos. A mão direita fazia cortes rápidos e firmes, cortando as flores mortas não com tesoura de jardineiro, mas utilizando uma faca de jardinagem pequena, curva e obviamente afiada.

Era um homem de estatura mediana e cabelos ruivos brilhantes, já escasseando em alguns lugares, vestindo um avental imaculadamente branco para a tarefa. Por baixo dele, um traje de verão leve.

Finalmente, Gross vira o bastante. Ele foi até o portão e bateu nas ripas de madeira.

— *Herr* Binder — chamou o criminologista.

Isso acabou por tirar a atenção do homem de suas rosas.

— Olá — disse ele, dando uma última cortada em uma flor morta e atirando-a no cesto. Werthen pensou em imagens da guilhotina em funcionamento durante a Revolução Francesa. — Um belo dia para o jardim, não é? — comentou, enquanto se aproximava do portão. — Os senhores são do comitê de lotes?

Gross negou com a cabeça.

— Desculpe, mas é outro assunto.

— Ah, eu estava esperando por eles. O lote aqui do lado está vago. A velha *Frau* Gimbauer morreu na semana passada, os senhores sabiam? Muito triste, com certeza, mas ela não tinha família. Ninguém para levar adiante a tradição daqui. E minhas rosas parecem mesmo querer se espalhar e se expandir. Elas não podem ficar muito perto umas das outras, as rosas. Não como nós, humanos, apertados em nossos apartamentos pequenos. Elas não suportam o toque de outra planta, se o senhor quiser saber a verdade. Murcham e morrem se seu espaço é invadido. O lote dela ia me permitir fazer experiências com os híbridos novos, vindos da América. — Ele parou de repente a conversa: — Perdão. Eu estava praticando minha fala para o comitê. Não é comum que uma pessoa tenha dois lotes. Meu nome é Binder — disse ele, tirando a luva da mão direita — Como vocês disseram que são os seus?

— Nós não dissemos — retrucou Gross. — *Herr* Breitstein sugeriu que falássemos com o senhor. Que talvez o senhor pudesse nos ajudar em nossa investigação.

O criminologista contou a mesma história precombinada para o vendedor, dizendo que os instrumentos *Hardwood and Meier* haviam sido copiados, utilizando-se um aço inferior.

— Se o senhor pudesse, talvez, nos passar uma lista de clientes que tenham comprado o bisturi serrilhado novo nas últimas semanas, isso iria ajudar imensamente.

— Esses produtos falsificados estão se tornando um aborrecimento recorrente — concordou Binder. — Eu fico feliz de ver que alguém está levando esse assunto a sério. Isso corta os lucros de todo mundo — sorriu ele. — Sem trocadilhos. — Outro sorriso pálido. — E destrói a confiança do freguês em seu produto.

Binder era do tipo compulsivamente organizado, que levava consigo a agenda de trabalho até nas férias. Ele fez uma rápida incursão no pequeno chalé e voltou com uma maleta pequena de amostras, dentro da qual se encontravam sua caderneta de encomendas e a agenda.

— Não é um item de muitas vendas — disse ele, enquanto examinava os registros. — Das últimas semanas, não é isso? —

A mão exibia um pequeno tremor enquanto folheava as páginas, Werthen observou.

— Para começar — disse Gross.

— A venda mais recente foi na semana passada. Eu estava em Klagenfurt terça e quarta, e vendi um par de bisturis para o Dr. Fritz Weininger, do hospital geral de Klagenfurt. Antes disso... — ele folheou mais páginas, apontando com o dedo. — Antes disso, foi no final de junho, para um cirurgião de Salzburg. — Binder mostrou o caderno aberto para Gross.

— Nada em Viena? — perguntou o criminologista.

O homem negou com a cabeça, fechando o registro de vendas e recolocando-o na maleta de amostras.

— Os cirurgiões de Viena são muito conservadores. Eles ainda não aceitaram as qualidades assépticas da lâmina serrilhada como uma compensação pelo ligeiro efeito esfiapado que decorre da incisão.

Gross concordou, disfarçando seu desapontamento óbvio.

— Mas...

— O quê?

— Bom, nenhum dos instrumentos foi vendido aqui, isso é fato. Mas eu acredito que um deles possa ter sido tirado da minha maleta de amostras. Eu tinha três quando comecei, na penúltima semana, a fazer minhas visitas aos cirurgiões vienenses. Eram as originais, fornecidas para mim pela *Harwood and Meier*, da Inglaterra. Mas, no final do primeiro dia, eu só estava com duas.

— Que cirurgiões o senhor visitou? — perguntou Gross.

— Nenhum deles poderia ter roubado, eu tenho certeza. Mas houve um momento, quando eu estava num café, de tarde, em que a mala ficou sozinha enquanto eu fui ao toalete.

Que coisa mais ousada, roubar um bisturi da maleta de um homem em um café cheio, pensou Werthen.

— Nós ainda precisamos da lista de cirurgiões. E do nome do café — disse Gross.

— Você acreditou nele? — perguntou Werthen a Gross, enquanto se afastavam da área dos jardins.

— E você notou a destreza da mão com a rosa? — perguntou o criminologista, em resposta.

Werthen confirmou.

— Ele tem um lugar bem fora de mão aqui para trabalhar — acrescentou Gross.

— Você quer dizer, para trazer os corpos? — Werthen olhou por cima do ombro para o vendedor de modos suaves, que estava voltando à sua poda. — Isso me parece duvidoso. Alguém teria notado o entra e sai, você não acha?

Gross soltou um suspiro.

— Provavelmente. E, além disso, ele não poderia ter matado *Fräulein* Landtauer.

— Ou assim diz ele. Pareceu-me que ele fez muita questão de inserir aquele álibi.

— Muito bom, Werthen. Mas eu não acho que seja tão difícil assim de checar. Fritz Weininger, não é isso?

— No Hospital-Geral de Klagenfurt.

Entretanto, depois de finalmente conseguirem encontrar um posto dos correios e de telefone e completarem o interurbano para a Caríntia, ficaram desapontados. O Dr. Fritz Weininger, como a maioria dos austríacos, estava de férias. Só estaria de volta ao seu consultório no final da semana.

Os acontecimentos, no entanto, atropelaram essa linha de investigação.

OITO

O relógio sobre a bancada de mármore, em cima da lareira, bateu seis vezes; uma luz rósea e aperolada filtrava-se pela cortina de renda, enchendo a sala com uma luminosidade suave. Werthen limpou a tinta que escorrera sobre seu dedo médio e depois pegou a caneta de novo.

Uma batida na porta fez com que ele parasse no meio de uma frase.

— *Herr Doktor* Werthen? — a voz de *Frau* Blatschky soou timidamente do outro lado da porta fechada, da sala de visitas.

— Entre.

Ela o fez de modo relutante, esfregando as mãos queixosamente no avental engomado.

— O que foi?

— Tem um senhor querendo vê-lo.

Ela mal tinha pronunciado aquelas palavras quando o som pesado de botas sobre o assoalho se fez ouvir do outro lado da porta da sala.

— Werthen! — era a voz de Gross.

— Eu devo deixá-lo entrar?

Mas não houve necessidade.

— Meu caro Werthen — o criminologista já dizia, enquanto entrava pela porta semiaberta —, pare, agora, de perder tempo escrevendo. Há trabalho para ser feito.

Frau Blatschky ficou na porta, observando com muito interesse aquele homem grande.

— Isso é tudo, *Frau* Blatschky — disse Werthen.

Ela fez uma pequena mesura e deixou a sala.

— Vamos, homem. Não há tempo a perder. — O criminologista esfregava as mãos.

— O que é que o trouxe aqui a essa hora, Gross?

Então ele viu o sorriso matreiro no rosto do amigo.

— Não aconteceu outro, aconteceu?

— Não, de maneira nenhuma. Eu estou de pé a essa hora revoltante para levar você a uma exposição de flores.

Werthen ficou perplexo por um instante. A ironia não estava entre as armas que ele esperava do arsenal intelectual de Gross.

— Sim, aconteceu outro — disse o criminologista. — Bote o casaco, homem, enquanto a cena ainda está relativamente intata.

— Mas como é que...? Não, deixe-me adivinhar: Meindl.

Gross confirmou:

— Ele fez uma ligação simpática hoje de manhã para meu hotel. Agora vamos, antes que alguém chegue mexendo em tudo em minha cena do crime.

Werthen pegou chapéu, luvas e porta-moeda, e seguiu o homenzarrão enquanto ele se precipitava pelo lance de escadas, ignorando o elevador.

Gross deixara seu *Fiaker*, um coche fechado puxado por duas éguas cinzas, esperando do lado de fora. Eles subiram e voaram pela Josefstäderstrasse, desviando aqui e ali do tráfego, com solavancos e uma estridência que fizeram Werthen agarrar o chapéu. Depois, dobraram na poderosa Ringstrasse e, de lá, para o canal. Quando já estavam cruzando-o em direção a Praterstrasse, o advogado falou por fim:

— Então descobriram no Prater de novo?

— Precisamente. E, dessa vez, estamos antes dos desastrados. Como eu disse, uma cena de crime fresca, se a gente se apressar.

Gross bateu no teto com a ponta de prata da bengala que exibia àquele dia e gritou pela janela:

— Dez *kreuzers* para você beber, meu bom homem, se chegarmos em menos de dez minutos.

Em resposta, houve um estalo de rédeas, e o condutor redobrou seus esforços já prodigiosos enquanto Werthen era atirado contra o assento e os cavalos passavam do trote a um quase galope. Olhando pela janela, ele podia ver os olhos surpresos e salientes, as bocas abertas, dos primeiros lojistas nas ruas, enquanto o *Fiaker* acelerava ao longo da Praterstrasse, pavimentada com paralelepípedos, provocando uma fagulha azul ocasional ao cruzar os trilhos de bonde.

— Uma pessoa de idade dessa vez, me disseram — falou Gross enquanto enfiava as juntas dos dedos brancos nas tiras de couro do estabilizador, junto à sua janela. — No mais, o mesmo *modus operandi*.

O criminologista pareceu satisfeito com aquele uso do latim.

— Como eu gosto de chamar o método de matar preferido de nosso assassino. A gente vai ver daqui a pouco com que grau de exatidão ele foi seguido.

Gross tirou de sob seu assento o que parecia ser um saco de correio de couro. Abriu a aba e começou a verificar o conteúdo. Werthen não pôde se furtar a olhar também. Papel para escrever, envelopes, mata-borrões, um mapa da cidade, canetas e lápis, despontando como os pelos de um porco-espinho, um vidro de tinta, uma fita métrica, uma bússola e um par de compassos, pedômetro, um vidro com sulfato de cálcio, cera para lacre, tubos de vidro, velas, sabão, lente de aumento, goma-arábica e um cronômetro grande.

— Vai fazer algum safári, Gross?

O criminologista ignorou a observação, testando o lacre no vidro de sulfato para ver se estava fresco. Satisfeito, fechou de novo a aba da sacola e manteve-a no colo, como um passageiro de trem que se apronta para descer na estação.

— É minha sacola de evidências do crime — disse, por fim.

Pouco depois, eles estavam no recinto do parque, passando sob a imensa roda-gigante. Depois, seguiram por uma alameda que se afastava da parte dos brinquedos, e Werthen olhou para o verde tremulante das árvores da manhã.

— Lá! Ali! — gritou Gross de repente, apontando com a bengala para fora, do lado direito da carruagem, onde havia um grupo de homens iluminados por trás, pelo sol nascente, parados junto a um grupo de árvores, a cerca de uns 50 metros da margem da rua. Quatro cavalos se encontravam amarrados a um castanheiro alto. Eles mexeram as orelhas à aproximação do *Fiaker*. Ao lado deles, um par de bicicletas policiais jazia em uma pilha de metal e pneus, indicando que os donos haviam desmontado às pressas.

— Graças à Providência, foi uma noite fresca!

Werthen, com experiência nesses assuntos, entendeu a implicação, mas não deu qualquer resposta.

— A temperatura do corpo, homem — gritou Gross, como se repreendesse um aluno excessivamente lerdo. — A gente precisa saber há quanto tempo ele está morto, embora o ar fresco esfrie o corpo mais rápido do que o normal depois da morte.

Werthen esperou passar a explosão. Gross nunca era atencioso ou educado quando estava à caça.

— Pelo menos nosso amigo Klimt tem um álibi para ontem à noite que ele pode alardear para o mundo — acrescentou o criminologista. — Ele estava na prisão de Viena.

Werthen já fizera essa ligação ele mesmo. Se, de fato, os ferimentos da vítima combinassem com os das outras, isso seria uma prova positiva de que o pintor era inocente da morte de *Fräulein* Landtauer e de que todos os crimes eram de autoria do mesmo assassino.

Gross já estava fora da carruagem antes de ela parar, sua constituição corpulenta aos tropeços sobre pés incrivelmente pequenos, até ele conseguir se equilibrar. Ele se dirigiu direto ao grupo de homens, reunidos ao lado do castanheiro, com a sacola de evidências do crime na mão.

Werthen desceu e se encaminhou para o grupo também, até que o condutor gritou atrás dele:

— Espere aí, *Herr Doktor*. Cadê minha gorjeta?

O advogado olhou para trás, na direção do cocheiro de nariz vermelho, e depois para as costas de Gross, que partia a passos rápidos. Depois, com má vontade, pôs a mão no porta-moeda que, felizmente, lembrara-se de trazer com ele. Aquele maldito tolo do Gross havia prometido 10 *kreuzers*, recordou-se Werthen. Ele achou uma moeda e jogou-a na palma estendida do homem.

— E o preço normal da corrida também, que são mais 25.

— Mas isso é um escândalo — bradou o advogado.

O homem, no entanto, manteve a mão estendida, encarando os olhos de Werthen firmemente.

Por fim, ele meteu novamente a mão no porta-moedas e entregou a soma correta ao homem.

— Que Deus te proteja — disse o condutor insolente, tirando o chapéu. — Eu devo esperar?

"Agora ele pergunta", pensou Werthen, e já estava para explodir de novo quando pensou melhor. Eles iam precisar de transporte para voltar.

— Por favor — disse ele em um tom irônico, e depois se dirigiu à cena do crime, encontrando Gross de quatro e os homens alternando expressões de divertimento e surpresa.

O criminologista emitia ocasionalmente um som com os lábios fechados e tirava a lente de aumento da sacola de couro. Então, examinava o chão e, depois, usando pinças, pegava fragmentos quase invisíveis e colocava-os em um envelope, tirado da mesma sacola.

Werthen sentiu um desejo irresistível de começar a rir ao ver o tão meticuloso Gross rastejando na terra, sem fazer caso das manchas marrons que agora tinha nos joelhos. Contudo, o corpo apoiado no tronco da árvore sufocava qualquer possibilidade de riso.

A vítima teria talvez 60 anos, a cabeça pendendo excessivamente para a direita, o cabelo grisalho penteado bem junto ao crânio. Estava vestido com um *Trachten* que lembrava o chalé de caça — lã cinza com arremates verde-oliva e botões de chifre de veado.

Os olhos do morto estavam abertos, perscrutantes, congelados de susto. A pele encontrava-se branca como alabastro — como a da jovem Landtauer no necrotério. E, onde devia estar o nariz, via-se um buraco aberto que dava a seu rosto uma aparência suína.

Gross bufou de raiva de repente, enquanto se levantava.

— Quem andou se intrometendo aqui? — Ele olhou para os seis homens juntos, separados de Werthen.

Dois deles eram guardas e tossiram para disfarçar um sorriso de embaraço. Depois, ficaram vermelhos. Os outros quatro estavam vestidos com uniformes militares — túnicas marrons com bordas vermelho brilhante; na cabeça, quepes cujos bicos haviam sido lustrados à perfeição. Eles mantiveram os olhos no chão à frente das botas.

Gross exibia um ar de autoridade, e nenhum deles questionou seu direito de estar examinando a cena, muito menos de recolher evidências. Por fim, o mais alto dos dois guardas respondeu à pergunta do criminologista:

— A gente teve que verificar se esse senhor estava morto. — Ele esfregou o nariz, que escorria, na manga do casaco de lã azul. — É o regulamento.

Gross balançou a cabeça.

— E está também no regulamento que você promova uma visita guiada da cena? Aqui tem no mínimo seis tipos de pegadas diferentes. Se não quiser dirigir a escola de tráfego de Bukovina, eu sugiro que me dê explicações.

Um dos oficiais do exército pôs-se rigidamente em posição de sentido, batendo continência para Gross.

— É culpa nossa, senhor. Nós pensamos que o cavalheiro precisasse de ajuda. Era a primeira luz do dia, nós não tínhamos como ver que ele já não precisava de nada.

Nas bochechas do jovem oficial, viam-se marcas vermelhas, que o faziam parecer ter chegado recentemente do campo, estranho ao uniforme que vestia. Werthen olhou para as mãos do soldado: elas pareciam ficar mais à vontade segurando um arado do que manejando a espada que ele usava do lado.

Gross lançou aos quatro soldados um olhar longo e frio.

— E o que, posso perguntar, trouxe vocês aqui a uma hora dessas da manhã?

A pergunta fez com que os olhares baixassem até o chão novamente e incitou o guarda alto a dar um passo à frente.

— Nós estávamos dando uma examinada, *Herr Doktor*. Os quatro senhores aqui só encontraram o corpo. Não tinha ninguém aqui na hora, como eles me disseram. Ninguém mesmo. Eles não imaginavam que fosse isso, se o senhor me entende.

— Humm — murmurou Gross, atirando a lente de aumento mais uma vez nas profundezas da sacola de couro.

Ele se dirigiu então até o cadáver, sabendo que não havia mais nenhuma razão para ter cuidado com a área ao redor — nada a ser encontrado ali além das pegadas dos soldados e guardas, que, com toda a probabilidade, obscureceram as do autor daquele último ultraje. O criminologista se inclinou sobre o corpo, examinando a cabeça e o pescoço do mesmo modo que fizera com a pobre *Fräulein* Landtauer.

— Aha! Como eu pensava! — Ele fez sinal a Werthen para que se aproximasse. — Está vendo? — Gross apontou o dedo para o fiapo de incisão na carótida da vítima. — A assinatura de nosso homem — sussurrou ele. — E a carne está ligeiramente esfiapada, como encontrado na jovem Landtauer. Nosso homem ainda está usando o bisturi serrilhado.

Os soldados olhavam curiosos, e o criminologista disse por fim aos guardas que anotassem os nomes dos homens e os mandassem para seus quartéis.

Depois, Gross continuou a fazer um exame rápido do cadáver. Em uma das mãos fechadas do homem, eles encontraram a outra parte da assinatura: o nariz amputado. O criminologista revistou os bolsos do homem, mas nada foi encontrado. A atenção de Werthen foi desviada por um momento, ao observar os policiais anotando os nomes. Os quatro oficiais do exército estavam gesticulando, fazendo um leve protesto, mas pareceu que, por fim, e com relutância, forneceram suas identidades.

O trabalho de Gross terminara. Ele pegou um lenço branco do bolso superior de seu casaco e bateu com ele nos joelhos sujos.

— Você decidiu não interrogar os soldados pessoalmente? — perguntou Werthen.

O criminologista umedeceu o lenço com a ponta da língua e esfregou com mais força as manchas sobre os joelhos, com pouco sucesso.

— Os guardas têm os nomes. A polícia vai investigá-los, embora eu duvide que vá ligá-los aos assassinatos. — Ele finalmente desistiu das manchas e enfiou o lenço sujo em um bolso grande do casaco. — Mas que diabos faziam eles por aqui? Terminando a noite se divertindo ao ar livre?

Werthen tocou a ponta do próprio nariz como se compartilhasse um segredo.

— Duelando, meu velho. O Prater é um dos locais favoritos de duelo. É ilegal, é claro, mas acontece quase diariamente. Esses jovens, os oficiais, seriam escorraçados do exército se recusassem um desafio. Mas é quase certo que eles vão sofrer rebaixamento, agora que foram pegos. Mas, por quê? Até nosso primeiro-ministro, o conde Baldeni, se sentiu obrigado a desafiar um deputado do Partido Nacionalista Alemão, do Reichsrat, ano passado. Pistolas e vinte passos de distância.

— Barbarismo — rosnou Gross. — Ninguém disse a eles que já estamos quase no século XX?

O criminologista, no entanto, já não estava mais interessado em duelos ou na própria indignação. Fez sinal para o coche à espera e eles subiram no *Fiaker*.

— Eu culpo aquele inglês, você sabe — disse Gross enquanto se recostava no assento e mais uma vez depositava sua sacola de evidências do crime nas tábuas do assoalho.

O rosto de Werthen revelava sua perplexidade.

— Doyle — continuou o criminologista. — Eu acho que é esse o nome do indivíduo. Escreve sobre os incidentes mais fantásticos, mas insiste em usar meus métodos para o personagem principal, esse tal de Holmes. Foi por isso aquele ar de divertimento geral — disse ele, indicando com a cabeça os dois guardas na cena.

Werthen achara que Gross não tinha notado o divertimento deles.

— Dane-se o homem. Ele obviamente leu meus primeiros artigos para investigadores criminais. Tornou-me objeto de zombaria entre meus colegas de profissão. Como se fosse eu que estivesse surrupiando as técnicas do grande Sherlock Holmes, e não o contrário.

Da janela do *Fiaker*, eles assistiram à aproximação das ambulâncias até a cena do crime e à saída dos médicos vestidos de branco. Gross suspirou. Se foi por aquela visão ou por causa de sua rixa com Arthur Conan Doyle, Werthen não conseguiu discernir.

— E então, algum palpite, Werthen? — O criminologista deu uma batida no teto com a bengala e o *Fiaker* se pôs em marcha.

— Como você, o mesmo *modus operandi*.

— Além disso, alguma observação?

— Obviamente, ele foi morto em outro lugar.

Gross sorriu.

— Por que você diz isso?

— Tudo muito arrumado. Nenhum sangue em volta.

O criminologista concordou:

— Exatamente como os outros. — Ele fitou Werthen com um olhar penetrante. — O que nos revela muita coisa, diria eu. Nosso assassino pode ser um homem de recursos. Ele tem privacidade para drenar o sangue de suas vítimas. Privacidade implica espaço, e espaço, recursos para obtê-lo. Eu tenho sérias dúvidas de que um processo desses possa ser realizado ao ar livre. É muito arriscado. Sendo assim, ele tem algum espaço abrigado à sua disposição. E algum tipo de transporte. Talvez ele mate sempre que tenha a oportunidade, mas então ele tem que transportar o corpo para algum tipo de recinto fechado, onde acontece a drenagem. Depois, mais transporte para levar os corpos até o Prater. E precisa também se livrar de grandes quantidades de sangue.

— Talvez ele more perto — sugeriu Werthen.

Gross pensou por um momento.

— É possível, mas não obrigatório. O Prater é um local afastado para depositar as vítimas; ele ainda tem a característica de estar localizado no Segundo Distrito, de maioria judaica, como você mesmo observou.

Mais silêncio enquanto eles eram sacudidos sobre os paralelepípedos da Praterstrasse. A atividade começara desde que haviam feito o primeiro percurso ao longo da rua. As lojas estavam abertas. Pedestres transitavam pelas calçadas amplas, com cestas de compra nas mãos. Vida normal lá fora, pensou Werthen. Abençoadamente ignorantes da mais recente atrocidade cometida em sua bela cidade.

— E quanto à identidade da vítima? — disse Gross de repente.

O advogado balançou a cabeça.

— Não sei ler mentes, apesar de não haver mais nenhuma mente funcionando naquele pobre homem. Não me diga que você adivinhou a identidade dele pelo que a gente viu lá?

O criminologista deu de ombros.

— Obviamente, um ex-funcionário público. Talvez até da casa real. Do tipo fiel. Isso é claro como a luz do dia.

Werthen ficou pasmo.

— Como você sabe?

Um sorriso tímido.

— O homem estava carregando seu cartão de pensionista.

O advogado recostou-se no assento, puxou um charuto *Glockner* grosso, arrancou a ponta com os dentes e cuspiu-a pela janela do fiacre, depois o acendeu com seu isqueiro de pedra.

— Brilhante — murmurou Werthen, enquanto observava a fumaça azul do charuto ser sugada pela janela do *Fiaker*.

— Eu imagino, então, que isso seja o fim da nossa investigação, Werthen?

Gross estava certo, percebeu o advogado subitamente. A polícia teria que soltar Klimt agora, e, como o pintor é que era seu cliente, sua investigação desses crimes horríveis terminava ali. Ele se surpreendeu ao se ver decepcionado. Acabara de pôr a mão na massa, e havia a moça Landtauer, e a semelhança incomum com sua Mary.

— Eu acho que é — disse ele, com relutância. — E eu imagino que você agora vá para Czernowitz.

Gross suspirou.

— É, acho que sim.

Mas nenhum dos dois acreditava naquilo.

Gross esperou que a polícia notificasse *Frau* Frosch sobre a morte do marido e realizasse o primeiro interrogatório, antes de ele mesmo ir visitá-la.

— E quero cair nas graças da boa senhora, Werthen — explicou ele depois, naquela tarde, quando se aproximavam do apartamento dela, na Gusshausstrasse, número 12, no Quarto Distrito de Viena, bem atrás de Karlskirche. — Mas não se cai nas graças de ninguém quando se traz notícias ruins, ou melhor, trágicas. Eu deixo isso para a polícia. É verdade que eles podem, sem querer, colocar informações e noções na cabeça da mulher, que ela, mais tarde, vai nos devolver como sendo dela. Mas é o risco que eu corro nessas situações. A vida é um ganhar e perder, não é?

Quando a porta do apartamento se abriu, Werthen achou que a mulher devia ser a criada, ou talvez uma amiga. Não havia olhos vermelhos nem nariz fungando de viúva sofrida.

— *Frau* Frosch está, por favor? — perguntou Gross.

Ele pensou obviamente o mesmo.

— Eu sou *Frau* Frosch — respondeu a mulher calmamente. — E quem seriam vocês?

— Nós estamos auxiliando nas investigações — disse o criminologista, mostrando mais uma vez sua carta de Meindl, já um pouco amassada pelo uso.

— A polícia já esteve aqui hoje de manhã — disse ela, encarando os dois horizontalmente, como se estivesse tirando medidas para lhes fazer ternos.

— Já esteve — concedeu Gross. — Mas, se não se importaria de responder a mais algumas perguntas, cara senhora...? Eu sei que isso parece uma imposição em um momento de dor, mas, com base em meus extensos estudos em criminalística, cheguei à conclusão de que as primeiras 24 horas depois de um crime são as mais cruciais.

A expressão dela não se modificou.

— Eu imagino que os senhores queiram entrar, então?

— Se não for nenhum incômodo, *gnädige Frau* — disse Gross, com o que Werthen considerou um excesso de untuosidade.

O apartamento era um epítome do decoro da classe média. Tudo era como deveria ser; ou seja, como alguém que lê a revista *Salonblatt*, sobre a vida da classe alta e da nobreza, acha que deveria ser. Não havia uma única flor murcha, um grão de poeira sequer, nenhum tapete enrugado, que se pudesse ver. A casa possuía aquela aparência de inabitada, da dona de casa fanática. Era a antítese do apartamento Plötzl, em Ottakring. Até Werthen se sentiu desconfortável com tanta arrumação. Apesar de exigente, ele precisava de um *pouco* de confusão doméstica para se sentir à vontade.

Contudo, aquilo era o que não se via no lar de *Frau* Frosch. Muito pelo contrário, eles foram levados através de um vestíbulo até a sala de estar, que era como uma cena tirada de uma tela de Makart. Um espaço pesadamente acortinado e forrado, repleto de grandes móveis *alt deutsch*, populares vinte anos antes, mas que pareciam agora altivos e enfadonhos. Todas as mesas se encontravam cobertas com brocado ou bordados; pinturas a óleo escuras preenchiam as paredes do chão ao teto; um aparador de tamanho impressionante ameaçava de um canto; um *Kackelofen*, uma estufa de lajotas, resplendia de outro.

Frau Frosch sentou-se cuidadosamente na borda de um sofá, apontando-lhes assentos em poltronas de encosto reto com detalhes em couro. Werthen achou que ela parecia tão desconfortável naquele cenário quanto ele.

— Eu realmente não tenho mais nada a acrescentar, além do que já disse à polícia mais cedo — começou a mulher.

— Eu pretendo explorar outras áreas. Às vezes, é uma coisa mínima, *Frau* Frosch. O mais insignificante dos detalhes é o que diz mais.

— Gross, essa boa senhora disse que não tem mais nada a oferecer — interrompeu o advogado subitamente. — A polícia com certeza já coletou todas as informações que ela podia fornecer. A gente deveria ir embora.

— Tenha a bondade de me permitir conduzir a entrevista, Werthen. E deixe *Frau* Frosch decidir se não tem mais nada realmente a acrescentar.

— Por favor, perdoe meu colega, *Frau* Frosch — disse o criminalista, ignorando o comentário do advogado. — Às vezes, ele peca pelo excesso de zelo no trabalho e é indiferente ao sentimento dos outros. O sentimento, Werthen, tem que ser deixado de lado nesses momentos. — E virando-se para *Frau* Frosch: — Posso continuar?

Ela aquiesceu com rigor.

— Quando a senhora viu seu marido pela última vez?

— Sinceramente, Gross — explodiu o advogado. — É isso o que você chama de novas áreas?

— Chega, Werthen. — A voz do criminologista soou como um rosnado baixo, um sinal de comando que fez a mulher se posicionar mais dura ainda em seu assento. — Então, tenha a bondade, *Frau* Frosch. A última vez que a senhora viu seu marido?

— Na noite passada. Por volta das 7. Ele estava saindo para a partida de *tarok* habitual com os amigos.

A polícia checara isso, Werthen sabia. *Herr* Frosch era esperado do outro lado da Karlsplatz, em frente ao apartamento, no novo Café Museum, onde iria encontrar três outros pensionistas para o jogo de cartas semanal. De acordo com os amigos, ele não apareceu.

— O que ele estava vestindo? — perguntou Gross.

— O traje dele, o *Trachten*.

— É um pouco quente para uma noite como a de ontem, eu diria.

Ela balançou a cabeça negativamente.

— Era o que ele vestia sempre. O uniforme dele, se o senhor preferir. — Ela fez uma careta ao dizer isso. — O senhor pode ir examinar o guarda-roupa dele se quiser. Tem mais outros seis pendurados lá, todos da mesma cor e do mesmo modelo. Meu marido trabalhou na corte, como valete e criado.

— Um homem meticuloso, então? — arriscou Gross.

Ela confirmou com veemência.

— Muito.

O criminologista fez um movimento com a mão, englobando o recinto.

— Decoração *dele*, imagino eu.

Ela pareceu engolir em seco àquela sugestão.

— Mas como o senhor sabe?

— *Gnädige Frau*, eu vejo a senhora num cenário mais leve, talvez. Mais floral, com mais luz do sol iluminando o ambiente.

— Exatamente. — Ela se entusiasmou com Gross então, observou Werthen. Não haveria mais necessidade de interrupções da sua parte.

— Desculpe perguntar, *Frau* Frosch, mas a senhora e seu marido tinham um casamento próximo?

— Eu não sei o que o senhor quer dizer com isso.

O advogado achou que Gross tivesse jogado muito pesado, mas não foi o caso. Fez-se silêncio por algum tempo.

— Nós não tínhamos filhos — disse *Frau* Frosch, de repente. — Ele dizia que seus deveres com o Império vinham primeiro.

— Eu tenho certeza de que essa foi uma escolha difícil para os dois.

— Escolha *dele*.

— É — disse o criminologista. — Escolha dele. Ele bebia?

A mudança súbita de assunto pegou-a desprevenida. Uma das mãos subiu até o olho esquerdo, tocando no osso abaixo com cuidado. Só então Werthen notou o que provavelmente parecera óbvio a Gross: um tom azulado sob o pó de arroz cor-de-rosa.

— Ele gostava de tomar seu vinho — disse ela, por fim. — Especialmente depois da aposentadoria.

— Ele não tinha um passatempo, então? Além do baralho, digo.

Ela fez que não com a cabeça, mas depois parou, pensando.

— É, de uma certa forma, isso poderia ser chamado de passatempo. Ele disse que estava escrevendo suas memórias, mas eu nunca vi uma página. Acho que era uma desculpa para se trancar no escritório a manhã toda. Ele realmente não tinha ideia do que fazer com a vida depois de ter deixado o serviço na corte. De qualquer forma, a polícia não encontrou nada.

— A senhora se importa se eu der uma olhada nos papéis dele? — perguntou Gross.

— Não, nem um pouco.

Ela levou-os até um escritório na extremidade do corredor, um aposento escuro e pesado como a sala de estar.

— Ele guardava todos os papéis aqui?

Frau Frosch confirmou.

— Não precisa pôr em ordem depois — disse ela, ao sair do local. — Isso tudo vai ser encaixotado mesmo. Tudo.

— Mais leve? — sorriu Gross para ela.

— Sim, *Herr Doktor* Gross. Muito mais leve.

Eles passaram mais de duas horas vasculhando cada gaveta possível, cada canto e fenda do escritório, mas não encontraram nada. Gross bateu no assoalho em busca de algum local escondido sob a madeira, procurou gavetas falsas na escrivaninha e na estante, examinou a parede atrás dos quadros para ver se havia sinal de algum cofre. Nada.

— Pode ser que ela esteja certa — disse Werthen, por fim. — Talvez ele só quisesse se esconder e beber.

O criminologista não fez comentários. Estava agachado, ocupado, batendo no exterior de um vaso grande de cerâmica que continha uma palmeira alta. Nenhum som oco foi registrado. O recipiente estava, na verdade, repleto de sujeira e raízes.

— Não tem mais nada para se garimpar aqui — falou Gross, pondo-se de pé com esforço e esticando as costas.

Tudo que haviam descoberto naquela busca metódica era que *Herr* Frosch fora um homem de poucos interesses mundanos. Uma das gavetas da escrivaninha continha contas antigas, referentes ao ano anterior: tarifas e valores que incluíam gás, 612 coroas e 38 *heller*; aluguel, 1.475 coroas; carvão, 241 coroas e 14 *heller*; vestuário, esposa, 742 coroas e 69 *heller*; vestuário, marido, 812 coroas e 98 *heller*. E assim por diante. Registros meticulosos mantidos por um homem meticuloso.

Tanto Gross quanto Werthen haviam reparado na discrepância da verba para vestuário. E também que Frosch tivera o cuidado de usar as novas denominações de coroas e *Heller*, em vez dos antigos florins e *kreuzer*. O próprio criminologista, como a maior parte dos austríacos, ainda estava tendo trabalho com a conversão do padrão de prata para ouro, já há seis anos em vigor. Dentro de dois anos, os velhos florim e *kreuzer* iriam se juntar à pilha de lixo das moedas históricas.

Eles se despediram de *Frau* Frosch, e a senhora pareceu ter um brilho especial nos olhos quando permitiu que sua mão enluvada fosse beijada pelo criminologista.

Já na rua, Werthen disse:

— Eu acho que você fez uma conquista, Gross.

— Graças a você em grande parte, meu amigo — replicou ele, reconhecendo as interrupções planejadas do advogado. — Atropelar um colega ajuda a estabelecer nossa autoridade.

Eles andaram em silêncio durante algum tempo, cada um organizando os pensamentos depois da entrevista e da busca.

— Ela tinha razão de sobra para querer ver o homem morto — disse Werthen.

— É verdade. Você notou o hematoma, eu imagino.

— Que canalha.

— A violência não tem desculpa — falou Gross —, mas nunca se sabe o que acontece por trás das portas conjugais para provocar uma conduta dessas.

— Um criado promovido que se transforma em valentão.

— Talvez. Mesmo assim, eu duvido muito que a boa senhora pudesse, ela mesma, ter matado o homem e transportado o corpo até o Prater.

— E, mesmo que tivesse, por que ela mataria os outros? — acrescentou Werthen. — Qual seria o motivo?

— Talvez eles fossem só um disfarce para esconder a verdadeira vítima?

Era uma teoria que valia a pena ser explorada, mas o advogado percebeu de repente que não havia necessidade daquelas hipóteses.

— A gente devia ir falar com o inspetor Meindl — disse ele a Gross. — Eles não podem mais segurar Klimt após essa última morte. — Depois, quase que com relutância, acrescentou de novo: — Nosso trabalho em prol de Klimt acabou.

Gross, contudo, não estava ouvindo. Ele havia parado no meio da calçada perto do apartamento dos Frosch.

— Meios e motivos — murmurou o criminologista, balançando a cabeça com desgosto. — Nós não estamos mais perto de descobrir nenhum desses dois elementos cruciais do que na semana passada.

— Nossa incumbência terminou, Gross — disse Werthen de novo. — Os meios e os motivos agora serão uma dor de cabeça para outra pessoa.

— Talvez. Mas, de qualquer maneira, vamos visitar o inspetor Meindl. Primeiro, no entanto, eu gostaria de fazer uma visita ao Café Museum. Você sabe onde fica?

— Mas a polícia informou que Frosch nunca chegou lá.

— É esse meu ponto, exatamente. Sendo assim, em algum lugar, entre aqui e lá, o pobre homem desapareceu. E com uma certa luz do dia, ainda. Às 19 horas, nessa época, ainda tem mais uma hora de luz, com certeza.

Werthen aquiesceu, compreendendo o argumento.

— Alguém deve ter visto algo.

Gross fez que sim com a cabeça.

— Os grandes combatentes do crime em Viena são a sua legião de velhas senhoras curiosas, penduradas em suas janelas. Às 19 horas, deve ter havido pelo menos uma a postos, que viu um senhor de idade vestindo um *Trachten* pesado.

— E quanto às outras mortes? — disse Werthen, sentindo a empolgação da caça. — Só o industrial, acho eu, desapareceu no meio da noite. Os outros foram vistos ao entardecer ou no começo da noite.

— Precisamente. Eles não poderiam ter sido assassinados nas ruas de uma capital movimentada, tão cedo, sem alguém ter testemunhado o fato. A polícia, no entanto, vasculhou a área próxima de onde os outros desapareceram. Ninguém viu nada fora do comum.

Werthen se animou com esse raciocínio.

— Eles não foram assassinados na rua, então. De algum modo, o criminoso convenceu ou forçou as vítimas a entrarem em seu transporte e matou-as em algum outro local. — Depois, ele balançou a cabeça. — Mas também não pode ser. Como você mesmo disse, ninguém viu nada de anormal.

Gross sorriu.

— O que nos deixa uma conclusão só, Werthen. Que *alguém* viu alguma coisa muito *normal*, muito comum e nem se importou. Vamos, homem, me leve pelo caminho mais rápido até o Café Museum.

Eles seguiram pela Gusshausstrasse, em direção a Karlsplatz. O tráfego estava intenso ao longo da rua, e as janelas eram mantidas fechadas por causa do barulho e do cheiro. Antes de chegar a Karlsplatz, eles passaram pela Paniglgasse. Werthen supôs que o meticuloso Frosch, em vez de contornar o perímetro da Karlsplatz, seguiria por aquela via mais estreita e direta até seu café.

Enquanto percorriam o caminho por aquela rua menor, Gross e Werthen estavam de olho em possíveis testemunhas. Parado à porta do número 16, estava o *Dienstmann*, ou porteiro público, que atuava como carregador e entregador de mensagens, fazendo serviços gerais. Ele era também o quartel-general das fofocas locais. Vestindo um uniforme cinza com dragonas e usando um quepe azul, tinha uma aparência de ex-militar. A insígnia metálica no peito reforçava esse aspecto. Porém, Werthen sabia, aquela não era uma medalha militar, mas a licença profissional do homem.

Gross aproximou-se do porteiro e tirou o chapéu, apresentando-se.

— Em que posso ajudar, patrão? — perguntou o homem.

Gross deu um passo para trás, confrontado pelo cheiro de salsicha e vinho barato no hálito do porteiro.

— Aqui é seu local habitual, meu bom homem?

— É aqui que os moradores sabem onde me encontrar quando precisam de algum tipo de ajuda — disse o porteiro, estufando o peito enquanto falava.

— E você estava aqui ontem, também?

— Estava, isso é fato.

— Até que horas? Você se lembra?

— Bom... — O homem tirou seu quepe quente e coçou os cabelos eriçados e grisalhos da cabeça. — Nessa época do ano, com os dias mais longos, eu costumo ficar aqui na porta até as 7, às vezes 8. Ontem à noite...

— Você já estava no seu segundo *viertel* de vinho — veio uma voz da janela do andar térreo, à direita da portaria.

O homem não se deu ao trabalho de olhar na direção da voz. Ele simplesmente levantou as sobrancelhas para Gross e Werthen.

— Francamente, *Frau* Novotny, a senhora é muito exagerada.

A velha senhora saiu de trás da cortina de renda opaca de sua janela aberta, uma criatura com jeito de ave, usando um chapéu antigo saído do século XVIII.

— E você é muito dado ao vinho. Não havia nem sinal de você nessa rua depois das 6 ontem à noite. Caso contrário, *Frau* Ohlmeier, do 26B, não precisaria ter me pedido para vigiar um saco de batatas, enquanto ela subia a escada com o resto das compras.

— Bem — falou o porteiro com ironia —, os senhores estão vendo. Direto da boca de Deus. Eu devo ter saído do trabalho mais cedo ontem à noite. Mas em que é que eu posso ajudá-los?

— Na verdade — disse Gross, tirando o chapéu na direção da velha senhora —, eu gostaria de falar com alguém que possa ter notado o que se passava nesta rua por volta das 7 da noite, ontem. Werthen, talvez você possa oferecer um agrado a esse senhor.

Como sempre, o criminologista deixava eventualidades, como a distribuição de fundos, para o advogado.

Werthen deu ao porteiro um florim, para o qual o homem olhou ceticamente, como se esperasse que aquele filho único fosse em breve unido aos outros irmãos.

— Obrigado pela ajuda — disse o advogado, de forma categórica.

Enquanto isso, Gross se aproximara da janela da velha senhora, ficando quase cara a cara com ela, que, apoiando os cotovelos sobre uma almofada, se encaixava entre as janelas duplas.

— Eu estou investigando, minha boa senhora, sobre um senhor que pode ter passado por esse caminho ontem à noite. Ele tinha cerca de 60 anos e usava um *Trachten*.

— O senhor é policial? — perguntou a velha, com satisfação óbvia.

— Eu... — Gross fez a cortesia de esticar a mão na direção de Werthen. — Nós estamos ajudando a polícia em uma investigação.

— Eu vi dois policiais andando pela rua hoje, conversando com *Herr* Ignatz. — Ela balançou a cabeça com desprezo em direção ao porteiro, que havia se postado então do outro lado da calçada. — Batendo nas portas. — Ela balançou a cabeça com tanta veemência que o chapéu escorregou-lhe para a testa. Ajeitando-o, ela disse: — Nunca gostei de policiais. Eu não abri quando eles bateram em minha porta. — Ela lançou um olhar matreiro. — Vocês dois não parecem policiais. Também não agem como. Eles nunca pagam por nada.

— Vamos dizer simplesmente que poderemos apreciar qualquer tipo de ajuda — disse Gross.

— O que ele fez, esse seu velho de *Trachten*?

— Parece que ele desapareceu — contou-lhe o criminologista.

— Ele deve ser bem importante, para fazer os policiais incomodarem os moradores, e vocês dois, gente fina, procurarem migalhas de pão que possam levar até ele.

— É. — Gross não ofereceu mais explicações.

— Lá pelas 7, dizem os senhores.

Os dois fizeram que sim.

— Talvez eu o tenha visto. Mas não consigo me lembrar direito.

Gross olhou para Werthen.

— Você teria a bondade?

O advogado soltou um suspiro de exasperação, mas tirou outro florim do bolso e entregou-o à senhora.

Ela o colocou sobre a almofada, entre os cotovelos.

— Lá pelas 7h30, eu diria. Foi na hora em que *Herr* Dietrich costuma chegar em casa, do trabalho. Trabalha muito, esse nosso *Herr* Dietrich. Cá entre nós, eu acho que ele anda sustentando uma amante em algum lugar. Ele trabalha tanto, mas apresenta tão pouco. E *Frau* Dietrich, sempre vestindo a moda do ano passado. Ela deu uma engordada, também, a *Frau*.

— Sim — falou Gross, levando-a de volta ao assunto em questão. — E a senhora associa a chegada de *Herr* Dietrich com o homem vestindo o *Trachten*?

Ela sorriu para eles, revelando dentes marrons como nozes. Depois, olhou para o florim solitário.

— Werthen — sugeriu Gross.

O advogado já ia reclamar, quando o criminologista lançou-lhe um olhar de urgência. Ele acrescentou um segundo florim.

— Ele passou logo depois que *Herr* Dietrich entrou no número 15, ali, do outro lado da rua. Andando bem devagar. Eu não me surpreenderia se ele estivesse passando mal.

— E alguém se aproximou dele na rua? — perguntou Gross.

— Eu não posso dizer que tenha notado. E isso não é nenhuma manha para ganhar outra moeda. Eu não sou gananciosa. Tudo que eu posso dizer foi que ele veio de lá. Eu não prestei muita atenção nele, só que estava usando roupa de inverno.

— A senhora o viu falando com alguém?

Ela negou com a cabeça.

— Tinha algum veículo estacionado na rua? Uma carruagem ou alguma outra coisa assim?

— Sempre tem uma carruagem ou duas. Isso aqui não é Ottakring, afinal de contas. Nós temos uma vizinhança respeitável por aqui. É o tipo de lugar de que a prefeitura cuida. Eles estavam bem aí, consertando o esgoto.

— A senhora o viu chegar até a esquina da Wiedner Hauptstrasse? — continuou Gross.

— Eu não estava *observando-o* — protestou ela. — Só o vi por um momento. Não posso lhe dizer para onde ele foi, para ser honesta. A água do meu chá ferveu e eu tive de correr de volta para a cozinha.

Eles se despediram e continuaram a descer a rua, em busca de outras janelas abertas que pudessem fornecer mais testemunhas.

— A gente não conseguiu nenhuma informação que valesse três florins — queixou-se o criminologista, como se o dinheiro gasto tivesse sido dele.

Aquela noite, ele e Gross foram convidados de honra de Gustav Klimt, no Bierklinik, um restaurante do centro histórico conhecido pelos peixes frescos e pelas porções generosas. O pintor, ou mais provavelmente *Fräulein* Flöge, teve a ideia de reservar uma sala no segundo andar para uso próprio. Presentes à refeição, além desses quatro, estavam a mãe e as irmãs solteiras de Klimt, além do pintor Carl Moll, um de seus sócios na Secessão.

O Bierklinik era um daqueles restaurantes que tiravam da cabeça dos estrangeiros a ideia de que a cozinha vienense era composta apenas por repolho e salsicha. Grandes tanques para peixes flanqueavam as paredes da entrada e deles foi selecionado um trio de trutas bem proporcionadas, umedecidas à perfeição com Madeira e um pouco de limão. Elas foram servidas com batatas salpicadas com salsa e alfaces de estufa, crocantes e macias, regadas com vinagre de vinho branco *Wachauer* e óleo de colza recém-prensado.

Foram feitos brindes para receber o pintor saído da cadeia e, depois, para a dupla Gross e Werthen pela ajuda no caso.

O criminologista, entretanto, não estava disposto a receber crédito por feitos não realizados.

— Foram as circunstâncias que salvaram o senhor, *Herr* Klimt, e não nossa investigação. O fato de que o senhor estava preso quando ocorreu o assassinato mais recente foi o fator decisivo que assegurou sua libertação.

— Mas o senhor teria provado minha inocência, *Doktor* Gross — disse o pintor, com a voz levemente indistinta. Ele já estava na quarta cerveja. — Disso eu tenho certeza.

— Nós estávamos seguindo várias pistas, é claro — disse o criminologista.

— E você, Werthen — disse Klimt, levantando o copo. — É um amigo de verdade.

— Que quase deixou você morrer nas mãos de Landtauer.

O pintor ignorou o comentário.

— Eu imagino que vocês dois estejam um pouco deprimidos, não?

Gross lançou um olhar astuto ao homem.

— Eu ficaria — continuou Klimt —, se tirassem de mim uma encomenda quando eu já estivesse no meio da pintura. Na verdade, eu me sentiria meio tentado a terminar o trabalho mesmo assim.

— Gustl — disse *Fräulein* Flöge, puxando-lhe a manga.

Para aquela ocasião, o pintor vestira um traje branco com uma faixa vermelha na cintura, em vez do cafetã habitual. Seu braço esquerdo se encontrava dramaticamente apoiado em uma tipoia.

— Eu tenho certeza de que esses senhores têm outras obrigações. Nem todos são livres para ficar indo atrás de sonhos, como você.

Ela segurou o grosso braço direito do pintor, respirando fundo. Ficou claro para Werthen que *Fräulein* Flöge estava apaixonada pelo homem. Ela encontrou os olhos do advogado naquele momento e piscou longamente, como se quisesse agradecer-lhe por não dizer a Klimt que ela tinha conhecimento da amante e do filho.

— Você está certa, Emilie. Como sempre. Eu vou me limitar ao consumo de cerveja essa noite, e chega de conselhos não pedidos. À liberdade — disse o pintor, soltando seu braço bom e levantando a caneca de cerveja em um brinde.

As palavras de Klimt haviam apenas feito eco às deles. Ao deixarem o Bierklinik tarde da noite, Gross e Werthen sabiam que iriam continuar as investigações.

Eles caminhavam pelas ruas tranquilas da velha cidade.

— A essa hora da noite — disse o advogado —, eu consigo entender como alguém pode se aproximar de uma pessoa e matá-la. Só é preciso muita discrição e um pouco de sorte. Às 22 horas, a maioria dos cidadãos de Viena já está debaixo do edredom, em sono profundo.

— Mas e o resto? — perguntou Gross, enquanto suas botas ecoavam sobre os paralelepípedos. — Como explicá-los?

— Desaparecem no ar, para terminar no Prater, de manhã.

— Desaparecem no ar — ficou pensando o criminologista. — É. Ou como se a terra os engolisse, para usar outra expressão.

NOVE

Dois dias depois, o inspetor Meindl levou-os à cena. A vítima havia usado um revólver de pequeno calibre, que, inserido na própria boca, dera conta do serviço. A parte posterior da cabeça fora arrancada. Sangue e resíduos cerebrais manchavam a parede atrás da cama estreita onde jazia o corpo.

O pequeno chalé de jardineiro não tinha mais espaço para outro móvel, além de uma cama de ferro. Uma bacia grande de cobre ocupava uma parte daquele espaço limitado; um cabide, que parecia servir de guarda-roupa, ficava ao lado. Em um dos cantos do chalé, as tábuas do assoalho tinham sido levantadas. Sobre o chão, próximo à abertura, encontravam-se em exibição os tesouros desenterrados pela polícia: dois bisturis, correias de couro, uma mangueira de sifão e um vidro de clorofórmio.

Gross tocou no pescoço de Binder.

— Ainda está quente.

O inspetor Meindl concordou.

— Os vizinhos ouviram o tiro um pouco antes do nascer do sol. Oficialmente, esses chalés não são feitos para dormir, mas é óbvio que algumas pessoas o fazem. O vizinho em questão é ex-militar. Não gostou do som de arma de fogo, mas só foi investigar mais tarde, de manhã, quando viu a porta encostada. Ele encontrou o corpo. E foi isso.

Meindl tirou um bilhete do bolso do casaco e passou-o para Gross. O criminologista empalideceu visivelmente enquanto isso era feito.

— Olhe as digitais, Meindl. As digitais.

O inspetor balançou a cabeça.

— Não é mais preciso, Gross. Leia você mesmo.

Ele assim o fez, enquanto Werthen perscrutava o papel sobre seu ombro.

O jogo terminou, eu receio. Eu tive um desempenho bom, mas eles estão atrás de mim agora. Tudo por causa do bisturi. Uma pena, realmente. Eu tinha grandes planos para executar ainda. E as rosas se beneficiaram tanto com essas refeições inesperadas! Foi tão divertido tentar ser tão esperto quanto a polícia, e então veio esse criminologista famoso, Gross. E nenhum de vocês conseguiu entender as pistas maravilhosas que eu deixei, isso eu garanto. O nariz, o nariz. Tudo gira em torno do nariz. Nós vimos belos exemplos dos sem nariz. Ah, as horas felizes que eles tiveram. Que eu tive. Teria havido mais, muitos mais, se não fosse por minha estupidez. Cupidez. Ah, não façam rimas para mim, não me contem histórias. Um nariz de couro não substitui uma rosa. Cavem e cavem, e talvez vocês encontrem pistas.

Do lado de fora, eles podiam ouvir agentes da polícia cavando no jardim naquele exato momento. Obviamente, eles já haviam obtido algum sucesso com seus esforços, a julgar pelo esconderijo descoberto dentro do chalé.

— Meu Deus, Gross — disse Werthen. — É exatamente o que Krafft-Ebing disse.

— Assim parece.

— O que você quer dizer? — perguntou o inspetor Meindl.

O criminologista ignorou a pergunta, enquanto coçava a barba imerso em pensamentos.

— Eu acho que você pode dispensar seus homens, Meindl. Não se tem mais nada para descobrir aqui. Os resíduos de sangue são eliminados muito rápido no solo.

— Binder era louco de verdade, não era? — falou Werthen. — Ele usava o sangue das vítimas como fertilizante.

— Eu receio que sim — respondeu Gross.

Depois, novamente para Meindl:

— E eu quero aquela bacia bem examinada, usando reagentes para encontrar traços de sangue. Provavelmente, era nela que ele drenava o sangue.

— E os narizes? — perguntou Meindl novamente.

— Eu preciso consultar alguém sobre isso.

Mais tarde, naquele dia, Werthen e Gross se encontraram de novo para uma xícara de chá, à tarde, no Café Landtmann.

— Era o que a gente suspeitava, Werthen — disse o criminologista. — Eu chequei com a secretária de Breitstein e descobri que os empregados mantêm um registro de seus médicos particulares para casos de emergência. Eu visitei o médico de Binder. *Herr* Binder estava sofrendo do estágio terciário da sífilis.

— Estava louco, é claro.

— Parece que sim — concordou Gross. — Embora, como previu Krafft-Ebing, não fisicamente incapacitado.

— Isso parece ser conclusivo, então — disse Werthen. — O inspetor Meindl me pediu para te informar que eles encontraram, de fato, vestígios de sangue na bacia, como você disse. E nos bisturis, no avental e no sifão, além de em outras partes das paredes. As correias eram aparentemente usadas para erguer as vítimas e, depois, o sifão era empregado para ajudar a escoar o sangue da bacia de cobre, a fim de fertilizar as rosas. — O advogado estremeceu, apesar do dia quente. — Que coisa macabra, considerando tudo.

— Sim, mas que não foi explicada completamente ainda. A gente supõe que o vidro de clorofórmio desenterrado no chalé de Binder era usado para drogar suas vítimas. É fácil atrair uma pessoa até uma carruagem que está à espera, pedindo uma informação. Uma aplicação rápida do clorofórmio num pedaço de pano, a pessoa perde os sentidos e não luta, não oferece resistência. O que explicaria a aparente desaparição delas no ar, como você disse uma vez.

— É a minha hipótese, também — observou Werthen.

— Existe, no entanto, a questão nada insignificante do suposto álibi de *Herr* Binder para o assassinato de Landtauer e, depois, tem também o problema complicado do transporte. Como é que *Herr* Binder levava as vítimas até o jardim de seu chalé e depois para o Prater? Ele dificilmente alugou um *Fiaker* para esse tipo de coisa.

Foi a vez de Werthen parecer importante:

— Eu acho que posso te ajudar aí, Gross. Meindl conseguiu rastrear o Dr. Weininger, de Klagenfurt. Parece que ele estava de férias por aqui, em Baden. E, de acordo com esse médico, Binder não estava em Klagenfurt na última terça e quarta, mas só na terça de manhã. Weininger se encontrou com ele às 10 da manhã, o vendedor lhe disse que tinha de pegar o trem do meio-dia. O que daria a Binder tempo suficiente para retornar a Viena e matar *Fräulein* Landtauer.

Gross concordou.

— E o transporte dos corpos?

Werthen sorriu.

— Na verdade, eu tive a ideia de ir ver *Herr Direktor* Breitstein, enquanto você visitava o médico de Binder. Minha dúvida era se a firma poderia ter um veículo de entrega. — O advogado fez uma pausa dramática.

— Vá em frente — resmungou Gross.

— Bem, resumindo tudo, sim, eles têm. E, quando questionado por Breitstein, o empregado do armazém, responsável pela manutenção do veículo, disse que *Herr* Binder usou-o durante a noite algumas vezes, pelo que ele sabia. Binder dizia que tinha encomendas grandes para entregar aos clientes fora do horário de trabalho.

O criminologista emitiu um som muito grosseiro de repugnância, como uma flatulência, com os lábios.

— Não fique triste, Gross. Afinal de contas, o próprio Binder escreveu que a sua descoberta do bisturi serrilhado foi o que o convenceu de que a brincadeira tinha terminado. Você foi diretamente responsável por ter posto um fim a esses crimes horríveis.

— Essa, meu caro Werthen, é apenas uma forma de se olhar para isso. Daria mais satisfação, no entanto, pôr as algemas no criminoso.

— E a corte reconheceu seu trabalho — acrescentou Werthen, em uma tentativa vã de animá-lo.

De fato, no dia seguinte ao suicídio de Binder, chegara uma carta oficial de Hofburg, residência dos Habsburgo. Ao quebrar o lacre de cera vermelha, Werthen ficara pasmo ao ler uma recomendação pessoal do príncipe Grunenthal, conselheiro do imperador Francisco José, agradecendo aos dois pela ajuda inestimável de pôr um fim àquela questão escabrosa. A carta pouco contribuíra para animar o criminologista na hora; fazê-lo lembrar-se dela agora, menos ainda.

Gross partiu para assumir seu posto em Czernowitz no dia seguinte. Werthen levou-o até a Estação de Trens do Leste. Como se para marcar a partida, o tempo também mudou. Uma tempestade de raios veio das planícies húngaras, e uma chuva forte repicava sobre o teto de cobre arqueado da estação, enquanto o trem do criminalista estava sendo preparado.

Eles haviam chegado lá meia hora antes, como era o costume de Gross quando viajava. Seu compartimento de primeira classe ainda estava vazio; ele tinha reservado um assento na janela em frente à locomotiva. O porteiro terminou de guardar sua bagagem; Werthen concordara em enviar algumas caixas, depois que o criminologista estivesse estabelecido em Bukovina. Gross guardara todos os itens de evidências que conseguira do caso e os usaria para escrever um artigo em seu periódico mensal.

— Ou talvez eu faça isso sob forma de melodrama como o colega Doyle, na Inglaterra — disse o criminologista, esboçando um sorriso.

— Por que não, de verdade? — Werthen estava tentando manter uma atitude positiva, apesar de Gross ter andado meio taciturno desde que o caso fora encerrado.

Quando se aproximou o momento da partida, o criminologista tomou seu assento.

— Não precisa esperar, Werthen. O trem vai sair com ou sem você aqui.

O advogado prometera a si mesmo não ficar desconcertado com o mau humor do amigo.

— Foi uma honra trabalhar com você, Gross.

Ele ficou com a mão estendida por alguns instantes até o criminologista perceber, ficar de pé e apertá-la.

— Para mim também, Werthen. Eu imagino que a gente vá se tornar agora bons companheiros de novo, hein?

O advogado deu de ombros.

— Um conselho — disse Gross. — Volte para o direito criminal, homem. É onde seu coração está, claramente.

— No futuro imediato, eu acho que o campo é o que me aguarda. Ver que novas moças meus pais convidaram "inadvertidamente", na esperança de que seu único filho e herdeiro se case finalmente, se estabeleça e gere uma prole.

— Não ria da proposta, Werthen. Sem minha Adele, eu estaria perdido.

Os dois apertaram as mãos de novo, e o advogado foi embora. Ele olhou para trás uma vez, mas Gross já estava novamente sentado em seu assento da janela, com uma edição do jornal da tarde aberta à sua frente.

Quando Werthen estava saindo da estação, um vendedor de jornais adolescente gritou a manchete do dia de um tabloide, a voz mudando repentinamente a cada sílaba enfatizada:

— Assassino do Prater preso! Acontecimentos dramáticos põem fim ao círculo de terror! *Inspektor* Meindl desvenda os crimes. Leiam tudo aqui.

Werthen balançou a cabeça. O comentário jocoso de Gross sobre transformar o caso em melodrama já se tornara realidade. Os vienenses viviam para uma boa peça de teatro.

Lá no fundo, ele tinha que admitir que se sentia um pouco aborrecido por ele e o criminalista não receberem qualquer elogio. Pensou sobre o conselho de Gross para que retornasse ao direito criminal. Talvez, se todos os casos terminassem com tanto sucesso, ele fosse considerar o assunto. Talvez, mas apenas se, na próxima ocasião, ele pudesse "desvendar os crimes", como o vendedor de jornais apregoara.

Ele comprou um jornal do jovem vendedor, observando o exausto advogado sair da estação. Então, não teria que matá-lo, nem ao mais velho. Não havia qualquer alívio naquele pensamento; era simplesmente um fato. Parecia óbvio que o criminologista intrometido estava a caminho de Bukovina, onde era seu lugar. O advogado retornaria com certeza a seu luxuoso escritório de advocacia, onde também era seu lugar. Não haveria mais intromissão nos assuntos de outras pessoas.

Ele olhou para as manchetes do jornal e sentiu um certo orgulho por um trabalho bem-feito. Outros vendiam bilhetes de bonde, varriam as ruas, conduziam fiacres ou até mesmo ensinavam em universidades caras para ganhar a vida.

Ele matava pessoas.

Tinha 17 anos quando matara o primeiro homem. Na época, o major achara que aquilo demonstrava uma grande promessa, pois ele cometera o crime com as mãos, sem armas. Calmo e controlado.

Eles o tiraram de sua cela em Linz e enviaram-no para a escola de treinamento de elite Comando Rollo, em Wiener Neustadt, em razão daquilo. Lá, ele aperfeiçoara sua habilidade para matar, aprendendo a usar uma faca, uma corda, os dedos e até a parte superior da sola do pé para assassinar. Ele não havia acabado o treinamento incólume: o instrutor, sentindo sua apatia em certa ocasião, deixara uma cicatriz dentada ao enfiar-lhe o estilete em um treinamento de luta corpo a corpo.

— Você nunca deve achar que vai ganhar num ataque — o treinador lhe dissera mais tarde. — Não existe ataque amigável.

Fora uma lição que valera a pena aprender. Inclusive passara a amar a cicatriz resultante. Ostentava-a como uma insígnia.

Ele acabara de terminar o treinamento quando o enviaram na primeira missão. Na ocasião, tremera na neve fora da casa da guarda, observando o entra e sai de empregados e condutores, enquanto a noite caía em torno deles. Ele e mais dois outros membros dos Comandos Rollo.

Uma hora antes do amanhecer, eles entraram pelas janelas sem fazer barulho. O quarto de dormir ficava no final de um corredor longo e estreito, distante do resto da casa. O jovem estava lá, como se esperasse por eles. Os outros dois tomaram conta dele; um jogou-o no chão e o segundo pôs um revólver em sua cabeça.

Ele ficara encarregado da garota, que lhe implorara pela vida:

— Não me mate — ela pedira, soluçando. — Eu faço qualquer coisa que você quiser. Só não me mate.

Aquilo o enojara. Ela abrira a camisola e o deixara ver os seios, o triângulo de cabelo escuro lá em baixo. No final, ele se deixara levar pelo ódio, pela primeira e última vez. Afinal de contas, não era um degenerado. Estava apenas cumprindo seu dever. Entretanto, ela continuava a choramingar e se jogar para seu lado. Ele não usara a pistola, como lhe haviam ordenado; preferira matá-la com as mãos, segurando-a pelo pescoço e batendo sua cabeça com força contra a coluna da cama, até o som borbulhante cessar em sua garganta.

Ele fora enviado para a Sérvia depois disso, onde apodrecera em uma guarnição por alguns anos, até ser chamado de volta a Viena. Nunca soubera o porquê. Não fazia perguntas.

Tinha havido muitas outras mortes desde então. As últimas foram um desafio, operando na própria capital. Ele gostava de desafios. Trabalhara de acordo com instruções em relação a ferimentos e cortes, mas pudera escolher as vítimas e decidir os meios. Fora necessário um "quê" de gênio para chegar ao submundo, pensava.

Ele nunca sabia exatamente de onde se originavam as ordens, apenas que seus serviços eram de importância vital para o Império. Algo que jamais mencionara aos superiores, ou para qualquer outro ser vivo: não interessava se as ordens que recebia eram de importância vital. Não importava se estava servindo à pátria mãe com seus feitos.

Diferentemente de um varredor de ruas, ele gostava de seu trabalho. Não era apenas um dever, mas quase como criar uma obra de arte. Tudo aquilo era-lhe imensamente compensador. Contudo, era algo que não podia nunca mencionar aos superiores.

E então recebera a maior missão de todas. E não seria fácil.

PARTE DOIS

O direito criminal, como todas as outras disciplinas, deve indagar sob que condições e em que momento temos o direito de dizer "nós sabemos".

— Dr. Hanns Gross, *psicólogo criminal*

DEZ

Sábado, 10 de setembro de 1898 — Viena

O mundo havia mudado.

As carruagens puxadas por cavalos não irritavam mais com seu ruído e cheiro, ao longo da Kärntnerstrasse. Em vez disso, elas eram um convite romântico para sair, talvez até o restaurante Sacher's ao ar livre, no Prater. O sol da tarde não batia mais sobre sua cabeça, mas banhava-o em uma luz dourada. Pedestres do sexo feminino talvez carregassem sombrinhas para se proteger da intensidade da luz, mas Werthen sorria enlevado para seus raios geradores de vida. O veterano de guerra de uma perna só, vendendo bilhetes de loteria fora da Stephansdom, não era mais uma criatura de aspecto sofredor, mas havia subitamente se transformado em um herói silencioso. Até mesmo os turistas de final de estação, muitos deles americanos e, portanto, barulhentos e desordeiros, pareciam adoráveis em sua ingenuidade cultural.

Em suma, *Advokat* Karl Werthen estava apaixonado.

O objeto de sua afeição estava sentado em frente a ele no Kleine Ecke, um café ao ar livre na esquina de Graben com Kärntnerstrasse.E o maior dos milagres, tudo por causa de seus pais.

Werthen chegara a Hohelände, a propriedade da família na Alta Áustria, no sábado após a partida de Gross, determinado a não perder tempo com qualquer jovem que seus pais tivessem convidado naquele ano. Esse acontecimento anual, como uma competição hípica, era organizado em seu benefício, um desfile de todas as moças elegíveis por quilômetros em torno, sob o pretexto de uma visita coincidente. Sua mãe e seu pai alimentavam desejos de ter um herdeiro; com a morte do irmão mais novo do advogado, Max, o dever de dar continuidade ao nome Werthen recaíra sobre ele. "Meu Deus, que ideia", pensava. "Faz pensar que nós somos parte da aristocracia local ou da pequena nobreza, pelo jeito que mamãe e papai frisam a importância de se dar prosseguimento à descendência da família."

A verdade era que o dinheiro deles adviera do comércio de lã, da mesma forma que eles haviam vindo, não fazia tanto tempo assim, da Morávia, judeus trabalhadores da Boêmia, em busca da assimilação. O avô, Isaac, fizera fortuna por meio de uma mistura de tino para negócios e 12 horas de trabalho por dia. O pai de Werthen, Emile, colhera os frutos dessa labuta quando um "von" fora outorgado à família, em 1876, cinco anos após a conversão de todos ao protestantismo.

Werthen tinha 12 anos na época e sempre achara ofensivo o uso daquele título, da mesma forma que sempre protestara contra a insistência do pai de que os filhos aprendessem modos de cavalheiros e as supostas alegrias da caça e da esgrima.

A escolha daquele ano era Ariadne von Traitner, filha de Otto, nobre inventado que dirigia uma próspera fábrica de lápis em Linz. Werthen teve que dar crédito aos pais; a moça era muito atraente. Tinha cabelos louros e olhos azuis; era alta e jeitosa. O tipo de garota que Klimt gostaria de pintar. Sua família convertera-se ao cristianismo na década de 1840; nunca se imaginaria que fosse judia. Ela não era insípida como as moças que seus pais convidavam geralmente.

Na primeira tarde em Hohelände, todos tomaram limonada juntos no gramado lateral, perto da quadra de croqué, com os pássaros cantando no bosque próximo e o sol banhando-os em luz dourada. Werthen, todavia, estava longe de se sentir fascinado ou bucólico. Havia sido bastante atencioso, mas, quando Ariadne emitira a opinião de que Johann Strauss era o maior compositor austríaco de todos os tempos, ele se determinara a encontrar uma forma de desapontar um pouco a moça. Não conseguia se ver passando o resto da vida com alguém que colocava Strauss acima de Mozart, Haydn ou até mesmo daquela velha donzela esquisita, Bruckner.

Então, justamente quando havia traçado um plano de ação, surgira uma nova convidada. Berthe Meisner fora apresentada como companheira de viagem de Ariadne, uma antiga colega de escola em Linz, residindo então em Viena.

Os pais de Werthen foram muito solícitos com essa outra moça, mas sentiam claramente que era *noblesse oblige* dar conversa para uma pessoa tão inferior. O advogado não conseguiria explicar se alguém perguntasse, mas viu-se atraído de imediato por *Fräulein* Meisner. Ela não tinha nada da aparência germânica da amiga e não desfrutava de posição social elevada. Muito pelo contrário, tinha um belo rosto moreno e olhos que brilhavam com uma mistura de inteligência e travessura. Tinha 25 anos e trabalhava na Prefeitura de Viena, em uma das novas creches para filhos de trabalhadores.

— Trabalhando com a plebe para salvar a alma — falara Ariadne, com um ar irritantemente malicioso.

Os pais de Werthen consideraram aquele comentário hilariante, mas Berthe não achara graça. Seus olhos pareceram flamejar em direção à amiga, e o advogado pudera ver que ela estava se preparando para revidar, mas depois pensara melhor, dando um gole de limonada e sorrindo com sabedoria.

Werthen apreciara sua reserva. Afinal de contas, pouco se podia dizer diante de comentário tão ignorante. Fora como se *Fräulein* Meisner tivesse se sentido constrangida por causa da amiga rica e não desejasse atrair mais atenção ainda para uma tolice daquelas. Seu silêncio dissera tudo a Werthen.

No dia seguinte, acordando mais cedo para evitar encontrar Ariadne no café da manhã, o advogado saiu a fim de dar uma caminhada até o lago Iglau, nas proximidades. O nascer do sol era uma hora mágica para se estar no local, com a neblina se elevando da água e os lúcios agitando sua superfície em busca de alimento. À frente, no caminho para o lago, ele percebeu outra pessoa, uma mulher, e temeu ter se enganado a respeito da garota von Traitner: talvez ela fosse do tipo que levantava cedo. Rapidamente, entretanto, Werthen percebeu que se tratava da amiga, Berthe Meisner. Pela segunda vez em 24 horas, sentiu uma grande atração por ela. Respirou fundo e com alegria só de vê-la. Como se sentisse sua presença, ela se virou, lançou um olhar míope na direção dele e depois abanou.

— Parece que nós dois tivemos a mesma ideia — disse ele, alcançando-a. — Se importa se eu acompanhá-la?

— Nem um pouco. Que mesma ideia?

— Visitar o lago.

— Ah, eu não pensei nisso. Só saí para respirar um pouco de ar.

— Então me permita apresentá-la às maravilhas do lago Iglau.

Ela sorriu, balançando a cabeça.

— O senhor sempre fala assim?

A pergunta pegou-o de surpresa.

— Assim como?

— Como se fosse candidato a prefeito de Viena. Palavras demais. Pomposo.

Ele se sentiu ruborizar.

— Está vendo, lá vou eu de novo. Sinto muito. Minha mãe sempre me dizia que eu falava de modo muito precipitado.

— Eu não tinha notado — disse Werthen, sentindo-se ofendido e pondo-se ligeiramente na defensiva.

— Deve ser o lado advogado falando no senhor. Mas não ligue para mim, realmente. Eu adoro falar de maneira simples. — Ela viu o desconforto dele então. — Droga. E eu gosto do senhor. Rosa está sempre me dizendo para pensar duas vezes antes de falar.

— Outra amiga sua? — perguntou Werthen, na esperança de mudar de assunto e retornar à sensação de simpatia anterior.

— Rosa? É. Talvez o senhor possa chamá-la de amiga. Rosa Mayreder. Já ouviu falar dela, não?

É claro que o advogado já ouvira falar da impetuosa *Frau* Mayreder, a Susan B. Anthony ou Emmeline Pankhurst da Áustria.

— Então a senhorita é uma *suffragette*? — perguntou Werthen.

Eles começaram a andar de novo, na direção do lago.

— O senhor não aprova? — perguntou ela, sorrindo-lhe.

— Pelo contrário. O sufrágio feminino é algo que já devia ter ocorrido há muito. Estamos nos aproximando rápido do século XX, mas a Áustria ainda arrasta os pés pela Idade Média em muitos aspectos.

Ela agarrou a mão dele de repente.

— Bravo para o senhor. Está vendo, não há nada de artificial nesse modo de conversar. Uma fala simples, honesta, só isso. — Ela ficou subitamente embaraçada e soltou a mão dele. — Perdão.

— Não... Eu quero dizer, não tem o que perdoar. Apesar da sua língua afiada, eu acho a senhorita...

Ela pôs o dedo indicador nos lábios dele e balançou a cabeça.

— Falta de sorte. Vamos apreciar a manhã. Fale-me sobre aquele pássaro ali em cima, o com a crista de penas cor de ferrugem.

Eles se encontraram "acidentalmente" nas duas manhãs seguintes, um apreciando a companhia do outro, mas para Werthen aquilo estava se tornando mais do que um flerte discreto. *Fräulein* Meisner possuía uma solidez, um jeito de ser e estar que o atraía. Contudo, isso se combinava a um intelecto brilhante, que o desafiava. Ela o provocava e o fazia rir; surpreendia também e, às vezes, chocava-se com suas opiniões sobre tudo, desde Richard Wagner — "um antissemita entusiasta e convencido" — até a área recente da psicologia — "sexo, sexo, todas as doenças nervosas têm origem no sexo; Freud teoriza como alguém que aproveita muito pouco do assunto em questão".

Na terceira manhã, entretanto, não foi possível encontrar *Fräulein* Meisner no caminho para o lago Iglau. Werthen se sentiu desapontado e se surpreendeu com isso. Ele apertou o passo na esperança de encontrá-la à mesa do café. Ariadne estava lá, mas nada de *Fräulein* Meisner.

— Karl — disse Ariadne em um tom admoestador, levantando os olhos de um prato repleto de queijo, salsicha e pão. — Você tem me tratado muito mal. — Ela sorriu travessa, a fim de mostrar que estava brincando com ele.

Werthen não estava para brincadeiras, e nem gostou de ouvir ela usar seu primeiro nome. Aquilo previa uma intimidade que eles nunca teriam. Todavia, estava na casa de seus pais; seria cortês.

— Realmente, eu trouxe um bocado de trabalho comigo.

— Ah, vocês, homens — bufou Ariadne. — Só pensam em trabalho. Mas é claro que eu respeito isso também. Um homem tem que ter objetivos e uma ocupação adequada.

Ele sorriu, enchendo uma xícara de café e ostensivamente não se sentando.

— Onde está sua amiga hoje?

Ariadne mastigava um pedaço de salsicha; seus dentes pequenos e afiados estalavam audivelmente uns contra os outros. Após engolir, ela limpou os lábios pintados em excesso com um guardanapo de linho adamascado.

— Ah, ela está ocupada fazendo as malas. Não tem ninguém para me fazer companhia, parece.

— Fazendo as malas? — Ele fez votos de que a urgência de seu tom não tivesse transparecido.

— Foi chamada pelo pai, em Linz, parece. Ela vai pegar o trem do meio-dia. Tão cansativo. E eu pensando que nós todos fôssemos nos divertir muito aqui, juntos...

Ele pediu licença e voou para seu quarto. A notícia da partida de *Fräulein* Meisner havia, de fato, sido um abalo, da mesma forma como sua ausência na caminhada matinal deixara-o sentindo-se um pouco vazio. "Meu Deus", pensou ele. "Se eu fosse médico, eu me prescreveria um brometo." Ele não se sentia assim desde a morte da noiva, Mary, e não tinha certeza se queria aquilo outra vez.

Às 11 horas, entretanto, já havia tomado uma decisão. Quando contou aos pais que tinha de voltar a Viena para cuidar de uma questão jurídica da qual se lembrara de repente, eles empalideceram visivelmente.

— Mas Karlchen — queixou-se a mãe. — Você precisa dessas férias anuais. O ar de Viena nessa época do ano é um veneno.

— Que aborrecimento — bufou o pai. — Com uma cavalgada já combinada para esse fim de semana. Uma égua esplêndida para você.

Ele se desculpou, mas ficou irredutível.

— E Ariadne? — perguntou a mãe.

— Eu tenho certeza de que a senhora pode explicar o caso para ela.

— A casa inteira está indo embora — resmungou o pai. — Indo e vindo como mariposas diante da luz.

De qualquer forma, Werthen chegou bem na hora de pegar o trem do meio-dia para Linz, com baldeação para Viena. O vapor escapava por debaixo do vagão quando ele entrou, de valise na mão.

O advogado levou 15 minutos para encontrá-la, sentada sozinha em um compartimento da segunda classe; Werthen juntou-se a ela, enfiando seu bilhete de primeira classe no bolso interno do casaco.

— *Herr* Werthen. — Os olhos dela se arregalaram de surpresa quando ele adentrou o compartimento.

— Posso?

— Mas é claro. — Ela apontou com a mão para a fileira de assentos vazios à sua frente.

— Que coincidência — disse ele, ficando vermelho com a mentira.

— Sim.

Ela fechou o livro que estivera lendo, *Abaixo as armas!*, de Bertha von Suttner.

— É bom? — perguntou ele, meneando a cabeça em direção ao livro.

— Ah, isso. Eu já o li tantas vezes que nem posso mais dizer se é bom, no sentido de uma boa história. Ele é mais como um velho amigo.

Nenhum dos dois disse nada quando o trem balançou bruscamente e começou a deixar a pequena estação.

— Eu pensei que o senhor tivesse vindo para ficar uma semana — disse ela, enquanto o trem começava a pegar velocidade, criando um balanço suave.

— O plano era esse. Negócios — disse ele, de maneira importante. — Uns papéis para preparar.

Ela balançou a cabeça.

— E eu achei que a senhorita ia ficar com sua amiga, *Fräulein* von Traitner, por mais tempo — disse Werthen.

— Bem, assuntos de família, sabe como é.

— Sei, claro.

O advogado estava começando a achar que aquilo tudo era um erro terrível da parte dele. Parecia evidente que seus sentimentos não eram correspondidos; como pudera ser tão burro de sair atrás da moça quando ela, obviamente, considerava-o um idiota ou coisa pior?

— Nós não estamos sendo honestos, não é? — disse ela de repente.

Depois disso, tudo ficou bem.

— Não. Nem um pouco — disse-lhe Werthen. — Eu soube que a senhorita ia embora e...

— Ariadne é uma velha amiga. Ela dá a impressão de ser uma pessoa confusa, superficial, mas eu a conheço há anos. Ela é diferente por dentro. Estou sendo clara?

Perfeitamente, pois a sua relação com Gross era muito parecida.

— Estava ficando muito desconfortável — insistiu ela. — Seus pais a convidaram para a casa a fim de que ela conhecesse você.

— Então, você sentiu isso também?

— Sim, claro, *Herr* Werthen. Senti.

Foi como se eles tivessem ido muito longe rápido demais; ambos ficaram calados por alguns momentos, enquanto o trem seguia por paisagens verdejantes e passava subitamente por lagos.

Ela tomou a iniciativa de novo:

— Vamos lá, *Herr* Werthen. Chega de silêncios constrangedores agora. Quer que eu fale um pouco mais sobre mim?

Assim, enquanto o trem balançava pelo campo em direção a Linz, Werthen descobria que Berthe, como ele, queria ser escritora. Para ela, entretanto, o jornalismo era o ápice. Já estava contribuindo com matérias sobre questões sociais para o jornal socialista de Viktor Adler, o *Arbeiter Zeitung.*

— Mas eu mal posso me chamar de socialista — disse ela. — Afinal de contas, vivo da mesada que meu pai me dá, que vem de seu trabalho como fabricante de sapatos, um negócio que só é possível graças ao suor e trabalho de operários mal pagos. Todos nós vivemos em graus diferentes de hipocrisia, eu acho.

O que explicava seu trabalho como voluntária em creches, Werthen imaginou, mas não perguntou, e explicava também o vagão de segunda classe, quando ela tinha obviamente dinheiro para ir na primeira.

— Agora é sua vez. Por que testamentos e tutelas?

Ele ia começar a dar a resposta padrão, quando Berthe disse:

— E não me diga que é por causa do sentimento de decoro de seus pais.

Werthen ficou surpreso com a intuição dela, com a honestidade, mas ao mesmo tempo se irritou com a crítica implícita.

— Alguém tem que fazer isso. É uma profissão muito honesta.

— Não — disse ela apressadamente, notando o tom defensivo dele. — Não me interprete mal. Eu não estou diminuindo a profissão. Mas, para o senhor... Eu imaginaria outra coisa.

Ele já estava para se gabar de seu sucesso recente com Gross, mas, em vez disso, decidiu trocar confidências.

— Eu já fui advogado criminal de defesa.

— Ah. — Ela o olhou com firmeza. — O senhor perdeu algum caso... Ou foi porque sua paixão pelo direito se interpôs entre o senhor e alguém que amava?

Mais uma vez, Werthen ficou impressionado com sua clarividência, como se ela conseguisse ver dentro dele. E então ele contou-lhe sobre a noiva, Mary, e como havia se culpado por negligenciá-la durante a doença que a matara.

— Ela sempre quis que eu fosse para uma área mais regrada do direito — disse o advogado. — Eu realizei seu desejo final.

Fräulein Meisner não disse nada após essa confissão, esticou simplesmente a mão através do espaço que os separava e bateu com suavidade no joelho dele.

O trem parou na estação de Linz. Eles desceram e, quando Werthen se dirigia para a plataforma três, para a baldeação até Viena, ela parou de repente.

— Eu fico por aqui.

Ele ficou subitamente abatido; a companhia fora tão agradável! O advogado não conseguia se lembrar da última vez que apreciara tanto a companhia de uma mulher. Estava estampado em seu rosto.

— Meu pai está realmente me esperando — explicou ela. — Uma espécie de reunião familiar antes de eu retornar ao trabalho em Viena.

Eles ficaram parados por um momento no meio da plataforma movimentada, enquanto as pessoas passavam apressadas ao lado deles.

Ela foi a primeira a estender a mão.

— Foi um prazer, *Herr* Werthen.

— Foi todo meu, com certeza, *Fräulein* Meisner.

A mão dela era macia e quente, como um pequeno pássaro robusto.

— Palavras simples, advogado. Isso aqui não é uma disputa eleitoral.

Ele ficou vermelho, de novo.

— E o senhor deveria, realmente. Sabia?

Ele balançou a cabeça, sem compreender.

— Voltar ao direito criminal. Parece muito claro que o senhor é apaixonado por ele.

— É — disse Werthen, agitado e confuso com a percepção clara que ela tinha dele.

O chefe da estação anunciou o trem para Viena. O advogado não fez nenhum movimento para se afastar dela.

— Seu trem — disse Berthe, por fim.

— Posso vê-la novamente?

Ela pensou um instante.

— Ariadne — lembrou ela.

— Ela vai encontrar algum jovem mais adequado que eu, não tenha medo. Posso?

Ouviu-se o segundo anúncio do trem.

— Corra, o senhor vai perdê-lo.

Ele hesitava.

— Está bem. — disse ela — Eu vou gostar.

Werthen sorriu-lhe como um colegial.

— Ótimo. Bom — ele começou a se sentir um idiota —, isso é maravilhoso, *Fräulein* Meisner.

— Vá — ela o empurrou. — E é Berthe, não *Fräulein* Meisner.

Ele tirou o chapéu-coco para ela, enquanto corria para o trem, pegando-o exatamente no momento em que partia.

Quando tomou seu assento, percebeu que não anotara seu endereço.

Ele se atormentou por causa disso durante todo o caminho até Viena, tentando imaginar um jeito de rastrear aquela moça, que lhe causara uma impressão tão forte. Não poderia pedir aos von Traitner o endereço da melhor amiga da filha. Com sorte, Berthe estaria na lista telefônica, embora ele duvidasse disso. Mais provavelmente, ela alugava um quarto, em algum lugar, de uma senhoria terrível, que fazia tudo para proteger a moral das inquilinas. Qual era a escola em que trabalhava? Mas ele não conseguia lembrar o nome. Então, recordou-se de que ela contribuía para o jornal socialista, o *Arbeiter Zeitung*. Talvez uma visita ao escritório deles lhe garantisse o endereço de sua articulista.

Werthen perambulou por Viena durante os primeiros dias quentes de setembro, até abriu o escritório, para trabalhar meio expediente. Seu assistente, o Dr. Wilfried Ungar, ainda não tinha voltado das férias — se é que se poderia assim chamar — em Roma, para estudar documentos do século XIII sobre a heresia dos albigenses, na Biblioteca do Vaticano. Era muito interessado em aperfeiçoar o intelecto, aquele jovem Ungar, escriturário, assistente impassível e prático. Werthen ficou feliz de trabalhar com ele no escritório e, como a clientela aumentara, Ungar se tornara indispensável.

Antes, a mobília em mogno, o papel de parede verde, com finas estampas florais e de animais, agradava o advogado; é claro que a intenção do ambiente era tranquilizar os clientes com relação à sua eminente respeitabilidade. Agora, de repente, sentia-se oprimido pelas paredes, por toda aquela pretensão.

Werthen conseguiu finalmente o endereço dela no final da semana; um amigo jornalista que às vezes oferecia artigos ao *Arbeiter Zeitung* (sob pseudônimo, evidentemente) obteve-o para ele.

Era em um prédio barroco bem conservado no Sétimo Distrito, não muito longe da sua própria residência. Espantou Werthen que eles nunca tivessem se esbarrado na rua. Ou talvez seus caminhos se houvessem cruzado, mas um não notara o outro.

Ele tocou a campainha da *Portier*. Uma mulher de rosto pálido, vestindo um casaco caseiro, de lona branca, veio até a porta, olhando-o de modo desconfiado.

— O que é?

— *Fräulein* Meisner.

— Não está — disse a mulher.

— A senhora sabe a que horas ela volta?

A mulher apertou os lábios.

— Não sei. Foi visitar o pai, eu imagino. Uma moça daquelas tendo um apartamento só para ela. No meu tempo, as moças ficavam em casa até se casar. Que mundo é esse?

Ela olhou para Werthen em busca de uma confirmação para suas crenças antiquadas, mas ele simplesmente tirou o chapéu.

— Eu vou tentar de novo mais para o fim da semana, então.

Ele já estava dobrando a esquina quando alguém chamou seu nome. Virando-se, ele viu Berthe, de mala na mão.

— Você é inteligente — disse ela ao se aproximarem. — E, todo esse tempo, fiquei tentando imaginar como eu ia conseguir te encontrar. Uma tarefa mais simples que a sua. Afinal de contas, um advogado tem que ter um escritório, que deve estar na lista dos sindicatos profissionais, se não no catálogo telefônico.

Eles ficaram parados na rua durante um tempo, sorrindo um para o outro.

— A gente não vai ficar aqui — disse Berthe. — Vamos subir para eu deixar minhas coisas. Eu faço uma xícara de café para você.

A sugestão espantou Werthen; ele nunca estivera nos aposentos de uma moça desacompanhado. Apesar de seus melhores esforços para não demonstrar a surpresa no rosto, Berthe percebeu seu embaraço.

— Não se preocupe, advogado. Eu não vou tentar seduzi-lo.

Ela pegou-lhe a mão e conduziu-o diante do olhar escandalizado da *portier*. Os aposentos de Berthe eram simples e elegantemente mobiliados, com peças Jugendstil. Ela fez café enquanto ele olhava os tipos de madeira japoneses na parede e os livros de Karl Marx e John Ruskin na estante. Berthe serviu o café em uma jarra de cerâmica, e eles conversaram por no mínimo uma hora.

Quando o advogado já estava indo embora, ela se inclinou perceptivelmente em sua direção. Werthen tomou-a nos braços e beijou seus lábios quentes. Ela tinha cheiro de linho fresco e de um novo tempo.

Depois disso, eles quase não se separaram mais. E agora, ali estavam, sentados ao sol, no café ao ar livre da esquina de Graben com Kärntnerstrasse.

Berthe e ele haviam acabado de voltar da casa dos pais dele, em Hohelände, onde anunciaram o noivado.

A ornitológica mãe de Werthen só conseguiu dizer:

— Realmente, Karlschen, você surpreende as pessoas.

Ao mesmo tempo, o pai bradava para ele:

— Noivo! Como, homem, você só conhece a garota há duas semanas? Onde já se viu!

Para ser honesto, a impropriedade do relacionamento desempenhara um papel bem grande em sua atração inicial por Berthe. O herdeiro presuntivo dos Habsburgo, Francisco Ferdinando, também estava criando um alvoroço na corte por conta de um romance semelhante. Enviado para cortejar uma das várias filhas elegíveis para o casamento da arquiduquesa Isabel, o herdeiro se enamorara de uma de suas damas de companhia, Sophie Chotek, filha de um barão da Boêmia. Dizia-se que Francisco Ferdinando estaria preparado para aceitar um casamento morganático, o que significaria que nenhum de seus filhos herdaria o trono. Acreditava-se que o imperador tivesse proferido uma obscenidade, o que não era do seu feitio, quando soubera da notícia. O militarista e belicoso Francisco Ferdinando era o último homem nesse mundo que Werthen imaginaria nutrir ideias tão românticas.

E ali estava ele, sentado ao sol de setembro, em Viena, com sua Sophie.

O chá chegou e Werthen e Berthe voltaram a conversar. Ela achava que talvez eles tivessem sido muito precipitados, anunciando o noivado daquela maneira. Ele não concordava.

— Um casamento na primavera seria ótimo, você não acha? — disse ele airosamente. Não que estivesse levando a coisa na brincadeira. Muito pelo contrário, tudo aquilo era um prazer enorme.

— E você nem conheceu meu pai ainda. — A mãe morrera quando Berthe tinha 10 anos.

— Eu tenho certeza de que ele vai aprovar.

— Não seja tão otimista — disse ela, pondo umas gotas de limão no chá. — Papai não gosta muito de cristãos convertidos.

Herr Meisner parecia ser tão obstinadamente judeu quanto os Werthen eram partidários entusiastas da assimilação. A filha havia, felizmente, da mesma forma que o noivo, abandonado a religião, como uma instituição separatista e meio antiquada.

— Casamentos civis estão muito em voga agora — Werthen acrescentou com animação. — Você ainda continuará me amando na primavera, não?

Ela balançou a cabeça, fingindo reprovação.

— Tente ficar sério um momento que seja.

De repente, veio das ruas um alvoroço. Um garoto estava vendendo o que parecia ser uma edição especial do *Neue Freie Presse*, e os transeuntes arrancavam os jornais de sua mão, assim que ele conseguia tirar outros da sacola, pendurada no ombro. O garçom falou com uma pessoa que havia acabado de conseguir um jornal. Werthen viu os ombros do rapaz caírem, como se atingido por um golpe forte. Ele levou a mão até o rosto, murmurando:

— Não pode ser.

— Karl — disse Berthe, agarrando sua mão. — Será a guerra?

Werthen chamou o garçom, que veio até a mesa deles.

— Desculpe, perdoe a emoção. Hoje é um dia terrível.

— O que foi? — perguntou o advogado.

— Nossa imperatriz morreu. Assassinada em Genebra!

ONZE

O funeral oficial aconteceu uma semana depois. A cidade inteira estava coberta de preto e até o tempo contribuiu para a tristeza; após semanas de céu azul, o dia amanheceu frio e nublado. Ao meio-dia, surgiram nuvens de tempestade, ameaçando desabar a qualquer momento. Guarda-chuvas pretos acrescentaram mais desolação ao funeral.

Retratos da imperatriz Elisabete, a querida Sissi para os vienenses, eram encontrados em cada vitrine. O povo estava de luto pela imperatriz, que, verdade seja dita, estivera sempre mais ausente que presente em sua capital. "A imperatriz viajante", era como alguns jornalistas haviam passado a chamá-la. Construíra uma vila na ilha grega de Corfu, mas logo se cansara dela. Amazona exímia, perambulava pela Europa e pelas Ilhas Britânicas em busca de caçadas. Considerada a mulher mais bonita do mundo, Sissi era, segundo parecia a Werthen, também a mais triste. Prima do rei louco Ludwig da Baviera, provavelmente herdara um pouco do sangue corrompido daquele governante. Sensível e um pouco instável, não suportava as intrigas e a pompa da corte, em Viena. Suas ausências faziam do imperador Francisco José um viúvo fictício, mas a imperatriz preocupara-se com seu bem-estar, arranjando-lhe a companhia de uma atriz do Burgtheater,

Katarina Schratt, para entretê-lo em seu lugar. Com a morte do filho, o príncipe herdeiro Rodolfo, em 1889, Elisabete abandonara por completo até mesmo a simulação de seus deveres imperiais. Nem retornara a Viena para as comemorações do jubileu do imperador, um pouco antes, no verão.

E agora, seu perambular sem fim havia terminado, pois fora assassinada pelo anarquista Luigi Luccheni, em Gênova, com a ponta afiada de uma lima. Ele ficara sob custódia na Suíça, orgulhoso da fama que adquirira subitamente. Não havia matado uma imperatriz? Não tinha criado ondas de choque pelo mundo todo com a notícia telegrafada da morte dela? Não levara toda Viena e a Áustria a parar em lamentações por causa de seu golpe singular?

"Em que mundo vivemos", pensava Werthen, "quando um maltrapilho ilegítimo, de baixa extração, sem instrução, trabalhador de pedreira, consegue influenciar os acontecimentos mundiais?"

Desde que ouvira o nome do assassino, o advogado ficara intrigado, além de ultrajado. Estava certo de ter ouvido ou lido o nome "Luccheni" em algum lugar recentemente. Era exasperante; a lembrança importunava-o, mas a resposta não vinha. Por fim, teve que se forçar a parar de tentar, a fim de recuperar a informação. Talvez conseguisse se lembrar se não tentasse fazê-lo.

No sábado do funeral, Werthen fora convidado por Klimt para assistir ao cortejo, das sacadas do novo Hotel Krantz, em Neuer Markt, em frente à pequena e severamente austera Igreja dos Capuchinhos. Em sua cripta, os Habsburgo eram enterrados havia séculos. O pintor não era de fato o anfitrião daquele grupo de espectadores, mas apenas um convidado de um visitante estrangeiro notável, o escritor americano Mark Twain. Como o hotel seria seu novo lar durante os meses de inverno, *Herr* Krantz convidara-o, e a família e amigos, para assistir à procissão do que poderia ser chamado de um camarote.

Klimt havia conhecido o escritor uma semana antes, quando ele visitara a Secessão. Eles se deram bem — Twain havia aparentemente confundido o pintor com um dos operários, e Klimt tomara aquilo como um cumprimento. O resultado fora o convite a ele e a qualquer pessoa que quisesse levar. Com Emilie Flöge em repouso por causa de um resfriado, o pintor tivera a gentileza de levar o advogado como acompanhante.

Grande recompensa, pensou Werthen, já que Klimt não pagara ainda a conta por seus serviços de advocacia.

Eles se encontraram na porta do hotel ao meio-dia. A praça já se encontrava repleta de cidadãos enfrentando pancadas de chuva ocasionais. Os dois subiram até o mezanino do hotel, um pórtico envidraçado que dava para Neuer Markt. Abaixo, via-se um mar de chapéus-coco, outros com plumas pretas e muitos guarda-chuvas. Klimt levou o advogado até o americano, sentado numa espreguiçadeira, cercado por sua corte, em uma das extremidades do recinto. Vários outros notáveis estavam reunidos lá, também, observou Werthen, inclusive o escritor Arthur Schnitzler, a ativista pela paz baronesa Bertha Kinsky von Suttner, a condessa Misa Wydenbruck-Esterházy, e os músicos Theodor Leschetizky e Ossip Gabrilowitsch.

Twain estava vestido com seu terno branco costumeiro e não se deu ao trabalho de levantar quando Klimt o apresentou ao advogado. Simplesmente acenou com o charuto em sua direção, reconhecendo sua presença, e limitou seus comentários ao pintor, falando em uma mistura bizarra de alemão com inglês ianque. Werthen, que estudara inglês com um professor britânico, ficou desconcertado com a palavra "gambá", que o escritor usou para descrever o assassino, Lucchenі. Klimt sorriu e balançou a cabeça à tirada de Twain, mas, quando eles deixaram o anfitrião para pegar um lugar na sacada, o pintor murmurou:

— Não conseguia entender uma palavra do que o homem estava dizendo.

Embaixo do hotel, soldados, vestindo uniformes deslumbrantes, esvaziaram Neuer Markt, empurrando a multidão de volta às calçadas e formando um cordão em torno de toda a praça. Aos poucos, ela se encheu de novo, mas não de civis, e sim de oficiais da marinha e do exército uniformizados, ostentando resplandecentes capacetes dourados. Cinquenta generais austríacos exibiam penachos verdes brilhantes e túnicas de um azul pálido, enquanto outros oficiais vestiam uniformes vermelhos, dourados e brancos, criando um imenso espectro de cores, que contrastava com a monotonia das vestes negras dos cidadãos normais, que haviam estado ali antes. De repente, as nuvens pesadas se dispersaram, e raios de sol invadiram a praça, iluminando o mar de cores com uma luz tão forte que Werthen teve de fechar os olhos. Próximo à porta da igreja, dois grupos tomaram posição: um deles era composto pelos Cavaleiros de Malta, paramentados de púrpura, e o outro, formado pelos Cavaleiros da Ordem do Tosão de Ouro, vestidos de vermelho. Werthen, que se lembrara de trazer o binóculo de teatro com ele, identificou esses últimos pela insígnia da pequena imagem de uma pele de carneiro pendente, em ouro, pendurada no pescoço de cada um daqueles homens rígidos como ferro. Ele sabia que o símbolo representava o velocino mítico que Jasão e os Argonautas procuravam, simbolizando os altos ideais dos cavaleiros da ordem, basicamente a preservação da Igreja Católica.

Oficiais militares encheram a praça, deixando apenas um caminho estreito para que as carruagens pudessem ir e vir, entregando sua carga aristocrática nos degraus da igreja. Os primeiros a chegar foram os arquiduques e as arquiduquesas, depois o *kaiser* alemão, os reis de Saxônia, Sérvia e Romênia, e o regente da Baviera. Eles foram seguidos por mais de duzentos personagens da corte e da alta nobreza, que tinham permissão para entrar na igreja. Após uma hora desse tráfego de carruagens, chegou um cortejo de sacerdotes, carregando um crucifixo, suas vestes douradas revelando detalhes em renda branca. A igreja lotou por fim, mas havia ainda mais meia hora de espera antes da chegada do ataúde. Werthen passava o tempo focalizando o binóculo sobre os rostos daqueles que haviam encontrado um espaço nas calçadas da praça. Ele parou de súbito, quando um certo semblante ficou dramaticamente em foco: o do Dr. Hanns Gross.

Werthen apontou agitado o criminologista para Klimt, que insistiu em trazê-lo para o hotel, a fim de que visse o resto do cortejo. O advogado começou a fazer objeções, observando que não cabia a eles fazer o convite, mas o pintor já estava do outro lado da porta antes que ele terminasse. Werthen acompanhou o progresso de Klimt enquanto ele abria caminho em torno do perímetro da multidão e chegava, por fim, a Gross, que pareceu agradavelmente surpreso, e depois olhou para a mão erguida do pintor, na direção do Hotel Krantz. Ele, também, parecia relutar em se intrometer, mas Klimt literalmente arrastou-o alguns passos, a fim de indicar a seriedade de seu propósito.

Quando o pintor retornou com Gross, os sinos das igrejas de Viena já haviam começado a tocar, assinalando a chegada iminente do carro fúnebre negro e barroco, puxado por oito cavalos Lipizzaners cinza e trazendo o corpo da imperatriz Elisabete. Onde quer que se estivesse, em qualquer dos reinos dos Habsburgo aquela tarde — desde Innsbruck, no oeste, até Budapeste e mais além, para o leste, até a Transilvânia, e de Praga, ao norte, até Sarajevo, no sul —, as pessoas não teriam como deixar de ouvir os sinos, Werthen sabia, pois mais de dez mil igrejas os estavam tocando em uníssono.

Enquanto isso, o advogado ouviu o barulho dos cascos nos paralelepípedos. Precisamente às 4h12, um batalhão de cavalaria chegou à praça, em fila de quatro, abrindo caminho para o cortejo funerário. Atrás, vinha um grupo de lanceiros, trajando azul e dourado, seguido pelo coche dos parentes, puxado por seis cavalos, transportando o imperador, acompanhado pelas filhas, Maria Valéria e Gisela. Quando eles desceram, o velho homem parecia curvado e acabado por esta última — achava-se — calamidade em sua longa vida. Ele resistira a tentativas de assassinato, ao casamento atribulado com a ausente Elisabete e às mortes trágicas do irmão, Maximiliano, no México, e do filho, o príncipe herdeiro Rodolfo, morto pelas próprias mãos em 1889.

Contava-se que, ao saber da notícia da morte de Sissi, Francisco José teria finalmente sucumbido, gritando:

— E eu não vou ser poupado de nada?

O imperador adentrou a igreja antes da chegada do grande carro fúnebre preto, com seus oito Lipizzaners, ostentando plumas negras de avestruz. O ataúde vinha cercado por cavaleiros vestidos de preto, usando perucas brancas, e um homem alto, de cabelos brancos também, trajando o mesmo manto vermelho-sangue dos Cavaleiros da Ordem do Tosão de Ouro, aguardava na porta. Tratava-se do ajudante de Francisco José, o príncipe Grunenthal, o homem que era provavelmente o poderoso patrono do inspetor Meindl em Viena. Último de uma longa linhagem que servira aos imperadores Habsburgo por séculos, Grunenthal era talvez tão velho quanto o imperador, mas parecia anos mais jovem, o corpo ereto e orgulhoso enquanto precedia o ataúde até os degraus da igreja. Ali, de acordo com o ritual, ele bateu na porta. Werthen focalizou o velho príncipe com o binóculo. Ele sabia de cor o que estava sendo dito, como todos os garotos que estudaram na Áustria.

À primeira batida, um frade perguntava do lado de dentro:

— Quem é?

Então Grunenthal respondia:

— Sua Mais Serena Alteza Real Imperial, a imperatriz Elisabete da Áustria e Hungria.

— Nós não a conhecemos.

A porta permaneceria fechada até Grunenthal bater de novo.

— Quem está aí?

— A imperatriz Elisabete.

— Nós não a conhecemos.

Então, vinha uma terceira batida na porta, produzida pelo cajado de ouro que o príncipe portava para aquela ocasião.

— Quem está aí?

— Sua irmã, Elisabete. Uma pobre pecadora.

Ao que as portas se abriam.

Não dava para chamar de ambiente festivo, mas, após as portas da igreja se fecharem atrás do caixão, a atmosfera no Hotel Kranz ficou mais leve. As pessoas não podiam ver mais nada, e era hora de socializar um pouco.

Gross explicou que voltara de Czernowitz para o funeral, mas também porque não havia nada para fazer lá.

— Eles ainda estão no processo de construir minhas salas de aula e laboratórios — queixou-se ele. — Eu teria ficado mais tempo em Graz se soubesse que o caso era esse. Não vai ter aula até o semestre da primavera, nesse ritmo.

A esposa, Adele, estava fora, visitando uma colega de escola em Paris, esperando que ele tivesse se estabelecido antes de ela ir para Bukovina.

— Mas isso é maravilhoso, Gross — disse Werthen. — Você pode ficar em Viena, então, por um tempo. Tem um quarto no meu apartamento à sua disposição.

— É mesmo, Werthen, que bondade a sua. — O criminalista parecia pretender mesmo fazer isso. — Czernowitz não é nenhuma capital mundial, para dizer o mínimo.

Klimt pegou Gross pelo braço para apresentá-lo a Twain, mas os dois já se conheciam, pelo menos por correspondência. O escritor consultara o criminologista alguns anos antes, quando estava escrevendo *Tom Sawyer, detetive*. Os dois começaram então a conversar animadamente, apesar das limitações linguísticas de Twain.

Após o último toque de sinos, indicando o fim da cerimônia religiosa na Igreja dos Capuchinhos, serviu-se xerez e, meia hora depois, os procedimentos já estavam para acabar, quando o escritor fez um pronunciamento em inglês que todos os que estavam reunidos ali puderam entender.

— Mas ficou claro que eles pegaram o homem errado na Suíça. Ou o certo pela razão errada. Isso tudo tem a ver com os húngaros. Primeiro Rodolfo e agora a mãe.

— O que será que ele quis dizer? — perguntou Werthen a Gross quando, mais tarde, à noite, eles estavam sentados diante de uma bela travessa de carne ensopada com batatas, feita por *Frau* Blatschky, acompanhada de uma garrafa resfriada de um *Grüner Veltliner* rascante, de Gumpoldskirchen.

Gross, que aceitara o convite de Werthen e estava ocupando então o espaçoso quarto dos fundos, pôs uma colherada de rábano recém-moído sobre seu prato. Berthe, jantando com eles, estava sentada, muito empertigada na outra cabeceira da mesa, em frente ao advogado, dando a ele uma ideia do que a vida de casado poderia ser. A sala de jantar dava para o pátio. Era um aposento pequeno e cômodo, todo em Biedermeier. Dois candelabros de prata iluminavam o ambiente com uma luz aconchegante.

— Twain é um homem da ficção, nunca esqueça isso — respondeu Gross, um pouco crítico.

Ele ofereceu o rábano a Berthe com um floreio dramático, mas ela recusou educadamente.

— O senhor quer dizer que ele cria as coisas do nada, *Herr Doktor* Gross? — perguntou ela, com um sorriso maroto.

— Talvez não exatamente *do nada*. Mas ele toma as histórias exageradas da nobreza húngara muito ao pé da letra. Eles estão sempre falando sobre sua liberdade magiar, como se também não oprimissem outras minorias em seu país na primeira oportunidade.

— Eu vejo que o senhor não é fã da monarquia dupla — disse Berthe, lançando a Werthen um olhar conspiratório.

O advogado havia compartilhado com ela suas boas e más opiniões sobre Gross, observando em especial a tendência do criminologista para a pompa.

— Eu acho que não, minha querida moça — expandiu-se Gross. — Foi a solução diplomática mais idiota que Francisco José já inventou. Eviscerou o Império. Eu não duvidaria de que a Áustria ficasse reduzida a uma simples sombra dela mesma em questão de duas décadas. Mas isso não é aqui nem lá. O amigo Twain só estava repetindo as teorias de conspiração que os magiares expressam tantas vezes. A saber, o príncipe herdeiro Rodolfo não cometeu suicídio nove anos atrás, mas foi assassinado por gente próxima do poder, que não tinha nenhuma admiração por seus modos liberais ou por suas ideias pró-magiares. Eu tenho a impressão de que estão dizendo a mesma coisa sobre sua pobre mãe, que também tendia a romantizar os húngaros.

— Uma teoria intrigante — disse Werthen, piscando para Berthe.

Aquilo seria divertido, achava ele, ter Gross como hóspede e Berthe para ajudá-lo a alfinetar e arranhar o ego inflado do homem.

— Conversa fiada — disse o criminologista, cortando a carne e colocando-a no garfo, sem se esquecer de adicionar uma generosa porção de rábano. Ele mastigou ostensivamente e tomou um gole de vinho para ajudar a descer a comida.

— O homem confessou o crime — continuou Gross. — Eu receio que nossa imperatriz foi vítima de um anarquista profissional, que não tinha muita certeza de quem seria sua vítima, até praticamente esbarrar em Elizabete no cais de Genebra. Que não tinha meios nem para ter uma arma apropriada, mas que afiou um pedaço de lima barata até criar um estilete.

Gross balançou a cabeça enfaticamente, como se esse detalhe de mau gosto acrescentasse algo à tragédia.

— Não, meus amigos — disse ele, olhando para Werthen e depois Berthe. — Eu estou achando que o que a gente tem aqui não é uma intriga sofisticada, mas uma comédia barata muito triste.

DOZE

Gross não suportava bem a inatividade. Werthen já imaginara antes que esse seria o caso; agora que estavam dividindo o mesmo teto, forçosamente ele tinha que experimentar isso em primeira mão.

Na segunda-feira seguinte às exéquias oficiais, o criminologista fez mais uma visita à sua adorada sala Brueghel, no Museu de História da Arte de Viena. Werthen, que retomara a prática legal após o retorno da Alta Áustria, encontrou-o para o almoço depois de uma manhã atarefada, preparando a custódia do barão von Geistl. Eles foram ao Burgtheater àquela noite, para ver Girardi representando em *Lumpacivagabundus*, de Johann Nestroy, uma comédia satírica que se adaptava de modo perfeito ao talento do ator. Gross, entretanto, não se divertiu, observou Werthen.

Nestroy dera o salto do Volkstheater para o Burgtheater, mais prestigioso, graças à longevidade; a peça estreara em 1833 e confundira bastante os censores dos Habsburgo, de forma que sua crítica social sutil passara despercebida até os dias de então. O espetáculo descrevia os altos e baixos de Leim, um marceneiro; Zwirn, alfaiate; e Knieriem, sapateiro; tudo emoldurado por uma série de eventos sobrenaturais. O primeiro deles era a posse comum de um número vitorioso da loteria.

Nestroy, não só teatrólogo como ator muito talentoso, representou Knieriem 258 vezes, ou assim dizia o programa daquela noite. Girardi havia pegado então o papel para si e o fazia com muita segurança. No entanto, Gross não conseguiu encontrar nada para apreciar na farsa, aparentemente. Toda vez que o público caía na gargalhada, ele franzia a testa em direção ao palco. O criminologista se contorcia na cadeira a cada virada do enredo, enquanto os três operários pensavam em como usar o dinheiro ganho por milagre, graças ao bilhete de loteria compartilhado. Ao invés de melhorarem suas vidas, Zwirn e Knieriem esbanjaram o dinheiro obtido por mágica e permaneceram, ao final da peça, firmemente — poder-se-ia dizer audaciosamente — fora da órbita da vida burguesa. Apenas Leim usou o ganho de maneira sábia, casando-se com a namorada de longo tempo e abrindo um negócio lucrativo.

— Uma bobagem completa — sentenciou Gross depois que as luzes se acenderam, após o terceiro ato. — Por que exibir uma lenga-lenga revolucionária e desmoralizante como essa no esplêndido Burgtheater é incompreensível para mim.

— Ah, calma, Gross — retrucou Werthen, enquanto eles abriam caminho pelo corredor entre as cadeiras, até o guichê da sala onde se guardavam os casacos, no vestíbulo. — Você está falando igual a um velho reacionário. Eu achei a peça muito inteligente.

— Inteligente! — bradou o criminologista. — Então, quando você e sua *Fräulein* Berthe se casarem e começarem a ter filhos, eu suponho que vão querer que sua prole imite esse comportamento tão dissoluto. Eu acho que não, Werthen. Falando por experiência própria, a gente deve ser muito vigilante quando se trata dos filhos.

Werthen não respondeu. Naturalmente, o criminologista estava se referindo à história problemática entre ele e o talentoso filho, Otto. Enquanto o Gross pai era todo trabalho e praticidade, Gross filho possuía um espírito brincalhão e jamais levava a vida a sério. Na verdade, já na adolescência, Otto trafegava em uma sociedade pouco respeitável, e isso, mais do que qualquer outra coisa, preocupava o pai. Suas amizades eram artistas boêmios e ele se tornara um livre pensador em questões como sexo e casamento. Embora Otto parecesse ter-se endireitado e estivesse então se dedicando com sucesso ao estudo da medicina, pai e filho ainda pareciam azeite e água. Era uma marca do equilíbrio frágil de Gross que ele nunca mencionasse Otto, nem de forma indireta. O criminalista simplesmente se entediara muito.

Na manhã seguinte, eles tomaram juntos um café dolorosamente silencioso, antes de Werthen sair para o escritório. Caminhando até as salas que alugara em Habsburgergasse, no Primeiro Distrito, o advogado se perguntava se não teria sido um erro ter convidado Gross para ficar. Werthen estava se tornando rude e grosseiro, até imparcial, e perdoando Berthe por estar se tornando ausente, sem vontade de estar perto de um homem com um humor desses.

Naquela noite, porém, Werthen lembrou-se de que havia recebido uma correspondência para o criminologista, remetida de seu ex-endereço, no Hotel Bristol. *Frau* Blatschky preparara um *Zwiebelrostbraten* maravilhoso para o jantar, que eles acompanharam com uma garrafa de Bordeaux, escolhida com muito cuidado pelo advogado na adega de seu comerciante de vinhos, no caminho para casa.

Gross pareceu se iluminar quando abriu e leu a carta que Werthen lhe entregou.

— Ah, essa é uma mudança interessante nos acontecimentos — falou ele, enquanto colocava a carta perto do prato. O criminologista encheu o copo de vinho até a metade, o qual ainda não tivera tempo de provar, e engoliu-o vagarosamente, como se fosse uísque americano.

— O que é, Gross?

— O relatório da necropsia de *Herr* Frosch, a última vítima dos assassinatos do Prater. Não que isso importe muito agora.

O pescoço dele foi quebrado, exatamente como nós imaginamos na época.

— Não me parece tão interessante — disse Werthen, enchendo seu cálice de vinho e tomando-o.

— A parte interessante é que o homem estava às portas da morte quando o assassinaram. Morrendo de câncer, pelo que parece.

— Hum. — O advogado olhava para os rastros vermelho-escuros do vinho, as "pernas" que se formavam na boca do copo. — Será que ele sabia?

— Isso, meu amigo, eu espero descobrir. Amanhã.

Werthen já ia denegrir a ideia. Afinal de contas, o caso estava encerrado. O que importava se o homem sabia que estava morrendo ou não? Uma curiosidade à toa instigara o advogado a fazer a pergunta, mas de repente ficou feliz por não tê-la feito. Ele ficou em silêncio. Não fazia sentido desencorajar Gross. Qualquer atividade era melhor do que nada.

Eles passaram o resto da noite conversando agradavelmente.

Pela manhã, Werthen perguntou a *Frau* Blatschky se o hóspede já havia se levantado. O advogado precisava estar no escritório mais cedo que o habitual e não queria esperar o café.

— Ah, sim, senhor. *Herr Doktor* acordou com os passarinhos e tomou seu café com *kipfel* mais cedo. Eu acho que ele já saiu.

A notícia veio como um alívio para Werthen, que pôde então abrir a edição matinal do *Neue Freie Presse* e ler em paz. Ele se perguntou se deveria retomar o hábito de escrever seus contos antes de iniciar o dia de trabalho; de se dar ao trabalho de continuar a escrevê-los, afinal de contas. Contudo, por enquanto, sentia-se feliz de estar tomando seu café e vasculhando o jornal em busca de grandes espaços em branco, o que indicaria alguma matéria censurada. Aquilo era um esporte nacional na Áustria. As pessoas passavam então o resto do dia tentando descobrir que artigos suculentos teriam sido cortados dos jornais.

Às 17 horas, quando Werthen já estava se preparando para encerrar o trabalho, Gross telefonou-lhe com uma voz novamente vibrante e empolgada. Era um prazer ouvir aquele tom.

O criminologista convidou-o para um drinque no Café Central, em Herrengasse, ponto dos literatos vienenses desde a escandalosa demolição do Café Griensteidl, no ano anterior. Com a construção de um banco no lugar, o mundo literário de Viena, inclusive Schnitzler, Peter Altenberg, Hugo von Hofmannsthal, Karl Kraus, Hermann Bahr e Felix Salten, havia migrado para o Central, nas proximidades. Werthen achou engraçada a escolha de local de Gross, mas concordou com prazer em encontrá-lo lá, dentro de meia hora.

O criminologista estava sentado em uma mesa de canto ocupado com um *viertel* de vinho branco, quando Werthen chegou. O advogado pediu o mesmo que o criminologista e se juntou ao amigo, observando as outras mesas em busca de alguém que conhecesse. Apenas o jovem Hofmannsthal, exibindo um fiapo de bigode, e seu mentor mais velho, o boêmio Altenberg, com suas sandálias, estavam lá naquela tarde.

— Você parece muito satisfeito, Gross — disse Werthen, enquanto puxava uma cadeira. — O que andou fazendo?

— Foi um dia intrigante, meu caro Werthen. Extremamente intrigante.

Enquanto bebericava seu vinho, Gross explicou ao amigo que havia ido primeiro até a casa de *Frau* Frosch, na Gusshausstrasse, para verificar se o marido dela sabia sobre sua doença, e obter o nome do médico com quem ele se tratava. Todavia, a senhora tinha outras novidades para Gross.

— Ela contou que estivera cogitando entrar em contato comigo — observou o criminologista. — Eu fico feliz em dizer que meus esforços anteriores para ganhar a confiança dela finalmente renderam frutos. Com o assassinato da imperatriz, *Frau* Frosch sentiu que não tinha mais nenhuma obrigação de ficar calada.

Gross fez uma pausa dramática, vendo que prendera a atenção de Werthen.

— *Herr* Frosch recebeu uma visita muito distinta em junho — continuou o criminologista. — A imperatriz em pessoa veio vê-lo. Segundo *Frau* Frosch, eles ficaram conversando por mais de uma hora no escritório dele e, quando ela foi embora, parecia muito perturbada. A imperatriz fez *Frau* Frosch prometer sigilo. Ninguém devia saber sobre a visita dela a *Herr* Frosch.

— Sobre o que eles conversaram, Gross?

— *Herr* Frosch não confidenciou nada à esposa, mas ela se lembra de ele falar sobre suas memórias, mais ou menos nessa época, e sobre como iria finalmente contar toda a verdade sobre a tragédia de Mayerling.

— Você quer dizer sobre o suicídio do príncipe herdeiro Rodolfo?

— Houve alguma outra tragédia lá?

Realmente, Gross conseguia ser insuportável quando se encontrava em seu estado de espírito de cogitações, mas Werthen deixou passar. Aquilo ainda era melhor do que a depressão por inatividade.

— Mas o que ele poderia saber? — perguntou-se o advogado em voz alta.

A tragédia de Mayerling sacudira a corte e toda a Áustria em janeiro de 1889. Rodolfo, herdeiro do trono de Francisco José, supostamente desmotivado por ser mantido fora dos cargos de responsabilidade nas forças armadas e no governo, entregara-se às drogas e à bebida. Talvez tivesse herdado da mãe um pouco da instabilidade dos Wittelsbach. Havia até rumores de que o príncipe sofria de uma sífilis incurável. De qualquer forma, em uma noite de neve, ele tirara a vida da jovem amante, Marie Vetsera, e depois se matara com um tiro.

— Veio à tona que *Herr* Frosch fazia parte do serviço do príncipe herdeiro, como valete pessoal. Ele estava no chalé de caça de Rodolfo, em Mayerling, na noite das mortes.

— Mas a gente não encontrou nenhuma evidência dessas memórias — disse Werthen, lembrando-se da busca paciente que eles haviam feito nos papéis de *Herr* Frosch após sua morte. — Nós concluímos que aquilo não passava de conversa fiada dele.

— Alguma coisa importante fez com que a imperatriz Elisabete fosse ver *Herr* Frosch depois de tantos anos — falou Gross. — Algo foi dito a portas fechadas, segundo *Frau* Frosch, que abalou tanto a imperatriz que ela precisou de uma dose de conhaque para que a cor voltasse a seu rosto, antes de ir embora.

Os dois ficaram em silêncio por alguns momentos, depois Gross continuou:

— *Frau* Frosch, por falar nisso, não sabia nada sobre a condição terminal do marido, mas me forneceu o nome do médico dele. Eu visitei esse senhor hoje à tarde, e ele confirmou que Frosch tinha consciência da gravidade de seu câncer. Isso acrescentaria veracidade à história de ele querer compartilhar certos segredos com a imperatriz.

— Você quer dizer que ele já não tinha mais nada a perder? — retrucou Werthen com rapidez.

— Exatamente. Vamos supor que o silêncio dele sobre certos incidentes tenha sido comprado ou obtido...

— Com ameaças?

Gross deu de ombros àquela sugestão.

— Talvez. Mas, estando perto da morte, de qualquer jeito, talvez ele tenha decidido que não tinha mais razão para ficar de boca fechada.

— Eu estou vendo aonde você quer chegar. Isso é intrigante, com certeza.

— Fica mais intrigante ainda quando se vê a data da visita da imperatriz. Doze de junho.

Gross disse aquilo com um floreio, como se estivesse tirando um último coelho da cartola, mas Werthen precisou de um momento para perceber por que aquela data era tão importante.

— Você quer dizer que os assassinatos do Prater começaram alguns dias depois?

— O corpo da lavadeira, Maria Müller, foi encontrado em 15 de junho — acrescentou Gross.

— Você está dizendo que os assassinatos estavam ligados, de alguma forma, ao que Frosch sabia sobre a tragédia de Mayerling? Isso parece um pouco de imaginação especulativa.

— Eu não estou supondo nada, estou apenas enumerando os fatos. *Herr* Frosch foi a sexta vítima dessa série de assassinatos. No entanto, ele é o primeiro para quem a gente pode encontrar agora um motivo possível. Motivo esse que seria o fato de que ele estava para revelar informações perigosas sobre a morte do príncipe herdeiro. Se a morte de Rodolfo não foi suicídio, então os responsáveis não iriam querer que essas informações se tornassem públicas. Isso diz muito, creio eu.

A cabeça de Werthen começou a girar com essas possibilidades. Se Rodolfo não tinha se matado, então quem o assassinara? E por quê?

O príncipe herdeiro sempre fora conhecido como agitador e liberal. Ele escrevera de forma sub-reptícia para o *Wiener Tageblatt*, de Moritz Szeps, durante alguns anos, antes de morrer; seus artigos criticavam a aristocracia indolente e a política exterior do pai, que favorecia alianças com Alemanha e Rússia. Rodolfo era também conhecido por ter relações com magiares poderosos em Budapeste, buscando a independência húngara, e por cortejar os franceses para estabelecer acordos secretos. Ambas as coisas teriam sido consideradas casos de traição. O príncipe herdeiro tinha, de fato, vários inimigos na corte, no corpo diplomático de Ballhausplatz e nas forças armadas. Até o novo herdeiro presuntivo, Francisco Ferdinando, teria motivos para desejar a morte de Rodolfo. Afinal de contas, ela abrira caminho para que ele se tornasse imperador após a morte de Francisco José.

Na época, choveram teorias sobre a morte do príncipe herdeiro, em parte por culpa do tratamento desajeitado do assunto dado pelo então primeiro-ministro, o conde Taaffe, que quis utilizar a censura Habsburgo para controlar os efeitos da tragédia. A princípio, a versão oficial atribuíra a causa do óbito de Rodolfo a um ataque cardíaco, e não se fizera nenhuma menção à pobre Vetsera, que o acompanhara na morte. Todavia, Taaffe descobrira rapidamente os limites da censura, pois a imprensa estrangeira farejara a morte dupla e dera início a uma sequência de histórias extravagantes: os húngaros o haviam assassinado porque ele traíra o complô; os franceses o teriam matado por medo que revelasse suas negociações secretas; um guia de caça local dera-lhe um tiro por ter seduzido sua esposa; ele morrera em decorrência de um duelo por causa da honra de uma jovem princesa Auersperg. Finalmente, tivera de se tornar público na Áustria que o príncipe herdeiro matara a jovem amante e depois a si próprio, mas mesmo assim alguns ainda punham a culpa em uma conspiração magiar ou francesa, ou diziam que o assassinato fora obra do primeiro-ministro.

Algumas daquelas ideias eram, na opinião de Werthen, uma porta aberta para suspeitas doentias ou ilegítimas, o que Krafft-Ebing e outros psicólogos chamavam de "paranoia".

Na verdade, Gross estava indo longe demais, estabelecendo uma conexão muito rápida entre o emprego de Frosch como ex-valete de Rodolfo e sua morte em agosto. Werthen decidiu temperar essas ideias com um pouco de realidade sóbria.

— Você está esquecendo, Gross, que Binder confessou os crimes. Não houve outro motivo a não ser os pesadelos tristes provocados pela mente de um homem sofrendo de sífilis.

— Essa foi a versão oficial, sim.

— A versão que você mesmo assinou embaixo — lembrou-lhe Werthen.

Entretanto, Gross ignorou a afirmação.

— Eu me lembro de um comentário na época da morte de Frosch. Algo na linha de que *Frau* Frosch, que havia claramente apanhado do marido, tinha motivo suficiente para querer que ele morresse. De que, na verdade, as outras mortes tivessem talvez sido cometidas só para encobrir a principal, a de *Herr* Frosch. Eu fiz essa afirmação com muita leviandade. No entanto, ela pode ser uma teoria que a gente precise agora reexaminar com atenção, à luz das novas evidências.

— Você não pode estar sugerindo que se reabra o caso Prater!

Gross ergueu meramente as sobrancelhas para Werthen.

— Você não pode acreditar de verdade que todos aqueles outros infelizes foram assassinados simplesmente para desviar a atenção da morte de Frosch — continuou o advogado. — Até porque, se Frosch fosse a vítima em mente o tempo todo e os outros cinco tivessem sido usados para encobrir o verdadeiro crime, então por que arriscar a se expor esperando mais de dois meses para executá-lo?

— Isso, meu caro Werthen, é uma coisa a ser levada em conta à medida que prosseguimos.

Contudo, o advogado não prestou muita atenção a essa réplica. Ele estava então ponderando sobre algo mais sério, que Gross já teria pensado, com certeza.

— Mas, segundo essas conjeturas admitidamente extravagantes de sua parte...

— Prossiga — encorajou o criminologista.

— Tudo isso levaria a se pensar sobre a morte da imperatriz também. Se Frosch foi morto por causa de alguma coisa que ele sabia sobre a morte do príncipe herdeiro Rodolfo, então a morte dela estaria ligada à do ex-valete do filho? Será que a mataram devido ao que Frosch revelou a ela?

Gross sorriu prazenteiramente.

— Belo raciocínio, Werthen.

— Raciocínio bizarro. O anarquista Luccheni cometeu esse crime.

De repente, a resposta estava ali, pipocando em sua mente espontaneamente.

— O que é que houve, Werthen? Parece que você viu um fantasma.

— O nome do homem. Esse inexpressivo Luccheni. Eu sabia que o tinha visto em algum lugar antes. Gross, lembra-se da lista de suspeitos que a gente conseguiu de Meindl? Aquela de anarquistas e outros terroristas que a polícia estava vigiando nesse verão?

— Luccheni estava na lista?

— Eu juro que vi o nome dele lá. "Luccheni, Luigi, trabalhador de pedreira." Ele estava em Viena no verão. Meu Deus, Gross, será que Luccheni cometeu todos os assassinatos do Prater? Mas e Binder, então?

— Nós estamos, pelo que me parece, Werthen, numa situação estranhamente única em que temos muitos culpados.

— Isso tudo é suposição, Gross.

— E vai permanecer suposição, a não ser que a gente investigue mais, meu amigo.

Werthen sabia o que o criminologista estava implicitamente pedindo-lhe, e ele não precisou de mais que um instante para responder.

— Vamos começar, então, Gross. *Herr Ober* — gritou Werthen, para o chefe dos garçons. — Outra rodada de vinho aqui.

Quando eles deixaram o Café Central uma hora depois, nem Gross nem Werthen estavam cientes da figura sentada na carruagem coberta, do outro lado da rua. O homem estava oculto na sombra e observou os dois enquanto seguiam caminho por Herrengasse.

"Agora, não", pensou ele. "Público demais."

Então os peixinhos haviam, como já temera ele, esbarrado em algo. Amadores com sorte de iniciantes.

Essa sorte deles, porém, estava para acabar.

Em breve. Muito em breve.

TREZE

Berthe acatou bem a decisão dele.

Foi durante o intervalo da estreia de Gustav Mahler, no Musikverein, à frente da Filarmônica de Viena. Werthen fora encontrá-la para jantar e irem à sinfonia, após deixar a companhia de Gross no Café Central.

Mahler estava fazendo seu nome na cidade da música. No ano anterior, assumira a direção da Ópera da Corte de Viena e estava transformando aquela casa para que se tornasse a principal da Europa. Naturalmente que, para ser empossado naquele cargo oficial da corte, Mahler, judeu — embora não praticante —, tivera de se converter ao cristianismo.

Para sua estreia, ele escolhera reger a Sétima de Beethoven, a favorita de Werthen. A noite começara com a Sinfonia Júpiter, de Mozart, e, no intervalo, o advogado explicara a Berthe o que Gross descobrira e sua decisão de prestar auxílio ao criminologista mais uma vez. O assistente jurídico de Werthen, o Dr. Wilfried Ungar, com três anos de formado na faculdade de Direito de Viena, era um jovem capaz, apto a assumir o trabalho no escritório de advocacia, por enquanto. A incumbência mais importante de Werthen, a preparação da custódia do barão von Geistl, acabara de ser terminada.

— Você não tem que explicar nada disso para mim, Karl. Quando concordei em ser sua esposa, fiz isso sabendo que eu sou uma mulher independente, perfeitamente capaz de me manter. Eu não vou me casar com você por causa de seu salário. Na vida, a gente tem que fazer as coisas que nos satisfazem mais. Senão, para o que ela serve?

Ele sentiu vontade de abraçá-la bem ali, no salão de intervalo do segundo andar do Musikverein, entre os vasos de palmeiras e os mecenas, homens e mulheres, usando fraques e joias, que se atropelavam durante o intervalo, com taças de *Sekt* na mão.

Sentados novamente na escuridão da sala de concertos, ela segurou a mão dele. Enquanto a música crescia durante o adágio da Sétima, ele pensava que nunca tinha sido tão feliz na vida.

Inspektor Meindl ficou surpreso ao ver Gross de volta a Viena. O criminologista, como havia dito a Werthen, estava agindo instintivamente. Eles tinham ido à Chefatura de Polícia naquela manhã para requisitar um favor.

— Então o senhor está pretendendo escrever sobre o assassinato da imperatriz em seu periódico — disse o inspetor, ao ser confrontado com o pedido.

— Seria apresentar um caso fascinante de personalidade terrorista — disse Gross. — Tudo que se puder saber sobre *Herr* Luccheni ajudaria a prevenir outro desatino desses.

Aquele apelo implícito ao profissionalismo de Meindl acabou por ter êxito. Dez minutos depois, foi-lhes entregue o dossiê Luccheni.

— Mas como é que o senhor soube que nós tínhamos um arquivo sobre o homem? — perguntou Meindl.

— Meu colega, o Dr. Werthen, se lembrou de uma lista com nomes que o senhor, tão gentilmente, nos forneceu quando estávamos trabalhando naquele... outro caso.

Meindl balançou a cabeça na direção de Werthen, abrindo um sorriso esmaecido.

— É verdade.

Depois, ele voltou-se novamente para Gross:

— Eu vou precisar desse arquivo de volta o mais rápido possível. Isso tudo é muito irregular, o senhor deve saber.

Nem uma palavra de agradecimento pela ajuda anterior; sequer o reconhecimento da participação deles. O homem era um bajulador descarado, Werthen chegou à conclusão. Sempre à espera de promover a própria carreira.

Meindl levou-os até uma sala normalmente usada para interrogatórios; as janelas eram tão altas que não se podia ver o lado de fora, apenas imaginar. Eles se sentaram diante de uma mesa grande e marcada, colocada no meio do recinto, compartilhando as páginas do longo dossiê.

Werthen pegou a primeira parte do relatório, que incluía uma biografia do anarquista Luccheni. Nascido em Paris, em 1873, filho de uma lavadeira solteira, de origem italiana, ele nunca conhecera o pai. A mãe deixara a França um ano depois do nascimento do filho e colocara a criança em um orfanato de Parma. Dali, Luccheni fora jogado na rua, como tantos outros vagabundos, em idade precoce, para se tornar um trabalhador. Rapidamente, encontrara uma ocupação mais fácil, como soldado, servindo em Nápoles, sob o comando do príncipe-capitão Vera d'Arazona. Depois de três anos, deixara o exército e se tornara criado do príncipe, mas isso durara alguns meses apenas.

Luccheni caíra na estrada, estabelecendo-se durante um tempo na Suíça, mas perambulando também por várias capitais, inclusive Viena e Budapeste. Caíra na companhia de anarquistas que abasteceram o jovem dócil e pouco alfabetizado com uma literatura que apoiava a destruição da sociedade, levando à criação de um mundo livre e sem classes. Logo, ele começara, de acordo com informantes da polícia suíça, que haviam se infiltrado em células anarquistas, a disseminar suas crenças na "propaganda da obra" ou a deixar seus atos espalharem a filosofia do anarquismo.

Segundo aquelas páginas diante de Werthen, parecia que Luccheni chegara a Viena no começo de junho. A polícia suíça havia informado que ele tomara um trem em Genebra, com destino à capital austríaca, em 10 de junho. Entretanto, a polícia de Viena só detectara seus rastros a partir de 12 de junho, quando Luccheni fora visto do lado de fora de um conhecido abrigo de anarquistas, no distrito operário de Fünfhaus, uma pensão gerenciada por *Frau* Geldner. Ele passara o dia 12 na área do Volksgarten, o belo jardim construído sobre o que já fora uma parte das muralhas da cidade, destruída por tropas francesas sob o comando de Napoleão. O próprio Werthen muitas vezes ia, em uma tarde agradável, a esse jardim de rosas, planejado para se assemelhar ao do Luxemburgo, em Paris.

Luccheni passara a manhã e a tarde se mudando de um banco para outro, sempre mantendo em seu campo de visão as entradas e saídas do parque, como se estivesse esperando alguém entrar a qualquer momento. Por fim, precisamente às 5h28 daquela tarde, ele fora abordado por um homem alto, que usava roupas de pintor de paredes: um macacão branco e um chapéu em forma de barco, feito de jornal velho. Ele entregara um bilhete a Luccheni e saíra do parque. Infelizmente, bem naquela hora, a outra metade da dupla de policiais que o vigiava tivera de ir ao mictório mais próximo, na Arena. Portanto, a polícia não conseguira seguir os movimentos desse outro homem. O parceiro, porém, retornara a tempo de ajudar a rastrear Luccheni fora do Volksgarten, em direção a Ringstrasse, onde ele dobrara à esquerda e se dirigira à Ópera.

Um dos detetives atravessara a Ringstrasse para segui-lo paralelamente, enquanto o outro mantinha uma distância discreta atrás do anarquista, tomando cuidado para não ser notado. Luccheni andava com rapidez, segundo o relatório policial, como se soubesse para onde ia e tivesse de chegar lá a uma determinada hora. Logo depois da Ópera da Corte, ele atravessara a movimentada Ringstrasse, na altura da Kärntnerstrasse. Os dois detetives de polícia trocaram então de posição diante do suspeito. Luccheni continuara em direção a Wiedner Hauptstrasse, passando pela Karlsplatz. Bem atrás da Universidade Técnica, ele virara de repente à esquerda, para Paniglgasse, e depois à direita, no primeiro cruzamento, com a Argentinierstrasse, e mais uma vez à esquerda, na Gusshausstrasse. Os policiais o seguiram até cerca de metade do quarteirão, onde Luccheni parara e parecera pôr-se de guarda em frente a um prédio do outro lado da rua. Eles não sabiam qual, se o número 12 ou 14.

De repente, Werthen parou de ler, sentindo um frio na espinha.

— Gross — disse ele. — Você devia dar uma olhada nisso.

Werthen passou ao criminologista as páginas que ele já havia terminado e continuou a ler de onde parara.

O elemento permaneceu parcialmente escondido por trás de um lampião a gás por mais de duas horas. A certa altura, pareceu ansioso para mover-se. Uma moradora do número 12, vestida de preto, saiu rapidamente, conduzida por dois homens que a levaram até um landau que aguardava. A carruagem partiu às pressas e o elemento retomou sua aparente vigia. Às 8h12 precisamente, ele cessou sua guarda e foi andando até suas acomodações em Fünfhaus.

Gross já terminara de ler suas páginas, e Werthen passou-lhe as últimas, referentes a 12 de junho. O criminologista estufou os lábios enquanto lia, depois bateu no papel com o indicador.

— Ah! Você está vendo, Werthen? Existe uma ligação!

— Foi a noite em que a imperatriz Elisabete visitou *Herr* Frosch — disse o advogado, excitado. — Luccheni estava vigiando o apartamento de Frosch. Gusshausstrasse, 12. Tudo se encaixa.

— Baixe a voz, meu amigo — aconselhou Gross. — É verdade. O anarquista foi enviado até *Herr* Frosch. Muito provavelmente por aquela mensagem passada a ele pelo pintor de parede misterioso. Então, ele já estava cercando a vítima muito antes de atacar.

— Foi ela que a polícia viu deixando o prédio, não foi, Gross? A mulher de preto? A imperatriz Elisabete.

— É, deve ter sido. Dessa vez ela estava acompanhada de dois guarda-costas, ou o covarde do Luccheni poderia ter atacado naquela noite mesmo. No entanto, parece que os detetives da polícia ignoravam os movimentos da imperatriz. Eles obviamente não a identificaram.

— Ela costumava sair incógnita — acrescentou Werthen. — Eu acho que ela assumia às vezes a identidade de condessa Hohenembs, apesar de, em geral, sua aparência entregá-la.

— Isso altera as coisas dramaticamente — disse Gross, juntando os papéis. — Não tem nada de interessante nos relatórios mais recentes. A polícia, na verdade, perdeu a pista de Luccheni no dia 15. Imaginou-se que ele já tivesse saído de Viena naquela data. Ou será que permaneceu na cidade por mais dois meses, trocando de endereço para evitar ser vigiado pela polícia, e cometeu as atrocidades que nós todos atribuímos a *Herr* Binder?

— Mas, por que motivo? Ele andava atrás da realeza, afinal de contas. Os jornais disseram que estava pronto para matar o duque de Orléans, mas a pobre imperatriz atravessou o caminho dele primeiro. Ele estava atrás de alguém importante só para ver seu nome nos jornais. Por que todas essas outras vítimas, então? Algumas eram da classe operária, que ele, como anarquista, declarou estar protegendo. Não faz sentido.

— Você está certo, é claro, Werthen. Essa teoria não faz sentido mesmo. No entanto, a gente estabeleceu a ligação entre as mortes de Frosch e da imperatriz. Portanto, a única teoria alternativa é que Luccheni não matou a imperatriz.

Werthen simplesmente arregalou os olhos para Gross, incapaz de dizer qualquer coisa diante de declaração tão estapafúrdia.

— Calma, Werthen. Feche essa boca aberta e me ajude a juntar esses papéis para devolvê-los a Meindl. A gente tem trabalho para fazer.

A pensão de *Frau* Geldner ficava localizada em Clementinengasse, não muito distante da Estação de Trens do Oeste Imperatriz Elisabete. Werthen podia escutar o ruído das locomotivas chegando e partindo; sentia-se um cheiro pesado de fumaça no ar. Aquela área fazia parte da extremidade norte do distrito de vestuário, onde teares e costureiras trabalhavam 12 horas por dia, seis dias por semana.

Abrindo a porta na quarta batida, *Frau* Geldner era uma mulher grande e corada, que usava um vestido de algodão caseiro e fumava um cachimbo de espuma do mar. Ela franziu a testa quando Gross entregou-lhe seu cartão.

— Homens, vocês devem ter pegado o endereço errado. A gente não trabalha para a classe de vocês aqui.

— Não, *Frau* Geldner — disse o criminologista, enfiando a bota para dentro da porta, a fim de que ela não a batesse na cara deles. — Nós pegamos o endereço certo. Aquele em que, creio eu, o famoso *Signor* Luccheni ficou brevemente em junho.

Ela balançou a cabeça.

— Não conheço nenhum Luccheni. Não ligo muito para estrangeiros. Nem figurões nem estrangeiros. Esse é meu lema — disse ela, rindo e tossindo com muito catarro; três fios de cabelo negro e duro eriçando-se na ponta de seu nariz vermelho.

— Não é isso o que o relatório da polícia diz.

Ela olhou novamente para o cartão dele, de modo desconfiado.

— Aqui diz que você é professor. Certo? Não polícia.

— Está certo, minha boa mulher.

— E quem é esse idiota com você? Ele não fala muito, né?

Diante daquele comentário, Werthen sentiu necessidade de se apresentar.

— Advogado, hein? O professor e o advogado, os dois se deram ao trabalho de vir até Fünfhaus para visitar gente como eu. Deve ser importante, então.

— Sua representação de membro da classe trabalhadora rústica não é muito convincente — disse Gross com severidade, seu pé ainda enfiado na porta. — Eu já li seus artigos no *Anarquista Diário*, *Frau* Geldner. E, mesmo não concordando com a sua tese de que todas as mazelas do mundo foram criadas pelos plutocratas e pela aristocracia, eu sei reconhecer uma mente de primeira quando a encontro. Agora, será que dá para a gente parar com esse papel de cafetina intratável que a senhora assumiu e ir ao que interessa?

Diante disso, *Frau* Geldner sorriu, abriu inteiramente a porta e conduziu-os para dentro.

— Um professor que sabe ler — disse ela, a voz assumindo um tom mais alto e, para os ouvidos de Werthen, mais refinado. — Que novidade. Por aqui, senhores. Para minha toca.

Eles a seguiram por um corredor longo e escuro até uma sala de estar que era surpreendentemente moderna e confortável. Werthen esperava uma mistura de peças baratas e velhas, mas encontrou um aposento mobiliado em Jugendstil e *art nouveau* chique, com cadeiras e divã forrados com tecido em espirais de verdes e dourados, que o próprio Klimt poderia ter pintado.

— Nós não somos tão bárbaros assim, afinal de contas, não é, *Advokat* Werthen? — disse ela, flagrando seu olhar de espanto.

Todavia, Gross não estava interessado na perfuração tediosa dos balões do preconceito de classe. Ele tomou assento antes que lhe oferecessem e foi direto ao assunto.

— Não há necessidade de mentiras. Nós sabemos que Luccheni ficou aqui alguns dias em junho.

— Três, para ser precisa — disse ela, dirigindo-se até um aparador em cerejeira, com apliques de vitral, que podia ter sido obra de Koloman Moser, outro dos principais precursores vienenses nas artes decorativas. — Slivovitz? — ofereceu ela. — Eu acho que é a melhor coisa para melhorar o humor nessas horas difíceis, entre o *Gabelfrühstück* e o almoço.

Ela serviu para si uma boa quantidade em um copo de conhaque sem esperar pela resposta deles, e apenas deu de ombros quando os dois recusaram. O conhaque de ameixas desceu em um gole só, e ela se sentou no divã, indicando a Werthen que escolhesse uma cadeira.

— Ele é sempre simples assim? — perguntou ela a Gross.

— Senhora... — começou o advogado, mas Gross cortou-o levantando a mão.

— Por favor. Vamos ao assunto, e nós a deixamos continuar seus preparativos para o almoço.

Ela riu de novo.

— Você é estranho mesmo, não é? Gross...? Sabe, acho que já ouvi falar de você.

Ele balançou a cabeça em sinal de apreciação.

— Meu trabalho tem seus admiradores.

— Não foi você o cara que disse ao mundo que os judeus estavam massacrando os cristãos na Boêmia? Com rituais de sangue e tudo? Minha nossa, mas você errou nessa.

— É — respondeu Gross abruptamente. — Agora, vamos a Luccheni.

— O que vocês querem saber sobre ele? Um homenzinho bem idiota, se me perguntarem. Os camaradas o chamam de "o burro".

— Os "camaradas"? A senhora quer dizer os colegas anarquistas? — perguntou Gross.

Ela confirmou, de bom humor.

— É exatamente isso que eu quero dizer.

— Por que ele estava aqui? — perguntou Werthen, subitamente cansado daquela disputa tola.

— Ele fala!

Outra gargalhada, seguida de um acesso longo de tosse encatarrada. Ela pôs o cachimbo sobre uma mesa lateral, e ele se extinguiu vagarosamente.

— Desculpe — disse a mulher, depois que o acesso passou. — Eu não sou tão grossa, em geral. Mas, com vocês dois, eu acho divertido ser.

— No entanto, *Frau* Geldner, a senhora não respondeu à pergunta do meu colega — insistiu Gross. — O que é que Luccheni estava fazendo em Viena?

— Nada, mesmo. Ele estava de férias, pelo que eu sei, ou quero saber.

— O homem é praticamente um vadio — disse Werthen. — A senhora espera que a gente acredite que ele estava visitando Viena com propósitos culturais?

— Eu alugo quartos — disse ela apenas. — Muitas vezes, esses visitantes são recomendados. Ele tinha ouvido falar da minha pensão pelos amigos e apareceu em minha porta no dia 11 de junho. Eu não ia mandar ele embora, né?

— A senhora disse antes que nada de "figurões ou estrangeiros". Será que a gente deve entender que era mentira? Ou a senhora mentiu naquela hora ou está mentindo agora.

No entanto, a mulher permaneceu imperturbável.

— Essa eloquência toda pode ser muito boa na frente de um juiz, *Herr Advokat*, mas aqui sou eu quem dita as regras. Eu sou o juiz. Eu digo as coisas. Umas são verdades; outras, brincadeira; e algumas são essa coisa terrível que você acabou de mencionar, mentiras.

Gross levantou a mão no ar.

— Então a gente não tem muito o que conversar. Talvez a polícia...

— Ah, eles já conversaram comigo sobre isso algumas vezes. Mas eu vou lhe dizer uma coisa por nada. Esse tal de Lucchenti não consegue matar nem um peixinho dourado. É só conversa, e nada de ação. Os que fazem as coisas, são só ação e nada de conversa. Acreditem em mim, eu conheço os dois tipos.

— O que você achou dela? — perguntou Werthen, enquanto eles deixavam o local e se dirigiam à fila de *Fiakers*, perto da estação de trem.

— O que eu achei dela? — repetiu Gross, como se tivesse sido arrancado com relutância de seus pensamentos. — Ora, Werthen, eu não achei nada daquela mulher.

— Eu quis dizer, será que ela está falando a verdade sobre Luccheni?

— Ela própria afirmou que é muito condescendente no que diz respeito à verdade. Eu não vejo razão nenhuma nem para se espantar com os comentários dela. São todos suspeitos. Ela pode estar envolvida até o pescoço no complô para matar a imperatriz, ou pode estar absolutamente certa sobre a incompetência de Luccheni.

Gross apressou o passo e Werthen quase teve de correr para se manter a seu lado.

— Gross, você pode andar mais devagar, por favor? Por que essa pressa, homem?

Ele parou de repente, olhando para o advogado com surpresa.

— Eu achei que era óbvio, meu caro Werthen. Nós temos um trem para pegar. Se chegarmos depressa a Josefstädterstrasse, nós podemos fazer a mala, com algumas coisas básicas, e voltar para a Estação de Trens do Oeste a tempo de tomar o Expresso Alpino às 4 horas. Isso nos permitiria chegar lá para um café cedo, amanhã de manhã.

— Chegar? Chegar aonde? Do que você está falando, Gross?

— Genebra, Werthen. A gente vai interrogar Luccheni.

QUATORZE

Werthen observava a paisagem do início de outono movendo-se com rapidez, do lado de fora da janela imaculadamente limpa do vagão-restaurante. Gross estava enfurnado em seu compartimento, lendo relatos sobre o assassinato da imperatriz em uma série de jornais, desde o *Times*, de Londres, passando pelo *Le Monde*, de Paris, até o *Corriere della Sera*. Ele os havia conseguido com o vendedor da tabacaria que ficava na esquina de Josefstädterstrasse com Laudongasse, especializado em publicações internacionais, e que havia guardado alguns exemplares que tratavam da morte da imperatriz. Com a censura atuando de forma dura em Viena, os jornais estrangeiros às vezes incluíam informações que haviam sido eliminadas dos periódicos locais.

Após o trem ter passado por Innsbruck, eles fizeram uma refeição juntos no vagão-restaurante — um omelete simples acompanhado de um prestativo Müller-Thurgau, de Wachau, uma região vinícola ao longo do Danúbio, que até recentemente fora mais conhecida por seu vinagre de vinho. A princípio, falou-se apenas sobre banalidades, enquanto Gross se encontrava em meditação profunda.

Por fim, o criminologista tirou os olhos da refeição que mal tocara.

— Você se lembra, Werthen, do que eu disse sobre a morte da imperatriz logo depois do funeral? Ou seja, quando eu jantei com você e a estimada *Fräulein* Meisner?

— Lembro muito bem. — Werthen pousou o garfo e a faca enquanto mastigava. — Você fez um comentário desfavorável sobre a ideia de algum tipo de conspiração estando no centro das mortes, tanto da imperatriz Elisabete quanto do filho, nove anos atrás.

— É. Na verdade, eu disse que acreditava que "o que a gente tem aqui não é uma intriga sofisticada, mas uma comédia barata muito triste".

Gross fez uma pausa e Werthen comeu outro pedaço de omelete, apreciando o sabor dos cogumelos negros incluídos no apetitoso recheio. Ele mastigava devagar, inteiramente.

— Você mudou de opinião agora?

— As ironias — murmurou Gross.

E depois, mais alto:

— Essas malditas ironias.

Um casal abastado, sentado na mesa atrás do criminologista, tirou os olhos da sopa que tomavam, em sinal de desaprovação.

— Calma, Gross. De que ironias a gente está falando?

— Elas começam, caro Werthen, com a própria visita da imperatriz a Genebra, um ninho bem conhecido de revolucionários, de várias tendências. Ela, naturalmente, foi aconselhada a não se aproximar da cidade, a menos que tomasse algumas medidas de segurança. Mas, como viajava sob o seu pseudônimo inútil de condessa Hohenembs — inútil porque seu rosto era conhecido demais para lhe garantir qualquer anonimato —, ela estava acompanhada apenas de uma pequena comitiva. Essa comitiva incluía a sua dama de companhia, a condessa Sztaray; o secretário particular, Dr. Eugene Kromar; o leitor de inglês, *Mr.* Barker; o camareiro, general Beszewiczy; e um grupo de auxiliares e atendentes que eram parte de sua corte. Ela foi a Genebra para ver a baronesa e o barão Adolphe de Rothschild, que moram ali perto, no castelo de Pregny.

Gross obviamente coletara todas aquelas informações dos vários jornais que havia perscrutado a tarde toda e, embora Werthen estivesse ciente daquelas particularidades, deixou o criminologista continuar, pois pensar alto era um de seus métodos de fazer novas ligações entre os fatos. Werthen, enquanto isso, aproveitou para tocar o garçom com o dedo e pedir uma sobremesa, *Palatschinken* com calda de chocolate e nozes, e um *eiswein* para acompanhar.

Após recusar delicadamente a oferta de sobremesa, Gross prosseguiu:

— A imperatriz visitou a baronesa no dia 9 e voltou para Genebra em seguida, se hospedando no Hotel Beau-Rivage. No dia seguinte, comprou uma pianola e uns rolos de música, na loja Bäker, na rua Bonivard. Veja bem, Werthen, embora ficasse pouco em casa, em Viena, ela nunca se esquecia do marido. Esse último presente era para ele. Bem, às 13h35, a imperatriz saiu do hotel, o Beau-Rivage, e atravessou o Quai du Mont-Blanc em direção ao vapor *Geneva*, que a levaria de volta à sua base suíça, em Territet, no outro lado do lago Genebra. Ela tinha, de acordo com os jornais franceses, mandado seu séquito na frente, por trem, já que tinha horror a escoltas. Então, só um camareiro do hotel, carregando o capote e a mala dela, e a condessa Sztaray é que a estavam acompanhando, quando ela passou pelo monumento a Brunswick, a caminho do vapor. O camareiro e a condessa iam andando na frente, porque a imperatriz gostava de caminhar sozinha, desfrutando da bela vista do lago, que se descortina do cais. E foi naquela hora que o homem a atacou.

Gross fez uma pausa enquanto o garçom servia o *Palatschinken* e o vinho de sobremesa para Werthen. O criminologista olhou vorazmente para os crepes cobertos de chocolate e suspirou com resignação.

— *Herr Ober*, traga outra porção dessa delícia, por favor.

O advogado ficou esperando o resto da história, e Gross confundiu aquilo com boas maneiras.

— Pode começar, Werthen. Não precisa esperar por mim e arriscar que a calda de chocolate esfrie.

— Você estava dizendo, Gross... — incitou o advogado.

— Sim. Logo depois do monumento a Brunswick, Luccheni se moveu. Outra ironia, porque esse homem não tinha ido até Genebra para matar nossa imperatriz, e sim Felipe, duque de Orléans, de quem ele se desencontrou por um dia. O *Corriere* descreve Luccheni simplesmente sentado, sem um tostão, num banco do Quai du Mont-Blanc, quando a imperatriz passou.

Werthen pensou nisso enquanto o garçom trazia a sobremesa de Gross. Os próximos cinco minutos foram empregados em uma apreciação do *Palatschinken*. O criminologista fechou os olhos enquanto comia pequenos pedaços, movendo a sobremesa na boca como se fosse um vinho fino.

— Prazer com culpa — disse ele, limpando os lábios com o guardanapo adamascado e depois batendo na barriga. — Adele não aprovaria isso, com certeza. Mas, onde estávamos?

— Luccheni no banco do Quai du Mont-Blanc — disse Werthen.

— Exatamente. Então, por coincidência ou desígnio, Luccheni estava no cais no momento exato em que a imperatriz se dirigia para o vapor. Parece que chegou até ela muito rápido, como se fosse, talvez, um colecionador de autógrafos. No entanto, quando se aproximou, ele lhe deu um golpe que fez com que a imperatriz caísse de joelhos. A condessa e o camareiro se viraram exatamente no momento em que o homem correu. Eles pensaram que fosse um ladrão, tentando roubar o relógio dela, usado como broche. A condessa ajudou-a a ficar de pé e, aparentemente, ela não estava ferida, só um pouco abalada. Ela disse à condessa que não era nada, e que elas deviam se apressar para não perder o barco. As duas seguiram para o vapor, onde a imperatriz finalmente caiu, e onde — na privacidade de seu camarote — a condessa descobriu um ferimento sobre o seio esquerdo da imperatriz. Era um buraco pequeno, de onde escorria um pouco de sangue. A essa altura, o vapor já deixara o cais e não havia nenhum médico a bordo para assisti-las. Sabendo da situação e da importância da passageira, o capitão fez o vapor dar meia-volta ao porto, onde a imperatriz foi levada numa maca improvisada, com um pano de vela e seis remos, de volta à sua suíte no Hotel Beau-Rivage. Lá, um médico chamado *Doktor* Golay foi chamado, mas não havia mais nada que ele pudesse fazer. Eu vi o relatório da necropsia. O instrumento pontiagudo penetrou a uma profundidade de 8,5 centímetros, entrando exatamente acima da quarta costela e quebrando-a com a violência do golpe. Depois, atravessou o pericárdio e atingiu o ventrículo esquerdo do coração. Inicialmente, o sangue só se espalhou por dentro, no pericárdio, e bem devagar. Por isso que a imperatriz achou, a princípio, que não tinha havido grandes danos à sua pessoa. Mas, quando ela voltou para o hotel, o sangue já estava ensopando a roupa dela. Ela morreu às 2h10.

Os dois ficaram sentados em silêncio por um tempo, como se honrando a memória da imperatriz morta. Werthen não era muito monarquista e havia, na verdade, criticado a vida que ela levara, fugindo às suas responsabilidades na corte e com o marido. Entretanto, aquela morte trágica fizera brotar nele uma surpreendente lealdade à coroa.

Gross continuou:

— Imediatamente após a perfuração na imperatriz, começou uma gritaria e deu-se o alarme. Dois cocheiros e um barqueiro perseguiram Luccheni, enquanto ele corria pela *rue* des Alpes. Um eletricista chamado Saint Martin estava vindo pela direção oposta e ouviu os gritos. Quando viu Luccheni correndo a toda velocidade na sua direção, ele simplesmente esticou as mãos e agarrou o homem. Ajudado pelos cocheiros e o barqueiro, levou Luccheni, que se debatia, até o policial mais próximo e entregou-o.

— Mas por que Luccheni não atacou esse Saint Martin? — perguntou Werthen, pondo a sobremesa de lado, pela metade. A parte que havia comido estava tão nutritiva que certamente o manteria acordado durante horas.

— Uma pergunta que vem a calhar, Werthen. Pelo *Le Monde*, eu juntei as particularidades da arma. Era uma lima simples, que foi amolada até a ponta ficar afiada como um estilete, com um cabo de madeira. Uma arma de fabricação doméstica. Mas Luccheni não estava com ela quando foi preso. A lima foi encontrada na manhã seguinte pela porteira do número 3, da *rue* des Alpes, na porta da casa. Luccheni aparentemente se livrou da arma enquanto fugia da cena do crime.

Gross fez uma pausa, e não para comer a sobremesa, observou Werthen.

O advogado pensou por um momento:

— Comportamento estranho o do homem.

Gross sorriu para ele.

— Como assim?

— Bom, parece que Luccheni não tinha um plano de fuga. Ele correu sem rumo por uma rua transversal direto para os braços de um eletricista. Se ele quisesse ter realizado uma fuga, deixaria uma carruagem esperando, não? Ou, pelo menos, teria cometido o crime no meio da aglomeração na entrada do vapor, onde poderia, talvez, se perder na multidão.

— Supondo-se que *tenha sido* algo planejado e não uma decisão em cima da hora.

Werthen esperou um momento e depois continuou:

— No entanto, a presença de Luccheni em Viena, do lado de fora do prédio de *Herr* Frosch, quando a imperatriz estava de visita, é significativa. Eu acho que a gente pode supor que esse assassinato foi planejado. Nesse caso, o fato de que Luccheni não tomou qualquer precaução para fugir quer dizer que ele queria ser pego ou não tinha medo de ser pego. A gente viu o rosto sorridente dele em todas as primeiras páginas dos jornais, extasiado por ser o centro das atenções pelo menos uma vez em sua vida miserável.

— Você falou em comportamento estranho — incitou Gross, como se para colocar o advogado de volta aos trilhos.

— É. Se minhas suposições estiverem certas, por que então ele se livraria da lima? Por que não usá-la mais uma vez, na polícia, por exemplo, que ele vê como instrumento da opressão de classes? E por que, depois de preso, ele se recusou a falar?

— Ah, você tem lido as notícias também — disse Gross. — Esse detalhe está no *Post*, de Zurique, eu acho.

Werthen ignorou a observação.

— Esses fatos não parecem se encaixar muito bem. Por um lado, Luccheni sente orgulho do crime. Por outro, tenta ocultar.

Gross balançou a cabeça vagarosamente.

— Excelente, Werthen. É exatamente o que eu estava pensando. A gente deve anotar isso também. Nós estaremos muito ocupados em Genebra, meu amigo.

Após o jantar, eles se retiraram para seus compartimentos de dormir, separados. Exatamente como Werthen temia, a nutritiva sobremesa manteve-o acordado durante horas, enquanto o trem movia-se rapidamente pela noite. Em geral, o balanço suave dos vagões, o estalo das rodas ao passar pelas agulhas e o som lúgubre do apito, toda vez que o trem se aproximava de algum cruzamento, eram como um soporífero para ele.

Naquela noite, permanecia acordado sobre a estreita cama e tentou ler um pouco. Werthen gostava de praticar seu inglês lendo autores britânicos — evitava os americanos, como Twain, porque tendiam muito ao aspecto superficial das coisas. Ele levara *A indigna*, de Thomas Hardy, para a viagem, mas os apuros da pobre moça do interior perdiam a importância se comparados aos eventos da vida real, que ele estava investigando. Por fim, colocou o livro no porta-bagagem de tela, ao alto.

Toda vez que fechava os olhos, uma miríade de fatos e acontecimentos inundava sua visão encoberta. Ele via o nariz arrancado de Liesel Landtauer e a cabeça estourada de *Herr* Binder. Sua visão interior testemunhava o assassinato da imperatriz Elisabete e o levava até os aposentos, iluminados por velas, do príncipe herdeiro Rodolfo, em Mayerling. Existiria uma ligação entre aquilo tudo, ou sua imaginação e a de Gross estariam trabalhando demais? Seriam os horríveis assassinatos do Prater simplesmente um disfarce para a morte de Frosch, e estaria essa, por sua vez, ligada à da imperatriz? Até mesmo à do príncipe herdeiro, quase uma década antes?

Por fim, ele adormeceu profundamente na noite. Acordou com um susto, quando o cobrador anunciou, do lado de fora da janela, a chegada a Zurique. Werthen saiu da cama com esforço e puxou a cortina para o lado. Poucos passageiros estavam desembarcando ou entrando àquela hora da noite. Olhando a plataforma, de um lado para o outro, ele se deteve no olhar de um homem alto e macilento, que fitava fixamente seu compartimento. O indivíduo tinha uma cicatriz que ia do canto da boca até a têmpora esquerda. Ele viu que Werthen estava olhando-o, mas não desviou os olhos. Pelo contrário, encarou-o de forma mais intensa, quase selvagem. O advogado deixou a cortina cair, instintivamente. Um instante depois, levantou-a novamente, mas o homem havia desaparecido.

Ele logo adormeceu de novo, após o trem partir da Hautpbahnhof, de Zurique, e dormiu um sono sem sonhos durante um tempo, até as palavras que Mark Twain pronunciara no funeral da imperatriz Elisabete virem espontaneamente à sua cabeça:

Mas ficou claro que eles pegaram o homem errado na Suíça. Ou o certo pela razão errada. Isso tudo tem a ver com os húngaros. Primeiro Rodolfo e agora a mãe.

QUINZE

Werthen estava de péssimo humor quando eles chegaram a Genebra, às 6h30 da manhã. Nem se preocupou em contar quantas horas havia dormido; aquilo só o faria sentir-se mais exausto. Ele resolveu, e não era a primeira vez que o fazia, evitar sobremesas muito nutritivas no futuro.

A última parte de seu sono fora perturbada por sonhos, em que ele e Gross apareciam sendo perseguidos pelo homem alto e magro, de cicatriz no rosto, que ele vira na plataforma na noite anterior, em Zurique. Ou que, pelo menos, ele achava ter visto. Afinal de contas, despertara de um sono profundo quando espiou pela janela.

Talvez tivesse se deixado tomar pela imaginação, achando que o homem estava fitando-o fixamente, quando ele podia perfeitamente estar olhando para o cobrador, do lado de fora de sua janela, aguardando o chamado geral a bordo.

De qualquer modo, quando ele e Gross desembarcaram, manteve os olhos abertos, em busca de qualquer vislumbre daquele misterioso colega passageiro, mas não conseguiu ver ninguém que sequer se assemelhasse ao homem.

— O que você está procurando, Werthen? — perguntou Gross.

O advogado se sacudiu a fim de se livrar de sua paranoia, resultante da falta de sono.

— Um carregador, é claro, Gross. A menos que você esteja pretendendo carregar essas malas, feito um camelo.

O criminologista, naturalmente, já havia reservado os serviços de um carregador de constituição forte, que empilhou então, com o máximo de eficiência, a bagagem deles sobre um carrinho e seguiu-os pela longa plataforma.

Werthen não pensara muito sobre o que estava planejado para fazer em Genebra, exceto que eles iriam interrogar Lucchení. Então, quando saíram da cavernosa estação de trem para o sol da manhã, que apenas se elevava sobre os telhados, ao leste, ele se surpreendeu ao ouvir Gross anunciar o destino ao cocheiro:

— Hotel Beau-Rivage, meu bom homem.

O criminologista deixou que Werthen cuidasse dos detalhes, como pagar o carregador. Instalado na carruagem, o advogado manifestou seu espanto.

— Você acha realmente que é uma boa ideia ficar no mesmo hotel que a imperatriz?

— É exatamente por isso que vamos ficar lá, Werthen. Há testemunhas para se fazer perguntas, uma cena a se examinar. Não fazer isso seria insensato e uma perda de tempo.

O advogado não queria mencionar dinheiro. Gross vivia com salário de professor, suplementado pelo que escrevia, naturalmente, mas mesmo assim não era um homem rico. Werthen tinha dúvidas se seu colega, embora capaz de pagar pelo luxo do Hotel Bristol em Viena, tinha noção da elegância e do preço de um estabelecimento como o Beau-Rivage, que servia a realeza.

— No entanto — disse Gross, após alguns minutos em silêncio —, eu não me importaria de ser seu convidado dessa vez. Sabendo que os cofres de sua família são amplos, é claro.

— Por favor — disse Werthen, sem se importar sequer em disfarçar seu aborrecimento. — Seja meu convidado.

— Essa parece uma boa ideia — disse ele, apoiando as costas sobre o encosto de couro do assento e sorrindo de puro contentamento.

O Hotel Beau-Rivage, como muitos outros prédios de Genebra, ostentava ainda uma bandeirola negra, assinalando o falecimento da imperatriz. A construção ampla e de aparência nobre fora erguida quarenta anos antes, no Quai du Mont-Blanc, e todos os seus luxuosos quartos proporcionavam vistas maravilhosas do lago Genebra. O saguão era imenso, com colunas de mármore e piso ladrilhado, decorado com os móveis mais finos. Quando eles chegaram, flores frescas estavam sendo colocadas, dezenas de buquês enfeitando mesas marchetadas e com topo de mármore.

A alta estação estava chegando ao fim. Werthen e Gross puderam, assim, escolher os quartos. Eles ficaram com duas suítes adjacentes no terceiro andar, de frente para o lago. Esse era um luxo que afetaria significativamente o subsídio complementar que o advogado recebia das propriedades da família.

Para Gross, a primeira questão de negócios, após se lavarem e se instalarem em seus quartos, foi o café da manhã, que eles tomaram no salão de chá do solário.

Já eram quase 8 horas quando terminaram — uma primeira refeição do dia superior até mesmo à de *Frau* Blatschky, pensou Werthen. E os *croissants* que a acompanhavam eram maravilhosos. Genebra, de fala francesa, orgulhava-se de ser um posto avançado da cultura francesa na Suíça, em especial na comida.

Gross parecia saber exatamente aonde estava indo quando ele e Werthen deixaram o hotel e pediram ao porteiro que lhes conseguisse uma carruagem. O criminologista deu ao cocheiro um endereço no bairro de Plainpalais, na parte sudeste da cidade: Boulevard Carl-Vogt, 17.

— Certo — disse o homem, em francês. — É o Hôtel de Police.

Eles deram um pequeno passeio por Genebra, enquanto a carruagem se dirigia rumo ao sul, ao longo do Quais du Mont-

Blanc, atravessando a Pont du Mont-Blanc para a margem sul do lago. Dali, eles passaram por bairros residenciais aprazíveis, ruas arborizadas, misturadas com jardins e parques públicos, até o Boulevard Carl-Vogt, a um quarteirão de distância do rio Arve. O cocheiro deixou-os diante de um edifício imponente do século XVIII, ostentando o emblema oficial da cidade sobre a entrada. Tratava-se, como explicou Gross rapidamente, da Direction Centrale de la Police Judiciaire.

Havia uma mesa de recepção no sólido salão de entrada; o criminologista perguntou à jovem que trabalhava ali onde era o escritório de *Monsieur* Auberty.

Ela olhou-o com interesse diante daquele pedido.

— Ele está esperando os senhores, cavalheiros?

— Eu telegrafei a ele de Viena. Meu nome é *Professor* Gross e esse é meu sócio, *Advokat* Werthen. É a respeito da questão Luccheni.

— Naturalmente — disse ela.

Era óbvio que Luccheni se tratava do criminoso mais importante com que Genebra já tivera de lidar em décadas, e Auberty era o magistrado encarregado da investigação do caso. A recepcionista, uma das poucas mulheres a trabalhar na Direction Centrale de la Police Judiciaire, como constatou Werthen, fez uma ligação para o funcionário em questão.

Cinco minutos depois, um homem imponente, com cerca de 60 anos, desceu a escadaria principal com dificuldade. O pouco cabelo que lhe sobrara nas têmporas era branco como a neve e se distinguia, fazendo um contraste marcante, do traje negro que vestia.

— Meu caro, Gross — disse ele, estendendo a mão enquanto se aproximava. — Como é bom vê-lo depois de tantos anos. Foi em Frankfurt, não? Eu ainda me lembro do trabalho que você apresentou sobre análise de caligrafias. Brilhante!

Gross mal teve oportunidade de cumprimentar de volta o homem e apresentar Werthen, antes de Auberty conduzi-los escada acima até sua sala no segundo andar. Ali tudo era ação.

Vários datilógrafos, que tinham obviamente sido instalados no escritório há pouco tempo, estavam sentados diante de mesas improvisadas e martelavam as teclas. Dois outros homens trabalhavam ao telefone, enquanto um terceiro examinava arquivos policiais.

— Nós vamos nos garantir contra esse homem — disse Auberty, para explicar toda aquela atividade. — Estamos preparando uma ação que nenhum advogado de defesa vai conseguir atacar.

Ele levou-os até sua sala particular, espaçosa e decorada com mobiliário Luís XV. A luz entrava por janelas que iam do teto ao chão, parcialmente abertas. Cortinas de renda flutuavam na brisa da manhã. Um cheiro de água doce, vindo do rio nas proximidades, pairava no ar.

— Por favor — disse ele, indicando poltronas estofadas colocadas diante da mesa, em frente a ele. — Então vocês fizeram essa viagem toda só para falar com o homem, hein?

— Você conhece meu periódico mensal, Auberty. Eu achei que uma entrevista dessas seria um recurso inestimável para outros investigadores. Um índice da mente anarquista, por assim dizer.

— Mas para ser publicada *depois* do julgamento — disse Auberty.

— Nem é preciso dizer — retrucou Gross.

— Ele é estranho — falou o magistrado.

— Como assim, estranho?

— Você vai ver por si mesmo.

Luccheni estava detido em uma cela de segurança especial no porão do mesmo prédio. Auberty forneceu-lhes um passe, que lhes permitia falar com o homem durante uma hora sob a guarda de um gendarme. Gross e Werthen foram levados até a cela, iluminada por uma única lâmpada elétrica, encerrada atrás de uma tela de ferro no teto. Tudo no recinto — cama, mesa e cadeiras — era feito de alvenaria, de forma que nada pudesse ser escondido. Ela fora construída especialmente para prisioneiros políticos, explicou o guarda no caminho para o porão.

— Nós a construímos ano passado, mas não tínhamos ideia de que iria ser utilizada tão rápido — disse o guarda, enquanto destrancava a porta da cela.

— Visita, Luccheni — falou ele para um homem pequeno, encolhido em cima da cama.

O anarquista levantou a cabeça, os olhos brilhantes e ávidos.

— Imprensa?

— Em certo sentido — disse Gross, respondendo rapidamente à pergunta para se antecipar ao guarda. — Eu estava muito ansioso para conhecê-lo, *Signor* Luccheni.

O criminologista passou a falar em italiano, que Werthen falava mal, embora conseguisse entender com certa facilidade.

— Em que espécie de sentido? — perguntou Luccheni, apertando os olhos de modo desconfiado.

— Eu publico um jornal de criminalística, lido por homens cultos no mundo todo.

— Um especialista, então. Eu gosto da ideia. Deixe todos saberem do meu feito.

— Com certeza — disse Gross. — Mas talvez a gente possa recapitular os acontecimentos daquele dia. — Gross meneou a cabeça em direção às cadeiras de alvenaria. — Podemos?

— Sejam meus convidados, *signori* — disse Luccheni, antes de soltar uma gargalhada que mais parecia um cacarejo, o que pôs Werthen em guarda.

— O senhor veio até Genebra para matar a imperatriz da Áustria, correto?

Luccheni olhou de Gross para Werthen.

— Ninguém está tomando nota. Como é que vocês vão se lembrar do que eu disse?

O criminologista olhou para o colega.

— Você está entendendo o que ele quer? — perguntou ele em alemão.

Werthen confirmou e pegou seu caderno com capa de couro e um lápis.

— Ele entende italiano? — perguntou Luccheni.

Gross balançou a cabeça.

Luccheni riu.

— Faça o favor de anotar as minhas palavras do jeito que eu digo. Então, o que é que o senhor perguntou?

— Se o senhor veio até Genebra com o propósito expresso de matar a imperatriz da Áustria.

Luccheni balançou a cabeça.

— Na verdade, não. Eu pensei em fazer isso com aquele francês, o duque de Orléans. Mas ele já tinha ido embora quando eu cheguei. Então eu soube que a imperatriz estava por aqui, e ela seria um alvo melhor ainda. Tinha que ser alguém importante, para sair no jornal. — Ele riu como um furão. — E eu acho que ela era.

— O senhor soube? — interrompeu Gross. — Por meio de quem?

Luccheni pareceu desconfiado novamente.

— Pelos jornais, eu acho. Não se faz muito segredo quando a realeza chega numa cidade.

— Mas não tinha nada nos jornais locais anunciando a chegada dela. Além disso, a imperatriz estava viajando incógnita. — Gross fez uma pausa dramática. — Então, eu vou repetir minha pergunta, por meio de quem o senhor ficou sabendo?

— Escuta aqui, o senhor quer minha história para sua revista ou não? Fui eu que fiz. Eu matei. Vi ela toda empertigada andando pelo cais, claramente, como a luz do dia. E eu sabia que tinha que matar. Ela e todos os outros como ela. Opressores e parasitas, que tiram a comida da boca dos pobres desse mundo. A gente vive muito melhor sem eles. Cortem a cabeça deles todos, é isso que eu digo.

Werthen sentiu um desejo forte de estapear o homem. Entretanto, seu sentimento de repulsa em relação a Luccheni nada tinha a ver com uma inclinação pela aristocracia ou pelos privilégios. O advogado estava se contorcendo por causa da evidente alegria do homem em sua posição. Ele estava deleitando-se com a notoriedade, a infâmia provocada por seu ato covarde de matar uma mulher indefesa.

— E o que o senhor fez depois? — perguntou Gross, pondo de lado por um momento a questão de quando Luccheni descobrira o paradeiro da imperatriz.

— O que eu fiz? Fui até ela desse jeito.

Ele pulou da cama e foi até Gross, mas o guarda rapidamente interrompeu-lhe o movimento.

— Não, não. Deixe-o à vontade, oficial.

Luccheni olhou para o policial e riu com desdém, enquanto continuava a pantomima.

— Talvez o senhor possa usar esse guarda — disse Gross, indicando o gendarme. — Ele está mais próximo da altura da imperatriz que eu.

Ao ver que o policial relutava em fazer o papel de vítima, o criminologista disse:

— Por favor, senhor, em nome da ciência. — O guarda deu de ombros e Luccheni se aproximou dele.

— A criada de luxo estava andando mais à frente, e a rainha...

— Imperatriz — rosnou Werthen, em seu italiano enferrujado. Ele não pôde evitar corrigir o bronco.

— Rainha, imperatriz, pra mim é tudo a mesma coisa. Ela estava sozinha no cais. Então eu cheguei nela assim. — Luccheni estava agora em frente ao guarda. — E eu ataquei ela desse jeito com minha lima especial.

O anarquista esticou a mão esquerda para o peito do oficial, detendo-se alguns centímetros antes de encostá-la, depois gargalhou de novo ao ver o policial recuar instintivamente.

— Eu deixei ela no chão com o golpe. Eu sabia que tinha acertado. Aí deixei ela ali morrendo e corri.

Werthen observou o homenzinho cuidadosamente, o bigode cerrado e o olhar selvagem, e teve de se controlar de novo para não pôr as mãos no anarquista.

— Entendo — disse Gross. — E o senhor deixou a lima enfiada na imperatriz?

Luccheni riu.

— Minha assinatura. — Depois, olhando para Werthen, gritou de repente: — Escreve, escreve tudo que eu estou dizendo!

— Gross, isso já é demais, realmente.

— Acalme-se, Werthen. É por uma boa causa.

O advogado começou a escrever. Isso agradou o anarquista, que voltou então para a cama e sentou-se na beirada. Ele era tão pequeno que os pés não tocavam o chão.

— Outra coisa, *Signor* Luccheni — disse Gross. — O senhor agiu sozinho? Esse plano de assassinato era seu ou lhe foi encomendado?

Aquilo enraiveceu o anarquista.

— Meu. Todo meu. Fui eu que planejei. Fui eu que dei o golpe. Eles ainda vão se lembrar de mim daqui a cem anos.

— Era por isso que o senhor estava em Viena em junho?

A pergunta pegou Luccheni de surpresa.

— Em junho? — Ele coçou a cabeça em uma tentativa inútil de dissimular. — Eu não lembro onde eu estava em junho. Eu viajo muito.

— O senhor esteve em Viena do dia 11 até 14 ou 15. Na noite de 12 de junho, o senhor ficou vigiando uma casa na Gusshausstrasse. Ou também não se lembra disso?

— O senhor é repórter ou promotor? Eu não estou gostando dessas perguntas.

Gross insistiu. Werthen conhecia a técnica por experiência própria. Lisonjear primeiro e confundir depois. Às vezes, era possível obter-se informações valiosas de uma testemunha mais relutante.

— O senhor já estava seguindo a imperatriz desde então, *Signor* Luccheni?

— O que é que o senhor quer dizer com "seguindo"? Eu vi ela no cais e matei. Foi meu feito heroico pela causa da anarquia internacional.

— O senhor já estava preparado para matá-la em junho, não? Mas a covardia o impediu. Quando o senhor viu os dois guarda-costas, sentiu muito medo e não agiu. Não foi isso?

Luccheni se indignou diante da sugestão. Seu rosto demonstrou agitação; a respiração ficou mais rápida.

— Eu não sou covarde. Eu nem sabia que ela estava lá. Ele só me disse para ficar esperando naquele endereço.

— "Ele". Quem?

Entretanto, Luccheni percebeu que havia falado demais.

— Eu não quero mais eles aqui dentro — disse o anarquista ao guarda. — Tira eles daqui. Eu não vou mais falar.

Os dois esperaram alguns instantes, mas ficou claro que não conseguiriam mais nada de Luccheni.

De volta à sala de Auberty, Gross perguntou ao magistrado investigador sobre a arma.

— Ele parece crer que deixou a lima no corpo da imperatriz.

— O homem não é tão burro quanto parece — retrucou Auberty. — Na verdade, ele é muito esperto, de uma forma meio animal. Ele conta várias histórias, tudo numa tentativa, creio eu, de parecer que é louco. Capacidade reduzida poderia ser sua defesa. Mas não vai emplacar. O fato é que ele esfaqueou a imperatriz. Nós temos dezenas de testemunhas oculares do fato. Fugindo dos cidadãos depois, ele simplesmente jogou a lima fora, numa tentativa fútil de parecer inocente. Agora que foi pego, ele está procurando um jeito de se livrar.

Werthen discordou daquela avaliação e, pelo olhar cético no rosto de Gross, achou que o criminologista pensava a mesma coisa.

— Você certamente tem a arma entre as provas?

Auberty confirmou:

— Foi o que a matou, sem sombra de dúvida. Ainda havia vestígios de sangue nela.

— Sei que pode soar audacioso da minha parte, mas eu estava pensando se seria possível ver a lima.

— Não há necessidade, Gross. Eu sei muito bem de seu entusiasmo pela datiloscopia. Na verdade, eu tenho aquela sua monografia, de 1891, sobre o assunto em meus arquivos. Embora as impressões digitais não possam ainda ser usadas num tribunal, eu estava plenamente preparado para tirar as impressões do cabo da lima e compará-las com as de Luccheni. Mas não tinha nada. Ou melhor, tinha coisa demais. A lima havia sido segurada por várias pessoas antes de ser entregue à polícia. Uma salada de impressões, e a maioria borrada.

Gross deixou escapar um suspiro profundo.

— Que infelicidade.

— Não se preocupe. A ação contra Luccheni está bem amarrada. O homem já está condenado.

O caso "amarrado" de Auberty estava rapidamente se desamarrando, anunciou Gross quando eles saíram do quartel-general da polícia:

— Twain tinha razão. Eles estão com o homem errado sob custódia.

Werthen não respondeu de imediato, enquanto eles dobravam à esquerda, na saída da Direction Centrale de la Police Judiciaire, e caminhavam em direção ao cruzamento de Rond-Point, em busca de uma fila de fiacres. Com sua mente racional, Werthen concordava com o criminologista, mas instintivamente desejava que Luccheni fosse considerado culpado. O homem era desprezível.

— Luccheni pode estar mentindo sobre ter deixado a lima cravada na imperatriz, como disse Auberty.

— Pode — concordou Gross. — Mas eu não acredito nisso, e nem você, meu amigo. No entanto, isso é de menor importância que um outro fato essencial.

— O misterioso "ele" que Luccheni mencionou? — arriscou Werthen. — Provavelmente, ele estava se referindo ao seu controlador do movimento anarquista. O que está claro é que Luccheni não estava agindo sozinho, mas fazia parte de um complô maior.

— É verdade, mas complô de *quem*? — perguntou Gross, de forma enigmática. — Mas mais uma vez — apressou-se ele, antes que o advogado tivesse tempo de pensar muito na pergunta —, esse não é o fato pertinente que desqualifica Lucchení como assassino.

Werthen deteve-se de súbito, exatamente quando eles chegavam ao movimentado cruzamento.

— Mas o quê, então? — perguntou ele, exasperado.

— Calma, Werthen. Eu sei que a criatura é irritante, mas a gente não pode permitir que sentimentos pessoais se intrometam no esclarecimento de questões legais. O fato a que me refiro é de natureza física. A saber, o tamanho do homem e a particularidade de ele ser canhoto.

— Ele é mínimo, é verdade. Mas, mesmo levando isso em conta, ele é de constituição robusta o suficiente para desferir o golpe na imperatriz.

— É verdade, robusto o bastante, mas alto o bastante também?

Werthen viu imediatamente aonde Gross estava querendo chegar. Atuando como substituto da imperatriz, na reconstituição do assassinato, o guarda parecera bem mais alto que o homem. Elisabete, uma mulher alta, tinha com certeza vários centímetros a mais que Lucchení.

Gross percebeu esse entendimento aparecer no rosto do colega.

— É muito simples, mesmo. A partir do relatório da necropsia, fica claro que o ferimento foi de precisão cirúrgica. E é óbvio, também, que ele foi feito com um golpe de cima para baixo, atravessando o pericárdio, e com um ângulo que pressupõe um assassino não só bem mais alto como também destro.

— Meu Deus, Gross, você está dizendo que Lucchení não poderia tê-la matado. Mas dezenas de testemunhas viram-no atacar a imperatriz.

— Atacá-la, sim. Mas esfaqueá-la?

— Mas quem, então?

— É essa minha pergunta, Werthen. Vamos pegar uma carruagem e voltar correndo para o hotel. Há várias testemunhas do crime entre os empregados do Beau-Rivage.

Quando os dois encontraram por fim um *Fiaker* e saíram do meio-fio, outra carruagem também se pôs subitamente em movimento atrás deles. Dedos batiam nervosos no peitoril da janela aberta. Uma voz áspera soou de dentro, implorando ao cocheiro para acelerar o passo.

Eles estavam com sorte. Fanny Mayer, esposa do dono do Hotel Beau-Rivage, estava na recepção àquela manhã e havia comentado que testemunhara todo o acontecimento de sua sacada no alto. Quando Gross explicou sua presença em Genebra e que estava assistindo o magistrado investigador Auberty, *Madame* Mayer chamou na mesma hora um empregado, nos fundos, para assumir a recepção.

— Um dia terrível — contou-lhes ela, quando se acomodaram no saguão do hotel para o café do meio da manhã. Ela era atraente e alerta, pensou Werthen. A combinação perfeita para a anfitriã de um estabelecimento daqueles.

— Mas ele começou tão maravilhoso para a imperatriz — recordou-se *Madame* Mayer. — Ela pediu uma bandeja cheia com nossos pãezinhos de café da manhã, um de cada sabor e forma, para sua refeição matinal. Depois disso, foi até a loja Bäker, na *rue* Bonivard, e comprou uma pianola e uns rolos de música. Uma pessoa muito atenciosa e solícita.

De repente, a mulher se pôs a fungar e puxou um lenço de renda da manga do vestido de seda verde-musgo.

— Desculpem, senhores, mas foi uma coisa tão terrível. O mundo não a compreendia, eu tenho certeza. Ela era uma pessoa tão boa. Lembrava-se do nome de todos, até das criadas. Quem imaginaria que uma coisa dessas pudesse acontecer?

— É — solidarizou-se Gross. — Terrível, de fato. E qualquer coisa de que a senhora se recorde vai ajudar a levar o culpado a ser punido como convém.

— Eu já contei à polícia tudo o que sei.

— É claro, mas às vezes a gente se recorda de coisas depois de um certo tempo. O choque do acontecimento muitas vezes obscurece a memória, a senhora entende.

Aquilo pareceu fazer sentido a *Madame* Mayer, e ela se recompôs, sentando-se ereta e guardando o lencinho de renda.

— Tudo o que eu puder fazer. Tudo. Eu ainda carrego um pedacinho de uma fita com o sangue da imperatriz. E vou sempre carregar.

— A senhora viu tudo de sua sacada, então — disse Gross.

— Certo. A imperatriz e a condessa Sztaray saíram já tarde do hotel e estavam correndo para pegar o vapor. Eu queria ter certeza de que ela fosse de fato chegar a tempo e, então, assisti à sua partida. A condessa ia na frente com um dos nossos carregadores, o jovem Mouleau, que levava a mala e o capote da imperatriz. O senhor sabe, ela tinha enviado sua comitiva na frente, de trem...

— Sim — estimulou-a Gross. — E o que aconteceu depois?

— Elas estavam passando exatamente pelo monumento a Brunswick, a imperatriz andando atrás, quando soou o primeiro apito da partida do vapor. Eu estava preocupada que elas realmente fossem perder a travessia. Foi então que vi aquele homem se levantar de um banco no cais, se aproximar rápido da imperatriz e depois aplicar um golpe violento no peito. Eu prendi a respiração e então gritei. A imperatriz foi ao chão e o patife fugiu. A condessa se virou exatamente naquele momento, talvez ouvindo meu grito, e ela também começou a gritar.

— Deve ter sido horrível para a senhora ver tudo — disse Werthen. — Eu quero dizer, a distância e sem poder ajudar.

Madame Mayer concordou.

— Mas havia outras pessoas lá para ajudar. Um cocheiro correu e ajudou a imperatriz a se levantar. Eu me lembro de que ele foi muito prestativo, até bateu o pó da saia dela. Então, nosso porteiro, Planner — ele é austríaco —, correu também para ajudar, mas parecia que a imperatriz estava bem, tinha sofrido um golpe e nada mais. Ela e a condessa continuaram e embarcaram no vapor. Nesse meio-tempo, eles já tinham pegado o agressor e o trazido aqui para interrogá-lo. O patife mais fanhoso e covarde que já vi. Eu tenho que confessar que meu marido, Charles Albert, ficou muito agitado e chegou a bater na boca do homem. Naquele momento, nós achamos que ele era apenas um ladrãozinho que tinha tentado roubar o relógio de diamantes da imperatriz. Imaginem então nossa aflição quando, alguns minutos depois, o vapor retornou ao cais e a imperatriz chegou carregada numa maca improvisada, de volta ao quarto que tinha ocupado. Não havia nada mais a ser feito. Um médico foi chamado, mas ela morreu alguns minutos depois. Eu fiquei com a condessa e o corpo da imperatriz pelas seis horas seguintes, até a comitiva dela retornar.

Apesar dos esforços para manter a compostura, *Madame* Mayer começou a soluçar novamente.

— Calma, calma. — Werthen tentou bater em seu ombro, mas pensou melhor e não quis ofendê-la parecendo íntimo demais.

— E esse cocheiro? — perguntou Gross — É daqui do local?

Ela fungou mais uma vez.

— Cocheiro?

— O que ajudou a imperatriz a ficar de pé.

— Ah — pensou ela, um instante. — Eu realmente não sei. Planner deve saber lhe dizer.

Planner estava de serviço na porta. De estatura mediana e feições comuns, ele se portava, no entanto, com grande distinção, usando um uniforme vermelho com dragonas douradas e um reluzente quepe preto. Falar com outros austríacos causou-lhe satisfação.

— Foi um pânico total — disse ele, quando perguntado sobre os acontecimentos do dia em que Elisabete fora assassinada. — Ela se despediu de mim pessoalmente na saída. Me chamou pelo nome e tudo. Ela sabia que eu era austríaco, veja. Sempre deixava uma boa gorjeta para mim num de seus envelopes timbrados. Não vai mais haver ninguém igual a ela.

— Você estava na porta, então, quando a imperatriz foi embora — disse Gross.

Planner confirmou.

— Você viu Luccheni, o agressor, atacar a imperatriz? — perguntou Werthen, cansado de ser o "sócio" silencioso.

— Não, senhor. Não posso dizer que vi — disse Planner, voltando-se para o advogado. — Eu estava ocupado, pegando uma carruagem para a baronesa e o barão Guity-Fallour. Eles são fregueses habituais. Sempre vêm em setembro para a abertura da estação de óperas. E que bela ópera é essa. Não chega aos pés da ópera da Corte de Viena, é claro...

— Com certeza não — interrompeu Werthen —, mas, voltando ao assunto. Você estava ocupado com outros hóspedes e não viu o golpe. O que você viu?

— Foi o grito de *Madame* Mayer, lá de cima, que chamou minha atenção. E então foi um pandemônio no cais. Eu vi a imperatriz no chão e um sujeito ajudando ela a se levantar. Eu corri até eles.

— Você olhou bem para esse homem que ajudou a imperatriz? — perguntou então Gross. — *Madame* Mayer acha que ele era cocheiro.

— Podia ser. Ele estava vestido de maneira comum.

— Você não o conhece, então?

— Nunca o vi antes e nem depois. Um sujeito alto. Alto e magro. Tinha posto a imperatriz de pé quando eu cheguei lá, parecia estar tentando limpá-la. Só o vi de costas e de lado antes de ele ir embora e deixar eu e outros homens, além da dama de companhia da imperatriz, para acudi-la.

— Tem alguma outra coisa que você lembre sobre esse homem? — perguntou Werthen. — Qualquer coisa.

— Sim, tem uma coisa. Olhando para o camarada de lado, como eu disse, eu acho que vi uma cicatriz horrível, mas não tenho certeza. Foi um pânico, como eu disse. Pode ter sido só uma sombra.

À menção da cicatriz, Werthen sentiu um arrepio atravessar-lhe o corpo. Ele ficou, entretanto, calado até eles terem interrogado outros dos empregados que viram os acontecimentos. Nenhum deles, porém, lembrava-se do homem alto que ajudara a imperatriz.

Gross perguntou mais uma vez a *Madame* Mayer por que ela achava que o homem era cocheiro, e recebeu a resposta sensata de que ela o observara subindo para o assento do condutor de uma carruagem, puxada por dois cavalos, estacionada nas proximidades, e partindo em velocidade depois que a imperatriz se pusera a caminho do vapor.

No almoço de trutas frescas e vinho do Reno, Gross e Werthen discutiram suas descobertas.

— A gente precisa entrar em contato com a condessa Sztaray, é claro — disse o criminologista. — Eu acho que ela foi para a propriedade da família na Baixa Áustria. Talvez um telegrama seja a melhor opção. Nós precisamos ter certeza do que ela tem para acrescentar sobre esse cocheiro misterioso.

— Você acha que esse "cocheiro" matou a imperatriz, não é, Gross?

— Receio que sim, Werthen. Sob o pretexto de limpá-la, ele a apunhalou com precisão, usando a lima, afiada como um estilete. Ela ainda estava em estado de choque por causa da costela que Luccheni quebrou com seu golpe.

— Você acha que Luccheni queria realmente matá-la?

— Você se lembra das palavras de *Frau* Geldner, de Viena, ex-senhoria dele? De que ele era incapaz de matar alguém? Eu acho que isso é fato. Muita fanfarrice e nenhuma habilidade. Talvez ele tenha pensado em esganá-la, mas se assustou quando veio a ajuda. O fato é, acredito eu, que fizeram o pobre — sim, pobre — *Signor* Luccheni parecer o culpado quando, na verdade, um assassino perito e experiente cometeu o crime.

— Em outras palavras — disse Werthen —, Luccheni fingiu atacar a imperatriz a fim de dar cobertura para o verdadeiro assassino. Esse não foi um assassinato anarquista, de jeito nenhum. É isso que você está querendo dizer?

Gross balançou a cabeça com veemência. Ele ainda não tinha experimentado sua truta escaldada.

— Eu não estou querendo dizer nada, Werthen. O que eu disse foi exatamente o que aconteceu. E isso se encaixa perfeitamente com a morte de Frosch, que também fizeram parecer ser obra de outra pessoa, a do assassino do Prater.

— Ela foi morta para que ficasse em silêncio — murmurou o advogado, sentindo-se nauseado de repente. Eles estavam sondando águas muito profundas. — Para manter os acontecimentos de Mayerling em segredo.

— Talvez. Mas não vamos pôr o carro na frente dos bois. — Gross pegou o garfo e a faca e começou a tirar a espinha dorsal do peixe. — Na minha opinião, esse cocheiro simplesmente voltou à cena do crime mais tarde, à noite, e jogou a lima numa porta do caminho por onde Luccheni tinha passado na fuga. Plantar esse tipo de prova falsa é a coisa mais fácil do mundo.

— Gross. Tem uma coisa que eu devo lhe dizer. A descrição desse cocheiro. Se ele realmente tiver uma cicatriz...

— Então ele é de fato o homem que tem nos seguido — completou o criminologista, sorrindo para o amigo.

— Você sabia, então?

— Eu venho percebendo que tem alguém seguindo nossos movimentos há dias. Eu acho que o vi na plataforma, em Zurique — disse Gross. — Onde, imagino eu, julgando pela luz que incidia sobre a plataforma, de sua cortina aberta, você o viu também.

— Mas por que você não disse nada?

— Pela mesma razão que você também não. Eu não tinha certeza. Talvez fossem meus nervos me pregando uma peça. Talvez fosse apenas minha imaginação. Agora a gente sabe que está lutando contra um inimigo poderoso, meu caro Werthen. Um assassino perito, que também já deve ter percebido que estamos atrás dele. A gente precisa tomar cuidado, Werthen. Nossas vidas estão com certeza em perigo agora.

DEZESSEIS

Eles chegaram exatamente a tempo de pegar o vapor da uma hora, que parava perto de Pregny, local da propriedade dos Rothschild. Estavam indo sem avisar e, portanto, encontraram bastante dificuldade em passar pelo portão e pelo mordomo ultraescrupuloso, que abriu a porta da frente. O fato de que eles agora andavam armados não ajudou muito sua causa.

O criminologista tomara a precaução de trazer duas pistolas automáticas Steyr. Essas armas, inventadas pelo austríaco Joseph Laumann apenas seis anos antes, tinham pertencido ao museu do crime de Gross, em Graz, mas ele as havia trazido consigo, por razões sentimentais, quando partira para Czernowitz.

O criminologista parecera um pouco embaraçado ao presentear Werthen com uma das armas, mas a sensação do aço frio em sua mão fizera o advogado, atirador exímio, sentir-se mais confortável. As tentativas desesperadas do pai de se assimilar — as aulas de montaria, tiro e esgrima que o jovem Werthen fora obrigado a fazer *ad nauseam* — trouxeram seus benefícios, ao que parecia. Apesar desses esforços para apagar a imagem do judeu intelectual e substituí-la pela do homem de ação moderno, *déclassé*, terem ficado longe de ser bem-sucedidos, havia ainda alguns resquícios atávicos do treinamento. A familiaridade com pistolas e espadas eram dois deles. O conhecimento dos bons vinhos era outro, e mais agradável.

Todo o conforto que as pistolas pudessem ter trazido era, contudo, anulado pelo inconveniente de ter que ficar de sobretudo, a fim de esconder o volume das armas no bolso do paletó. Naquele dia, o calor da tarde em Pregny tornava esse subterfúgio simplesmente intolerável.

Finalmente, Werthen, falando com o mordomo dos Rothschild, conseguiu desenterrar os nomes da aristocracia local com que seus pais mantinham relações. Ele exagerou um pouco ao dizer que a baronesa e o barão Grafstein tinham enviado seus cumprimentos à baronesa Julie de Rothschild.

Aqueles nomes balançaram o fiel mordomo, e ele mandou avisar sobre os visitantes à patroa, que estivera fazendo seu descanso da tarde. Julie de Rothschild apareceu dez minutos depois, uma mulher pequena e de constituição delicada, com olhos faiscantes e cabelos castanhos cuidadosamente penteados. Eles se reuniram em uma sala de estar, para a qual o mordomo os havia levado, e a baronesa de Rothschild colocou os cartões deles sobre uma mesa lateral, perto da poltrona na qual ela se atirou.

— Então, os senhores não são anarquistas mesmo? — perguntou ela.

— Minha senhora — protestou Werthen.

— Michel, o mordomo, disse que os senhores pareciam anarquistas. Que outra razão haveria para usarem esses casacos tão pesados num dia quente? Estão carregando bombas?

Seu sorriso irônico sugeria que ela não desconfiara deles nem por um momento, mas Gross se ressentiu de súbito.

— Eu posso garantir à senhora, baronesa, que nós estamos aqui por uma questão da maior importância.

— Então, os Grafstein... foram simplesmente um artifício.

Werthen começou a se desculpar, mas ela fez sinal de que aquilo não era necessário.

— Isso não tem a menor importância. A vida aqui é tediosa. Eu me sinto pronta para uma aventura hoje. O que traz os senhores até Pregny? E, por favor, tirem esses casacos ridículos. Se estão armados ou não, não faz a menor diferença para mim.

Eles assim o fizeram, e os olhos dela se dirigiram imediatamente para os volumosos bolsos dos casacos, mas a baronesa não disse nada.

— É sobre a imperatriz — disse Gross.

— Era o que eu pensava. Os senhores querem saber o que ela veio fazer aqui um dia antes de ser assassinada.

Werthen apreciou a objetividade da mulher, embora ainda sentisse as faces arderem por ter sido pego na mentira sobre os Grafstein.

— Exatamente — falou Gross.

— A imperatriz veio, como os senhores, sob o pretexto de uma amizade recíproca. Meu marido, o barão Adolphe, que já foi banqueiro em Nápoles, abandonou aquela vida pelos refinamentos de Paris, onde eu o conheci. Nós tivemos a oportunidade, mais tarde, de conhecer a rainha e o rei depostos de Nápoles, quando eles viviam exilados naquela bela cidade. Meu marido conseguiu, digamos, tirar o rei de certas dificuldades financeiras de vulto, que resultaram da perda do seu reino. A rainha de Nápoles é, como eu tenho certeza de que os senhores sabem, irmã da imperatriz Elisabete, que fez uma visita de cortesia à irmã, aparentemente para nos agradecer por essa ajuda. No entanto, ela, como os senhores, tinha outro motivo para a visita.

— Que era? — perguntou Gross.

— Buscar a ajuda de meu marido para publicar as memórias de sua majestade. Adolphe tem, entre seus vários negócios, uma grande editora em Berlim. A imperatriz queria ter certeza de que as suas memórias não seriam censuradas. Elas eram, só para usar as palavras dela, "potencialmente incendiárias". Meu marido disse, é claro, que faria tudo a seu alcance. Elisabete, aparentemente, ainda não tinha começado a escrever, mas punha muita ênfase em que não houvesse nenhum tipo de censura.

— Ela não deu qualquer indicação de qual seria a natureza dessas revelações incendiárias, imagino eu? — perguntou Werthen.

— Não, *Advokat* Werthen. Ela fazia muito mistério sobre isso, eu tenho que admitir. A ideia deixou meu marido realmente intrigado. Ela estava muito nervosa, quase perturbada. Condição essa que só se agravou, eu ouso dizer, com uma descoberta ao assinar nosso livro de hóspedes. Virando as folhas, ela descobriu o nome de seu pobre filho, que nos visitou há mais de uma década, assim que nos estabelecemos em Pregny. Ela quase começou a chorar quando viu a assinatura dele.

— E o príncipe herdeiro Rodolfo, a senhora se lembra do motivo da visita dele?

Ela sorriu.

— Nem eu nem meu marido estávamos em casa na época. Chegou um pedido real para que "emprestássemos" nosso castelo isolado por uns dias. Não se recusa um pedido desses.

— Mas a senhora sabe o motivo, não? — insistiu Gross.

Ela suspirou.

— Não era nenhum segredo que o casamento de Rodolfo com a princesa Estefânia estava longe de ser feliz. Ele tinha seus casos. Eu acho que veio encontrar uma amiga querida aqui, uma das filhas ilegítimas do czar russo, para ser franca. Depois disso, a pobre moça se mudou, logo para a América, entre tantos lugares, onde ela, por sua vez, deu à luz outra criança ilegítima. Ou assim dizem as más línguas.

— Bem — disse Gross, ficando de pé subitamente e preparando-se para partir.

— Nós lhe agradecemos por sua franqueza, baronesa — falou Werthen, levantando-se também e tentando encobrir a rudeza do criminologista.

— Eu fico feliz em ajudar. O senhor sabe que eu não sou de mexericos. Eu nunca disse a ninguém mais sobre a visita de Rodolfo aqui. Mas, para ajudar a justiça, é meu dever, é claro.

Ela parecia toda corada, observou Werthen. A baronesa Julie de Rothschild estava se divertindo com sua pequena aventura.

Eles agora sabiam o motivo da morte de Elisabete. Como Frosch, antes dela, a imperatriz estava ameaçando tornar públicos certos acontecimentos que alguém não queria ver revelados.

Werthen e Gross tiveram o cuidado de ficar em guarda contra o homem alto e magro, na viagem de volta a Genebra. Todavia, não viram qualquer sinal dele.

Antes do jantar, e enquanto Gross fazia um pequeno descanso — eles iam tomar o trem noturno mais tarde —, Werthen decidiu fazer umas compras rápidas. Ele não podia voltar para a noiva de mãos vazias. Segundo o recepcionista, algumas das melhores ruas para se fazer compras ficavam nas proximidades, na *rue* Bonivard e na Kleberg.

O advogado saiu do hotel, andou pelo Quai du Mont-Blanc e passou pelo monumento a Brunswick. Aquele era exatamente o caminho que a imperatriz tomara no dia fatídico de seu assassinato, lembrou-se ele. Depois, dobrou à direita na *rue* des Alpes, a rua pela qual Luccheni fugira após acertar Elisabete. Será que algum dia se ficaria sabendo a verdade sobre aquela tragédia?, perguntava-se Werthen.

A *rue* Bonivard era a primeira à esquerda e, examinando o comércio, ele foi dar na loja de música Bäker. Veio-lhe à mente que a imperatriz fizera compras ali na manhã antes de sua morte. Em um impulso súbito, e, não querendo deixar pedra sobre pedra naquela investigação em Genebra, Werthen entrou na loja e falou com um vendedor jovem, usando um traje de belbutina cor de vinho e uma barba ao estilo Vandyke. O francês do advogado serviu-lhe suficientemente bem quando perguntou ao rapaz se havia alguém na loja que se lembrasse das últimas compras da imperatriz.

— Eu atendi a imperatriz — disse o vendedor, com uma voz cheia de importância. — O senhor tem algum interesse pessoal no assunto, *monsieur*?

Werthen entregou-lhe seu cartão de visitas e explicou, o melhor que pôde, que estava trabalhando com o famoso criminologista austríaco, o professor Dr. Hanns Gross, para esclarecer vários aspectos do assassinato.

O nome de Gross não significava nada para o vendedor, que fitou então o advogado com uma certa desconfiança. Werthen mencionou a seguir que eles estavam dando assistência a *Monsieur* Auberty, e o rapaz se animou de súbito.

— Ah, o caro magistrado investigador. Não era para ter nenhuma dificuldade nessa questão. Dezenas de pessoas viram o tal do anarquista matar a pobre mulher.

— É — concordou Werthen. — No entanto, eu e meu sócio estamos tentando pôr o crime dentro do contexto, para dar uma dramaticidade ao último dia da imperatriz. Eu soube que ela comprou um desses pianos novos, que tocam sozinhos.

O vendedor sorriu àquela descrição.

— É, a imperatriz ficou muito impressionada com esse modelo de orquestrino, mais conhecido como pianola.

Ele levou Werthen até um piano de aparência comum. O nome da marca, Pianola, estava inscrito acima do teclado.

— Pode se tocar esse piano como um instrumento normal. — O vendedor se sentou no banco, estalou as juntas dos dedos, e deu um golpe forte nas teclas de marfim, que o fez enveredar para o "Concerto para Piano em Mi Bemol Maior", de Beethoven. A loja pequena e elegantemente decorada reverberou com a força da música. Quando Werthen começava a se entregar à melodia, o rapaz deteve-se de forma abrupta no meio de uma frase. — Ou — disse ele, ficando então de pé e pegando um rolo de papel repleto de furos, que inseriu em um mecanismo sob a tampa do piano — pode se deixar o instrumento, por assim dizer, se tocar ele mesmo.

Ele se sentou de novo no banco, apertando os pedais, que, por sua vez, acionavam um motor a vácuo que fazia girar o rolo. De repente, as teclas do piano se abaixaram sozinhas, batendo nas cordas internas e tocando a mesma peça de Beethoven.

O vendedor sorriu para a máquina.

— Ele funciona segundo o mesmo princípio dos teares de Jacquard, controlados por um cartão perfurado. O rolo de papel perfurado passa por um cilindro que contém orifícios ligados a uns tubos, que estão, por sua vez, conectados ao acionamento do piano. Quando um furo do papel passa sobre um dos orifícios, uma corrente de ar atravessa um tubo e faz com que a tecla correspondente bata na corda. O senhor pode observar que a execução tem pouca emoção, já que foi um técnico que simplesmente perfurou o papel depois de ele ser marcado a lápis, usando a partitura original. Eu acho que, em breve, os pianistas vão poder usar um piano que grave, marcando o papel enquanto se toca. Isso vai permitir que haja nuances e expressão individual no tempo e no fraseado. Imagine o senhor, a gente vai conseguir preservar a técnica de teclado, digamos, de um Anton Rubinstein. As pessoas, daqui a cem anos, vão poder se maravilhar com a execução desse russo como nós, até a morte dele, anos atrás.

Tudo aquilo era muito interessante, mas Werthen não tinha entrado na loja para uma aula de música ou mecânica.

— A imperatriz comprou exatamente esse modelo?

— Exatamente. Ele foi despachado uma semana depois do assassinato. Nós procuramos honrar sua última encomenda, apesar da tragédia.

— E eu imagino que ela tenha comprado músicas para o piano, também?

— É — disse o vendedor, um pouco hesitante.

Werthen notou a hesitação.

— Que rolos ela comprou?

— Rolo — corrigiu o jovem. — Só uma peça de música, de escolha muito estranha, achei eu, na verdade. Nós temos uma vasta seleção de compositores, de Beethoven a Strauss. A imperatriz, no entanto, escolheu só uma obra. De Wagner. — E ele hesitou novamente.

— Você se importa de dizer qual foi a peça? — insistiu Werthen.

— Uma adaptação para piano da cena final de *Tristão e Isolda* — respondeu finalmente o vendedor.

— Você quer dizer o "Liebestod"? — disse o advogado. — "Morte por amor".

— Um exemplo maravilhoso de criação musical — entusiasmou-se o rapaz — Magnífico em sua representação de esforço e resolução.

— "Ele sorri com tanta gentileza e calma, com que afeto abre os olhos! Vocês veem, amigos? Vocês não veem?" — citou Werthen as palavras que Isolda canta enquanto o cavaleiro Tristão, mortalmente ferido, jaz à morte em seus braços. — É uma escolha muito estranha de presente para um marido. — As palavras foram proferidas antes que ele as pudesse calar.

— Não era da minha conta julgar se essa música era apropriada ou não, *monsieur*. Afinal de contas, ela era uma imperatriz.

Werthen acabou comprando para Berthe uma pulseira de ouro na loja Vigot, uma joalheria elegante da *rue* Kleberg. Ele mandou inscrever no lado de dentro a mensagem TÃO PURO QUANTO O OURO É MEU AMOR POR VOCÊ. KARL.

A mesma mensagem que o dândi de *boulevard*, conde Joachim von Hildesheim, inscreveu na pulseira que ele dá à cantora Mirabel, no conto de Werthen chamado "Depois do baile". Ele tinha dúvidas, todavia, de que Berthe fosse notar. Seus contos não eram, afinal de contas, exatamente *best-sellers*.

Gross e ele jantaram juntos antes de deixar o hotel. O criminologista ficou interessado na descoberta "detetivesca" de Werthen.

— Você está certo. "Liebestod" é uma peça musical muito estranha para se escolher. Parece que ela estava enviando uma mensagem ao imperador.

Entretanto, eles deixaram de lado outras discussões a fim de apreciar por inteiro a comida, digna da realeza, que o *chef* do Beau-Rivage, Fernand, preparara àquela noite. Eles começaram com meia dúzia de ostras, seguidas de *pâté de foie gras de Strasbourg*. Logo após, veio *jambon du Parma au melon* e uma salada de salmão das montanhas defumado com verduras cultivadas em estufa. Depois veio uma *consommé* de vitela, seguida de uma musse de fígado de galinha ao vinho do porto. Maçãs frescas e um Camembert de creme triplo encerraram o banquete. A refeição foi acompanhada por um excelente vinho do Reno, um Beaune 1880, e por licor de pera com frutas e queijos.

Afinal de contas, eles não podiam, como disse Gross, ir a Genebra e não apreciar a culinária, não é?

Já eram quase 9 horas quando eles acabaram de comer. O trem partia às 10h30. Portanto, os dois correram para fazer com que descessem suas bagagens, enquanto Werthen pagava a conta. Saíram do Beau-Rivage de barriga cheia e com muita coisa para pensar na viagem de volta a Viena.

A carruagem sacolejava enquanto eles atravessavam o cais pavimentado de paralelepípedos. O balanço, combinado com a quantidade de vinho que bebera, começou a fazer com que Werthen se sentisse sonolento. Ele abriu a cortina do seu lado bem a tempo de ver outra carruagem se aproximando com rapidez de uma rua transversal. Os dois cavalos que a puxavam estavam em pleno galope, seus cascos produzindo fagulhas azuis no choque com as pedras, enquanto o veículo deslizava em direção ao cais a uma velocidade prodigiosa. Werthen já ia gritar para o cocheiro deles que tomasse cuidado quando a carruagem bateu de fato com força contra a deles, em um dos lados. Em vez de puxar as rédeas dos cavalos, o condutor daquela outra carruagem chicoteou-os, batendo outra vez na deles.

Werthen ouviu seu cocheiro gritar alguma coisa com raiva, e uma terceira batida fez com que o veículo derrapasse, fora de controle.

— Pule, Gross — gritou o advogado. — A gente vai despencar do cais!

Porém, era tarde demais. A carruagem foi atirada para o ar antes de mergulhar de cabeça para baixo nas águas do lago Genebra. O interior se encheu rapidamente de água. Vestindo seus casacos volumosos, Werthen e Gross foram instantaneamente para o fundo. O advogado fora bom nadador na juventude, mas não praticava havia muitos anos. Ele se lembrou de respirar bem fundo antes de a carruagem se encher de água por completo, mas pôde ver que Gross não tomara aquela precaução e estava agora se debatendo em pânico.

Werthen agarrou o criminologista pela parte de trás do colarinho, mas foi atingido pelos braços do amigo, que se agitavam. Safou-se, saiu pela janela aberta da carruagem passando primeiro os pés e depois começou a puxar Gross, que era bem maior, pela mesma abertura. Sentia os pulmões quase estourando. Para se salvar, teria que soltar o amigo, voltar à tona, inspirar mais ar e depois mergulhar de novo. Contudo, o criminologista não conseguiria decerto permanecer vivo aquele tempo todo.

De repente, por detrás, uma mão forte pareceu segurar seu casaco. Outra arrebentou a porta da carruagem e apanhou Gross. Eles chegaram à superfície cuspindo e arquejando em busca de ar, perto de uma argola para atracação, de metal enferrujado. Werthen se agarrou a ela e segurou o criminologista com a outra mão, enquanto perscrutava a superfície da água à procura do salvador deles.

Não se via ninguém.

A essa altura, todavia, uma gritaria atraíra outras pessoas até a cena, e elas puxaram então Werthen e Gross para fora da água gelada.

O cocheiro conseguira pular da carruagem antes de ela mergulhar na água e sangrava de um ferimento na cabeça, produzido pela queda sobre a beira de um paralelepípedo. Ele estava tonto, mas parecia não ter sofrido nada de mais grave.

— O homem era um maníaco — lamentava-se. — Meus cavalos. Meus lindos cavalos.

A carruagem havia então afundado completamente, levando os animais consigo. Não havia o menor sinal do outro veículo.

— Que acidente terrível — murmurou um policial, que aparecera então na cena. — As pessoas conduzem os cavalos com muita velocidade e o resultado é esse.

Porém, Werthen e Gross sabiam que aquilo não fora um acidente.

No entanto, quem fora aquele salvador milagroso?

PARTE TRÊS

Os três inimigos de um criminalista são a natureza ruim, a inverdade e a burrice ou tolice. Essa última é a mais difícil.

— Dr. Hanns Gross, psicólogo criminal

DEZESSETE

Domingo, 25 de setembro de 1898 — Viena

Após terem sido pescados das águas frias do lago Genebra, eles voltaram ao Hotel Beau-Rivage e retomaram as antigas suítes. Suas roupas estavam secas e passadas pela manhã, mas eles decidiram não se aventurar fora do hotel naquele sábado. O agressor poderia muito bem estar esperando uma segunda oportunidade para liquidar com as investigações e, dessa vez, através de meios menos sutis que na noite anterior.

Eles nem registraram queixa formal da agressão. Gross sabia que isso não serviria a nenhum propósito, exceto retê-los na Suíça por mais alguns dias, quando seus interesses estavam então em Viena, com toda certeza.

Eles chegaram à capital austríaca no domingo de manhã, depois de tomarem o trem noturno de sábado e dividirem um compartimento de dormir, a fim de garantir a segurança mútua — o que significou para Werthen uma noite acordado, ouvindo os roncos estentóreos de Gross.

Quando o trem chegou à Estação de Trem Imperatriz Elisabete, um chuvisco frio e constante, ou *Niesel*, havia tomado a cidade. Como eles estavam viajando sem bagagem, pois todas as suas malas tinham se perdido quando a carruagem mergulhara no lago Genebra, ficou mais fácil se mover pela plataforma de chegada e pegar o primeiro *Fiaker* à espera. Por sorte, Werthen tinha colocado o presente para Berthe no bolso, e ele, juntamente com a pistola e o caderno com capa de couro, ensopados, sobrevivera à tentativa de assassinato.

Nenhum dos dois pronunciara aquela palavra, mas ambos compreenderam o que havia ocorrido em Genebra: alguém tentara matá-los.

Frau Blatschky ficou feliz em vê-los, quando chegaram ao apartamento da Josefstädterstrasse, e, enquanto descansavam, ela preparou um autêntico *Frühstück* de domingo, com café, fatias de presunto Schwarzwald e Emmentaler austríaco, *Bauernbrot* do dia anterior (já que as padarias não abriam aos domingos) e um suculento *Gugelhupf*. Apesar de não ter dormido, Werthen sentiu-se quase humano depois de comer o segundo pedaço do famoso bolo sovado da *Frau*.

Eles haviam combinado de deixar passar um dia para discutir os acontecimentos de Genebra, e, como poderiam estar relacionados aos de Viena. Finalmente, chegara a hora de ter uma conversa franca.

Eles se retiraram para o estúdio de Werthen e se sentaram nas cadeiras Biedermeier, diante da lareira, que foi acesa pela primeira vez naquele ano. Lá fora, o dia ia ficando cada vez mais cinzento, e a chuva fina transformara-se em um aguaceiro.

— Item um — começou Gross, sem qualquer preâmbulo. — Supomos que nosso amigo da cicatriz era o condutor da carruagem que bateu na nossa e nos jogou na água.

— Eu não consegui ver o rosto dele — disse Werthen —, mas era um homem alto e parecia bem magro. Então, sim, eu acho que essa é uma suposição bastante segura.

— Que nos leva ao item dois. Alguém está tentando fazer com que a gente pare de investigar a morte da imperatriz Elisabete. Ou seja, isso significa que estamos certos ao supor que Luccheni é inocente.

Werthen balançou a cabeça, concordando. Aquele também era seu raciocínio.

— O que, por sua vez, levanta outras questões — continuou Gross. — Item três, eu estou cada vez mais convencido de que os assassinatos de *Herr* Frosch e da imperatriz Elisabete estão ligados, como nós suspeitávamos. Temos o fio condutor de Luccheni e o fato de que os dois estavam tentando tornar públicos certos fatos, que se tornariam inconvenientes, embaraçosos ou perigosos para certas pessoas ainda não identificadas.

— Eu diria que isso é evidente.

— Nada, Werthen, é evidente. Nós temos que nos esforçar muito para obter apoio para provar essas teses. Portanto, eu vejo dois caminhos para nossa linha de ação. Primeiro, temos que, como dizem os chineses, voltar com o camelo para sua base, a fim de estabelecer uma rota nova. Ou seja, o caso Binder tem que ser reaberto. Todas as provas daquela investigação têm que ser completamente reexaminadas, com base na nossa tese de que Frosch era a vítima principal, e que os outros infelizes foram sacrificados simplesmente a fim de criar uma pista falsa, para fazer todo mundo acreditar que um louco estava assassinando vítimas inocentes e escolhidas ao acaso. Essa nova investigação inclui a morte do próprio Binder, dos seus registros médicos, álibis, ou falta deles. Tudo.

Outro sinal de concordância de Werthen. Com apenas os dois trabalhando, aquilo poderia levar semanas, senão meses. Entretanto, seu sangue esquentara. Essa investigação, por causa da tentativa de tirar suas vidas, tornara-se pessoal. Foi uma sorte que o advogado não tivesse ainda enviado os papéis de Gross para Bukovina. Portanto, todo o material referente aos assassinatos do Prater ainda estava em seu apartamento.

— Ao mesmo tempo — continuou Gross —, nós temos que examinar o outro lado da nossa tese. Se não foi Binder nem Luccheni, quem então?

— O ponto de partida mais lógico é uma reavaliação da morte do príncipe herdeiro Rodolfo. — Werthen vinha dando muita importância a esse aspecto do caso.

— Concordo.

— Frosch iria supostamente publicar a verdade sobre a morte daquele pobre homem, tão jovem; que ela não se deu, na verdade, por suicídio. A gente supõe que Frosch foi morto para manter o segredo de Mayerling, seja ele qual for, intacto. E a imperatriz, eu receio dizer, foi morta pela mesma razão. Ao ficar sabendo da verdade através de Frosch, ela, também, estava se preparando para publicá-la.

— O que levanta mais duas questões — disse Gross. — Primeira, como você mesmo perguntou quando a gente ficou sabendo da ligação de Frosch com a tragédia de Mayerling, Werthen, por que esperar tanto para matá-lo? Afinal de contas, as mortes começaram em junho. Por que eles teriam, quem quer que sejam *eles*, esperado mais de dois meses, se arriscando a ver essas informações se tornarem públicas?

— Mas faz sentido que Frosch não tenha sido a primeira vítima — replicou Werthen. — Porque ficaria tudo muito óbvio. No entanto, por que não a segunda, a terceira ou a quarta? Uma posição dessas já bastaria para ocultar a razão verdadeira da sua morte. Por que ele foi o último? Para mim, só faz sentido se a morte dele se encaixa em alguma sequência planejada de acontecimentos, da qual a gente ainda não tem conhecimento.

— Concordo. E a gente vai descobrir esse cronograma oculto na hora certa, Werthen. Vamos passar agora para a segunda questão. *Cui bono*? Esse é um dos princípios básicos da criminalística. Encontre o motivo; quem se beneficia. Não há nenhuma razão para que a gente se afaste desse princípio com relação a essas mortes.

Werthen se recostou na cadeira, colocando os dedos nas têmporas. Esse aspecto ocupara seus pensamentos durante dias, e ele não estava gostando das conclusões a que estava chegando.

— No caso do príncipe herdeiro Rodolfo — disse Gross —, eu vejo um beneficiado direto e muito imediato com a morte dele, uma pessoa com motivos mais importantes que pequenas rivalidades e disputas políticas. O primo. — O criminologista juntou as mãos, olhando diretamente para o fogo. — O arquiduque Francisco Ferdinando, o herdeiro presuntivo.

Agora que as palavras tinham sido pronunciadas por Gross, elas assumiram uma realidade nova para Werthen. Não era mais um receio seu ou uma ilusão particular. Francisco Ferdinando estaria na linha de sucessão do trono do Império Austro-Húngaro se Rodolfo morresse, uma vez que Francisco José só tinha um filho. O irmão mais novo do imperador, Karl Ludwig, pai de Francisco Ferdinando, herdaria, portanto, o trono após a morte do atual governante. Francisco Ferdinando, como filho mais velho, estava preparado para suceder após o pai, que nunca fora um indivíduo muito saudável. Entretanto, em 1896, Karl Ludwig, homem muito religioso, morrera de tifo depois de beber água contaminada do rio Jordão. Nada agora impedia que Francisco Ferdinando herdasse diretamente a coroa dos Habsburgo do idoso Francisco José. Tornar-se imperador de 50 milhões de súditos, ocupando grande parte do continente europeu, seria certamente um motivo para assassinato. Até um assassinato real.

Eles ficaram em silêncio por alguns instantes. O envolvimento do herdeiro presuntivo explicaria certamente como o assassino de Frosch e da imperatriz Elisabete conseguira descobrir as intenções dos dois. Ele podia ter espiões bem colocados, talvez até algum agente que tivesse se infiltrado entre os anarquistas e conseguido manipular Luccheni. Francisco Ferdinando encontrava-se, de fato, ocupado naquele momento instalando o que se chamava muitas vezes de Gabinete Clandestino, em sua residência de Viena, o Baixo Belvedere. Ali, ele estava, com a aprovação relutante do imperador, montando a Chancelaria Militar. Ele e seus ajudantes lutavam com unhas e dentes, opondo-se a muitas das políticas do governo, em particular ao posicionamento com relação à Hungria.

Francisco Ferdinando era, como Werthen e a maioria dos vienenses que liam jornais sabiam, um oponente ferrenho ao aumento da independência magiar. Em vez de permitir que o império fosse dividido pela metade, por causa das ambições húngaras de separatismo, ele era a favor de escorá-lo com a criação de uma terceira potência, um reino eslavo ao sul, dominado pelos croatas. Rodolfo e Elisabete sempre haviam sido simpatizantes ardorosos da Hungria, promovendo a causa da independência magiar na corte. Essa diferença de opiniões teria aumentado o desdém do herdeiro presuntivo por ambos. Francisco Ferdinando, porém, era mantido a distância pelo imperador, e isso só tornava o intempestivo arquiduque mais furioso e decepcionado. Sua natureza belicosa e as ambições frustradas eram o assunto de fofocas ávidas em Viena. Ele era um caçador apaixonado, que aliviava talvez a frustração de ter que esperar nos bastidores matando animais. Alguns atribuíam a ele o massacre de mais de cem mil veados, faisões e outros animais durante suas caçadas em suas propriedades na Boêmia e Áustria. Essa marca tornava-se mais terrível ainda ao se constatar que ele contava com apenas 34 anos e tinha, com toda a probabilidade, algumas décadas de caçadas ainda. Um dos homens mais ricos da Europa, Francisco Ferdinando não era um tipo simpático, sendo rude e estúpido tanto com criados quanto com ministros.

Contudo, seria ele também um assassino frio, que planejara a morte do primo, o príncipe herdeiro, da tia, a imperatriz, e de sete outras pessoas, em uma tentativa brutal de ocultar seus crimes?

O som da campainha fez Werthen e Gross estremecerem. Eles se olharam alarmados; o mesmo pensamento dominava com certeza suas mentes: seria o assassino vindo para terminar seu trabalho? Imprudentemente, eles não haviam tomado a menor precaução contra uma eventualidade dessas, achando que estavam a salvo no apartamento. Porém, e se o criminoso tivesse se desesperado e não se importasse mais com fazer suas mortes parecerem acidente? Nenhum dos dois estava sequer armado e, antes que pudessem entrar em ação, Werthen ouviu *Frau* Blatschky abrindo a porta.

Era tarde demais para gritar e impedi-la. Um sentimento súbito de culpa varreu-o, por temor de ter trazido um perigo daqueles para seu lar, envolvendo até mesmo a pobre e inocente *Frau* Blatschky.

Ele ouviu então a voz de Berthe na porta e respirou aliviado.

Enquanto se levantava para receber a noiva, Gross preveniu-o:

— Não diga nada a ela. Quanto menos ela souber, mais a salvo vai estar.

Essas palavras gelaram Werthen, fazendo-o perceber quão perigosa a investigação deles havia se tornado. Gross estava certo. Ele não podia se arriscar a colocar Berthe em perigo. No entanto, o quanto ele já dissera a ela? Teria de convencê-la, de alguma forma, de que a investigação na Suíça não dera em nada.

Frau Blatschky levou Berthe até o estúdio, e Werthen sentiu o coração bater mais rápido ao ver a noiva, com as maçãs do rosto vermelhas por causa do súbito clima frio, as mãos ocupadas tirando os alfinetes do chapéu úmido.

— Que surpresa agradável — disse o advogado.

— É mesmo? — retrucou ela, com um sorriso. — Que bom vê-lo de novo, *Doktor* Gross.

— *Fräulein* Meisner.

Werthen puxou uma cadeira em direção ao fogo, para ela.

— Você realmente esqueceu, não? — disse a moça, sentando-se do lado dele.

— Esqueci?

Então se lembrou. Ele havia combinado de levá-la ao concerto de domingo, ao meio-dia, da Filarmônica, mas, com tudo o que acontecera, tinha esquecido por completo.

— Eu sou um idiota. Perdoe-me, por favor.

— Eu pensei a mesma coisa quando não tive notícias suas. Então, esteve em Genebra?

— O que a faz pensar nisso, *Fräulein*? — interrompeu Gross, antes que Werthen tivesse chance de responder.

— Ora, seria o próximo passo mais lógico, não? Se vocês estavam investigando uma ligação entre a morte da imperatriz e os assassinatos do Prater.

O criminologista lançou um olhar feroz para Werthen.

— Eu acho que seu noivo vem exagerando o caso. É o escritor de ficção falando nele, imagino eu.

— Na verdade, Berthe — acrescentou o advogado —, nós estivemos realmente em Genebra, mas não deu em nada. Especulação sem sentido de nossa parte. Uma coincidência, e nada mais, sobre a imperatriz ter se encontrado com *Herr* Frosch, mas — apressou-se ele, sem dar-lhe chance de comentar — eu tive a chance de fazer umas compras enquanto estava lá.

Ele foi até a escrivaninha e tirou a caixa contendo a pulseira de ouro da gaveta do meio.

— É para você — disse ele, sorrindo-lhe cordialmente.

— Tão gentil de sua parte — falou ela —, mas isso não vai me enganar. Vocês dois estão escondendo alguma coisa. Não precisa ser detetive nem criminalista para sentir isso.

Ela abriu a caixa e retirou a pulseira.

— Ah, Karl, você não devia...

Ela viu então a inscrição no lado de dentro e levou a pulseira até a luz da janela para ler.

Ele observou sua expressão facial se transformar de surpresa agradável para perplexidade. Por fim, ela balançou a cabeça, devolvendo a pulseira.

— Pode ficar com seu suborno, Karl. E, da próxima vez, seja mais original. Você devia imaginar que eu leria todas as histórias que você já escreveu e as saberia de cor. Pelo menos, tenha a decência de usar aspas quando você se citar.

— Berthe, você não entendeu — começou Werthen.

— Ah, eu acho que entendi — disse ela, dirigindo-se para a porta. — Não é com a inscrição na pulseira que eu estou ressentida. É muita preguiça de sua parte imaginar isso e meio cômico, mas você não confia em mim, e isso dói. Eu sei que você está mentindo sobre esse caso. Vocês dois estão com uma cara horrível, como se tivessem sido puxados pela cabeça de dentro do lago Genebra, ou algo do gênero. Mas você me diz que é tudo imaginação. Talvez você esteja com medo de que eu, uma mulherzinha boba, vá sair por aí falando coisas e estragar seu belo trabalho. Ou talvez você esteja tentando me proteger de alguma forma, não me contando nada. O que também me reduz a uma mulherzinha boba, incapaz de tomar conta de si mesma.

— Não é do jeito que você está pensando — protestou Werthen.

Ela parou na porta.

— Então me diga o que é, Karl. Agora.

O advogado olhou para Gross.

— Você não precisa da permissão dele — disse ela.

Werthen hesitou.

— Muito bem — falou ela, abrindo a porta. — Quando estiver pronto para me tratar como igual, você sabe onde me encontrar.

Ela se dirigiu à porta da frente.

— Berthe!

Gross segurou o braço dele.

— Deixe-a ir, Werthen. É a melhor coisa, por enquanto.

O advogado puxou o braço, soltando-o.

— Se você a ama de verdade — disse o criminologista —, proteja-a, deixando-a sem saber de nada. Não a transforme em outro alvo.

Werthen sentiu os ombros caírem. Gross estava certo, é claro. O advogado a observou abrir a porta do apartamento e sair enfurecida.

Ele realmente a amava, mas será que poderia convencê-la disso novamente?

Eles passaram o resto do dia planejando os próximos passos. Werthen obrigou-se a não pensar em Berthe e a se concentrar no assunto urgente em questão. Ele esperava que, quando todo aquele pesadelo ficasse esclarecido, houvesse tempo de reparar os danos ao seu relacionamento com ela. Berthe era uma garota sensata; certamente entenderia que tudo aquilo era para o bem dela. Por enquanto, sabia que não tinha como se dar ao luxo de dividir seus afetos. Seu dever fundamental no momento era resolver aqueles assassinatos, levando o criminoso e seu mentor à justiça.

A primeira coisa a fazer, como observara Gross, era rever as provas contra Binder e reexaminar os fatos referentes às outras mortes.

— Você vem fazendo, imagino eu, um diário sobre nossa investigação; estou certo, Werthen?

— Venho, sim.

— Completo?

— Sim, tanto quanto possível.

— Eu gostaria de dar uma olhada nele, se você não se importar. Isso pode abrir uma outra linha de investigação para a gente.

— Mas é claro.

Werthen trouxe de sua mesa o diário. Ele fizera suas anotações todas as manhãs e pôde oferecer a Gross um relato de leitura bastante agradável sobre a questão.

— Impressionante — murmurou Gross, enquanto folheava o caderno com capa de couro.

O criminologista se enfiou no quarto depois do almoço, lendo o relato de Werthen. Enquanto isso, o advogado tentava estabelecer um curso de ação, a fim de investigar um novo suspeito, o herdeiro presuntivo. Não se podia simplesmente interrogar Francisco Ferdinando, supunha ele. Ou, talvez, passando-se por jornalista, fosse possível ter acesso ao Baixo Belvedere, mas estava claro que aquilo era absurdo, percebeu ele de súbito. Se Francisco Ferdinando fosse a força por detrás de todas aquelas mortes, já estaria então ciente da identidade de Gross e Werthen. Afinal de contas, seria ele o mandante do atentado contra a vida deles. Portanto, dificilmente o advogado poderia pilhar o homem em sua própria toca; era possível que não saísse do encontro vivo. Mesmo assim, uma parte dele desejava confrontar o arquiduque e olhar dentro de seus olhos para ver se ele era realmente o cérebro por trás de toda aquela infelicidade humana.

Falhando o projeto de um encontro direto com o herdeiro presuntivo, Werthen começou a planejar uma abordagem indireta; através de um dos ministros, talvez, ou dos criados. Entretanto, ele havia apenas dado início a essas cogitações quando Gross apareceu intempestivamente, vindo do quarto.

— Meu Deus, Werthen, como eu pude ser tão idiota? Será que não tenho ouvidos? Que não sei escutar o que dizem as testemunhas? Você tem tudo aqui, preto no branco. A solução para como aquelas pessoas desapareceram de repente sem que ninguém visse nada.

— E qual seria ela? — O advogado estava cético; afinal de contas, ele próprio fizera as anotações e não observara solução nenhuma.

— Você se lembra da nossa entrevista com *Frau* Novotny? Aquela do par de olhos observadores, na Paniglgasse?

Werthen fez que sim, lembrando-se da velha que parecia saber tudo sobre o entra e sai dos moradores de sua rua.

— Ela viu Frosch passando pela janela dela, por volta das 7h30 da noite em que ele foi assassinado.

— Exatamente — disse Gross, despencando sobre uma das cadeiras perto do fogo, reduzido então a um braseiro apenas. — E você lembra o que mais a boa mulher nos contou?

— Trivialidades sem importância. Mexericos da vizinhança. Nada que tivesse a ver com nosso caso.

O criminologista exibia seu sorriso de gato bem alimentado.

— Ora, o que ela disse, Gross?

— De acordo com seu relato... Eu imagino que você não tenha criado esse diálogo na hora?

O advogado irritou-se com a sugestão.

— Eu registrei as falas o mais próximo que pude do original, tomando nota à medida que a gente ia prosseguindo.

— E você estava certo ao fazer isso, Werthen. Esse é o seu registro da resposta de *Frau* Novotny à minha pergunta, se havia alguma carruagem estacionada na Paniglgasse na noite do assassinato de Frosch. — Gross limpou a garganta e leu: — Tem sempre uma carruagem ou duas. Afinal de contas, isso aqui não é Ottakring. Nós temos uma vizinhança respeitável. É o tipo de lugar de que a prefeitura cuida. Eles estavam bem aí naquela noite, consertando os canos de esgoto.

— As carruagens, é isso? — perguntou o advogado. — Será que a gente deve interrogar mais essa senhora sobre as carruagens que ela viu?

— Não sobre as carruagens, Werthen, mas sobre uma coisa tão banal que escapou à nossa atenção na hora.

— Os operários do esgoto!

Gross lançou-se para fora da cadeira e começou a andar pelo aposento.

— Veja, Werthen, era assim que o assassino conseguia fazer suas vítimas desaparecerem.

— Levando-as para a rede de esgoto.

Como uma criança pequena em uma festa de aniversário, Gross bateu as mãos, empolgado.

— Você acertou alguma coisa aí, Gross — disse o advogado, contagiado de súbito pelo entusiasmo do amigo. — Debaixo dessa cidade, existe um verdadeiro labirinto de túneis, ligando porões e esgotos, abandonados desde a época em que os turcos nos sitiavam. Para alguém com conhecimento do sistema, esses caminhos fornecem um meio excelente de percorrer a cidade sem ser visto, por baixo.

— Vamos dar uma checada no departamento de obras públicas amanhã de manhã, primeira coisa — disse Gross. — A gente vai verificar se havia de fato uma equipe trabalhando na noite de 22 de agosto. Se não, a gente vai poder supor que a nossa teoria nova é aproveitável. De que o assassino assumia o disfarce de trabalhador da rede de esgotos e conseguia, assim, pegar as vítimas sem ninguém reparar.

— E os outros assassinatos? — sugeriu Werthen. — Talvez alguém tenha visto operários do esgoto perto do local.

— É — disse Gross com relutância. — Mas é meio tedioso. Com Frosch, a gente pôde seguir os passos desde que saiu de casa. As outras vítimas apresentam um problema mais difícil. Não se sabe onde elas foram apanhadas. Uma hipótese segura é a de que o nosso assassino simplesmente montou sua pequena armadilha — uma tenda sobre um bueiro aberto — e esperou pela pessoa mais provável. A noite e a madrugada seriam os horários mais fáceis, é claro, com um número menor de testemunhas. O fato de ele atacar *Herr* Frosch tão descaradamente, no comecinho da noite, é mais uma indicação de que o ex-valete do príncipe herdeiro Rodolfo era a vítima principal, o tempo todo. O assassino não pôde se dar ao luxo de escolher hora e lugar com Frosch. Pelo contrário, ele teve que encaixar o crime dentro dos horários da vítima.

Werthen, apesar do seu entusiasmo, resolveu fazer o papel de advogado do diabo.

— Mas isso, no entanto, não exclui Binder. Ele podia ter encarnado o operário de esgoto, cloroformizado as vítimas e depois as carregado, pela rede de esgoto, até onde tivesse deixado a carruagem de sua firma. Então, ele as levaria até seu chalé de jardinagem para aquela cirurgia sinistra e, de lá, para o Prater, a fim de se livrar dos corpos.

— É plausível — concedeu Gross, sentando-se de novo. — O que significa que a gente deve se concentrar bem em *Herr* Binder então. Antes, nós o examinamos com a intenção de provar que ele era culpado. Agora, vai ser o oposto. A gente está procurando razões para dizer que o homem era inocente.

DEZOITO

A primeira tarefa do dia foi facilmente realizada na manhã seguinte. Uma visita ao departamento de obras públicas, em Schottenring, forneceu-lhes rapidamente a resposta que buscavam. Posando de arrendatários de imóveis na Paniglgasse, Gross e seu advogado, Werthen, viram os registros de cronogramas de manutenção e consertos de emergência do ano anterior e do seguinte. Para a noite de 22 de agosto de 1898, não havia menção a nenhuma equipe de reparos trabalhando na rua.

— Esse é o único departamento que guarda esses registros? — perguntou Gross ao atendente, um jovem com o rosto cheio de espinhas, que parecia não ter completado ainda sua *Matura*.

— Ora, claro que é — disse o truculento funcionário, com a soberba de quem nasceu para o serviço público. — Se não fosse, eu diria, não?

Gross já estava preparando uma repreensão severa para o jovem insolente, mas Werthen sabiamente o levou para fora do escritório. Não havia necessidade de fazer uma cena que poderia, possivelmente, levar ao conhecimento público a nova direção que a investigação deles havia tomado.

Eles levavam guarda-chuvas naquela manhã, além das pistolas. A chuva tinha parado, mas as ruas ainda se encontravam encharcadas pelo aguaceiro da véspera.

A próxima parada, também nas proximidades, exigiria mais *finesse*. Eles precisavam examinar o bilhete de suicídio que *Herr* Binder deixara e compará-lo com outros escritos de autoria sua, comprovada. Gross se lembrou do caderno de pedidos que o homem carregava consigo.

Eles entraram na Chefatura de Polícia e, após falarem com o sargento da recepção, foram levados até a sala do inspetor Meindl.

— Isso já está se tornando um hábito — brincou o *Inspektor*, ao ver a dupla.

No entanto, seu olhar desconfiado negava o falso bom humor. Werthen se perguntou se instâncias mais altas já não teriam alertado o homem.

Suas suspeitas se mostraram corretas quando Meindl, confrontado com a história de Gross sobre novos artigos para seu *Arquivos de criminalística*, simplesmente ergueu as mãos para o alto e disse-lhes, à queima-roupa, que não havia mais nada que pudesse fazer por eles.

— Por que não mais, homem? — perguntou Gross.

— Isso não existe mais, *Professor* Gross. Tinha que chegar ao fim.

— O quê? Nosso relacionamento acadêmico?

— Vamos — disse Meindl. — O senhor sabe do que eu estou falando. Vocês dois parecem ter o diabo no corpo. Tentando estabelecer todo tipo de ligação absurda entre os assassinatos do Prater e outros assuntos de, digamos, importância mais global.

Nem Gross nem Werthen morderam a isca.

— Os senhores têm que entender — insistiu Meindl. — O caso está encerrado. Nós temos coisas mais importantes com que preencher nosso tempo. E eu tenho certeza de que vocês também.

Mais silêncio por parte de Gross e Werthen.

— Isso está simplesmente fora de questão.

O tique-taque de um relógio, pendurado na parede atrás deles, era o único som que se ouvia.

— Está bem! — explodiu Meindl, por fim. — Mas esse é o último pedido, decididamente. Entendido?

— Mas é claro, meu amigo — disse Gross.

Dez minutos depois, eles estavam de posse do bilhete de suicídio escrito por Binder, cuidadosamente preservado em um envelope de papel pardo; do caderno de pedidos e da agenda do vendedor, com uma etiqueta branca colada a ele, exibindo o número do caso, A14. Ao contrário do registro policial relativo a Luccheni, que pertencia a um caso ainda aberto, as provas contra Binder procediam de um arquivo encerrado. Assim, Meindl lhes deu permissão para levar os documentos com uma última e dolorosa advertência:

— Não contem isso para ninguém!

— Ao trabalho — disse Gross a Werthen, quando deixaram a Chefatura de Polícia e correram pelo Ring de volta ao apartamento do advogado.

Gross devotara grande parte de seu primeiro livro, *Investigações Criminais*, a um estudo meticuloso da análise caligráfica.

— Os princípios são relativamente simples — disse ele a Werthen, enquanto colocava as duas amostras da letra de Binder sobre a mesa, no estúdio do advogado. — Nós estamos tentando apurar se o bilhete de suicídio de *Herr* Binder é uma falsificação ou uma mensagem escrita sob coação. Para fazer isso, a gente precisa de uma amostra de sua letra verdadeira. — E Gross bateu no caderno de reservas, com capa em oleado. — O que estamos procurando são diferenças estruturais e gráficas na escrita — uma letra "g", por exemplo, com a parte de baixo arredondada ou truncada — e de conteúdo também. — Talvez *Herr* Binder tivesse o mau hábito de escrever errado certas palavras ou de usar demais determinadas expressões. A gente tem, portanto, que submeter essas duas amostras a um exame bem detalhado.

Werthen se sentia como se estivesse sentado em alguma das ainda inexistentes salas de aula de Gross e recebendo uma lição de Criminologia Básica. Sem explicação, o criminologista deixou de repente o estúdio e voltou, minutos depois, com uma lente de aumento e um microscópio na mão.

— É incrível, Werthen, o que a caligrafia de uma pessoa revela. A dos homens cultos, por exemplo, é muitas vezes quase ilegível, embora as letras individuais mantenham uma semelhança impressionante com o tipo impresso, com o qual eles estão sempre em contato. Com o rabisco ilegível dos médicos, eu acho que já estamos todos habituados, escrito às pressas, como convém a uma agenda movimentada e urgente. E ainda tem a letra rápida, leve, uniforme e sempre legível do comerciante, como a de nosso *Herr* Binder. A escrita, como você vê, não é feita só com a mão, mas também com o cérebro. É uma representação por inteiro do homem ou da mulher. Nós só temos que pressentir os seus vários aspectos, estudar bastante várias letras, para ver padrões revelados.

Abrindo o caderno de reservas do morto, Gross se mostrou logo satisfeito.

— Vê o que eu digo da escrita uniforme e legível do comerciante, Werthen? Até as anotações feitas para ele mesmo revelam que *Herr* Binder era do tipo organizado, meticuloso até.

O criminologista pegou sua lente de aumento, examinando a letra do livro de reservas e depois a movendo para o bilhete de suicídio, fazendo algumas deliberações rápidas.

— Interessante. Existe de fato uma variedade de detalhes para ser descoberta nesses dois documentos. — Ele afastou a lente do olho. — Eu vou ficar em cima disso a maior parte do dia. Não quero aborrecê-lo.

— Você quer dizer que prefere que eu me retire. Gross, você se esquece de quem é esse apartamento.

— Tem coisas que se faz melhor sozinho, meu amigo.

— Você não tem jeito, Gross. Como sua boa esposa o aguenta, eu nunca vou conseguir saber.

O criminologista, no entanto, não estava mais escutando. Já havia posto o bilhete sob o microscópio.

Expulso do estúdio, Werthen decidiu ir dar uma volta. O dia havia melhorado e as ruas molhadas da manhã tinham secado. Ele se mantinha atento para ver se alguém o seguia, mas duvidava de que o assassino ousasse fazer algum movimento contra ele em plena luz do dia.

Mesmo assim, ter que ficar olhando por sobre o ombro o tempo todo era desanimador. Talvez o criminoso se sentisse frustrado por causa do fracasso de Genebra e recorresse a meios mais diretos: um rifle de atirador de elite poderia abatê-lo a mais de 100 metros. Os olhos de Werthen se dirigiram de súbito para as janelas acima dele, dos dois lados da rua. Uma carruagem se aproximou por trás, o casco dos cavalos fazendo barulho contra os paralelepípedos. Ele ficou tenso e se moveu para mais perto da parede de um prédio, no caso de o assassino se encontrar dentro do veículo, pronto para atacar com uma faca desembainhada ou soprar-lhe um dardo envenenado.

Será que algum dia ele iria poder de novo desfrutar uma caminhada tranquila pela sua cidade? Gross e ele teriam ido longe demais com aquele caso? Talvez fosse hora de passar a investigação para profissionais. O problema era que, se a coisa chegasse realmente à altura do herdeiro presuntivo, os profissionais poderiam então se acumpliciar. Estava claro que eles não eram mais visitantes bem-vindos para o *Inspektor* Meindl; será que já havia chegado até ele alguma ordem para desencorajar novas investigações sobre os assassinatos do Prater? Mais provavelmente, tratava-se de simples complacência. Meindl tinha mais o que fazer agora; os crimes do Prater eram para ele um caso encerrado.

Werthen sentiu uma mão segurar seu braço esquerdo e se voltou dando um salto, a mão direita indo em direção à arma no bolso de dentro do paletó.

— Werthen, meu velho. Parece que você viu um fantasma. Sou eu. Como *vai* você?

O advogado disfarçou rapidamente seu alarme.

— Muito bem, Klimt. Não podia estar melhor.

O pintor, no entanto, franziu a testa e não pareceu convencido. Ele carregava uma sacola de compras feita de corda, cheia de biscoitos e massas; o gargalo de uma garrafa de rum Inländer escapava por entre os cordões da sacola.

— Não está no escritório? Gazeteando, então. Ora, venha comigo. — Ele pegou o braço livre de Werthen. — Está bem na hora do *jause*.

O advogado não tomava um chá da tarde havia anos, estando sempre muito ocupado, em geral, para aquelas tradições *gemütlich*.

— Por que não? — disse ele. — É uma boa ideia.

Eles estavam bem na porta de entrada do prédio onde ficava o estúdio do pintor, que o levou pelo vestíbulo até o bucólico pátio. Klimt havia criado um pouco de vida selvagem bem no coração da urbanizada Viena, com gramíneas altas juntando-se a arbustos floridos e tudo sombreado por dois gloriosos castanheiros. O estúdio, pintado de ocre, ficava na extremidade mais distante daquele jardim selvagem; um gato grande, preto e branco estava caçando na grama. O pintor chamou o animal, mas ele o ignorou.

— Afago é um caçador muito sério — disse Klimt, enquanto abria a porta sem tranca do estúdio. — Ele me ignora completamente quando tem algum camundongo por perto.

Werthen nunca havia estado no estúdio do pintor. Pelos mexericos, ele imaginava-o povoado de numerosas modelos com ar de sílfide, vagando ao redor em diferentes estágios de nudez. Em vez disso, uma faxineira gorda, por volta dos 50 anos, precisando desesperadamente de um banho, estava acabando de lavar o chão e recriminou Klimt por trazer mais gente.

O pintor ignorou-a, empurrando para o lado alguns esboços a carvão, que estavam sobre uma mesa grande e central, e depositando as compras ali. Enquanto Klimt desembrulhava carinhosamente os bolos e biscoitos, e a mulher da limpeza partia de mau humor, Werthen observava alguns trabalhos inacabados sobre os cavaletes: retratos de mulheres que ele conhecia pessoalmente, dos níveis mais altos da sociedade. Klimt era perito em conferir àquelas matronas um ar de mistério e usar dourados, cores floridas brilhantes e estranhas iconografias, a fim de fazer com que elas, normalmente com a aparência tão trivial, parecessem tipos exóticos. Werthen ficou surpreso ao encontrar o esboço do que parecia ser outro quadro. Pelo menos, a modelo estava sentada na pose clássica dos retratos, mas não usava nenhuma roupa.

Klimt seguiu os olhos do advogado até o retrato.

— O segredo é a pintura. Eles nunca vão saber que ela estava nua em pelo no começo.

— Você quer dizer que pinta essas mulheres...

— Nuas, Werthen. Nuas. — Klimt cortou com a mão um pedaço de *Nusstorte* e enfiou-o na boca, mastigando com satisfação. — Não fique tão escandalizado — disse ele, servindo um pouco de rum em dois copos algo embaçados. — Não é por nenhum motivo lascivo. Fazer com que elas fiquem nuas no início me dá uma compreensão melhor da alma de cada uma; me permite ver o verdadeiro caráter delas e retratá-las como deveriam ser, não necessariamente como elas gostariam de ser vistas.

Werthen foi examinar mais de perto um dos retratos quase prontos. Era impossível dizer que o quadro começara como um nu.

— Saúde — disse Klimt, passando-lhe um dos copos. — Parece que você está precisando disso.

De repente, Werthen sentiu-se como uma das modelos do pintor, despido de artifícios. Ele tomou o rum e pegou um pedaço de *Nusstorte*, além de um pão de semente de papoula. Klimt reabasteceu o copo do advogado algumas vezes, enquanto a tarde passava.

Finalmente, o pintor perguntou-lhe:

— O que está te preocupando, Werthen? Nós somos amigos, afinal de contas. Eu espero que você acredite nisso. Você me ajudou quando eu precisava desesperadamente de alguém que acreditasse em mim. Agora, me conte.

Werthen fitou o marrom esfumaçado no fundo do copo de rum.

— É a conta, não é? Eu tenho pensado em procurar você e explicar tudo. O pagamento de alguns retratos já devia ter sido feito há muito, e, até isso acontecer, eu vou continuar apertado de dinheiro. Esse é o problema de se trabalhar para pessoas que têm um "von" no nome. Não se pode mandar um cobrador bater na porta delas. Mas, assim que me pagarem, eu vou te enviar a quantia.

— Não é isso, Klimt — disse Werthen, por fim, comovido com a explicação do pintor.

O advogado tomou outro gole de rum e sentiu o calor atravessando-o. Ele e Gross vinham andando sozinhos havia tempo demais; ele sentiu de repente a necessidade de um ouvinte mais objetivo, nem que fosse para confirmar que suas teorias não eram fantásticas. Assim, decidiu se abrir com o pintor, descrevendo a sequência de acontecimentos desde a última vez que haviam se visto, no dia do funeral da imperatriz Elisabete.

Werthen contou tudo, até a briga com Berthe, e, quando terminou, Klimt estava sentado imóvel, sem dizer nada. O gato havia entrado por uma janela aberta e estava se esfregando nas pernas do pintor. Klimt pegou um naco de torta e deu para o animal, que o cheirou por um instante e depois se afastou para um canto distante.

— Meu Deus, homem — explodiu o pintor, de repente. — Você podia ter morrido. O que é que você está fazendo, dando uma de policial? Deixe a pintura para os pintores. Deixe a prisão dos criminosos para a polícia.

— Mas, e se a polícia está sendo impedida de fazer seu trabalho? Como é que fica?

— Você realmente suspeita do arquiduque?

— É uma linha de investigação.

Outro longo silêncio se seguiu. Ouviu-se o som de algo sendo triturado no canto para onde o gato havia se retirado.

— Uma coisa é certa — disse Klimt, finalmente. — Vocês dois precisam de ajuda.

— Deixe a pintura para os pintores, Klimt. Você mesmo disse.

— Mas é exatamente isso que eu pretendo fazer. Meu pai era um mestre gravador, e eu cresci trabalhando com ele. Por causa disso, não há nada que eu não saiba sobre assinaturas e as características individuais e delicadas da mão que desenha ou escreve. Você não sabe quantas vezes eu tive que falsificar a assinatura de meu pai nas gravuras.

Quando eles chegaram ao apartamento, o criminologista ainda estava trabalhando duro, fazendo um exame minucioso da caligrafia de *Herr* Binder.

— Veja quem eu encontrei, Gross — anunciou Werthen, ao entrar no escritório.

O criminologista levantou o rosto do microscópio, franzindo a testa, e mal cumprimentou o pintor.

— Não seja tão mal-humorado, Gross. Klimt veio para ajudar.

— Em quê? — disse o criminologista, colocando de novo o olho sobre a lente.

— Na análise da letra de Binder, é claro.

Dessa vez, quando Gross levantou a cabeça do instrumento, seu rosto demonstrava raiva, em vez de simples rabugice.

— O que você tem dito por aí, Werthen?

— Está tudo bem, *Professor* — interrompeu Klimt. — Werthen me contou tudo sobre as aventuras de vocês na Suíça. Não precisa se preocupar, eu não vou ficar espalhando essas notícias por Viena. E já é hora, rapazes, de receberem alguma ajuda nos esforços de vocês. É o mínimo que eu posso fazer para retribuir toda a gentileza que tiveram comigo.

Klimt explicou brevemente sua experiência única com gravuras ao criminologista, que foi aos poucos pondo a raiva de lado. No final, já parecia estar se divertindo.

— Você acha então que pode me dizer alguma coisa sobre essa caligrafia? — perguntou Gross — É verdade, *Ames on For-*

gery lista o ofício de gravador como um dos que pode auxiliar na identificação de letras, mas ainda não vi nenhum exemplo de real valor.

O criminologista pusera-se então de pé, pondo a palma das mãos sobre as costas, esticando-se.

— Mas isso pode ser uma diversão inofensiva. Minha cabeça está precisando de uma. Alguma espécie de competição. Mas eu devo lhe avisar, Klimt, eu já fiz estudos minuciosos de grafologia e caligrafia.

— Eu tenho certeza disso, *Professor*. Bem, se eu puder dar uma olhada nos documentos...

Gross entregou-lhe o livro de reservas e o bilhete de suicídio. Ele não se importava mais de colocar este último no envelope de papel pardo, pois o examinara minuciosamente em busca de impressões digitais e encontrara uma mixórdia enlouquecedora, que impossibilitava qualquer identificação. Um dia, queixava-se sempre o criminologista, a polícia compreenderia o valor das impressões digitais e lidaria com as provas de forma cuidadosa.

Klimt pegou as duas amostras, o livro na mão esquerda e o bilhete, na direita. Examinou-as durante um tempo e depois as largou, tirando um par de óculos de leitura do bolso do casaco que estava usando. Werthen imaginou que o cafetã mais chamativo e fresco fora guardado com naftalina, durante aqueles meses mais frios. Colocando as hastes de arame em torno das orelhas, Klimt pegou as duas amostras novamente, mexendo os lábios como se estivesse lendo alto. Folheou as páginas do livro de reservas, comparando cada uma com o bilhete. Fungou, fez barulhos com a boca e então entregou as amostras para Gross.

— É muito simples, eu diria.

— Ah, é? — disse o criminologista, todo ironia. — Fale, então.

— Bem, primeira coisa, o bilhete de suicídio é claramente uma falsificação.

O ar de leviandade de Gross se transformou em interesse

— Como assim? — perguntou Werthen.

— Algumas coisas — disse Klimt, dirigindo-se aos dois. — Não que seja um mau trabalho de caligrafia. É óbvio que o falsificador entende do negócio e percebeu as excentricidades de *Herr* Binder. Você pode ver que ele faz a letra "e" achatada. Binder escreve no estilo grego, como um ípsilon. E a grafia curiosa de "bisturi". Binder inverte o "r" e o "i" do final. Dá para ver isso em todo o livro de reservas e também no bilhete de suicídio. O nosso homem fez seu dever de casa direitinho.

— Você vê então uma letra de homem no bilhete? — perguntou Gross, empolgado.

— Ah, com certeza, *Professor*. Não tem como disfarçar, tem?

O criminologista balançou a cabeça concordando e olhando então para Klimt com um novo respeito.

— Mas, se ele é tão preciso nos detalhes — disse Werthen —, como vocês podem saber que é uma falsificação?

— *Por causa* da semelhança. A letra do livro de reservas e a do bilhete de suicídio são parecidas demais — respondeu Klimt. — A inclinação das linhas para cima, a caligrafia clara, o espaçamento cuidadoso entre as letras. Eu lhe pergunto — disse ele, virando-se para Werthen —, se você estivesse escrevendo sua carta de despedida, pronto para enfiar o cano do revólver na boca e estourar os miolos, sua letra seria tão firme como quando preenche calmamente uma encomenda de três dúzias de bisturis?

Werthen não se deu ao trabalho de responder.

— Você quer dizer que a ausência de sinais de nervosismo no bilhete de suicídio revela que é uma falsificação.

Klimt deu de ombros.

— É, em poucas palavras. É sua conclusão também, *Professor*?

— Bravo, Klimt — disse Gross, batendo as mãos ruidosamente. — Exatamente a minha conclusão. Eu, também, notei uma ausência de urgência no bilhete de suicídio. Observe que ele foi escrito com uma caneta de ponta de aço, uma número dois, acho eu. Quando se escreve com uma caneta dessas, mergulhando-a no tinteiro a intervalos, um certo número de palavras pode ser escrito antes de a linha se tornar muito tênue e ilegível. Eu comparei os dois textos observando esse detalhe e descobri que, enquanto o livro de encomendas mostra uma variação regular entre as letras mais escuras e as mais claras, indicando o lugar em que o autor da escrita teve de mergulhar novamente a caneta no tinteiro, esses intervalos não ocorrem no bilhete de suicídio. Todas as letras são uniformemente escuras; as mais claras, na verdade, estão ausentes por completo. O que me diz que o bilhete não foi escrito de forma espontânea, mas copiado meticulosamente para disfarçar a letra. Quem escreveu, mergulhou o tempo todo a caneta no tinteiro para criar uma caligrafia perfeita, sem esperar que a linha começasse a ficar apagada. Ou seja, isso é uma falsificação, uma cópia bem feita da letra de Binder.

Werthen olhou então para as duas amostras e pôde ver por si mesmo do que Gross estava falando; ficava óbvio depois da explicação.

— Além disso — continuou o criminologista —, eu fiz mais uma descoberta enquanto examinava o livro de encomendas e a agenda de *Herr* Binder. Ele não poderia ter matado *Fräulein* Landtauer, porque, na verdade, tinha um álibi para aquela noite.

— Mas o médico, em Klagenfurt — começou Werthen.

— *Não* em Klagenfurt, em Graz — disse Gross. — A cabeça de Binder deve ter começado a pregar peças nele, são os efeitos da sífilis. Ele anotou a visita a Graz, mas só que no mês errado. Eu só percebi porque ele escreveu a data "16-8-98" ao lado do nome do médico, embora ela estivesse na seção referente ao mês de julho do caderno. Ele deve ter pegado o trem de Klagenfurt para Graz na terça-feira, porque conversou com um médico lá no final da cirurgia da noite. Acontece que eu conheço pessoalmente o homem, um grande cirurgião, *Doktor* Bernhard Engels. Fui até o posto telefônico e confirmei, numa ligação, o fato de que Binder estava, de verdade, na nossa velha cidade natal na noite do assassinato de *Fräulein* Landtauer. Ele teve de esperar que a cirurgia noturna do médico terminasse para mostrar seus produtos. Engels disse que *Herr* Binder esteve no seu consultório até as 9h da noite, no mínimo. Consultando os horários de trem, da k. und k., que você tem em sua mesa, descobri que o último trem para Viena saiu de Graz às 8h30 da noite; o primeiro da manhã, às 6h30, e só chegou aqui muito depois de a polícia ter descoberto o corpo de *Fräulein* Landtauer. Portanto, Binder era realmente inocente da morte dela. O que, por sua vez, significa que era inocente de todas as outras.

Embora eles já tivessem especulado sobre isso, aquela prova foi como um choque para Werthen. De repente, não se estava mais trabalhando com hipóteses. A inocência de Binder colocava agora todas as outras suposições deles no lugar. O advogado sentiu um arrepio percorrer-lhe o corpo e estremeceu.

— Parece que vocês, rapazes, estão diante de uma coisa grande — disse Klimt.

— Agora, a pergunta é: por que Binder? — disse Gross, dirigindo-se até a janela e olhando para a rua lá fora, à tarde.

A luz já havia mudado para os suaves raios dourados do outono.

— Bisturis? — propôs Werthen. — Eles estavam envolvidos nos assassinatos, e ele poderia então ter uma ligação lógica com os crimes.

Gross balançou a cabeça.

— Isso é, se a pessoa responsável por todas aquelas mortes estivesse tentando nos direcionar para Binder. E eu acredito que estava. Binder foi escolhido com antecedência para ser o bode expiatório dos crimes. E tem também a questão dos narizes.

Klimt interrompeu, então:

— Agora que Binder não é mais nosso homem, aquela história toda de furor sifilítico contra quem não tem a doença não emplaca mais.

— Exatamente — disse Gross. — Mas aquelas mutilações eram uma assinatura. Nós examinamos a ideia de antissemitismo e decidimos que era uma pista falsa. A que outros símbolos se refere o nariz?

— À presunção. — disse Werthen. — Ser *hochnäsig*, ou ter o nariz empinado.

— Ser intrometido — acrescentou rapidamente Klimt. — Enfiar o nariz nos negócios das outras pessoas.

Gross fechou os olhos em contemplação. Ele ouviu os palpites, mas não deu nenhuma resposta imediata.

— Alguma coisa a ver com Frosch, pois ele era a vítima principal — disse o criminologista, de modo ausente. — Isso está me provocando, essa ligação; me enfurecendo.

— Alguma coisa a ver com cheiro — disse Klimt, buscando desesperadamente uma conexão.

De repente, Gross bateu com a mão no parapeito da janela.

— É isso!

— Cheiro? — perguntou Werthen.

Gross olhou para ele com espanto.

— É claro que não. Tem a ver com a cultura dos índios americanos. Os sioux das Planícies, se eu não estiver enganado, cortam os narizes das índias que são infiéis aos maridos. E Frosch...

— Estava para cometer uma infidelidade, revelando a verdade sobre a morte do príncipe herdeiro Rodolfo — Werthen terminou para ele.

— Quem faria uma coisa dessas? — perguntou Klimt, repugnado.

— Alguém para quem os símbolos são terrivelmente importantes — respondeu Gross. — Para quem a lealdade é o objetivo e a finalidade de tudo. E alguém com poder suficiente para atacar o próprio coração do Império, e atrevido o bastante para assassinar o príncipe herdeiro e a imperatriz.

Gross deu novamente as costas a eles, olhando para fora da janela.

— Também, uma pessoa que se ache muito inteligente. Nós vamos ver isso.

Ele podia ver o criminologista de pé, na janela do apartamento, do outro lado da rua. Se tivesse um rifle consigo, o homem estaria morto.

Ele ainda estava enfurecido pela catástrofe em Genebra. "Faça parecer um acidente", haviam-lhe ordenado. Fora um erro; em vez de matar o advogado e o professor de uma vez, tivera que tentar forjar um acidente e terminara acabando com a vida de uma parelha de cavalos em perfeitas condições.

Todo o mistério e as pistas falsas. Todo o drama da mutilação das vítimas do Prater. Ele fizera o possível para criar *eine schöne Leiche*, ou um belo cadáver, para cada uma delas, mas por que todo aquele trabalho extra? Tivera que montar uma sala de cirurgias subterrânea para cumprir aquela ordem vinda do alto; equipar um *Keller* no Terceiro Distrito com instrumentos cirúrgicos e tonéis para drenar o sangue, que ele despejava depois no cano mais próximo. Usara mapas do sistema de esgoto e das catacumbas, fornecido a ele por seu mentor, para se tornar perito em trafegar pelo mundo subterrâneo de Viena, e tivera o cuidado de evitar as moradias improvisadas no subsolo pelos sem-teto. Tanto aborrecimento para matar. A única parte agradável de tudo aquilo fora o contato inicial, o odor do medo quando ele as pegava por trás, usando as mãos como um torno sobre a cabeça e, com um giro rápido, quebrava-lhes o pescoço, produzindo aquele som agradável.

Ele só recebera ordens: nenhuma explicação ou razão. Naturalmente, era um soldado; ordens eram ordens. No entanto, a pessoa se pergunta, o que é que eles estão querendo? Até com a imperatriz, ele tivera que fazer o papel de um cocheiro correndo até a cena para ajudar. E por que a charada com o italiano idiota? Orquestrar aquilo custara mais esforços que dez mortes.

Até se encontrar com os controladores havia se tornado uma ópera. Na última reunião com seu major — na verdade, tenente-coronel agora, mas ele seria sempre o major —, outra pessoa estava lá para verificar que as ordens fossem expedidas de maneira clara. Vestia-se como monge, com sotaina e capote.

Tudo que ele pôde discernir na obscuridade do recinto foi a figura de um pequeno cordeiro de ouro, pendendo do pescoço do homem. Para que toda aquela encenação? Tratava-se apenas de matar, e nada mais.

Agora, ele iria ter que compensar pelo fiasco em Genebra com o advogado e o professor. Fora a primeira vez que falhara. Não aconteceria novamente. Não importava o que o major lhe dissesse: da próxima vez, não cometeria erros. Sutilezas eram para *chefs* especializados em massas. Uma bala na cabeça resolveria o problema, e que a polícia solucionasse o caso.

DEZENOVE

Eles iam se encontrar com o professor Krafft-Ebing na manhã seguinte, em sua sala na universidade, pois Werthen, examinando suas anotações à noite, dera com uma possível ligação entre as mortes e Francisco Ferdinando. O irmão do herdeiro presuntivo, o arquiduque Otto, era, como descrevera Krafft-Ebing durante seu primeiro encontro, membro do notório Clube dos Cem, aqueles doentes de sífilis que corrompiam jovens virgens. Assim, talvez a questão das mutilações nasais ainda envolvesse a sífilis, mas não *Herr* Binder. Talvez se ligasse de algum modo a Francisco Ferdinando e ao irmão. De qualquer forma, aquela conexão, embora tênue, com Francisco Ferdinando, era convidativa demais para se deixar passar.

Gross estava cético, mas foi junto, por via das dúvidas.

Antes de eles deixarem o apartamento, Werthen observou o correio da manhã sobre a mesa, ao lado da porta. Bem em cima estava uma carta com a letra de Berthe. Ele abriu-a rapidamente e, com Gross fungando impaciente sobre seu ombro, leu a mensagem:

Querido Karl,

Por favor, perdoe a cena do domingo. Eu te amo. Mas nós precisamos aprender também a confiar um no outro. Não esconder nada. E, por favor, diga ao Dr. Gross que pare de ler sobre seu ombro!

Werthen voltou-se e, de fato, o criminologista estava examinando a carta, sem demonstrar o menor sinal de remorso.

— Moça inteligente, essa — foi tudo o que ele disse.

O advogado retornou ao bilhete, dessa vez de frente para Gross:

Essa semana está sendo terrivelmente movimentada para mim, e tenho certeza de que para você também. Vamos nos encontrar na sexta à noite e celebrar. Beijos, querido. Desculpe soar como uma garota de escola, mas sinto falta de você. E adorei a pulseira.

Te amo, B.

Werthen respirou aliviado. Como a amava! Suas palavras de raiva vinham atormentando-o; ele sentia agora que podia realmente seguir em frente com a investigação mais uma vez.

— O que você está esperando, Werthen? Estamos perdendo tempo.

Krafft-Ebing ocupava uma sala em um canto do terceiro andar do prédio novo, na Ringstrasse, finalizado pelo famoso arquiteto Heinrich von Ferstel, havia 12 anos. A imensa fachada de calcário da construção dominava o bulevar. Werthen sabia que, cinco anos antes, Klimt fora escolhido para criar uma série de pinturas no teto para a entrada, mas que, após muito questionamento, não se chegara a nenhum acordo até então. O teto ainda parecia horrivelmente nu. Enquanto subiam a ampla escadaria até o terceiro andar, o advogado se surpreendeu ao ver uma estudante de tranças e vestindo um traje de marinheiro azul pálido, correndo para assistir a uma aula, depois se lembrou de que as mulheres haviam ganhado o direito de entrar na universidade — na faculdade de filosofia apenas — no ano anterior.

Krafft-Ebing estava esperando por eles, como combinado àquela manhã através do *Rohrpost*, um correio subterrâneo pressurizado, que era muitas vezes tão rápido quanto o uso do telefone, e lançou um olhar para a bengala de ponta de prata que Werthen estava carregando àquele dia. Uma lâmina, afiada como uma navalha, encontrava-se no interior, e o advogado sabia como manejá-la.

A sala revelava praticidade no mobiliário: estantes com portas de vidro alinhavam-se à parede e emolduravam janelas grandes que davam para a Ringstrasse. Sua mesa assemelhava-se à de um professor de escola — literalmente miniaturizada pela sala ampla —, com pilhas de cadernos e tomos pesados, marcados em vários lugares com tiras de papel azul.

Por alguns momentos, eles falaram trivialidades e, antes de irem ao assunto, o psicólogo manifestou sua surpresa por Gross não estar em Bukovina.

— Eu realmente não consigo ver como poderia ajudá-los em relação ao Clube dos Cem. Em nosso último encontro, já passei a vocês toda a informação que tinha a respeito dessa sociedade infame. — Krafft-Ebing se recostou em sua cadeira de couro. — Mas por que esse interesse continuado, senhores? Eu pensei que os assassinatos do Prater tivessem sido resolvidos.

Seu sorriso desdenhoso revelou-lhes que o psicólogo, nem por um momento, acreditou que o verdadeiro culpado daquelas mortes fora levado à justiça.

— Nós descobrimos evidências novas — disse Gross, informando Krafft-Ebing sobre a descoberta do álibi de *Herr* Binder, mas sem mencionar a ligação entre os crimes do Prater e o assassinato da imperatriz Elisabete ou do filho. Gross não queria colocar o velho amigo em perigo, e saber muito sobre aquele caso era pôr-se em risco. Werthen, após a partida de Klimt na noite anterior, fora severamente repreendido pelo criminologista por ter fornecido ao pintor tantas informações perigosas. A reprimenda ainda reverberava em seus ouvidos.

Krafft-Ebing aquiesceu prudentemente quando Gross deu-lhe a conhecer os fatos novos.

— Você está procurando então por um perfil novo. Mas é difícil suspeitar do arquiduque Otto. Eu quero dizer, o homem é um bobalhão extravagante, mas é duvidoso que seja um assassino. Além disso, eu imaginaria que você estivesse agora atrás de outras ligações, que nada tivessem a ver com a sífilis. Se Binder era inocente, isso significa que alguém quis fazê-lo parecer culpado, e estava, portanto, usando a doença do pobre infeliz como parte do enigma.

— Ou usando a sífilis de Binder para encobrir sua própria — propôs Werthen, rapidamente.

Gross não deu resposta, mas Krafft-Ebing apertou os lábios e disse:

— Possivelmente — sem muita convicção. — Eu me lembrei de nossa conversa anterior — prosseguiu o psicólogo —, quando soube da morte da imperatriz.

Gross e Werthen trocaram olhares diante daquele *non sequitur*, mas, àquela altura, o advogado já conhecia o jeito de fazer rodeios do psicólogo.

— Primeiro, eu só soube que ela tinha morrido em Genebra, a pobre mulher. Eu ainda não tinha visto os jornais e lido sobre o assassinato. Então pensei — e foi isso que me fez lembrar de nossa conversa — que havia finalmente sucumbido à doença.

Gross e Werthen ficaram em silêncio, o qual era uma pergunta.

Krafft-Ebing balançou a cabeça solenemente.

— Poucos sabiam. Era um segredo imperial muito bem guardado. Que explica o afastamento do marido e suas viagens sem fim. Ela estava sempre em busca da cura, tentando fugir da lembrança daquela doença.

Gross retomou, por fim, a fala:

— Como você sabe dessa informação, Krafft-Ebing?

— Eu fui, durante os últimos anos de sua vida, o médico pessoal do príncipe herdeiro Rodolfo, se você se lembra.

— Claro — confirmou Gross. — Você estava sempre fora de Graz, naquela época. Um cargo de muito prestígio.

— Sim, era. E era também um peso, de muitas maneiras. Veja você, o pobre jovem também tinha a doença. De nascença, na verdade. Sífilis congênita.

— Mas onde...

Werthen deixou sua pergunta inacabada, pois a resposta era óbvia. Francisco José, a bondosa figura paternal do império, *Der Alte*, o senhor de suíças que governava aquele Império com eficiência meticulosa, que estivera no controle por meio século. Ele infectara com a doença a jovem esposa, que, por sua vez, deu à luz um filho que carregava a bactéria mortal no sangue. Werthen entendeu de súbito o presente final da imperatriz ao marido: a pianola com um único rolo de música, "Liebestod".

— A primeira filha, a arquiduquesa Sofia — continuou Krafft-Ebing —, só viveu dois anos, até sucumbir à doença herdada. A segunda, Gisela, conseguiu escapar dos efeitos, como a quarta, Maria Valéria, nascida cerca de uma década depois. Mas o terceiro filho, o tão esperado herdeiro do trono, o príncipe Rodolfo, nasceu com a sífilis. Quando ele morreu, ela já tinha passado do segundo estágio.

— Trágico — murmurou Werthen. Ele também estava sendo confrontado com uma imagem muito diferente de Francisco José daquela que possuía antes. — Mas, e o imperador?

— Eu nunca o examinei, mas aparentemente é uma daquelas pessoas que têm a sorte de escapar dos estragos da doença, até agora. Ele está longe de ser jovem e existem muito poucos sinais visíveis da doença, pelo que eu posso ver. Sua majestade, a imperatriz, no entanto, era outro caso. Quando morreu, ela estava sofrendo de tremores, sua beleza lendária tinha se ido e ela preferia cobrir o rosto, como se vivesse no Islã.

— O príncipe herdeiro estava mentalmente são quando morreu? — perguntou Gross.

— Eu diria que sim. Ainda não tinha alcançado o terceiro estágio; pode se dizer que ele se encontrava numa espécie de trégua. Em algumas pessoas, o intervalo entre o primeiro e o terceiro estágio pode durar décadas. Mas a doença se mantinha à espreita; ele sabia que estava vivendo à sombra do cadafalso.

— Ele era do tipo suicida? — perguntou Werthen, então.

Krafft-Ebing, no entanto, demonstrou uma desconfiança súbita por todo aquele interesse tão distante da investigação alegada.

— Gross — disse ele, e depois balançou a cabeça para Werthen. — *Herr Advokat*, eu acho que vocês não estão sendo francos comigo.

— Mera curiosidade — disse o advogado, tentando consertar as coisas, mas aquilo soou insincero até para ele mesmo.

— Saber ou não é uma escolha sua — disse Gross, por fim. — Mas me deixe preveni-lo, saber pode ser perigoso. Nós mesmos já escapamos da morte por um triz, em consequência de nossas investigações. Eu não quero envolver ninguém mais, a não ser que seja absolutamente necessário.

— Bobagem — interrompeu Krafft-Ebing. — Agora *minha* curiosidade foi despertada. Como vou poder ajudar se vocês me mantiverem na ignorância dos fatos?

Gross trocou um olhar com Werthen e depois soltou um suspiro profundo, antes de resumir a ligação entre os assassinatos do Prater, inclusive o de *Herr* Frosch, e as mortes da imperatriz Elisabete e do príncipe Rodolfo, na década anterior. Ele não forneceu, entretanto, nenhum detalhe sobre o rumo que as investigações estavam tomando naquele momento — na direção do arquiduque Francisco Ferdinando.

O psicólogo permaneceu sentado, em um silêncio pasmo, por um tempo, após Gross ter acabado de falar.

— Meu Deus, isso parece coisa inventada pelo escritor americano Poe — disse ele, por fim.

Sua mente trabalhava rápido, tentando estabelecer uma ligação entre aquelas informações e a pergunta anterior de Werthen, com relação ao arquiduque Otto.

— Então, vocês estão suspeitando de Otto... Não. Vocês suspeitam do irmão dele, Francisco Ferdinando! Ele seria a pessoa a ganhar mais com a morte de Rodolfo.

— Um reino — disse Werthen.

Krafft-Ebing balançou a cabeça com violência.

— Não, isso está completamente errado. Ele focou o olhar em Gross. — Você acredita nisso?

— Ele tem motivos — alegou o criminologista. — E quem quer que seja que nós estejamos combatendo — porque é uma luta de vida ou morte, não se engane — tem muito poder. Isso ficou claro pelo modo com que ele controlou a investigação dos assassinatos do Prater desde o início.

— Isso não faz sentido — insistiu Krafft-Ebing. — Francisco Ferdinando às vezes é um bobo fanfarrão, frustrado por ser mantido fora da política, da mesma forma que o primo, Rodolfo, foi. Mas eu o conheço. Ele é um homem de muito discernimento. Já escreveu até um livro sobre as suas viagens, quando visitou países mais quentes, tentando curar sua tuberculose. Na verdade, eu tive a oportunidade de examiná-lo em março e lhe disse que estava curado e pronto para assumir as responsabilidades de herdeiro presuntivo. Vocês deviam vê-lo depois que fiz essa declaração. Ele começou a dançar como uma criança pequena. O homem cultiva rosas, pelo amor de Deus. Como ele poderia ser um assassino frio?

— Rosas? — perguntou Gross. — Que interessante. O mesmo *hobby* de nosso *Herr* Binder.

Quando Gross olhou para ele, Werthen notou que o criminologista talvez estivesse, pela primeira vez, levando a sério sua teoria sobre Francisco Ferdinando.

— Eu devo guardar minhas opiniões para mim mesmo, então — disse Krafft-Ebing. — E simplesmente ajudar vocês dois a criar um novo perfil para o criminoso. Como você, Gross, eu acredito que nosso assassino criou aquela assinatura dos ferimentos, nas vítimas do Prater, por uma razão. As mutilações não foram feitas meramente para fazer com que o autor dos crimes parecesse louco. Eu acho que todas elas têm um significado e ajudam a esboçar um retrato do assassino. Primeiro, o nariz.

— Chegou a alguma conclusão? — sugeriu Gross.

— Sim — disse Krafft-Ebing. — Eu gosto muito de sua teoria sobre o folclore indígena. O criado infiel tem o nariz arrancado, exatamente como uma esposa infiel. O fato de que isso é uma prática dos índios americanos também funciona como indicação. Significa que o assassino já tenha talvez se dado ao luxo de viajar para os Estados Unidos e voltar. Nós, austríacos, não mandamos muitos imigrantes para o Novo Mundo. Mais provavelmente, seria alguém com recursos para viajar ou, pelo menos, alguém com educação suficiente para ler sobre essas práticas. Isso aponta para gente rica, possivelmente da aristocracia.

— A classe média já está bem educada hoje em dia — objetou Werthen.

— É claro que eles sabem ler — disse Krafft-Ebing. — Qualquer lojista pode pegar um livro de aventuras de Karl May e encontrar, possivelmente, uma referência a esse tipo de prática dos índios das Planícies americanas. Mas estou me referindo ao uso dessa informação. Honra e fidelidade são coisas terrivelmente importantes para essa pessoa. A maioria de nós não vive desses atos simbólicos. Para nosso assassino, esse simbolismo é importante, não, vital. A gente vê isso se olhar com mais atenção para as outras marcas.

— O sangue — disse Gross. — Depois de decidir contra a hipótese de judaísmo, nós deixamos esse detalhe de lado.

— Ele é tão importante quanto o nariz — disse Krafft-Ebing. — O sangue simboliza tanta coisa: vida, fecundidade, sexualidade, classe social. Mas o esgotamento do sangue diz muito. Ligado à mutilação do nariz, eu diria que o sangue, nesse caso, indica uma falta de educação, ou de sangue azul, como diriam os aristocratas.

Werthen achou aquela discussão algo irônica, uma vez que o próprio Krafft-Ebing era um *Ritter*, membro da pequena nobreza, mas aristocrata, apesar de tudo.

— Excelente — disse Gross, esfregando as mãos. — E o destino dos corpos?

— Essa é a terceira marca — concordou Krafft-Ebing. — O Prater. Um parque de diversões e, portanto, se pensa num símbolo do homem comum. Ou talvez fosse simplesmente um lugar à mão para se livrar dos corpos. Suficientemente deserto no meio da noite, para que ninguém notasse.

— Mas, no entanto, o assassino pegou aquelas pessoas nas ruas de Viena, algumas delas quando estava ainda claro — disse Gross. — Não, eu não acho que seja o abandono do local o que determinou o uso do Prater.

— Era uma reserva de caça real, no tempo de José I — disse Werthen.

— Mais uma vez a ligação com a aristocracia — falou Krafft-Ebing. — E as vítimas foram deixadas como se fossem troféus de caça.

Werthen pensou logo na reputação de Francisco Ferdinando como caçador que abatera milhares de animais, mas não disse nada. Não havia razão para tirar Krafft-Ebing do rumo de suas especulações.

— Nós estamos chegando mais perto de um retrato completo do criminoso, senhores — disse o psicólogo. — Um homem poderoso e rico, capaz, muito provavelmente, de pagar alguém para cometer os assassinatos por ele. Uma pessoa para quem lealdade e educação são muito importantes. Um soldado talvez, ou até um membro de nossas ilustres ordens de cavaleiros, como a Ordem Austríaca Imperial de Leopoldo, a Ordem de Maria Teresa, a Ordem de Santo Estevão ou até mesmo a Ordem do Tosão de Ouro. Todas elas têm um código de honra que exige que os membros castiguem outros cavaleiros por traição ou heresia. Esse código pode ter se estendido, na cabeça do homem, a um servo do Império, como *Herr* Frosch. E até mesmo à própria imperatriz.

— Eu acho que todos os membros da família real se tornam automaticamente membros de algumas dessas ordens — acrescentou Werthen.

— O Tosão de Ouro — disse Gross, com um sorriso malicioso àquela exibição de saber arcano. — Mas não tem nada que diga que nosso criminoso pertença a uma ordem dessas, só que ele exerce algum tipo de poder. O que deixa uma ampla margem de escolha. Primeiro, nós temos os oitenta descendentes vivos da imperatriz Maria Teresa e do filho, o imperador Leopoldo II. Arquiduques, arquiduquesas, príncipes, princesas, condes e condessas.

— A nata da sociedade — acrescentou Krafft-Ebing.

— Exatamente. Qualquer uma dessas pessoas poderia exercer o tipo de poder que estamos procurando. Depois, vêm os títulos hereditários menores de outras partes do império, muitos dos quais são húngaros, eu faço questão de lembrar a vocês. A maioria deles, com algumas exceções notáveis, tais como Esterhazy, Schwarzenberg, Grunenthal e Turn und Taxis, não têm título mais alto que de conde. Depois vem a terceira camada, a *Dienstadel*, que recebeu o título, seja de cavaleiro ou de barão, através de serviços prestados à coroa.

— Como minha família — disse Krafft-Ebing.

— E não vamos esquecer — continuou Gross — a vasta gama de funcionários públicos, militares, conselheiros e até servidores que estão numa posição de poder na corte. Eu li uma estimativa do número de pessoas que formam a corte como estando em torno de quarenta mil.

Werthen, no entanto, havia parado de escutar. Francisco Ferdinando era com certeza membro do Tosão de Ouro, como fora o príncipe Rodolfo. Se o herdeiro presuntivo precisasse de uma racionalização para matar o primo mais velho, poderia ter-se dito que o faria para o bem do país, a fim de salvar a Áustria da afeição de Rodolfo pelos magiares, que desejavam apartar-se da monarquia dupla. Francisco Ferdinando tinha 26 anos à época da morte do primo e aliados suficientes para armar um complô, a fim de eliminar o príncipe herdeiro e fazer parecer que fora suicídio.

— Você concorda, Werthen?

A voz de Gross tirou por fim o advogado de seus pensamentos. Ele não sabia quanto tempo ficara fora da conversa.

— Desculpe, minha cabeça estava longe. Se eu concordo com o quê?

— Que o próximo passo seria determinar se nossa teoria básica é correta.

— E qual é ela?

— Que tudo isso gira em torno da morte, não, do assassinato do príncipe herdeiro Rodolfo, há dez anos.

— Sem encontrar uma cópia das memórias de Frosch, como você propõe fazer isso? — perguntou Werthen. — A gente não tem como reabrir essa investigação também. A cena do crime não existe mais, já que o quarto de Rodolfo foi literalmente derrubado na reforma do chalé de Mayerling, para virar um convento carmelita. Muitas das pessoas que estavam presentes lá naquela noite, inclusive o condutor de Rodolfo, Bratfisch, e agora Frosch, já morreram. Como fazer, então?

— Examinando o corpo.

— Mas o príncipe herdeiro está na cripta da igreja dos Capuchinhos — argumentou Werthen. Ele não gostou da ideia de Gross afastá-los da investigação presente, para perder tempo com um crime ocorrido havia dez anos. — Eles nunca vão deixar a gente abrir o sarcófago.

— Não o do príncipe herdeiro, Werthen, mas o da moça. Marie Vetsera, que ele supostamente teria matado antes de se suicidar.

— O que você espera provar examinando aquele corpo decomposto?

— Eu não tenho certeza, Werthen. Talvez a gente só consiga agitar ainda mais o assassino. O suficiente, quem sabe, para ele agir sem prudência. Ou talvez haja na verdade alguma coisa para ser encontrada debaixo da terra fria e úmida, além dos vermes.

O criminologista levantou-se da cadeira, balançando a cabeça para o psicólogo.

— Krafft-Ebing, como sempre, foi um prazer. Muito obrigado por sua ajuda, e olhe para os dois lados ao atravessar a Ringstrasse esta noite.

O psicólogo disparou um olhar para o colega.

— Você também, Gross. A gente não gostaria de perder você, bem agora.

O que eles viam de tão engraçado na perspectiva de morrer, Werthen não sabia.

— E me avise se o clã Vetsera concordar com a exumação — disse Krafft-Ebing, quando eles já haviam atravessado a porta. — Você vai precisar de um médico presente no exame, imagino eu.

VINTE

Lá fora, Klimt ainda estava esperando por eles. Ele insistira em fazer o papel de guarda-costas e, com a ajuda do ex-companheiro de cela, Hugo, da prisão de Landesgericht, havia recrutado três indivíduos grandes e de aparência repulsiva, sob cujos paletós estufados Werthen imaginou haver uma variedade de pistolas, porretes, facas e socos-ingleses. Cada um deles usava um chapéu-coco sobre cabeças do tamanho de bolas gigantes. Klimt não fez qualquer esforço no sentido de fazer apresentações, e nem Werthen ou Gross fizeram questão de formalidades. Embora o criminologista tivesse zombado da ideia na noite anterior, não estava, observou Werthen, queixando-se da companhia naquele dia.

Eles foram espremidos feito sanduíche pela escolta, enquanto seguiam seu caminho pela Ringstrasse.

— Você parece um historiador amador de sua cidade de adoção, Werthen — disse Gross, enquanto eles caminhavam para a fila de fiacres mais próxima, em Schottentor. — Me diga uma coisa, o que foi feito da mãe da garota Vetsera?

— Bem, a corte a baniu por jogar a filha jovem e bela nos braços do príncipe herdeiro. A verdade é que, apesar de Helene Vetsera ser uma alpinista social, e bem capaz de arrumar um caso entre a filha de 17 anos e Rodolfo — comenta-se que ela mesma, ainda jovem e já casada, tentou ir para a cama com o príncipe herdeiro —, dessa vez ela era inocente. Foi a sobrinha da imperatriz, Marie, condessa Larisch, quem agiu de intermediária para o primo e a garota Vetsera. Ela, também, foi banida da corte por causa de seu envolvimento. Eu tenho a impressão de que ela se casou, recentemente, com um cantor bávaro e está vivendo em Munique.

— Está bem, está bem, Werthen — disse Gross, impaciente — Mas e a mãe, é nela que eu estou interessado.

— Ela foi rejeitada por toda a alta sociedade, apesar dos irmãos, os rapazes Baltazzi, como são chamados, terem conseguido ficar nas boas graças do meio. Eles são apaixonados por cavalos. Você os encontra sempre em Freudenau na época das corridas.

— Werthen!

— Sim, a mãe. A última notícia que tive de Helene Vetsera é que ela ainda morava na mansão da família, em Salesianergasse.

— O chamado Quarteirão Nobre. Então vamos.

— Mas, Gross, a gente não pode simplesmente sair assim visitando a baronesa. Existe toda uma etiqueta. A pessoa tem que apresentar o cartão antes e esperar ser convidada.

— Bobagem, Werthen. Essa senhora deve andar desgostosa, louca para receber a visita de qualquer um. Se ela se tornou a pária que você diz, vai ficar muito feliz de receber a gente. Rápido, homem — disse o criminologista, enquanto fazia sinal para um fiacre que passava. — A gente não tem tempo a perder.

Ele e Werthen pularam no *Fiaker*, deixando Klimt e a escolta brigando pela próxima carruagem disponível.

Ao chegarem a Salesianergasse, número 12, o advogado ficou surpreso ao descobrir que Gross tinha razão quanto à disposição da baronesa por companhia. Eles entregaram seus cartões profissionais ao velho mordomo que atendeu a porta e, em cinco minutos, Helena Vetsera os recebeu. Werthen viu Klimt e seus buldogues chegarem em um *Fiaker*, exatamente quando ele e o criminologista entravam na casa.

A baronesa estava sentada em um aposento grande e um pouco escuro quando o mordomo os levou até ela. Na juventude, Helene Vetsera fora famosa pela beleza, Werthen sabia. Sua fina aparência do Levante vinha do pai, Themistocles Baltazzi, originário da Ásia Menor e que abraçou o ideal do império, até o ponto de ficar rico à custa de pedágios para pontes e outras concessões governamentais desse tipo. Ela era uma entre quatro irmãos; os três homens haviam feito nome na Inglaterra, com cavalos de corrida. Helene se casara com um diplomata austríaco e tivera alguns filhos, em especial uma filha, Marie, que se tornara mal-afamada pela morte prematura em Mayerling.

— Eu já ouvi falar, é claro, sobre seu trabalho, *Herr Doktor* Gross — disse a baronesa, após as apresentações terem sido feitas.

A luz era tão escassa no aposento que Werthen não conseguia ver seus traços com clareza; ele imaginou que aquela era realmente a intenção. Os mexericos diziam que ela envelhecera terrivelmente depois da morte da filha e do banimento da sociedade.

— Isso me deixa contente, baronesa — disse Gross, com uma graça cortês. — Eu tenho que pedir desculpas por visitá-la sem anunciar. Eu expliquei ao *Advokat* Werthen que essa conduta não era exatamente *au fait*, mas ele não se deixou convencer. Minhas desculpas sinceras em nome dele.

O advogado revirou os olhos para o amigo.

A baronesa lançou um olhar de censura a Werthen e depois se virou novamente para o criminologista.

— Deve ser um assunto de alguma urgência, então — disse ela.

Sua curiosidade ficara claramente aguçada.

— É verdade, baronesa. Mas, para a senhora, pode se mostrar um pouco doloroso. Veja, meu colega e eu estamos escrevendo uma revisão dos procedimentos policiais no caso trágico de Mayerling.

Um suspiro audível saiu dela à menção daquele nome.

— Vai ser publicado em meu periódico, o *Arquivos de criminalística*. Um órgão profissional, a senhora entende, lido por criminologistas do mundo todo. Nós esperamos acabar com os rumores que cercam a morte de sua filha e do príncipe herdeiro. Com essa finalidade, pedimos sua ajuda.

— Minha filhinha. — Um soluço partiu da escuridão que cercava a baronesa. — Tão mal compreendida...

— É exatamente por isso que viemos até a senhora, cara baronesa — continuou Gross. — Esperamos esclarecer qualquer mal-entendido a respeito de sua filha. A minha opinião é de que ela era, na verdade, uma vítima inocente, que estava no lugar errado na hora errada. Longe de fazer parte de um pacto suicida romântico, a jovem Marie foi, tristemente, uma vítima acidental de outras maquinações. Eu acredito que nós poderíamos provar isso se tivéssemos a oportunidade de examinar seus restos.

Gross deixou suas palavras pairando no ar, sem maiores explicações. Werthen achou que a mulher iria, após ter tempo de se recompor, receber bem qualquer tentativa de limpar o nome da filha e assinaria com satisfação o formulário de exumação do corpo.

— Isso é completamente impossível — disse a baronesa, levantando-se de repente. — Os senhores sabem há quanto tempo eu vivo exilada da sociedade? Há quase uma década. E só agora as coisas estão começando a esfriar. Eu recebi um convite da princesa Metternich para uma *soirée* na semana passada. Talvez minha solidão trágica esteja chegando ao fim. E vocês querem que eu arrisque isso abrindo todas essas velhas feridas?

Werthen ficou surpreso, mas não espantado. Ele já havia tratado com pessoas durante tempo demais para se espantar. A baronesa estava mais preocupada com sua situação social do que com limpar o nome da filha morta, o que significava que eles teriam de tentar uma abordagem diferente agora.

— Talvez seja a hora de contar a essa boa senhora — disse o advogado, de súbito.

Gross teve o bom-senso de não demonstrar qualquer espanto diante disso.

— Eu vou deixar isso com o senhor, *Advokat* Werthen.

— Baronesa — começou o advogado —, eu preciso dizer à senhora que nossa investigação foi encomendada pelas mais altas esferas.

— O senhor quer dizer... — começou a baronesa, mas Werthen cortou-a.

— Nós não temos permissão de mencionar o nome do nosso mentor, mas tenha a certeza de que nossa missão foi sancionada pelas esferas mais altas da corte. A sua cooperação nesse caso não vai passar despercebida.

— Mas o senhor devia ter dito isso antes. É um dever meu de patriota ajudá-lo nisso. É claro que eu entendo. Por favor, vá diretamente ao âmago da questão. Diga ao mundo que a minha querida Marie era inocente.

— Um simples bilhete, baronesa, com sua assinatura — disse Werthen — Isso será o suficiente.

— Qualquer coisa. Qualquer coisa. E, por favor, diga ao seu... mentor como é profunda a minha devoção à Casa de Habsburgo.

Werthen não respondeu. Papel e lápis foram arranjados, e um bilhete foi escrito para o abade do monastério de Heiligenkreuz, onde Marie Vetsera estava enterrada.

Como em um melodrama barato, raios e trovões os receberam àquela noite no monastério de Heiligenkreuz. O abade, uma alma de aparência feminina, vestindo um hábito marrom e ostentando uma tonsura na cabeça, pegou o bilhete da baronesa Helene Vetsera com seus dedos rechonchudos e admirou-se.

— Muito incomum — disse ele, após lê-lo.

— A senhora deseja que o corpo da filha seja exumado. Nós trouxemos alguns operários — disse Gross, indicando com a cabeça a turma de Klimt reunida, chapéus na mão, na sala de entrada —, um notário — outra balançada de cabeça em direção a Werthen — e um médico — um último meneio na direção de Krafft-Ebing, que precisara largar um *schnitzel* no meio, em seu apartamento, para se juntar ao grupo.

Uma linha irregular iluminou o céu lá fora, seguida de um ruidoso trovão. A chuva começou a martelar o telhado.

— Isso tudo faz lembrar aquela noite terrível em que ela foi trazida aqui. — O abade balançou a cabeça, devolvendo o bilhete a Gross. — Nós tivemos que esperar algumas horas para enterrá-la, porque o chão estava alagado.

O criminologista ignorou a observação, ansioso para iniciar o negócio.

— O senhor tem um lugar onde a gente possa fazer um exame?

Enquanto Krafft-Ebing vestia sua roupa profissional, Klimt e seus homens cuidavam do trabalho árduo de desenterrar o caixão da sepultura anônima, no cemitério. Werthen segurava uma lanterna enquanto os homens cavavam; a chuva caía forte. O abade, vestindo uma capa e tendo um guarda-chuva sobre a cabeça, que um noviço segurava, mantinha uma conversa constante, enquanto os homens trabalhavam. Quando a primeira pá atingiu a madeira, Werthen já sabia sobre as péssimas condições na noite do enterro, a permissão de última hora do bispo para enterrar uma suicida em solo consagrado (pois apesar de o relatório oficial da polícia observar que o príncipe herdeiro atirara nela, sua morte fora considerada parte de um pacto suicida). O abade também lhe contara sobre o estado lamentável dos tios da moça, que tinham acompanhado o corpo até Heiligenkreuz, naquela noite tempestuosa de 1889.

A escavação continuou por mais dez minutos, até Klimt e seus homens conseguirem por fim passar uma corda sob o caixão, e começarem a erguê-lo da terra barrenta e úmida. Werthen ficou aliviado ao ver que se tratava de um caixão simples de madeira. Isso significava que não era vedado, que o ar e os insetos teriam feito seu trabalho. Em um caixão hermeticamente fechado, o cadáver estaria provavelmente em estado de putrefação líquida.

Também, pelo que o abade dissera, o corpo havia obviamente sido enterrado às pressas, sem ser embalsamado.

O advogado acompanhou os homens enquanto carregavam o caixão, subindo um declive escorregadio, o caminho iluminado pela luz fraca da lanterna. Finalmente, chegaram até um galpão de pedra, onde se guardavam ferramentas, que fora escolhido para a exumação. Gross estava esperando com Krafft-Ebing, ambos usando roupões brancos, luvas de borracha e máscaras cirúrgicas. Uma mesa de necropsia tosca fora improvisada com uma porta fora de uso e dois cavaletes. Krafft-Ebing conduziu os homens até essa mesa, e eles colocaram o caixão sobre ela.

Gross pegou uma alavanca e começou a abrir a tampa; os pregos rangiam ao serem removidos. A abertura levou alguns minutos e, quando finalmente aconteceu, um bafo de ar fétido tomou conta do lugar, sufocando Werthen e os outros. Dois dos brutamontes que Klimt contratara tiveram de correr para fora, a fim de vomitar. Foi o fim da teoria do advogado sobre caixões não vedados. Ele passou um braço por sobre a boca e o nariz, respirando através da lã úmida do sobretudo.

— Está tudo bem agora — disse Krafft-Ebing. — Eram só gases acumulados que escaparam do caixão. O corpo mesmo já está praticamente decomposto.

Werthen e os outros tiraram vagarosamente os braços das bocas e descobriram que o psicólogo estava certo. A porta do galpão fora deixada aberta, e uma lufada de ar fresco passou por ela. O advogado suspendeu a lanterna sobre o caixão, assim como Gross, enquanto Krafft-Ebing iniciava o trabalho forense. O vestido da pobre moça ainda cobria os restos do esqueleto. Uma mecha de cabelos dourados era visível aqui e ali.

Krafft-Ebing resmungava algo ininteligível por sob a máscara cirúrgica, enquanto examinava o cadáver, balançando às vezes a cabeça, como se estivesse concordando consigo mesmo. De repente, soltou um "hum" mais alto e sacudiu a cabeça.

Ele ficou ereto e tirou a máscara.

— Muito estranho — disse. — Não tem nenhum vestígio de ferimento perfurante por bala no crânio, como dito no relatório da polícia. Em vez disso, a cavidade craniana mostra sinais de um trauma violento.

Gross ficou imediatamente cativado por aquela afirmação, mas Werthen, com menos experiência em medicina legal, não tinha certeza do que isso significava, até o criminologista oferecer uma explicação:

— Consistente como uma pancada, talvez?

Krafft-Ebing concordou:

— Eu diria que sim. Ou ela foi golpeada por um instrumento grande e pesado várias vezes, ou bateram sua cabeça repetidamente contra um objeto desse tipo.

— Como a coluna de uma cama, por exemplo? — perguntou Gross.

— Então ela não levou nenhum tiro? — arriscou Werthen por fim, recuperando a voz.

— Decididamente, não — disse Krafft-Ebing. — E eu vou dizer para vocês, tendo conhecido o príncipe herdeiro, eu não posso acreditar que ele fosse capaz de fazer uma coisa dessas.

Mais relâmpagos iluminaram dramaticamente o céu fora da pequena construção e, quando veio o trovão, seguiu-se a ele o som de uma voz tonitruante:

— Pelas profundezas do Hades, o que vocês estão fazendo?

A voz pertencia a um senhor alto e moreno, parado na porta. Werthen reconheceu-o imediatamente pelo bigode audacioso e o quadriculado vivaz do sobretudo. Alexander Baltazzi, tio da assassinada Marie. O Rei do Turfe, como era conhecido em Viena, por suas corridas de cavalo.

— Barão Baltazzi — começou Werthen, mas o homem alto, com a expressão encolerizada, cortou-o.

— Fechem esse caixão imediatamente. Minha irmã retirou a permissão. Imediatamente, ouviram? Vocês a enganaram de modo cruel.

Ninguém se movia. Em vez disso, Gross disse calmamente:

— Nosso trabalho aqui já terminou. O senhor se interessa em saber o resultado?

— Fora — gritou Baltazzi. — Esse assunto está encerrado. Passado é passado.

— Ela foi assassinada, *Herr* barão. Se isso significa alguma coisa para o senhor. Não foi suicídio, mas homicídio.

— Chega!

Baltazzi sacou uma pistola do bolso do casaco, mas um dos brutamontes tirou-a imediatamente de suas mãos com um chute bem dado.

— O senhor está me ouvindo? — perguntou Gross. — Homicídio. Sua sobrinha foi assassinada, e não pelo príncipe herdeiro.

O homem olhou para o criminologista com uma repulsa súbita.

— Você tem a pretensão de me dar notícias sobre minha sobrinha? Fui eu quem a trouxe para cá, para ser enterrada em segredo. Eu que enfiei um cabo de vassoura por dentro do vestido dela para poder carregá-la de pé, de modo que os curiosos não percebessem nada. Eu que ajudei pessoalmente a cavar a cova de onde vocês acabaram de desenterrá-la. E vocês têm a pretensão de vir me falar sobre a morte dela. Agora chega, eu digo. A nossa família já sofreu o bastante. Nós conseguimos finalmente recuperar um pouco da nossa influência perdida, e nem vocês nem qualquer outra pessoa vão pôr isso em risco.

Gross fez um sinal com a cabeça para Klimt, e os homens recolocaram a tampa do caixão no lugar; depois, ergueram-no para enterrá-lo novamente. Baltazzi acompanhou-os silenciosamente enquanto realizavam aquela tarefa. Ele não disse nenhuma palavra, enquanto a terra era recolocada de volta. Em seguida, retornou à carruagem que o esperava e deixou o monastério.

— O homem é um canalha — disse Werthen, enquanto eles corriam de volta para Viena na carruagem. Krafft-Ebing havia ido na própria sege e fora embora primeiro; o advogado e Gross o seguiram, e Klimt com seus homens foram no último veículo.

— Não julgue tão rápido, Werthen — disse o criminologista com uma empatia súbita e, para ele, desconhecida. — Deve ter sido uma experiência desgastante enterrar a sobrinha. Toda a força da Casa de Habsburgo fazendo pressão sobre ele. Eu acho que iria querer deixar isso tudo para trás também.

A chuva se abrandara, mas as estradas ainda estavam encharcadas. O condutor ia devagar. Werthen, pondo a cabeça para fora, a certa altura, não conseguiu mais ver a lanterna na traseira da carruagem de Krafft-Ebing.

— E o que a gente vai fazer agora, Gross? — disse o advogado, por fim. — Se a morte de Marie Vetsera foi homicídio em vez de suicídio, isso não sugere pelo menos que o príncipe herdeiro também foi assassinado? A gente não deveria levar essa prova para o pai dele? Para o *Kaiser* Francisco José?

Não houve, entretanto, tempo para uma resposta. Por detrás deles veio o ruído do tronco de uma árvore se partindo. Werthen olhou para fora, na escuridão, e pensou ter visto a árvore bloqueando a estrada atrás da carruagem. Klimt e os homens ficaram do outro lado. Ele já ia dizer ao cocheiro que fizesse a volta para ajudá-los a retirar a árvore, quando o homem chicoteou de repente os cavalos, jogando o advogado e Gross contra o assento de couro.

— Devagar, homem — gritou Werthen. — A gente está se perdendo dos outros.

A carruagem disparou pela estrada principal e entrou depois por uma trilha enlameada e cheia de cascalho.

— Eu acho que essa é a intenção do homem — disse Gross, tirando a pistola do bolso do casaco e fazendo sinal para Werthen imitá-lo.

Antes de terem a chance de se preparar, porém, a carruagem freou subitamente e os cavalos resfolegaram.

As portas foram abertas dos dois lados, e o advogado só conseguiu ter um pequeno vislumbre do atacante, antes de uma mão pesada se colar contra seu nariz e boca, e um odor forte de clorofórmio subjugá-lo. Enquanto resvalava para a escuridão, ele viu novamente a cicatriz no rosto do homem. Depois, nada mais.

VINTE E UM

A mulher que andava à sua frente lhe parecia familiar. Ela usava um vestido ardósia com pequenas ancas postiças e um corte na cintura, tão acentuado que lhe dava o feitio de uma ampulheta. Era a imperatriz Elisabete, Werthen tinha certeza. Ele queria correr até ela, dizer-lhe que tivesse cuidado, mas, antes que pudesse fazê-lo, a mulher se virou. Era sua noiva, Berthe Meisner, e, ao vê-lo, ela sorriu. Seu corpete estava desabotoado, e o seio esquerdo pendia para fora do vestido, oscilante e macio.

— Seu bobo — disse ela. — Venha cá.

Ele já ia obedecer-lhe, quando sentiu um hálito quente no rosto. O cheiro acre daquela respiração acordou-o por fim.

— Werthen, você está bem?

Ele abriu os olhos e fitou o rosto de Hanns Gross. O advogado já experimentara a mesma sensação de choque quando garoto, dormindo ao relento sob as estrelas pela primeira vez, com os primos mais velhos. Pela manhã, eles foram despertados por um rebanho de vacas que havia se espalhado pelo campo; o bafo úmido e clorofilado de um dos animais o fez acordar.

Ele tentou se sentar, mas sentiu uma náusea súbita. Olhou para Gross e percebeu que o criminologista estava vestindo apenas a roupa de baixo. Puxando para o lado a manta que o cobria, Werthen descobriu que ele também estava sem as roupas.

— Onde estamos, Gross? — conseguiu finalmente perguntar, olhando em torno do aposento suntuosamente mobiliado: tapeçarias flamengas sobre as paredes altas, candelabros de cristal no teto, móveis de mogno e pau-rosa.

— Bem, eu não me acho a melhor pessoa para responder a essa pergunta, já que sou relativamente um estranho na sua cidade. Mas eu arriscaria que nós estamos num quarto do Baixo Belvedere.

— O quê?

Werthen deu um pulo para fora de uma cama de quatro colunas e quase caiu. Uma sensação de tontura tomou conta dele, mas, respirando fundo algumas vezes, sentiu-se melhor. Eles haviam obviamente recebido algumas doses de clorofórmio, pois sua cabeça doía muito, e o hálito de Gross indicava que o criminologista vomitara durante a noite.

Werthen foi até a janela e puxou a cortina de brocado. Alguns andares abaixo, viram-se os jardins e os caminhos de cascalho traçados à maneira grandiosa de Versalhes, que levavam à elegante extensão do Alto Belvedere, retiro de verão do príncipe Eugênio de Saboia, que encarregara o famoso arquiteto barroco, Johann Lukas von Hildebrandt, de sua construção e também da estrutura onde eles estavam agora, o Baixo Belvedere.

O quartel-general do arquiduque Francisco Ferdinando.

Aquele pensamento fez a cabeça de Werthen disparar e deixar de apreciar aquela vista agradável.

— A gente tem que sair daqui, Gross.

— Isso não parece ser problema — disse o criminologista. — Apesar de ser uma altura grande da janela, a porta do quarto não está trancada.

— Por que você não disse isso antes?

Exatamente naquele instante, a porta em questão se abriu, e criados de libré entraram trazendo uma bandeja com café e pães, além de suas roupas, recém-lavadas e passadas. A visão daqueles dois lacaios, vestindo uniforme azul e dourado, peruca e meia três-quartos, era tão espantosa que, por um momento, Gross e Werthen se esqueceram da sensação urgente de escapar. Certamente, ninguém ali poderia lhes desejar mal, com portas destrancadas e criados enfeitados trazendo café. Será que aquilo tudo tinha a intenção de acalmá-los, ou, pior ainda, tratava-se de uma última refeição antes de serem executados?

Werthen se vestiu rápido, pronto para sair correndo. A pistola não veio com as roupas, e ele imaginou que a de Gross também tivesse sido confiscada. Eles devolveram, no entanto, a bengala com ponta de prata, que tinha a lâmina embutida. Assim, não estavam desprotegidos. Depois, ele notou que o criminologista, ainda de camiseta e cuecas compridas, sentara-se confortavelmente em uma cadeira Luiz XV, tomando seu café em uma xícara de porcelana fina.

— Isso pode estar com algum narcótico, Gross.

— Eu duvido seriamente, meu amigo. Existem muitos outros meios, variados e mais econômicos, de nos controlar. Senta. Não tem pressa. Vamos ver o que nosso anfitrião pretende.

Maldito homem, pensou Werthen, sentindo-se mal e sem vontade de testar seu estômago delicado com café. Por fim, o aroma delicioso da bebida venceu-o, e ele se juntou a Gross para uma refeição leve, após a qual o criminologista vestiu-se vagarosamente.

Eles não tiveram que esperar muito, pois os mesmos criados, acompanhados dessa vez por uma dupla de guardas armados, vieram até eles.

— Os senhores poderiam nos acompanhar, por favor? — pediu um dos guardas.

— Para onde vocês vão nos levar? — perguntou Werthen.

— O senhor vai ver logo — disse o guarda, indicando a porta com o braço.

Werthen e Gross acompanharam os criados e foram, por sua vez, escoltados pelos guardas, enquanto percorriam um corredor atapetado, que dava em uma escadaria magnífica.

Contudo, eles não seguiram por ali; foram, em vez disso, para a ala oposta, até uma escada menor, de serviço, que os conduziu, por degraus estreitos, na direção de uma entrada, nos fundos do palácio. Lá fora, o ar livre começou a reviver Werthen. A chuva da noite anterior deixara a atmosfera limpa e com um cheiro adocicado; o sol brilhava forte sobre seus rostos. O criados se detiveram, fizeram-lhes uma mesura e depois partiram.

À sua frente, Francisco Ferdinando, vestindo uma leve túnica azul de cavalaria e calções vermelhos, estava ocupado podando flores em um dos jardins de rosas do palácio. Quando eles se aproximaram, Werthen pôde ver que o homem tinha o peito coberto de medalhas. Ele percebeu também que o arquiduque era bem menor do que imaginava, pois só o vira sobre estrados, em celebrações, ou no banco de trás de seu automóvel veloz. O futuro imperador viu-os aproximando-se por fim e largou a tesoura de poda.

— Senhores — disse ele. — Eu vejo que estão em bom estado.

Werthen ia explodir em um ataque de cólera, mas Gross impediu-o:

— Sim, as acomodações eram aceitáveis, mas nenhum de nós dois estava consciente delas.

Francisco Ferdinando olhou de um para o outro, com um leve sorriso nos lábios. Werthen nunca poderia imaginar que o homem tivesse senso de humor.

— Eu peço desculpas pelo zelo de Duncan — disse ele.

De repente, o homem alto e de cicatriz no rosto apareceu, saindo de trás de uma roseira. Werthen apertou automaticamente a bengala, mas a alavanca estava travada. Não dava para sacar a lâmina.

— Eu receio que tenhamos desabilitado sua arma, *Herr Advokat*. Eu temia que seu sangue estivesse quente e não quero mais complicações. Como eu estava dizendo, Duncan cumpriu minhas ordens de trazê-los imediatamente para cá muito à risca. É o escocês que fala nele, os senhores entendem. Certo,

Duncan? — disse ele para o homem da cicatriz, em um inglês primário.

— Se sua alteza assim diz — replicou o homem, na mesma língua, mas de forma gutural, que punha à prova as habilidades linguísticas de Werthen.

Francisco Ferdinando voltou-se novamente para Werthen e Gross.

— Ele está comigo há anos, desde minha visita à Escócia em 1892. Ele era um guia montanhês numa caçada. Salvou minha vida quando um pônei das Terras Altas escorregou numas pedrinhas. Eu teria caído e morrido se não fosse por Duncan. Mas ele leva jeito para o teatro. Um simples convite teria sido o bastante, eu imagino. Quando eu soube que Duncan tinha subornado o cocheiro de vocês para tomar o lugar dele, e do sequestro com clorofórmio, fiquei muito chateado, garanto a vocês. Mas, de acordo com Duncan, essas medidas foram necessárias, já que havia assassinos esperando pela carruagem de vocês 1 quilômetro adiante, na estrada.

Nem Gross nem Werthen responderam.

— Duncan, na verdade, vem servindo de cão de guarda para vocês faz algumas semanas.

— O senhor está nos dizendo que foi ele quem nos tirou do lago Genebra? — perguntou o criminologista.

— Ele mesmo — disse Francisco Ferdinando, com orgulho. — Na verdade, Duncan não é tão feroz quanto parece. A cicatriz é resultado de uma mordida de um *terrier* e de um cirurgião incompetente, quando ele era só um garoto. Ela dá uma certa distinção, vocês não acham? E faz ele ser notado na multidão. Eu queria que vocês, amigos, soubessem que estão sendo seguidos, que fiquem em guarda. Vocês conseguiram fazer uma série de inimigos poderosos. Isso acontece quando as pessoas querem iluminar a escuridão. Quando querem trazer reformas para um Império obscurantista.

— Por que nós estamos aqui, alteza? — inquiriu Gross, finalmente.

— Eu gosto de objetividade, *Professor* Gross. Fico feliz que o senhor tenha perguntado.

O arquiduque fez então sinal para que os dois outros guardas fossem embora, ficando apenas Duncan e eles três.

— Vocês já ouviram falar dos Comandos Rollo?

Werthen e Gross trocaram olhares inquisitivos.

— Não, acho que não. Não é o tipo de segredo que um governo goste de espalhar. Os Comandos Rollo são um esquadrão de elite. Eles ficam à disposição das esferas mais altas. A missão deles é eliminar os inimigos do Império.

— Assassinos — completou Werthen.

— Se os senhores preferem — replicou o arquiduque.

Ele pegou de novo a tesoura de poda e começou a eliminar as rosas mortas, deixando Gross e Werthen digerindo sua revelação.

— Eu venho seguindo a investigação dos senhores há muito, por assim dizer — falou Francisco Ferdinando, dobrando cuidadosamente o caule de uma rosa cor de chá até encontrar uma ramificação de cinco pontas, onde pudesse cortar. — Pelo que me foi relatado, fica claro que vocês estão no caminho certo. Que fizeram a ligação entre as atrocidades do Prater e as mortes do príncipe herdeiro Rodolfo e da imperatriz Elisabete. E, se eu sei disso, é claro que eles também sabem.

— Eles? — disse Gross.

— Seus inimigos.

— E quem seriam eles?

— Ah, eu posso dar aos senhores o nome do homem que apertou o gatilho e enfiou a faca. Ele é o sargento Manfred Tod. Um nome irônico, não?

E, virando-se para Duncan:

— *Tod* quer dizer "morte".

— Sim, alteza.

— Tod é um membro antigo dos Comandos Rollo. Ele, como Duncan, tem uma cicatriz assustadora, embora um pouco menos visível, no pescoço. É resultado, dizem, de uma luta mortal contra o instrutor dele. O infame Tod foi, por falar nisso, recrutado de novo em janeiro de 1889.

A data não era desconhecida para Gross.

— O mês da morte de Rodolfo em Mayerling. O senhor está dizendo que Tod foi o assassino?

— Um deles. Foram três, de acordo com as minhas fontes. — O arquiduque olhou duro para Werthen. — Eu sei que pareço ser um suspeito melhor para essas mortes, certo? Com tanto a ganhar. E todo mundo sabe o quanto eu detestava meu primo. Não se falava de outra coisa. — Ele respirou fundo. — É claro que a verdade é muito diferente do que se dizia. Na realidade, eu admirava e apreciava Rodolfo. Ele foi meu mentor, de várias formas, e me protegia do seu pai, meu tio, Francisco José. Ele me orientou durante as indiscrições da juventude, me mostrou quais eram as minhas responsabilidades verdadeiras como terceiro na linha de sucessão ao trono. Posso não ter concordado com ele na aventura húngara, mas eu o amava como a um irmão, apesar de tudo.

— A que aventura húngara o senhor está se referindo, alteza? — perguntou Werthen.

— O que é que há, senhores? — O arquiduque pareceu decepcionado. — Se vocês foram tão longe nas suas investigações, eu tenho certeza de que devem ter descoberto a origem de todo esse mistério. — Ele esperou um instante por uma réplica, mas, como não houve nenhuma, o arquiduque prosseguiu: — Rodolfo ia ser rei de uma Hungria independente. Pobre Rodolfo, ele se sentia tão frustrado porque o pai o mantinha a distância que se deixou manipular pelos magiares, aceitando essa proposta tão fantasiosa. Ele morreu por causa disso.

— O senhor quer dizer... — começou Werthen.

— Sim, eu quero dizer que ele foi assassinado por traição. Mas não por mim, senhores. É por isso que eu os trouxe aqui. Para lhes dizer isso. E que eu não matei Frosch nem minha tia, ou qualquer uma daquelas pobres vítimas no Prater. Mais uma vez, eu podia não concordar com a relação íntima dela com os húngaros, mas eu admirava a sua coragem. Ela não se permitia ser controlada pelo imperador, como o resto da corte faz. Ela criou sua própria vida. Eu aprecio isso, especialmente agora.

Werthen sabia que o arquiduque estava se referindo a seu amor por Sophie Chotek, que, embora nascida na nobreza, era considerada abaixo dos padrões pelos Habsburgo.

Olhando para ele e ouvindo-o pessoalmente, o advogado estava quase convencido de sua inocência.

— Quem é o verdadeiro inimigo, então? — insistiu Gross. — Esse sargento Tod é só um instrumento. Um fantoche. Quem manipula as cordas?

— Isso fica para os senhores descobrirem. Mas eu vou lhes avisar que os senhores entraram em águas perigosas. A presa de vocês está entre os homens mais poderosos do país. Duncan não vai mais poder proteger os senhores, nem aquele pintor e seu bando de desordeiros. Os senhores precisam atacar e atacar rápido, ou tudo estará perdido.

— Uma personalidade interessante — disse Werthen, enquanto eles deixavam o palácio e se dirigiam para a Ringstrasse. Já era a metade da manhã e a Schwarzenbergplatz se encontrava repleta de carruagens e alguns automóveis barulhentos, que assustavam os cavalos. Pedestres andavam apressados pelas ruas, e toda aquela agitação dava a Werthen uma sensação de segurança. Tod dificilmente atacaria sob aquelas circunstâncias. Se é que havia de fato um sargento Manfred Tod. Pelo menos, eles estavam armados agora. O arquiduque mandara que lhes devolvessem suas pistolas, antes de deixarem o Baixo Belvedere, e elas estavam carregadas, mas a bengala-espada do advogado ainda se encontrava travada.

— Eu achei ele um indivíduo muito franco — declarou Gross, após uma pequena hesitação. — E ele também serve um café muito bom.

— Mas, e as revelações?

— Plausíveis.

O advogado parou no meio do movimentado passeio.

— Espere aí, Gross. Não tão lacônico, por favor.

— Eu estou ruminando, Werthen. Você notou aquele pingente de carneiro que Francisco Ferdinando usa junto com as medalhas?

Werthen, na verdade, não tinha reparado, mas lembrou, de uma conversa anterior, que todos os arquiduques Habsburgo se tornavam automaticamente membros da ordem.

— Como disse Krafft-Ebing — continuou Gross —, o homem que estamos buscando pode estar comprometido com as regras dessa ordem.

— Eu acho que se aproximar dos magiares pode ser considerado traição, mas isso pode significar qualquer um dos mais de cinquenta membros da ordem, não só Francisco Ferdinando.

Gross concordou:

— Existe, é claro, uma outra possibilidade — disse ele, pegando o braço de Werthen e empurrando-o para a frente. — O príncipe herdeiro, de acordo com Krafft-Ebing, sofria de sífilis, apesar de ela parecer ter dado uma trégua no seu avanço mortal. O que aconteceria se ele se tornasse imperador e a doença voltasse?

— Uma tragédia, com certeza — disse Werthen. — Para o Império e para a Casa de Habsburgo.

— Exatamente. Eu não acho que a suposta traição de Rodolfo com os magiares tenha a ver com alguém poderoso querendo eliminá-lo. A morte dele pode ser vista de tantas maneiras e, por muitas pessoas, como a salvação do Império.

— Até por Francisco Ferdinando?

— Sim — disse Gross. — Mas eu tenho um palpite sobre o homem. Nós, criminologistas, não podemos levar em conta só os fatos objetivos. Às vezes, temos que deixar nosso instinto falar. O meu diz que ele é um indivíduo mal compreendido, dificilmente tão antipático quanto os mexericos da corte gostariam que fosse. Eu acredito que ele saiba exatamente quem é o responsável por essas mortes, mas que não possa confrontar o homem. E mais, ele quer que a gente se mexa e resolva o problema para ele. O que significa que esse inimigo é muito poderoso, de fato, como diz Francisco Ferdinando. Eu levo o conselho dele a sério. Ou a gente ataca agora ou nós vamos perder tudo.

De repente, Gross apertou o passo, tirando o relógio do bolso do casaco.

— Vamos, Werthen. A gente tem que correr e estar lá antes das 11h.

— Onde, Gross? E por que antes das 11h?

— Porque essa é a hora das bruxas, meu amigo. O fim dos pedidos de audiência real.

— Gross, você deve estar louco. Você está mesmo contemplando o que eu estou pensando?

— Nós somos súditos leais, Werthen, você e eu. Indivíduos honestos. Como o resto dos seus cinquenta milhões de súditos, nós temos o direito a uma audiência pessoal com o imperador. A gente tem muita coisa para contar a ele. Agora, se apresse, homem.

VINTE E DOIS

O Hofburg, a residência dos Habsburgo na cidade, era ao mesmo tempo fortaleza, sede de governo e casa particular. Um vasto labirinto de edifícios construídos de maneira confusa, em uma mistura de estilos, do gótico, passando pelo barroco, até o neoclássico, o palácio sediava os apartamentos do imperador, a Chancelaria de Estado, a Biblioteca Imperial, a Escola de Equitação de Inverno e milhares de aposentos para qualquer um, de arquiduquesas e arquiduques Habsburgo pouco conhecidos a ministros aposentados e alguns milhares de criados, que dormiam em alojamentos abarrotados sob as abas do telhado, corriam por escadas de serviço e ao longo de corredores ocultos, mantendo em funcionamento toda aquela cidade em miniatura.

Cortando caminho pelo centro histórico, em vez de seguir pela Ringstrasse, Werthen e Gross adentraram o complexo pela Michaeler Tor, que levava à parte mais antiga, o Schweizerhof, de fins do século XIII. Werthen nunca deixava de se admirar pela história e longevidade representadas pelo Hofburg, quartel-general dos Habsburgo havia seiscentos anos. À esquerda ficava o portão vermelho e preto do Schweizerhof; a insígnia da Ordem do Tosão de Ouro era vista sobre ele, pois, do lado de dentro, ficava a Tesouraria Real Imperial, entre cujos artefatos mais fabulosos sobressaíam-se os tesouros da Ordem, inclusive a lança que perfurara a parte lateral de Jesus Cristo na cruz. Depois que os ramos espanhol e austríaco dos Habsburgo se separaram em 1794, foram necessários trinta vagões e três anos para levar esses tesouros da Borgonha, mantendo-os, assim, longe das mãos dos franceses.

Gross não disse nada enquanto abria caminho em meio a essas lembranças do passado, até uma ala perpendicular ao Schweizerhof, que formava um pátio interno com ele. Era a Chancelaria Imperial, onde Francisco José residia e trabalhava. Os Habsburgo eram uma gente supersticiosa; os novos governantes se recusavam a morar nas partes do Hofburg, onde um governante anterior vivera. Assim, um estranho esquema de movimentos de xadrez era executado. A imperatriz Maria Teresa residira nos aposentos que davam para o pátio interno da ala Leopoldina; o filho, José II, habitara o lado oposto da mesma ala; Francisco II escolhera a parte mais antiga, o Schweizerhof, enquanto seu filho, Ferdinando, que sofria de epilepsia e era amado pelos vienenses como uma espécie de simplório, transferira sua *entourage* de volta à ala Leopoldina. Agora, aquele infeliz sucessor dos Habsburgo, seu sobrinho Francisco José, instalara-se em frente a ela, no Reichskanzlei, mais recente, primeiro imperador a fazê-lo.

O estudo de Werthen sobre o passado de Viena tornara-se um passatempo para ele, um *hobby* divertido, uma investigação saborosa e lenta de tempos idos.

De repente, ele próprio fora, no entanto, pego pelas garras da história, e ela não parecia mais tão *gemütlich*. Aquelas maciças construções cinzentas em volta haviam agora caído sobre ele, que podia sentir o peso de cada pedra, de seus segredos.

— O que você pretende dizer a ele, Gross? — perguntou o advogado, enquanto subiam o pequeno lance de escadas até a entrada principal.

— Ainda não me decidi, Werthen. Eu imagino que a gente tenha tempo para pensar nisso, assim que nos cadastrarmos para a audiência.

Gross estava certo: eles foram os últimos a se registrar naquele dia e teriam, portanto, uma longa espera até falar com o imperador. Um ajudante jovem anotou seus nomes e olhou de maneira cética para Gross, quando o criminologista anunciou a razão ostensiva de sua visita: um agradecimento formal pelo posto em Bukovina.

Eles se sentaram sobre um banco de mármore desconfortável, contra uma parede da sala de espera grande e ornamentada. Excetuando-se a ausência de mulheres, os cerca de sessenta visitantes que aguardavam representavam uma amostra completa da sociedade vienense, desde um jovem ajanotado de colete amarelo e casaco azul, até um burguês gordo de costeletas, vestindo um terno amassado de lã marrom e ostentando um nariz vermelho de beberrão.

Werthen, como todos os vienenses, conhecia o mito de Francisco José, o garoto imperador que assumira as rédeas do governo no difícil ano de 1848, que enfrentara as multidões exigindo reformas democráticas e as fizera recuar. Concessões foram feitas, mas nada de duradouro, pois Francisco José, um verdadeiro Habsburgo, acreditava com fervor na monarquia e desconfiava profundamente da voz do povo. Estabeleceu-se por fim uma Constituição, e um parlamento fora criado, mas ambos eram instituições mais teóricas que práticas. Até mesmo a Hungria recebera mais poder no Império, por meio do *Ausgleich*, ou pacto, de 1867.

Werthen, como qualquer outra pessoa, sabia também que o verdadeiro poder jazia ainda nas mãos de Francisco José e seu círculo íntimo de conselheiros e primeiros-ministros escolhidos a mão. O imperador anulava continuamente a vontade do parlamento, governando pela brecha aberta pelo Parágrafo 14 da Constituição, que permitia o controle por decretos de emergência. O sufrágio masculino universal — menos ainda o voto das mulheres — ainda estava longe. Aquelas audiências, duas vezes por semana, era o mais próximo da democracia a que o velho imperador se dava ao trabalho de chegar. Esses encontros individuais, *Angesicht zu Angesicht sehen*, ou cara a cara, como eram chamados, duravam apenas alguns minutos, na melhor das hipóteses. Tempo suficiente para algumas palavras ensaiadas, mas eles serviam como válvula de escape para o povo. Afinal de contas, que necessidade tinham eles de um parlamento operante quando podiam falar com o imperador em pessoa, toda vez que desejassem?

O burocrata mais famoso da Europa, Francisco José supervisionava pessoalmente o funcionamento de seu vasto Império. Acordando às 5h da manhã, ele trabalhava sem parar até as 8h, quando se encontrava com os ministros. Depois, vinha um almoço simples, e então mais trabalho, que o ocupava muitas vezes até tarde da noite. Seus divertimentos eram poucos: férias de verão em Bad Ischl, onde caçava nas montanhas, e uma visita ocasional da amiga dileta, Die Schratt, como a atriz do Burgtheater era afetuosamente chamada pelos vienenses.

Entretanto, duas vezes por semana, às 10h da manhã, o imperador Francisco José reservava algumas horas para audiências pessoais com os súditos. Ouvia queixas, recebia presentes e beijava bebês nesses encontros com o povo.

Depois, voltava à leitura de arquivos e à assinatura de documentos. Que ele mantivesse esse esquema árduo, mesmo diante da tragédia que o atingira tão recentemente, era uma marca do poder de recuperação do velho homem. Aquilo fazia Werthen quase gostar dele, apesar dos modos autocráticos.

De repente, o advogado caiu em si.

— Você veio para acusá-lo, não?

Gross estivera ocupado girando os polegares, primeiro em uma direção, depois na outra. A pergunta pareceu tirá-lo dos próprios pensamentos; mas ele não deu uma resposta imediata.

— Francisco Ferdinando disse que devemos atacar logo. É isso que você está planejando fazer? Se não foi Francisco José, então quem teria poder suficiente para ordenar tantos crimes e assassinatos? Quem mais teria motivo além do próprio filho e da esposa?

Werthen ficara tão agitado com aquela linha de questionamento que sua voz aumentou de volume, atraindo olhares desaprovadores de várias pessoas no recinto.

— Calma, Werthen — aconselhou Gross. — Eu não acho que a gente tenha chegado a esse extremo ainda. Mas eu estive pensando na nossa visita inesperada ao arquiduque Francisco Ferdinando. O seu homem, Duncan, era de fato o mesmo que nós dois vimos do trem, no caminho para Genebra. A cicatriz, como o arquiduque explicou, chama muito a atenção, quase que o identifica. Eu me pergunto se, talvez, ela não teria sido também identificadora demais para nós.

— Eu não estou entendendo você, Gross.

— O porteiro do hotel em Genebra, o jovem austríaco...

— Planner — completou Werthen.

— É. Ele descreveu para a gente o homem que viu ajudando a imperatriz a se levantar depois do ataque. Alto, segundo eu me lembro. E ele mencionou a possibilidade de uma cicatriz. Eu acho que nós dois chegamos à mesma conclusão sem interrogar mais *Herr* Planner. A simples menção da cicatriz fez vir a imagem de Duncan em nossa cabeça. Mas Francisco Ferdinando insiste que o verdadeiro assassino, esse tal de sargento Tod, também tem uma cicatriz, mas no pescoço, não no rosto.

— Eu sei aonde você quer chegar com isso. A gente precisa interrogar Planner de novo. Ele não disse exatamente onde ficava aquela cicatriz no homem que descreveu.

Eles também tinham, no princípio da investigação, entrado em contato com a dama de companhia de Elisabete, a condessa Sztaray, mas ela não fora de nenhuma ajuda na descrição do misterioso cocheiro.

— Um telegrama deve resolver, eu acho. A não ser que a gente arrisque uma ligação internacional.

Werthen balançou a cabeça.

— A gente pode ter que esperar horas. É melhor parar num correio, assim que terminarmos aqui. Talvez a resposta dele chegue à noite.

A atenção de Gross foi subitamente atraída para a entrada, onde o jovem ajudante estava sentado. Ele estava conversando então com um soldado antigo, alto e forte, vestindo uniforme militar azul; o cabelo branco como a neve dava-lhe mais uma aura de poder que de idade. Werthen o reconheceu de imediato: príncipe Grunenthal, principal ajudante de campo do imperador e conselheiro de longa data. O príncipe levantava a cabeça ocasionalmente, enquanto falava com o ajudante, olhando para a sala de espera, examinando os que aguardavam uma audiência. Seus olhos recaíram sobre Gross e Werthen e se concentraram neles por alguns segundos, antes de se moverem para os outros. No instante seguinte, ele partira.

Gross também notara o olhar do príncipe, e ele se levantou de repente.

— Vamos, Werthen. Eu acho que a gente está se antecipando um pouco.

Ele saiu da sala de espera sem se dar ao trabalho de falar com o ajudante, deixando o advogado a segui-lo como podia. Chamado pelo jovem oficial, Werthen disse-lhe que surgira um negócio urgente e que, por favor, desculpasse aquela partida às pressas. Gross já estava do lado de fora da porta principal, que dava para o Reichskanzlei, quando o advogado o alcançou.

— O que é isso, Gross? Você perdeu o juízo?

— Não — disse o criminologista, virando-se para encará-lo. — Na verdade, eu acho, meu caro Werthen, que eu finalmente *criei* juízo. Nós precisamos de mais coisas antes de um *tête-à-tête* com o imperador.

— Foi a presença do príncipe Grunenthal? Pareceu que ele tinha nos reconhecido.

Gross, no entanto, não se deu ao trabalho de responder. Em vez disso, virou-se e foi em frente, passando de novo por

Schweizer Tor, depois sob o arco da ala Leopoldina e através de um corredor que levava à seção mais recente do Hofburg, ainda em construção. O projeto da Heldenplatz, com seus novos anexos, era ainda, na maior parte, terreno descampado, fincado por varas de agrimensor. À direita, ficava o Volksgarten; à frente, a Ringstrasse; e, do outro lado da avenida, os museus gêmeos — de arte e história natural — que formariam o outro eixo da grande Heldenplatz.

Gross finalmente obsequiou o advogado com uma pequena explicação, enquanto eles caminhavam apressadamente em direção a uma fila de fiacres no Ring.

— Eu fui um idiota, Werthen. Essa é uma investigação bifurcada, e eu abandonei a trilha de *Herr* Binder por tempo demais. Alguém escolheu aquele pobre homem para bode expiatório. Nós precisamos saber quem. Quando a gente descobrir, vai poder então abrir caminho para as esferas mais altas. Nossas duas investigações se tornaram uma.

Gross estava imerso em seus pensamentos, enquanto o *Fiaker* os conduzia pelo Ring até o endereço, no Terceiro Distrito, que o criminologista dera ao condutor. Ele só falou depois que saíram do fiacre, na Erdbergstrasse, não muito distante da firma de equipamentos cirúrgicos Breitstein und Söhne.

— O médico de *Herr* Binder — disse Gross, explicando. — Um bom lugar para se começar.

Por acaso, havia uma agência dos correios na esquina seguinte e, antes de irem até o consultório do médico, eles enviaram um telegrama para Planner, em Genebra, perguntando exatamente onde ficava a cicatriz do cocheiro e pedindo uma resposta o mais rápido possível.

O consultório do Dr. Gerhardt Thonau ficava do outro lado da rua, no andar de cima de uma casa, no número 14. Uma mulher enorme, quase repugnante, vestida de azul, com um avental branco engomado, abriu a porta no terceiro toque de campainha e pareceu reconhecer Gross da visita anterior, quando ele fora até lá se informar sobre as condições de saúde de *Herr* Binder.

— Dessa vez, os senhores estão buscando cuidados médicos? — disse ela, enquanto os fazia entrar.

Podia-se sentir um cheiro forte de rosas na antessala, mas não se via nenhuma flor. Na verdade, o odor era tão enjoativo que só podia ser engarrafado, chegou à conclusão Werthen.

— Afinal de contas, isso aqui é um consultório médico — disse a mulher, cheia de ironia —, e não um balcão de informações.

— É bom vê-la de novo também, *Frau Doktor* Thonau. E eu fico contente em pagar o preço normal de uma consulta — falou Gross, olhando para a sala de espera vazia. — Quero dizer — disse ele, com uma ironia que se igualava à dela —, se eu não estiver tirando a vez de algum paciente com mais urgência.

— Nós já íamos nos sentar para almoçar — replicou ela —, mas eu tenho certeza de que o doutor vai encontrar um tempo para atender os senhores. Fica por 15 coroas.

Werthen já ia reclamar: o melhor dos cirurgiões do Nono Distrito jamais ousaria cobrar um preço tão exorbitante. Porém, Gross deteve-o com um tapinha nas costas.

— Excelente. Talvez o senhor possa providenciar isso, *Advokat*?

Werthen fulminou Gross com um olhar, mas não adiantou. Ele pegou o porta-moedas e tirou uma moeda de dez e outra, de cinco coroas, pesou-as e depois entregou o dinheiro à esposa do médico, que anotou cuidadosamente o valor em um livro de contabilidade empoeirado. Werthen tinha certeza de que ela só registraria cinco das coroas dadas a ela.

— Vão entrando — disse a mulher, fechando o volumoso livro com uma batida. — Os senhores se lembram do caminho, espero?

Gross foi na frente, percorrendo a puída sala de espera, e adentrando o consultório escuro e malcheiroso. O Dr. Thonau, magro como um caniço, estava atarefado, lavando seus instrumentos médicos em uma bacia, a um canto.

— *Professor* Gross, que bom vê-lo novamente.

Contudo, ele não parecia nada satisfeito. Werthen pensou que Thonau deveria, na verdade, fazer ele mesmo uma visita ao médico. Sua pele estava da cor de leite azedo; os olhos estrábicos, de contornos vermelhos, não pareciam se beneficiar do *pince-nez*.

— Sentem-se — disse ele, com uma amabilidade falsa. — Eu estava fazendo a limpeza das consultas da manhã. Os senhores vieram para ser examinados?

Gross não se sentou e nem se deu ao trabalho de apresentar Werthen.

— Não, Dr. Thonau — trovejou o criminologista. — Eu vim procurar a verdade.

Thonau balançou a cabeça.

— Que verdade seria essa, *Professor*?

— Menos superficialidade, por favor. Eu não estou com estômago para isso hoje. Para quem o senhor falou sobre a sífilis de Binder?

— Além do senhor, é isso?

— É.

— Para ninguém, naturalmente. A história de um paciente é uma coisa pessoal. O que o senhor pensa que eu sou?

— Um homem pobre, um médico medíocre e um marido dominado pela mulher, que adoraria vê-lo ganhando mais e sem fazer perguntas. É isso o que eu penso que o senhor é, Dr. Thonau. Um homem desesperado por um dinheiro extra. Um homem que não se detém diante desse tipo de delicadeza, como a privacidade de um paciente.

Thonau tentou criar uma cena por um instante, estufando o peito côncavo e fazendo ameaças com relação a acusações falsas e advogados.

Werthen pôs logo fim àquela bobagem, anunciando-se como advogado do *Professor* Gross. Diante daquilo, Thonau despencou de repente sobre a cadeira como um balão vazio.

— Vocês não vão contar...

Ele hesitou, e Werthen imaginou que estivesse se referindo ao Comitê de Ética profissional dos médicos.

— ... para minha mulher, vão? Ela não sabe sobre minha pequena combinação com *Direktor* Breitstein. É o único trocado em que eu posso pôr as mãos.

— Breitstein! — exclamou Gross.

— Sim — disse Thonau, balançando a cabeça, já fungando então. — Eu sou, ou era, o médico de alguns de seus empregados. Ele pediu um preço reduzido para eles e me pagava uma quantia regular, para se manter informado sobre sua saúde. Mas era tudo honesto.

Gross bufou diante daquilo.

— Eu tenho certeza de que era.

— Não, eu quero dizer que *Herr* Breitstein só queria saber se os empregados dele eram saudáveis. É importante para ele ter os melhores representantes possíveis. A "cara de Breitstein e Filho", era como ele chamava o seu time de vendas.

— Então, por que manter *Herr* Binder? — perguntou Werthen. — Afinal de contas, o homem tinha sífilis.

Thonau se voltou para Werthen sorrindo, como se para agradar seu outro interrogador.

— É isso que eu quero dizer, quando falo que era tudo honesto. *Herr* Breitstein não usava essas informações contra os empregados. Ele pensava também no interesse deles, de coração.

— Isso é o que ele lhe disse — perguntou Gross —, ou é o que o senhor supõe?

Thonau deu de ombros.

— Eu não me lembro. Mas, por favor, senhores, eu imploro, não contem para minha esposa.

— Essa, Dr. Thonau, é uma promessa que eu garanto ao senhor que vou cumprir. Quando foi a primeira vez que o senhor informou sobre a condição de Binder?

— Alguns meses atrás. No final de maio, talvez. Eu teria que olhar nas minhas anotações. Foi depois da primeira consulta com *Herr* Binder. Ele chegou se queixando de tontura e perda de apetite. Era óbvio para mim o que havia de errado com o homem, mas eu fiz alguns exames. Depois, quando contei para *Herr* Breitstein, ele me pediu que não dissesse a Binder sobre o estado dele. Eu o tratava com sais de Epsom. Não havia muita coisa a fazer pelo homem naquele estágio da doença.

— Binder não sabia que tinha sífilis?

Thonau balançou a cabeça.

— Pelo menos, não por mim.

— E qual era a explicação que Breitstein dava para isso? — perguntou Gross.

— Ele dizia que não queria que o pobre homem se preocupasse. De qualquer forma, não havia nada que se pudesse fazer por ele naquele estágio da doença. Pode soar heterodoxo, mas *Herr* Breitstein realmente pensa...

— A gente já sabe — interrompeu Gross. — No interesse dos empregados, de coração.

Não havia nada mais para se saber de Thonau, e eles foram embora. Felizmente, *Frau* Thonau retirara-se para a sala de jantar, e eles saíram sozinhos.

Breitstein und Söhne ficava a apenas dois quarteirões de distância. Eles não perderam tempo em ir até lá, mas surpreenderam-se com a falta de movimento. Da última vez, um vagão de entregas estava sendo carregado e viam-se vendedores atarefados. Agora, nem secretária havia na mesa em frente à sala de Breitstein.

Gross bateu na porta do escritório e entrou sem esperar por resposta. Lá dentro, a secretária, com olhos lacrimejantes, estava arrumando flores, vários buquês delas, todos com uma fita preta.

Gross e Werthen trocaram olhares; os dois sabiam o que aquilo significava.

— Desculpe-me, *Fräulein* — disse o criminologista. — Nós viemos falar com *Herr Direktor* Breitstein.

As lágrimas da secretária começaram a correr de novo, e ela pegou um lenço que estava enfiado na manga de sua blusa branca.

— O senhor não soube? — conseguiu ela dizer por fim.

— Soube do quê?

— *Herr Direktor* Breitstein morreu. Foi morto, ontem. — Ela soluçou por alguns instantes e então se recompôs. — Foi um acidente de caça. Em seu chalé, na Estíria, durante as férias anuais dele. Pobre homem. O que vai ser de nós agora?

Gross entrou mais na sala. Por um momento, Werthen achou que ele ia consolar a moça. Em vez disso, o criminologista passou por ela e foi até a coleção de fotografias atrás da mesa, olhando-as atentamente.

— Alguém entrou nessa sala hoje? — perguntou ele.

A secretária tirou o lenço do rosto.

— Não. Só eu, senhor. Arrumando as flores.

— E quem entregou as flores?

— Um homem, senhor.

— Ele deixou do lado de fora ou trouxe até aqui?

— Até aqui, senhor. — Mais lágrimas correram depois disso, como se ela achasse que estava encrencada.

— Por favor, *Fräulein*. Isso é importante. Pense, então. Como era a aparência do homem?

Ela fungou, mordeu os lábios e passou o lenço nos olhos lacrimejantes.

— Parecia alguém que faz entregas.

Os músculos da face de Gross começaram a tremer, mas ele ocultou sua irritação.

— Era alto?

— Sim, senhor.

— Tinha alguma marca especial?

— Marca, senhor?

— Uma cicatriz — gritou Werthen, com menos sucesso que Gross ao disfarçar a impaciência.

— Ah, sim, senhor. Ele tinha. Eu notei, isso é verdade. — Ela passou o dedo pela garganta. — Como se alguém tivesse tentado matá-lo ou algo assim.

Gross voltou sua atenção para as fotos.

— Veja, Werthen. Está vendo aqui? Tem uma foto faltando.

O advogado cruzou a sala e viu, de fato, um retângulo mais claro na parede, na fileira de fotografias, onde claramente tinha havido uma, que estava agora faltando.

— Eu olhei essas fotos no dia em que conversei com Breitstein — disse Werthen. — Eu acho que reconheci alguém numa delas.

— Quem?

O advogado suspirou:

— Não faço ideia, Gross. Foi só uma dessas impressões que a gente tem. Eu estava muito longe para ver as fotos com clareza, mas, fosse quem fosse, lembro que estava usando um chapéu de caça. De qualquer modo, não foi o rosto que eu reconheci, mas alguma coisa no jeito do homem ficar de pé. A postura.

— Pense, homem.

— Não adianta, Gross, não está mais aqui.

— Os senhores são da polícia?

Era a secretária de olhos lacrimejantes; eles tinham se esquecido dela completamente, de tão ocupados que estavam com a foto desaparecida.

— Não, *Fräulein* — disse Gross, virando-se para ela. — Apenas clientes de seu ex-patrão. A gente vai deixar a senhorita cuidar da arrumação agora.

Quando eles deixaram o escritório, Gross agarrou o braço de Werthen.

— Podia ter sido Francisco Ferdinando? Ele é um caçador destemido, assim dizem.

Werthen balançou a cabeça, frustrado.

— Eu simplesmente não sei, Gross. Se eu tivesse prestado mais atenção naquele dia... Você acha que é muito importante?

— Eu acho que *Herr Direktor* Breitstein morreu por causa disso.

Eles retornaram ao apartamento de Werthen, na Josefstädterstrasse, no meio da tarde e mal chegaram à porta, quando foram cercados pelos braços afetuosos de Gustav Klimt. Krafft-Ebing também estava lá esperando e bateu-lhes nas costas, como gesto de boas-vindas.

— A gente achou com certeza que vocês estavam mortos — disse o pintor, quando deixou por fim Werthen e Gross se soltarem de seu abraço.

Por "a gente", Klimt queria obviamente dizer o trio de facínoras contratados, pois eles haviam se posto muito à vontade, fazendo *Frau* Blatschky correr para dentro e para fora da cozinha, servindo porções generosas de seu ensopado de carne e rábano fresco. Werthen percebeu de repente que ele e Gross não tinham comido nada desde o café da manhã, no Baixo Belvedere. O cheiro da comida o fez salivar como um cão.

Frau Blatschky ficou tão feliz em vê-los quanto Klimt, mas os três brutamontes só inclinaram um garfo ou uma faca na direção deles, em sinal de saudação. Havia comida suficiente para servir, e Werthen e Gross juntaram-se a eles com bastante apetite. Krafft-Ebing, todavia, já tivera o suficiente de aventuras até então e foi embora, enquanto os outros estavam entretidos com a refeição. Sequer se deu ao trabalho de perguntar o que lhes acontecera na noite anterior.

Gross recusou-se a discutir as novas descobertas até terminarem e Klimt ter posto seus homens a caminho para a noite. Entretanto, antes que pudessem começar a discutir qualquer coisa, a campainha tocou. Klimt segurou *Frau* Blatschky quando ela ia para a porta, abrindo-a ele mesmo e tomando a precaução de não tirar a corrente.

Era o telegrama de Genebra que eles estavam esperando. Gross abriu-o rapidamente, enquanto Werthen procurava um trocado para dar de gorjeta ao garoto da entrega.

— Aha — disse o criminologista. — Exatamente o que eu pensava.

Ele passou o telegrama para Werthen. Planner se revelou um correspondente medíocre, pois a mensagem continha apenas duas palavras: "No pescoço."

VINTE E TRÊS

Werthen e Gross estavam fazendo a primeira refeição da manhã. Eram 9h30, hora em que os vienenses mais respeitáveis já estavam no segundo café, o *Gabelfrühstück*, composto de pão, salsicha e vinho branco rascante. A noite anterior, contudo, fora longa para a dupla. Já era meia-noite quando convenceram Klimt de que devia ir para casa. Com o par de pistolas como proteção, e uma porta da frente sólida, estavam bem seguros, haviam-lhe dito eles.

— Isso prova com certeza que o arquiduque está certo — disse Werthen então, enquanto mordicava o *kipfel* amanteigado no prato.

Ele estava com pouco apetite naquela manhã, ainda agitado demais com as novidades da noite passada.

— Hum — comentou Gross, por detrás das páginas do *Neue Freie Presse* matinal.

— Isso quer dizer que você concorda, Gross, ou que está só entediado com a conversa?

— Hum.

— Vai se danar, Gross! Você está sendo blasé demais com isso tudo. A cicatriz no pescoço do homem significa que não foi o capanga de Francisco Ferdinando que matou a imperatriz.

Gross largou o jornal, levantando as sobrancelhas para Werthen.

— Nós já falamos sobre tudo isso, meu amigo. Até a meia-noite, ontem, na verdade.

— Mas, depois de pensar bem, isso não faz com que a coisa pareça para você de maior importância?

— Como eu disse na noite passada, é uma indicação forte, mas existem outras possibilidades para se explorar.

— O quê? Você com certeza não acredita que o arquiduque tenha um segundo homem com cicatriz a seu serviço, só para nos confundir?

— É uma possibilidade, Werthen. Eu acho que classifiquei essa teoria, à noite passada, como possível, embora não provável.

Werthen tomou um gole de café e, quando olhou de volta para Gross, foi confrontado com a barreira do jornal na frente do rosto do criminologista.

— Realmente, Gross, tem horas que você enfurece uma pessoa. Nós temos a morte recente de Breitstein e, agora, essa notícia de Planner, em Genebra, que implica o sargento Tod...

— Segundo Francisco Ferdinando — disse o criminologista, com uma voz abafada pelo jornal.

— E você fica aí sentado, lendo as malditas notícias.

Gross largou o jornal mais uma vez.

— O que você quer que eu faça, Werthen?

— Ação, Gross. Agora é a hora de agir.

— E o que isso significa exatamente?

— Alertar as autoridades da Estíria, por exemplo. Eles devem tratar a morte de Breitstein como homicídio, e não acidente. A polícia tem que investigar novamente a cena, antes que ela se torne completamente contaminada; interrogar as outras testemunhas, antes que a memória delas se torne nebulosa com o tempo e com as noções preconcebidas de morte acidental.

Gross riu para ele.

— Bravo, Werthen. Você está aprendendo as minhas técnicas, finalmente.

O advogado olhou para ele por mais um momento.

— Você já fez isso, não?

— Você insistiu em dormir, Werthen. Portanto, eu tive bastante tempo para agir nesta manhã.

— E o misterioso sargento Tod?

— Infelizmente, eu não tenho muitas relações com os militares. Mas entrei em contato com Krafft-Ebing, que conhece um ex-membro do Estado Maior.

— Profissionalmente?

Gross manteve-se indiferente à pergunta irônica.

— É importante que o homem não esteja mais ativamente envolvido com os militares. Eu tenho certeza de que você entende o porquê.

— Para que ele, de fato, não faça parte da cabala.

— Ah, então é uma cabala? Sim, conspiração, cabala. Dando o nome que você quiser, parece que membros do próprio estado estão envolvidos nesses crimes. Krafft-Ebing me garantiu segredo absoluto. O amigo dele vai fazer perguntas discretas a respeito da existência ou não de um sargento Tod e dos Comandos Rollo. Nada que possa erguer sobrancelhas ou bandeiras vermelhas.

— E o que *nós* fazemos?

— Esperamos, Werthen. E termine o seu café.

Naquele momento, ouviu-se uma batida forte e insistente na porta do apartamento. Quem quer que fosse o visitante, ele ou ela estava impaciente demais para usar a campainha. *Frau* Blatschky recebera instruções severas para não abrir a porta. Werthen e Gross se dirigiram até o vestíbulo, onde suas pistolas estavam guardadas no porta guarda-chuvas. Eles sacaram as armas; Werthen espiou pelo olho mágico da porta e viu um homem grande e imponente, de barba longa e grisalha, usando um chapéu-coco marrom. Vestia um terno caro da mesma cor, para combinar com o chapéu.

— Você conhece? — sussurrou Gross.

Werthen negou com a cabeça.

— Mas ele parece inofensivo.

— Parece? — cochichou o criminologista, como se amedrontado com aquela sugestão.

— Eu sei — cochichou Werthen, de volta. — Livros, capas, essas coisas todas. Mas ele não parece ser um inimigo.

Uma batida violenta na porta fez Gross apontar a pistola.

— Devagar, então — disse ele. — Deixe a corrente.

O criminologista tomou posição em um dos lados da porta, enquanto Werthen abria uma fresta.

— O que o senhor fez com minha filha? — gritou o homem do lado de fora, assim que viu Werthen.

— Desculpe-me. Quem é o senhor?

— Com os diabos, homem! Eu sou Joseph Meisner, o pai de Berthe.

Werthen correu para guardar a pistola, soltar a corrente e convidar o cavalheiro a entrar. Gross, da mesma forma, abaixou a arma e enfiou-a no bolso exterior do casaco matinal.

Meisner entrou zangado, rude e com ar preocupado. Ele e Werthen ainda não se conheciam, embora Berthe naturalmente o tivesse informado sobre o noivado. Meisner olhou-o de alto a baixo e depois concentrou sua atenção em Gross, ainda de pé ao lado da porta.

— *Herr* Meisner — disse Werthen, estendendo a mão. — É um imenso prazer, senhor.

Meisner não apertou sua mão:

— Eu gostaria de poder dizer o mesmo. Então, o que significa isso tudo com minha filha?

— Bem... — As palavras faltaram a Werthen. Ele não estava preparado para uma altercação daquele tipo. — Nós pretendemos nos casar, senhor. Quero dizer...

— Eu sei disso, seu imbecil! Onde está minha filha?

— O senhor acaba de chegar de Linz?— perguntou Gross, então.

— E quem seria o senhor?

Gross apresentou-se, e Meisner piscou os olhos ao som do nome.

— Como o do criminologista? Então o senhor já sabe? — disse ele, virando-se para Werthen. — Você o mandou chamar então, sem me consultar primeiro?

— *Herr* Meisner — disse Werthen. — Eu não faço a menor ideia do que o senhor está falando.

— De Berthe, seu estúpido. Minha filha. Sua noiva. Ela foi raptada. Ou você não se preocupa em saber sobre o paradeiro das suas noivas?

— Raptada. — Werthen sentiu o ar lhe faltar.

Eles foram tão cuidadosos em relação às precauções com a própria segurança e, nesse meio-tempo, sua amada ficara sem proteção, posta de lado, na verdade.

— Como o senhor sabe disso? — perguntou Gross, assumindo a iniciativa.

— Por um bilhete. Quem quer que tenha perpetrado essa afronta me enviou um bilhete, dizendo que minha filha só seria devolvida se eu viesse aqui falar com o *Advokat.*

— O senhor está com o bilhete?

Meisner enfiou a mão em vários bolsos até encontrá-lo por fim. Gross não fez qualquer esforço para impedi-lo, observou Werthen. Impressões digitais não os ajudariam em nada, já que não possuíam nenhuma em arquivo para comparar.

Gross desdobrou o bilhete, que parecia vir escrito em papel caro. Ele leu uma vez, fungou e depois leu de novo.

— Canalhas — rosnou ele, passando o bilhete para Werthen, que o leu então:

Caro senhor,

Sua filha não sofrerá nada se o senhor agir prontamente. Convença Advokat *Werthen a cessar suas investigações. Esse é o seu dever agora. Quando ficar claro que a investigação chegou ao fim, Berthe Meisner será devolvida à sua casa e à vida.*

Cordialmente, um Amigo.

O sangue de Werthen gelou ao ler aquilo. Meu Deus, o que ele estava pensando ao colocá-la assim em perigo? Era a história de seu primeiro amor, Mary, repetindo-se novamente: ela estava à morte enquanto Werthen estava ocupado com os estudos. Agora, ao ter uma segunda chance no amor, cometera o mesmo pecado. Estivera tão envolvido na investigação que não se importara com a segurança de Berthe. Se conseguisse tê-la de volta sã e salva, Werthen prometeu nunca mais ignorar a pessoa que deveria ser a principal em sua vida.

— O senhor já passou na casa de sua filha? — perguntou Gross.

— Claro que já. Eu vim no primeiro trem de Linz, depois que recebi o bilhete...

— De que maneira?

— O que o senhor quer dizer?

— Ele quer dizer: como o senhor recebeu o bilhete — disse Werthen, saindo por fim do choque inicial e tentando se pôr em ação de novo.

— Um garoto de rua simplesmente bateu na minha porta e disse que um homem tinha pagado a ele meia coroa para entregar o bilhete.

— O senhor perguntou quem era o homem? — disse Werthen.

— Por que eu deveria? Eu não tinha ideia então do que estava no bilhete. Quando terminei de ler, a criança já tinha desaparecido.

— E a casa de sua filha? — lembrou-lhe Gross.

— Sim. Bem, quando eu cheguei a Viena, fui direto para o apartamento dela, mas ninguém abriu a porta. A *Portier* disse que não a via desde terça. Então, eu fui até a escola onde ela faz trabalho voluntário. Eles me disseram que ela não tinha ido trabalhar ontem e que não tinham notícias suas. As crianças da escola estavam sentindo falta dela, foi o que me disseram.

Werthen e Gross trocaram olhares.

— Nós vamos encontrá-la, Werthen — prometeu o criminologista.

— O que significa isso tudo? — perguntou Meisner, com uma voz já não tão ofendida, mas cheia de apreensão e dor. — De que investigação esse crápula está falando?

Outra troca de olhares entre os dois. Gross balançou a cabeça.

— Vamos nos sentar, *Herr* Meisner — disse Werthen, tomando o homem mais velho pelo braço. — É uma longa história.

Enquanto Werthen explicava a investigação dos assassinatos do Prater, que tinham por fim levado às portas do Hofburg, Gross usava a lente de aumento a fim de examinar minuciosamente o papel em que o bilhete para *Herr* Meisner tinha sido escrito. Gross terminou seu trabalho primeiro e ficou sentado, quieto — de forma muito incomum, pensou o advogado —, enquanto Werthen acabava a narrativa.

— Então alguém poderoso quer se proteger — disse *Herr* Meisner. — Que maneira idiota de fazer isso, sequestrando minha filha. Por que não matando vocês dois?

A empáfia, assim como a lógica pura da pergunta, deixou Werthen perplexo por um momento.

Gross respondeu:

— Não foi por falta de tentativa, *Herr* Meisner. Mas é uma pergunta muito apropriada, em que eu mesmo estava pensando bem agora.

— E esse alguém é duplamente idiota — continuou Meisner, balançando a cabeça. — Pois, como é que ele pode ter certeza de que vocês não vão continuar com a investigação depois que Berthe for devolvida?

— Exatamente — disse Werthen.

— Eu acho que nós vamos descobrir isso logo — disse Gross, levantando o bilhete. — Esse pedaço de papel é, na verdade, um convite.

— Do que o senhor está falando? — perguntou Meisner, retomando sua atitude beligerante. — Isso é o preço de uma extorsão nada mais, nada menos.

— Será que é isso? — perguntou Gross. — Então, onde estão as condições?

— Está dito claramente aí que, quando as suas investigações infernais terminarem, Berthe será solta.

— Isso não são condições, *Herr* Meisner, são exigências. Como, por exemplo, ter certeza de que "a investigação chegou ao fim", como se exige aqui? Colocamos um anúncio no *Wiener Zeitung*, dizendo que *Professor Doktor* Gross e *Advokat* Werthen têm o prazer de anunciar que suas investigações sobre os assassinatos do Prater chegaram agora ao fim? Pedimos uma audiência com o imperador e dizemos a mesma coisa? Pff. — Gross emitiu um som de repúdio, entre um espirro e uma tosse. — Eu vou dizer ao senhor, *Herr* Meisner, essa não é uma carta de extorsão, mas um convite claro para um encontro.

Werthen observou os dois homens tomando posição um contra o outro; eles eram muito diferentes para encontrar um terreno em comum, isso estava claro.

— Então o senhor é vidente. É isso, *Professor* Gross?

— A minha conclusão não tem nenhum artifício paranormal. Está tudo aqui. — Ele balançou o bilhete no ar. — Não no texto, mas no papel em que foi escrito. Eu fiz um estudo exaustivo sobre papéis, *Herr* Meisner, veja o senhor.

— Eu imagino que o senhor tenha até escrito uma monografia sobre o assunto — disse o homem, carregando na ironia.

— De fato, escrevi. E posso dizer ao senhor que esse pedaço de papel revela pegadas em todos os lugares, tão exatas quanto às de um homem. Em primeiro lugar, o papel é feito do material de linho mais fino que existe. Isso separa imediatamente o autor dos comuns mortais. Depois, a marca d'água é muito distinta: a letra "W" dentro de um círculo, *Kreis*, que é o monograma de "Wernerkreis", o primeiro fabricante de papel da Áustria, que tem sua loja principal em Graben, no Primeiro Distrito. Além disso, essa marca d'água particular carrega o que parece ser um símbolo pessoal na parte de baixo, dificilmente legível a olho nu, mas que eu pude discernir com a ajuda da lente de aumento.

Gross parou, parecendo incrivelmente satisfeito consigo.

— Muito bem, continue — exigiu Meisner. — O que foi que o senhor encontrou?

— As letras AEIOU.

— *Austriae est imperare orbi universo* — disse o advogado. — "É o destino da Áustria governar o mundo."

— Muito bem, Werthen.

— Na verdade — disse *Herr* Meisner —, essa série simples de vogais, encomendada por Frederico III para a sua carruagem oficial, igrejas e prédios públicos de Viena, Graz e Wiener Neustadt, não é tão simples de se interpretar. Outros decodificaram seu significado como *Austria erit in orbe ultima*, "A Áustria vai existir eternamente". Ou até *Alles Erdreich ist Österreich untertan*, "A terra toda está subordinada à Áustria". Mas, qualquer que seja a tradução, o significado principal é o mesmo, uma crença na missão histórica da Casa de Habsburgo.

Gross e Werthen olharam para aquele *Herr* Meisner com outros olhos.

— O quê? — disse ele. — Porque um homem faz sapatos, ele não pode cultivar o espírito? Eu vou contar a vocês que sou, além de historiador amador, uma das maiores autoridades em Talmude da Áustria. — Ele fez uma pausa e balançou a cabeça. — Eu peço desculpas, senhores. Não é meu jeito habitual alardear meus conhecimentos. Eu estou perturbado. O assunto em questão é a liberdade de Berthe e como conseguir isso.

— Eu apreciei as informações extras, *Herr* Meisner — disse Gross, também moderando seu tom. — E o senhor está certo, todas as interpretações dessa insígnia apontam para um membro da Casa de Habsburgo, ou alguém muito próximo. Nós vamos descobrir exatamente quem, depois de fazer uma visita a Wernerkreis, em Graben.

Eles foram levados até o escritório, um espaço opulento, que dava para a parte mais nova do Hofburg, a Heldenplatz, com os plátanos da Ringstrasse ao fundo, começando então a ficar amarelos e cor de laranja. Aquela era a sala de um homem que exercia pleno poder. Dava para sentir autoconfiança na enorme mesa de pau-rosa; nas seis cadeiras Luiz XV, reunidas em um pequeno círculo para conversas, a um canto do aposento; na abundância de tapeçarias flamengas, exibindo cenas de caça, penduradas nas paredes; no assoalho de madeira, com desenhos de estrelas, elegantemente colocado; na lareira Meissen; nas cortinas de brocado verde, emoldurando janelas que iam do chão ao teto; e nas fileiras de livros que enchiam uma das paredes. Gross examinou-as enquanto eles esperavam; Werthen mexia em seu alfinete de gravata.

Eles haviam, com relativo sucesso, descoberto a identidade da pessoa que usava o papel de cartas AEIOU. Gross simplesmente encomendara uma caixa para presentes, de papelão especial, na firma de Wernerkreis, em Graben, usando aquelas mesmas iniciais na marca d'água e, quando o empregado informara educadamente que aquela insígnia já se encontrava em uso, o criminologista fingira um interesse vago em relação à identidade de seu *doppelgänger*. O homem anunciara com orgulho o nome, e Gross murmurara:

— Exatamente como eu pensava.

Eles haviam tomado todas as precauções que podiam. *Herr* Meisner fora enviado para ficar com Klimt, até que eles retornassem da visita. Se não voltassem, então os dois dariam queixa de seu desaparecimento e forneceriam o nome dos culpados para todos os jornais da Europa.

Gross tinha certeza daquele retorno, mas Werthen já não confiava em mais nada. Todas as suas convicções mais caras haviam-lhe caído sobre a cabeça com a investigação, mas ele faria o que fosse necessário para que Berthe fosse libertada ilesa. Em primeiro lugar, era por sua culpa que ela estava em perigo. Se tivesse confiado nela, de maneira sensata, como a moça exigira, então ela também teria se posto em guarda. Porém, ele achara que estava protegendo-a, deixando-a na ignorância dos fatos, esperando que isso servisse de defesa, sem jamais ter percebido que ela seria usada como instrumento de barganha por um monstro cruel e maquiavélico.

As ruminações do advogado foram interrompidas por uma exclamação de Gross:

— Ah, como eu esperava. — Ele puxou um panfleto fino de uma seção da estante. — Minha monografia sobre a identificação de tipos de papel e marcas d'água. Esse é, de fato, um convite formal, Werthen.

Naquele momento, as portas duplas do escritório foram abertas, e um homem alto, de cabelos brancos, entrou apressado, vestindo o manto vermelho, com gola de arminho, dos cavaleiros do Tosão de Ouro.

— Desculpe por fazer os senhores esperarem — disse o príncipe Grunenthal, enquanto se dirigia até sua mesa. Ele também usava a corrente oficial da ordem, cuja divisa, gravada nos aros de metal precioso, era: "Nada de más recompensas pelo trabalho." Werthen sempre achara um pouco divertido aquele lema, sua baixeza e grosseria, em justaposição aos propósitos declarados da Ordem do Tosão de Ouro: defender a religião Católica Romana e manter o código cavalheiresco dos membros da Ordem. Grunenthal se sentou em uma cadeira estilo imperial atrás da mesa, deixando Gross e Werthen de pé. O criminologista, contudo, recolocou na estante sua monografia sobre papéis e se sentou rapidamente em uma das cadeiras Luiz XV, distante da mesa. Werthen imitou-o. — Eu me esqueci dos meus modos — disse Grunenthal, levantando-se e cruzando a sala para se juntar a eles. — Eu venho esperando esse encontro já faz algum tempo, apesar de me sentir dividido nas minhas emoções.

— O senhor poderia simplesmente ter nos convidado, príncipe Grunenthal — disse Gross, sem se preocupar com formalidades. — Não era preciso sequestrar *Fräulein* Meisner para ter nossa atenção.

— Não foi um sequestro, *Professor* Gross. Vamos dizer que ela é hóspede do Estado.

— Vamos dizer que o senhor está desesperado, príncipe Grunenthal — falou o criminologista, encarando-o com seus olhos penetrantes, como se fosse perfurar o homem. Grunenthal devolveu o olhar na mesma intensidade.

— Eu quero minha noiva de volta, Grunenthal — disse Werthen, sem usar o título do homem, propositalmente. Ele perdera seus direitos a ele, na opinião do advogado.

— E o senhor a terá de volta, *Advokat* — disse o príncipe, voltando seu olhar frio como pedra para Werthen. — Assim que chegarmos a um acordo.

— Desesperado — repetiu Gross. — Se não, o senhor teria simplesmente mandado nos matar, como fez com todos os outros. Mas as coisas estão saindo de controle, não é? Há pessoas demais envolvidas agora. Quem sabe para quem eu ou Werthen contamos sobre essa investigação? Quem sabe quantas cópias dela eu já enviei para colegas em toda a Europa? Essas perguntas são nosso seguro de vida, não? Elas estão nos mantendo vivos, porque nossa morte provaria que nossas investigações estão corretas.

Grunenthal bateu as mãos surpreendentemente pequenas e cuidadas, ameaçadoramente.

— Bravo, *Professor* Gross. É um prazer conversar por fim com um homem cuja mente está à altura da tarefa em questão. Eu preferiria, é claro, que vocês dois fossem... eliminados. Mas o senhor está certo. Isso já não é mais praticável. Portanto... — O príncipe deu de ombros, levantando as palmas da mão. — Um acordo. Um armistício, por assim dizer.

— Os acordos são o seu forte, não é, príncipe?

— Eu me orgulho de ter sido de alguma serventia ao Império durante décadas de trabalho.

Werthen queria apenas esganar o homem, mas sabia que aquilo não iria ajudar no destino de Berthe. Compreendeu que tinha de se manter sob controle e deixar Gross lidar com a questão.

— Um bom diplomata entende de dar e tomar — continuou o criminologista. — O senhor tem algo que nós queremos, isso está claro. Berthe Meisner. Nós, por outro lado, temos algo que o senhor precisa muito, nosso silêncio. Eu espero que explique como nós podemos ter alguma garantia pelo nosso silêncio.

— Ah, é verdade, eu vou explicar, senhor. É muito simples, realmente. Os senhores abandonam suas investigações, falam com os colegas sobre seus procedimentos equivocados, rejeitam todas as declarações anteriores quanto à identidade do assassino e seu patrão, ou vão se ver acusados pelos crimes.

O príncipe sorriu com olhos absolutamente tristes. Werthen pensou que nunca vira olhos de um homem vivo tão destituídos de vida.

— Eu suponho que o senhor tenha colhido certas "provas" que corroborem essa sua declaração tão estapafúrdia — disse Gross.

— Naturalmente. A criminologia é uma espécie de *hobby* meu, fique sabendo.

— Eu notei. — Gross apontou com a cabeça em direção à parte da estante que estivera examinando.

— Sim. Eu tenho todos os textos básicos sobre o assunto — disse Grunenthal. — Assim como alguns dos melhores ficcionistas, Poe, Collins, até mesmo esse novo camarada, Conan Doyle e o seu Sherlock Holmes. Eu fiz um estudo detalhado, veja o senhor. Sua motivação é maravilhosa, de fato, se o senhor não se importar de eu dizer isso. *Hubris*. Orgulho profissional. O senhor comete uma série de assassinatos abomináveis, de forma a poder resolvê-los e ganhar fama internacional. Quer dizer, o senhor e seu fiel seguidor, *Advokat* Werthen.

— Então nós temos um seguro mútuo? — perguntou Gross.

— Eu espero que sim.

— Por que não simplesmente continuar, então? — explodiu Werthen. — Acuse-nos. Crie outra cortina de fumaça.

— Se eu fosse um homem mais jovem, talvez. Mas todos os jogos têm que acabar. Eu acho que esse pode ser o resultado ideal. Um empate, em vez de uma vitória avassaladora.

— Isso não é um jogo! — O advogado sentiu que tinha ficado com o rosto vermelho; o calor desceu até seu estômago. Se tivesse uma arma consigo, teria atirado no homem como se fosse o animal doente que era. — O senhor e sua criatura mataram cruelmente cidadãos inocentes.

— Werthen — advertiu Gross.

— Não, não — disse Grunenthal. — Seu colega está certo. Isso não é um jogo, apesar de ter que ser jogado com a astúcia de um mestre do xadrez e a coragem de um cavaleiro. Nós estamos falando nada menos que sobre a sobrevivência do Império Habsburgo.

Werthen ia fazer outro comentário, mas Gross colocou a mão em seu braço, contendo-o.

— Vocês me veem como um monstro — continuou o príncipe —, mas eu me vejo como o protetor desse país e de tudo o que ele representa. Eu tive que tomar decisões difíceis, de arrancar o coração, mas foram todas em benefício da Áustria e do bem de todos.

Por um instante, Grunenthal ficou parado, mirando um horizonte ou pensamento distante, como se inconsciente da presença deles.

— Tudo isso começou com Rodolfo, não foi? — incitou Gross.

O olhar do príncipe voltou para o criminologista e o presente.

— Rodolfo, o príncipe herdeiro, sim. Um garoto tão promissor. Tanta inteligência natural. Mas seus tutores, Latour em especial, o corromperam. Transformaram-no em um arquiliberal. E ele era impaciente. Tão impaciente. Não devia nunca ter se envolvido com os húngaros. Eles convenceram o garoto a aceitar a coroa da Hungria. A coroa. Absurdo. Como se ele fosse ser rei, usurpando o lugar do pai. Shakespeariano demais para meu gosto.

— E ele tinha de morrer por isso.

— Tinha? Não. Mas ficou decidido. Nós somos 51. Todos cavaleiros devotados à preservação da Igreja e do Império. Eu sou o chanceler da Ordem do Tosão de Ouro. Era meu dever trazer a questão para os outros. Os cavaleiros têm o direito de ser julgados pelos companheiros quando são acusados de traição, e foi isso que Rodolfo cometeu ao aceitar a oferta dos húngaros. Ele foi considerado culpado. Eu fiquei responsável pela execução da sentença.

— Os companheiros — disse Gross. — O imperador também é cavaleiro do Tosão de Ouro. O veredito foi unânime?

Grunenthal balançou a cabeça.

— Todos menos aquele fracote do primo, Francisco Ferdinando. Nós demos ao príncipe herdeiro a opção de se matar. Ele se retiraria para seu chalé, em Mayerling, para realizar o ato. Afinal de contas, o jovem romântico falava muito sobre suicídio para as várias amantes, mas, no fim, não conseguiu fazer. Em vez disso, foi buscar consolo com uma delas, a garota Vetsera. Foi necessário executar a sentença por outros meios.

— Os Comandos Rollo invadiram o local e o assassinaram, matando a moça brutalmente.

— Não foi exatamente o planejado. Onde há seres humanos envolvidos, existe sempre a falibilidade humana.

— Na verdade, vocês encenaram um suicídio duplo.

Novamente, Grunenthal deu de ombros e levantou as palmas da mão, como se aqueles acontecimentos estivessem além de seu controle. Werthen sentiu que o príncipe, na verdade, acreditava ser ele próprio uma vítima: do dever, da honra de seus laços com o imperador.

— E, depois que o furor inicial se abateu, não houve mais complicações por quase uma década — disse Gross.

— Não tem necessidade de me conduzir como um asno, senhor — disse o príncipe. — Eu estou muito contente em discutir isso com um homem da sua erudição, *Professor* Gross. Na verdade, a próxima parte vai interessá-lo infinitamente... Sim, durante nove anos não houve dificuldades com relação àquele acontecimento funesto em Mayerling. Muitos dos principais tinham morrido ou sido convencidos de que o silêncio era a melhor saída. Aí, *Herr* Frosch, o valete do príncipe herdeiro, descobriu que ia morrer de câncer e que não tinha nada mais a ganhar ou perder com seu silêncio. Ele escreveu à imperatriz. Nós monitorávamos... a correspondência dele, fique sabendo. Ficou claro, a partir da carta que nós interceptamos, que havíamos, na verdade, deixado passar uma comunicação anterior, descrevendo os comentários de Frosch em relação à morte do filho dela...

— Ele sabia a verdade? — perguntou Gross.

— O suficiente para juntar o restante. Nós pagávamos a ele uma pensão expressiva, na esperança de manter seu silêncio. Então, quando se descobriu que ele estava para trazer suas informações para o foro público, certos cálculos precisaram ser feitos.

— Em relação a Frosch ou à imperatriz?

— Eu lamento dizer que em relação a ambos. Como o humorista americano Mark Twain, nosso distinto hóspede nesse momento, diria, "o gato tinha escapado do saco". Era meu dever colocá-lo de volta, tarefa essa que não poderia ser executada sem que alguém se machucasse.

— Mas, por que a demora? — perguntou Gross. — Por que esperar tanto para matar Frosch, quando ele era o alvo imediato?

O príncipe sorriu como um lagarto particularmente infeliz.

— Ah, aquilo foi realmente um risco, mas, veja, nós não podíamos dar um jeito nele de imediato. Isso teria certamente alertado a imperatriz e talvez a forçado a cometer algum ato precipitado. E, também, nós precisávamos obter de alguma forma o manuscrito, sobre o qual Frosch tinha falado com a imperatriz, além de ter certeza de que aquela era a única cópia. Nós, na verdade, entramos em negociação com *Herr* Frosch em meados de junho. Eu mandei meu ajudante até o homem, posando de editor alemão ansioso para comprar qualquer memória que tratasse de Mayerling. Frosch mordeu a isca, mas se revelou um negociador capaz, questionando termos, prometendo um prazo para a entrega e depois descumprindo a promessa, a fim de conseguir um preço ainda mais alto. Parece que ele queria deixar um legado grande para colocarem uma estátua dele na sua cidade natal. Novo rico arrogante. Enquanto isso, nós vasculhamos todas as caixas de depósito possíveis, nos bancos e outros lugares secretos, que ele pudesse ter para esconder uma segunda cópia. Tudo isso levou tempo. Mas, em 22 de agosto, nós finalmente conseguimos o material. Depois disso, o caminho ficou livre para eliminar o homem.

— E a imperatriz? — perguntou Gross.

— Nós recebemos notícias do exterior de que ela estava tentando mostrar as memórias para uma editora renomada. Nós não podíamos permitir que aquilo acontecesse.

Werthen, que tivera um bocado de experiência com assassinos sem coração em sua carreira, estava, apesar disso, surpreso e impressionado com o sangue-frio que Grunenthal exibia enquanto relatava seus planos gêmeos: o assassinato de Frosch e da imperatriz. *Herr* Breitstein, pelo que parecia, inspirara acidentalmente no príncipe a ideia da série de crimes brutais, para ser usada como cortina de fumaça, a fim de ocultar a morte de Frosch. Alguns meses antes de sua carta ser interceptada, Breitstein estivera entre os que buscavam uma audiência com o imperador. Ele queria ser o fornecedor de navalhas da corte; o assunto fora passado para Grunenthal, que se encontrara com o homem. Falando trivialidades, o diretor executivo da Breitstein und Söhn tentara agradar, fazendo-se passar por filantropo e empregador modelo, e o príncipe ficara sabendo sobre a doença de *Herr* Binder, um dos melhores vendedores da firma, de quem Breitstein se fizera acompanhar.

— Então, quando surgiu a crise motivada pela carta de Frosch — explicou Grunenthal —, tudo se encaixou. Breitstein, com seus instrumentos cirúrgicos, e o pobre Binder, morrendo de sífilis. Eu criei um *modus operandi* para uma série de crimes que iria deixar a polícia, e talvez até alguns criminologistas famosos, coçando a cabeça, na tentativa de entender o significado simbólico dos ferimentos. Um significado que, uma vez compreendido, levaria diretamente à porta de Binder.

— Eu notei um livro sobre etnografia dos índios americanos em sua coleção — disse Gross, de repente. — Tudo tinha a ver com lealdade, não era isso? O nariz do sifilítico era a sua tentativa de desviar a investigação, apontando para Binder.

Grunenthal sorriu enquanto concordava com a cabeça para o criminologista.

Werthen não conseguiu se controlar mais.

— Por que matar todos aqueles inocentes? Por que não fazer a morte de Frosch parecer um acidente e acabar com o negócio?

O príncipe voltou-se para Werthen, fixando-o com um olhar frio.

— Em parte, para não deixar a imperatriz desconfiada. Mas, como o senhor pode ver, isso não foi necessário, porque ela tinha seus próprios planos de tornar público o segredo de Mayerling.

— Isso não vai colar — atacou o advogado. — Todos esses assassinatos sem sentido... abomináveis.

— *E*, em parte — continuou Grunenthal calmamente, apesar do estado agitado de Werthen —, por causa do jogo alto, criando um enigma para mentes como as de vocês terem trabalho. Ninguém gosta do lugar-comum. Arranjar uma morte acidental para *Herr* Frosch seria tão... trivial, sem gosto.

— Nossa, quanta loucura! — exclamou Werthen.

De repente, a fachada lânguida que o príncipe vinha mantendo se rompeu, e eles tiveram um vislumbre do interior do homem. Seu olhar frio gelou a alma do advogado, e ele soube com certeza que os dois nunca estariam seguros enquanto Grunenthal vivesse. O homem era verdadeiramente insano e ainda era dono de uma astúcia maligna. Talvez tivesse sempre sido assim, ou o poder que exercera por décadas destruíra-o por fim. No entanto, as origens da instabilidade mental do príncipe não eram da conta de Werthen. O que lhe *dizia* respeito era que a perversidade de Grunenthal iria sempre ser uma ameaça para eles e as pessoas que amavam.

Gross colocou a mão no ombro do advogado, acalmando-o, e depois, dirigindo-se ao príncipe, fez a conversa retornar ao rumo anterior.

— O artifício do nariz.

Grunenthal voltou a si; um pequeno estremecimento fez com que a expressão controlada lhe retornasse ao rosto.

— Sim, aquilo funcionou muito bem, apontando para Binder, num primeiro momento. Mas, quando vocês começaram a fuçar a coisa de novo, descobrindo a verdade sobre o homem, eu percebi que nós precisávamos amarrar os fios soltos. Breitstein tinha que morrer também. E um retrato meu numa caçada, na propriedade que ele tinha na Estíria, precisava desaparecer do escritório dele.

— O sargento Tod foi o responsável por todas essas mortes? — perguntou Gross.

— Eu vejo que esteve conversando com o arquiduque. Não consigo imaginar com que outra fonte o senhor descobriria esse nome. Mas, sim, Tod se mostrou um agente hábil.

— Ele deve também ter se infiltrado na célula do anarquista suíço e ficado sabendo sobre o desejo de Luccheni de ficar famoso matando algum membro da realeza — disse Gross.

— Na verdade, quem fez isso foi outro oficial, mas, assim que conseguimos uma brecha lá, eu usei Tod para controlar o anarquista, para orientá-lo na direção certa. Luccheni começou a seguir a imperatriz quando ela fez uma visita surpresa a Viena em junho. Esse comportamento, quando aparecer no julgamento, vai ajudar a enforcá-lo. Era para ele ter matado a imperatriz em Genebra, mas, do mesmo jeito que com o príncipe herdeiro, eu tinha um plano no caso de alguma eventualidade. Tod estava lá só para se certificar de que o idiota desajeitado tivesse realmente matado a imperatriz. Na hora, como o senhor sabe, Luccheni se mostrou incapaz do feito. Ele se perturbou quando jogou a imperatriz no chão, e Tod teve que fazer o serviço quando a ajudou a se levantar e aparentemente a espaná-la.

E isso teria posto um fim a tudo, a não ser pela curiosidade de um criminologista e de seu amigo advogado.

Werthen falou de novo:

— O senhor disse que o imperador sabia sobre a morte do filho. Ele também tinha conhecimento do assassinato da esposa? Da série de mortes sem sentido cometidas para encobrir o homicídio de *Herr* Frosch?

Grunenthal respondeu a isso com silêncio e uma expressão no rosto que não revelava nada.

Por fim, ele disse:

— Eu imagino que tudo isso choque os senhores. Talvez até os revolte. Mas manter um Império unido não é brincadeira de criança. O que é a vida de alguns homens e mulheres sem importância comparada com esse objetivo?

Nem Werthen nem Gross tentaram responder àquilo.

— Pois bem, agora as suas suspeitas foram confirmadas — continuou Grunenthal. — Os senhores fazem parte dos que sabem do segredo. Eu lhes ofereço a vida de *Fräulein* Meisner em troca de seu silêncio. E ainda vou acrescentar um pequeno bônus. Sua sede de justiça, eu tenho certeza. Ou é simplesmente vingança que os senhores desejam? Seja qual for o caso, eu ofereço uma satisfação parcial. A vida do sargento Tod também será tirada. Nosso mundo é imperfeito, senhores. A justiça parcial é melhor que nada.

A isso, Gross calmamente respondeu:

— E como tudo isso vai ser feito?

VINTE E QUATRO

— Eu não gosto disso — falou Werthen.

— Nem eu — concordou *Herr* Meisner. — É muito arriscado.

— O único risco é não fazer nada — insistiu Gross. — Vai funcionar. Vocês vão ver.

Eles estavam de volta ao apartamento de Werthen, planejando os movimentos para a noite. Grunenthal combinara um local apropriadamente irônico para entregar Berthe Meisner: na Casa d'Illusion, uma casa veneziana de espelhos em Viena, uma reprodução com canais de alguns quarteirões da cidade italiana, no Prater. O parque de diversões fora fechado em sinal de luto desde o assassinato da imperatriz; seria um lugar ermo.

Grunenthal insistira ainda que Gross e Werthen fossem sozinhos e desarmados, senão Tod iria, nas palavras eufemisticamente indiferentes do príncipe, "se livrar da pessoa sob seus cuidados".

O criminologista continuou:

— É tudo uma questão de psicologia, senhores. Grunenthal está certo de que eu e Werthen somos absolutamente incapazes de fazer justiça com as próprias mãos. Lembrem-se das últimas palavras dele hoje à tarde: "Os senhores são homens honrados. Acreditam no papel da lei. Não está em vocês o papel de justiceiros."

Werthen também se recordava do que o príncipe dissera depois: "E essa é a diferença entre nós, senhores. Eu não tenho medo de aceitar esse papel. Eu sou um príncipe; os senhores, meros cidadãos."

— Ser honrado implica fraqueza, no mundo dele — continuou Gross. — Mas esse seu ego, a insolência e a autoconfiança extrema vão ser a sua ruína, pois ele não consegue nos imaginar tendo a iniciativa, a pura astúcia animal e a coragem de criar essa armadilha.

— E Tod? — perguntou Werthen.

— De novo, é uma questão de psicologia. Temos aqui um homem que foi treinado para matar desde que entrou na idade adulta. Ele tem sido movido por cordões, como uma marionete. É certo que um dia vai se rebelar contra tanta perfídia. Eu só vou dar a ele a razão e a oportunidade, mencionando o fato de que Grunenthal ofereceu a cabeça dele como parte do negócio.

— Ele nunca vai acreditar em você — opôs Meisner.

— Não é preciso que ele acredite em mim, só que comece a duvidar do patrão. A semente será plantada, as duas víboras vão se voltar uma contra a outra.

— Você faz isso soar muito simples, Gross — disse o advogado. — Mas tem a vida de Berthe em jogo. A gente não pode esquecer isso.

— É a vida *dela* que eu estou considerando, Werthen — disse Gross, exasperado. — Você acredita mesmo que ela, ou qualquer um de nós, por assim dizer, vai estar a salvo depois dessa noite? Que o príncipe vai cumprir o acordo? Não. Ele simplesmente vai esperar que a passagem do tempo diminua a importância dos acontecimentos. Depois, ele e os capangas vão buscar a oportunidade perfeita para nos eliminar a todos, um por um. Você quer viver o resto da vida tendo que olhar por cima do ombro?

Werthen afundou em uma das cadeiras Biedermeier. Gross estava certo, mas ele odiava admitir isso. Uma mirada nos olhos desavisados de Grunenthal naquela tarde fora o bastante para convencê-lo de que o homem era um monstro capaz de qualquer coisa. Mesmo assim, ele não conseguia suportar a ideia de colocar Berthe ainda mais em perigo com aquele plano maluco. Ele só a queria de volta, abraçá-la e nunca mais soltá-la. De repente, outro pensamento lhe ocorreu.

— Gross — disse ele. — Grunenthal não respondeu a minha pergunta essa tarde.

— Não, é verdade — falou o criminologista, sem se dar ao trabalho de perguntar qual.

— O imperador sabia sobre todo esse derramamento de sangue? Até do assassinato da própria mulher?

— Eu acho que a pergunta mais adequada, Werthen, é se o imperador ordenou ou não esse derramamento de sangue. Grunenthal, como ele próprio admitiu, foi o responsável pela organização desse negócio tão sórdido. Era a mão dele, com toda a certeza, que estava em ação nessa série dolorosamente truncada de assassinatos, cujo objetivo era ocultar as mortes de Frosch e da imperatriz.

— Mas? — disse Werthen.

— Sim, o maldito "mas". Eu imagino que a gente nunca vá saber se Grunenthal estava trabalhando por iniciativa própria ou cumprindo as ordens de seu imperador. Atraindo as atenções gerais, ele pode estar caindo sobre a própria espada, da mesma forma como gostaria que acontecesse com o sargento Tod.

— Mas, então, eliminar Grunenthal e Tod pode não acabar com o perigo para nós.

— Pelo contrário — disse Gross. — É a única forma de fazer isso. Depois que o príncipe se for, o imperador, se ele está de fato envolvido nessas mortes, não vai com certeza querer prosseguir numa causa perdida. Eu tenho pensado nisso muito e com afinco, Werthen. Francisco José, seja lá o que ele for, é um realista consumado. Ele sabe quando declarar trégua. Se, e esse é um "se" bem grande, ele foi realmente a pessoa que ordenou todas essas mortes.

— Eu duvido sinceramente que tenha sido ele — disse *Herr* Meisner. — Francisco José pode ser o imperador, mas ele é também um homem. Ele amava aquela mulher Wittelsbach, isso é claro. Ele deu a ela o presente máximo num casamento: a liberdade total. Só um amor profundo pode conceder esse presente de um homem que precisava tanto da sua imperatriz em casa. Mas isso não vem ao caso. Eu concordo com você, Gross. A gente tem que dar um jeito em Grunenthal. Um homem de natureza tão tortuosa, que pôde tramar crimes de tanta maldade... Ele nunca vai manter a palavra.

Gross ficou em silêncio por algum tempo, depois perguntou:

— Werthen?

— Está bem — falou ele por fim. — Eu também concordo.

— Bom. — O criminologista bateu as mãos. — Então, a gente tem que correr. Primeiro, vamos contatar Klimt. Tem muita coisa a se planejar para essa noite.

Eles chegaram lá cedo. Gross esperava que isso lhes desse tempo para examinar a área, ficar conhecendo melhor o desenho do parque. *Venedig in Wien* não era o tipo de diversão que qualquer um deles se dava ao luxo com regularidade.

Bandeiras negras decoravam as concessões do parque de diversões. Em vez de multidões de vienenses movendo-se sem destino, aplaudindo o homem forte, gritando quando os demônios pulavam de seus esconderijos no trem fantasma ou bebendo canecas de cerveja nos cafés do jardim, todo o Wurstelprater, ou parque de diversões, encontrava-se lugubremente imóvel. Não se via uma única pessoa.

Eles caminharam pelas ruas silenciosas e por sobre o canal artificial da seção Veneza em Viena, depois da base da Riesenrad, até o prédio onde o príncipe Grunenthal dera instruções para eles se encontrarem.

Werthen estava impressionado: era de fato como se eles estivessem no cais do Grande Canal de Veneza. Aquele parque temático elaborado tinha mais de 1 quilômetro de canais e, de alguma forma, os construtores haviam conseguido reproduzir corretamente até o cheiro da água: uma combinação de doçura e decomposição. As edificações que cercavam o canal possuíam elaboradas fachadas venezianas; as fundações pareciam, na luz baça, ter séculos de idade, em vez de três anos, pois a Veneza em Viena só fora construída em 1895.

Eles pararam em frente à Casa d'Illusion; as instruções eram de que não entrassem, mas esperassem Grunenthal à beira d'água. Uma gôndola mal amarrada batia repetidamente contra a balaustrada que contornava o canal. Werthen lançou um olhar irritado para o barco. Um pedaço de oleado amassado estava sobre a proa.

Eles chegaram sozinhos, de acordo com as instruções, e desarmados também, como combinado. Em outros aspectos, todavia, não haviam cumprido as exigências do príncipe.

Era lua cheia naquela noite; nuvens passavam rapidamente por ela e desapareciam depois, lançando a grande sombra da roda-gigante sobre eles. O brinquedo fora construído para celebrar o jubileu de ouro de Francisco José, Werthen sabia, mas a inauguração não fora auspiciosa. Uma operária, Marie Kindl, enforcara-se em uma das trinta gôndolas para protestar contra a pobreza em Viena.

Naquela noite, a Riesenrad, como o restante dos brinquedos, estava silenciosa. Um ruído à esquerda fez Werthen voltar-se rapidamente. Um gato andava sorrateiro pelas alamedas vazias.

Havia pouco o que aprender com a chegada prematura. Werthen tremia enquanto o vento frio dava-lhe voltas nas pernas. Ele se sentia só e vulnerável nos espaços abertos do Prater vazio. Gross, entretanto, não parecia intimidado, estufando o peito e caminhando ao longo do canal, para baixo e para cima.

Eles esperaram por mais de uma hora, até que Werthen, começando a ficar desconfiado, disse:

— Eles não vêm.

— Bobagem — sibilou Gross. — É só um teste. Provavelmente eles estão nos vigiando para ter certeza de que a gente não tem nenhum comparsa escondido por aí.

— Mas nós temos, Gross.

— Mas eles não sabem disso, Werthen.

Eles esperaram mais meia hora. A noite ficara penetrantemente fria, então. A hora do encontro já havia passado.

— Gross?

O criminologista não respondeu logo.

Finalmente:

— Sim, é hora.

Eles correram até a entrada da casa dos espelhos.

— Venham, homens — chamou Gross, mas não veio nenhuma resposta de dentro.

— Meu Deus, Gross — gemeu Werthen. — O que você fez?

O advogado forçou a porta da Casa d'Illusion, mas ela estava trancada com uma corrente. Atrás deles, as batidas do barco amarrado tinham ficado mais insistentes, como se não fossem causadas pelo simples movimento da água.

— O barco, Gross.

Werthen pulou por sobre a balaustrada, aterrissando bem no meio da gôndola. Puxando o oleado, ele descobriu Klimt, amarrado e amordaçado, os olhos saltados de pânico.

O plano deles fora de que Klimt e *Herr* Meisner se escondessem na Casa d'Illusion à tarde, antes que qualquer observador pudesse pegá-los. Eles levaram armas consigo: uma espingarda velha e um rifle de caça que Werthen tinha, do tempo em que seu pai tentara transformá-lo em um respeitável proprietário de terras. Klimt e Meisner seriam, portanto, a segurança deles em caso de alguma coisa dar errado com o plano de

Gross, de pôr Tod e Grunenthal um contra o outro, após a entrega de Berthe.

— Foi como se ele soubesse que estaríamos lá — disse Klimt, depois que eles o desamarraram. — Ele veio atrás da gente minutos depois de nossa chegada.

— Quem? — perguntou o criminologista.

— Um alto, com cara de morte ambulante. E uma cicatriz.

Werthen ainda estava em choque; ele sabia o que aquilo significava. Berthe estava morta. E tudo por causa dele e do esperto, tão esperto Gross. Mas, não, ele não podia culpar o criminologista. Eles haviam, todos, concordado com o plano. O que o amigo dissera sobre o príncipe Grunenthal não manter a palavra a longo prazo havia sido verdadeiro. Eles precisaram agir. Mas, e agora? Como ele poderia viver sem Berthe? Como viver com a morte dela na consciência?

— Então ele ficou vigiando a tarde toda — disse Gross.

— Nós não tivemos a menor chance. Assim que a gente entrou na casa dos espelhos, pareceu que ela estava pegando fogo. Nós pulamos por uma janela aberta e caímos em seus braços. Tinha sido apenas uma chama pequena refletida cem vezes, sob todas as formas e tamanhos, pelos espelhos, mas a gente não tinha como saber. Ele obrigou Meisner a me amarrar e depois o levou junto.

— Há uma esperança então, Werthen — disse Gross, agitadamente. — Por que não matá-los ali na hora simplesmente? Ela ainda pode estar viva.

— Eu não preciso de suas falsas esperanças, Gross.

— Tod me deu um bilhete do príncipe Grunenthal — disse Klimt. — Então, ele devia estar observando também.

— Um bilhete? — perguntou o criminologista.

— Ele disse que estava poupando a minha vida, porque eu devo ao Império as pinturas da universidade nova. — O pintor se interrompeu abruptamente, como se não quisesse dizer mais nada.

— Continue, Klimt — urgiu Werthen. — Eu tenho que saber.

— Ele também falou para dizer que você falhou em cumprir a sua parte do acordo. Que devia agora saber o preço de sua deslealdade.

— Ah, Cristo — gemeu o advogado. — Eu a matei.

— Calma, Werthen — aconselhou Gross. — A gente não sabe ainda.

O vento chicoteava-os, parados ali em silêncio, à sombra da Riesenrad, a água batendo nas margens do canal.

— Eu quero sair desse lugar do mal — disse o advogado. — Agora.

— Não tão rápido, *Advokat*.

A voz veio de uma das alamedas escuras.

Werthen e os outros se voltaram naquela direção. Depois, veio o som de passos, do lado oposto. Três figuras apareceram. Werthen sentiu o coração disparar, lutando contra a esperança pelo que sabia não poder ser verdade.

No entanto, era.

— Eu concedi clemência — alardeou a voz atrás deles.

O advogado, porém, não se virou para ela, mas ficou observando com admiração, quando *Herr* Meisner e Berthe apareceram guiados por Tod, que mantinha uma pistola apontada contra a cabeça dela.

— Eu ainda preciso de sua garantia falada — disse o príncipe Grunenthal atrás deles. Ele permanecia na escuridão, mas sua voz se fazia ouvir — Eu espero que isso valha alguma coisa dessa vez. Dei a vocês uma segunda chance, mas agora devem estar vendo que é uma insensatez tentar me surpreender. Vocês vão perder a vida se ousarem me trair outra vez. *Herr* Meisner nos colocou a par dos seus planos, *Professor* Gross. Teria sido inútil tentar pôr o sargento Tod contra seu patrão. Ele é soldado; conhece seu dever.

— Eu nem sonharia com isso — disse Gross.

— Bom — disse Grunenthal, ainda na sombra. — Primeiro, as formalidades. Sua promessa, senhores.

— Sim — disse Werthen. — Você a tem. Sigilo absoluto em relação ao... caso.

— Eu também — falou Klimt.

— E o professor?

— Eu também dou minha palavra — disse o criminologista.

— Mas o que é isso? — falou Berthe, de repente.

— Um acordo, minha jovem — disse o príncipe calmamente. — No qual também precisamos da sua concordância.

— Karl?

— Está tudo certo, Berthe. Dê a ele sua palavra de que não vai falar sobre isso.

— Berthe, dê sua palavra simplesmente — disse *Herr* Meisner, visivelmente abalado por aquela provação.

— O que é que está acontecendo? Quem são esses homens?

— Tudo certo — observou Grunenthal.

— Isso tem a ver com a investigação de vocês?

— Por favor, Berthe — disse Werthen. — Eu sinto muito pelo que aconteceu antes. Eu devia ter lhe contado tudo, mas agora você vai ter que confiar em mim. Por favor. — Ele procurou os olhos dela e fixou-os. — Por favor.

— Ela não sabe nada sobre isso — acrescentou Gross. — Nós deixamos *Fräulein* Meisner sem conhecimento de nada, de propósito, na esperança de que isso, por sua vez, a mantivesse a salvo.

— Por favor — repetiu Werthen.

Ela concordou:

— Está bem. Eu prometo. Os senhores têm minha palavra de que eu não vou falar sobre ter sido sequestrada ou sobre esse encontro. Eu não sei de mais nada.

Grunenthal fez um sinal com a cabeça para Tod, que soltou Berthe e o pai. Ela correu para Werthen e eles se abraçaram por um longo instante.

— É isso aí, senhores — falou Grunenthal, em um tom de importância. — Podem ir agora.

Werthen partiu arrastando os pés, como um criado arrependido. Sabia, no entanto, que aquilo não era ainda o fim da questão. Como ele chegara à conclusão naquela tarde, o caso nunca terminaria enquanto o príncipe Grunenthal ainda estivesse no poder ou, na verdade, vivo.

VINTE E CINCO

Sábado-Domingo, 22-23 de outubro de 1898 — Viena

Algumas semanas se passaram, e Werthen tivera bastante tempo para fazer seus planos. Ele desceu de uma carruagem em frente ao palácio Kinsky, com as janelas brilhantemente iluminadas para a *soirée* mensal, e mostrou uma carta trabalhada em relevo a um criado, que usava peruca, calções até os joelhos e meias — uma relíquia obstinada do tempo de Mozart. O monograma do arquiduque Francisco Ferdinando no alto do papel foi o suficiente para lhe garantir acesso àquela reunião exclusivíssima. Lá dentro, ele não perdeu tempo; observadores amedrontados o viam e o evitavam. Ele subiu apressado a ampla escadaria de mármore até o salão de baile, com seus candelabros enfeitados e assoalho com motivos de estrelas. Naquela noite, o famoso pianista Paderewski faria um recital. Werthen ficou aliviado ao ver que os convidados ainda perambulavam pelo salão, trocando fofocas e falsos elogios.

O príncipe Grunenthal estava lá, exatamente como o arquiduque dissera. Ele se sobressaía em meio a um grupo de mulheres da sociedade, com diamantes nos cabelos. O príncipe estava dizendo algo muito divertido, pois as senhoras começaram a rir em surdina por detrás dos leques, exatamente quando Werthen alcançou o grupo.

— O senhor é um canalha — disse o advogado. — Intrometeu-se com minha noiva e eu o desafio publicamente.

O rosto vermelho de cólera do príncipe Grunenthal virou-se bem a tempo de receber a batida das luvas brancas de Werthen, compradas especialmente para a ocasião.

— Eu aguardo seus padrinhos. A escolha de armas será sua.

Foi um risco calculado, mas a idade do príncipe iria limitá-lo certamente às pistolas.

— Isso é um ultraje — começou Grunenthal.

— Sim, é. E o senhor o cometeu. Tem agora coragem de buscar satisfação ou vai ficar apenas vociferando? Ou talvez o senhor mande me prender para salvar sua honra.

As mulheres cochicharam empolgadas umas com as outras a esse comentário. A sala inteira tinha ficado em silêncio absoluto. Todos os olhos estavam sobre o príncipe. Werthen havia-o encurralado publicamente, segundo seu plano.

— Eu o verei no inferno, *Advokat*.

— Eu devo tomar isso como aceitação de meu desafio?

Mais um momento de silêncio transbordante de tensão.

— Sim, e para o inferno com o senhor.

Werthen tinha passado as últimas semanas, desde que se decidira por aquele modo de ação, praticando tiro. Finalmente, havia algo pelo que poderia sentir-se grato ao pai. As horas sem fim, na juventude, no *stand* de tiro, esperava ele, seriam sua salvação.

Berthe simplesmente deixara Viena após ficar sabendo sobre seu plano.

— Eu não posso impedir você e nem assistir à sua morte. Eu sinto muito, Karl, mas nós uma vez já quase perdemos um ao outro. Duas vezes é mais do que eu posso suportar.

Suas explicações foram insatisfatórias. Ele sabia, contudo, que com o tempo ela iria entender. Esse era o único jeito de ficarem juntos. Eles nunca estariam completamente seguros enquanto Grunenthal estivesse vivo.

O padrinho do príncipe foi o jovem ajudante que estivera de serviço em Reichskanzlei, no dia em que Werthen e Gross tinham ido lá para ter uma audiência com o imperador. Ele chegou ao apartamento do advogado cerca de uma hora após sua altercação com Grunenthal.

Até ali, tudo bem. O ajudante anunciou que a escolha de arma do príncipe havia sido a pistola, com um tiro para cada lado. Não havia como ele saber que Werthen era bom atirador; seu antissemitismo inato não lhe permitiria ter uma ideia dessas. O ajudante também informou o local do duelo: o gramado do Prater, logo depois da Riesenrad. Esse era o lugar em que os corpos haviam sido deixados pelo capanga de Grunenthal, Tod. Mais uma vez, o príncipe estava sendo melodramático, algo com que Werthen já contava.

— Ao nascer do dia — disse o ajudante, quando estava saindo do apartamento do advogado. — Amanhã, às 6h30.

Depois que ele se foi, Gross fitou o amigo com um olhar simpático.

— Você tem certeza de que quer ir até o fim com isso?

Ele não estava nem um pouco certo. Na verdade, queria, naquele momento, pegar o próximo trem para Linz e se esconder com Berthe.

— Tenho, Gross. É o único jeito.

— Não é o único jeito, Werthen. Nós já passamos por isso uma dúzia de vezes. Não é o único jeito, mesmo. Mas o seu jeito.

— Ele é um demônio, um cão danado. Tem que ser abatido.

Werthen não dormiu naquela noite. Nem Gross, pois ele se encontrava atarefado com os preparativos de última hora. Tudo tinha que sair de acordo com o planejado, cada detalhe, ou a morte estaria aguardando Werthen.

Em vez de dormir, o advogado ficou pensando na manhã seguinte, revendo todos os aspectos de seu plano. O arquiduque Francisco Ferdinando em pessoa tornara-se parte essencial dele, pois, quando sondado, achara a estratégia de Werthen inspirada. Ela poderia livrá-lo de um de seus arqui-inimigos sem nenhum custo pessoal. E, se o plano falhasse, ele não ficaria comprometido.

O único arrependimento de Werthen fora ter de invocar o nome da amada no desafio ao príncipe, mas aquela era uma ofensa que seria compreendida por todos. Sua plausibilidade forneceria proteção a Werthen se ele saísse vitorioso do duelo. Afinal de contas, que homem não brigaria pela amada? Que homem não desejaria uma satisfação se outro manchasse o bom nome de sua dama? O fato de Grunenthal ser amplamente conhecido como libertino ajudava a causa de Werthen. O próprio imperador não poderia punir um homem por um duelo desses.

Às 5h, Werthen já estava vestido. *Frau* Blatschky fungou durante todo o café da manhã; seu café estava ralo e fraco.

— Vai dar tudo certo, *Frau* Blatschky — disse o advogado, a certa altura.

— Ah, *Herr Doktor* Werthen, eu espero com sinceridade que sim. Nós vivemos num mundo realmente cruel, em que uma pessoa como o senhor tem que carregar uma arma.

Ele sabia que aquilo era dito com boa intenção, mas o comentário pouco fez para instilar confiança nele.

Gross, que seria seu padrinho, chegou com uma carruagem às 5h30.

— Está tudo pronto? — perguntou Werthen.

— Eu espero sinceramente que sim — disse o criminologista; os olhos vermelhos por falta de sono.

Eles partiram na escuridão, as rodas com borda de metal da carruagem tinindo contra os paralelepípedos na tranquilidade do pré-amanhecer.

O príncipe Grunenthal, sem chapéu, e o padrinho já estavam no gramado quando Werthen e Gross chegaram. O advogado, sofrendo os efeitos da noite sem sono, sentiu de repente a cabeça turva. Ele respirou fundo, tentando clarear as ideias e a visão para o que vinha pela frente.

Enquanto ele e Grunenthal se encaravam com ódio, o ajudante e Gross conversavam sobre os últimos detalhes.

— É meu dever — disse o ajudante — oferecer ao seu homem a oportunidade de se desculpar pelo insulto. Isso não ocorrendo, seguiremos em frente.

— O meu homem, caro senhor, não tem do que se desculpar. É o seu patrão que está errado e é ele quem vai pagar por isso.

Depois, veio a escolha das armas, fornecidas por Grunenthal para a ocasião: revólveres Webley & Scott iguais, calibre 45, com cabos de marfim. O calibre alto indicava que, apesar do regulamento de um só tiro, aquele era um duelo de morte. Os dois padrinhos examinaram as armas, verificando se continham apenas uma bala no tambor.

Werthen sentiu o peso da sua. Ele estivera praticando com um revólver Enfield, muito mais leve. Enquanto segurava a arma, familiarizando-se com ela, Grunenthal gritou-lhe:

— Não vai mais haver chance para você, para nenhum de vocês.

Werthen não respondeu. Desde o começo, ele sabia que seria um jogo de vida ou morte. Todos os outros envolvidos tinham concordado. Todos menos Berthe.

Os cavalos da carruagem de Gross relincharam quando os primeiros raios do sol despontaram sobre o horizonte, ao leste.

— Cavalheiros — disse o ajudante. — É hora.

Ele os colocou de costas um para o outro; Werthen sentiu o traseiro do homem na parte mais estreita das costas; ele era muito mais baixo que Grunenthal.

— Quando eu mandar, os senhores darão 15 passos cada um. Quando eu mandar novamente, podem se virar e atirar.

— Todos vocês vão morrer agora — sibilou o príncipe para ele.

— Pronto, comecem! — gritou o ajudante.

Werthen se manteve concentrado nos passos, que ele dava longos, pois, quanto mais distante, melhor. Um fio de suor deslizou pelo colarinho da camisa no ar frio da manhã. O canto dos passarinhos vindo do bosque atrás dele tirou-lhe a concentração por um instante, e ele perdeu a conta dos passos. Então se lembrou de que uma imitação desse canto era o sinal combinado. Respirou fundo. Aquilo seria um canto de verdade?

Ele deu mais alguns passos antes de o ajudante gritar de novo:

— Virem-se e atirem!

Werthen só se virou pela metade, como orientara o instrutor de duelos que Francisco Ferdinando lhe fornecera. Não ofereceu o corpo todo, apenas o perfil. Ele não atirou de imediato, como fora ensinado também, permitindo que Grunenthal fizesse o primeiro disparo, mas o príncipe parecia ter sido treinado pelo mesmo instrutor, apresentando a Werthen apenas o perfil também, e segurando seu tiro.

— Atirem! — repetiu o ajudante.

Aquilo pareceu incitar o príncipe à ação. Ele mirou cuidadosamente e atirou. Foi tão rápido que Werthen sequer percebeu que havia sido ferido. Era como se uma carroça carregada tivesse batido em sua perna, jogando-o no chão.

— Werthen! — berrou Gross.

O advogado ficou caído de barriga para cima por um instante, observando os pássaros voarem das árvores ao estrondo súbito do tiro. Ele se sentiu ridículo deitado ali, como um personagem de romances de Tolstoi.

De repente, o rosto de Gross preencheu seu campo de visão.

— A gente precisa encontrar um médico para você.

Werthen fechou os olhos por um momento. Ele sabia que a dor e a náusea o assolariam em breve. Precisava agir agora.

— Ajude-me a levantar. Eu ainda tenho meu tiro.

— Acabou, Werthen. Não seja bobo. Vamos descobrir outro jeito.

— Ajude-me a levantar e cala a boca. Você é meu padrinho, aja como tal.

A fúria súbita de Werthen o assustou, e Gross fez o que ele mandou.

O advogado se equilibrou inutilmente na perna boa, a esquerda, por um instante. Do outro lado da distância de trinta passos, Grunenthal segurava a arma ao lado, o rosto empalidecendo agora, ao ver Werthen novamente de pé. O tiro deveria tê-lo matado, sabia o príncipe. Não o seu, naturalmente, mas o do atirador, Tod, escondido no bosque, atrás dele. Portanto, o canto de pássaro *fora* o sinal pré-combinado, afinal de contas, significando que Gross e Duncan haviam pegado Tod, a quem se faria justiça de modo apropriado. A sentença já tinha sido proferida.

— Seu homem tem alguma condição de continuar? — perguntou o ajudante.

— Sim, tenho — gritou Werthen.

Grunenthal ainda olhava em volta perplexo, quando o advogado mirou com cuidado. Seu tiro não seria no corpo. Ele queria acabar com aquilo, de uma vez por todas. Ele plantou a perna direita ferida solidamente adiante e sentiu uma onda de dor passar pelo corpo inteiro. A camisa estava ensopada de suor, quando segurou a Webley & Scott à sua frente, apoiada pela mão esquerda.

Grunenthal estremeceu de repente, como se o medo tivesse tomado conta de si, mas depois se forçou a ficar parado e receber o tiro.

— Você não tem coragem de fazer isso — gritou ele, de repente. — Vai ser sempre um mero cidadão.

O estalo do tiro espantou os pássaros que haviam ficado nos ninhos, em direção à aurora cor-de-rosa. A bala atingiu o príncipe acima do olho esquerdo, derrubando-o e arrancando-lhe a parte de trás da cabeça. Seus cabelos, outrora brancos, tornaram-se então uma mistura de massa encefálica rósea e sangue.

EPÍLOGO

Werthen ainda estava grogue da morfina; no dia seguinte, ele iria diminuir a dose contra as dores. Enquanto isso, flutuava em uma neblina confortável.

Ele estava em um quarto particular do Hospital Geral; flores enchiam todos os espaços possíveis. Às vezes, o cheiro era quase insuportável. Alguns dos buquês haviam sido enviados por Gross, que tivera de partir subitamente para Bukovina; o próprio reitor da universidade mandara-o chamar, quando eles encontraram um espaço para salas de aula temporárias. Gross fizera-lhe uma visita na véspera, antes de pegar o trem, e dera a Werthen um exemplar autografado de *Psicologia Criminal*.

— Talvez a gente tenha a oportunidade de trabalhar juntos de novo, um belo dia — disse Gross, antes de ir embora.

Sedado e sem poder falar, Werthen apenas acenara com a cabeça. Estranhamente, ele sentiu as lágrimas se acumulando no fundo do olho quando o criminologista foi levado por Berthe para fora do quarto.

Sim, Berthe, ela havia retornado. Na verdade, já estava lá quando ele acordara da cirurgia na segunda-feira e tinha permanecido ao seu lado desde então, policiando a frequência e duração das visitas.

Agora ela estava conversando com o visitante mais recente:

— Seja breve, *Herr* Klimt. Ele precisa dormir.

— Vai ser bem rápido — disse o pintor. — E, se eu puder dizer, é bom vê-la de novo, *Fräulein* Meisner.

Ela sorriu.

— Charme não vai adiantar, Klimt. Você tem dois minutos, nada mais.

Klimt se inclinou sobre a cama de Werthen, de forma que ela não ouvisse a conversa.

— Pelo que eu soube, houve outro suicídio ontem à noite. Terrível. Viena se tornou a capital do suicídio na Europa, de acordo com os jornais estrangeiros. Um saltador, dessa vez. Parece que subiu até o alto da Riesenrad e deu um salto de mergulhador.

Werthen respirou fundo. Ele não era um homem vingativo, mas também não ficou triste ao saber da morte do sargento Tod.

— Na verdade — sussurrou Klimt, se inclinando mais na direção do ouvido do advogado —, Duncan teve que matá-lo no Prater antes do duelo. Eu não queria ser um veado caçado por aquele escocês, posso lhe garantir. Nós guardamos o corpo no gelo por um tempo, para que ninguém fizesse a ligação entre a morte dele e a de Grunenthal.

Com muito esforço, Werthen se concentrou e falou:

— Obrigado, Klimt. Você é um amigo de verdade.

O pintor balançou sua grande cabeça.

— Não foi nada, *Advokat*. De qualquer modo, isso me faz sentir menos culpado por não ter pagado os seus honorários ainda. Nunca faça negócios com a aristocracia.

Werthen não conseguiu mais se comunicar com o homem.

— Chega, Klimt — disse Berthe. — Karl precisa dormir.

Era bom ser mimado, pensou o advogado, enquanto adormecia.

Este livro foi composto na tipologia Minion,
em corpo 11/14, e impresso em papel off-white no
Sistema Cameron da Divisão Gráfica da Distribuidora Record.